W0031512

KNAUR

ELLA LINDBERG

Du bringst mein Chaos durcheinander

Roman

Besuchen Sie uns im Internet:
www.knaur.de

Aus Verantwortung für die Umwelt hat sich die Verlagsgruppe Droemer Knaur zu einer nachhaltigen Buchproduktion verpflichtet. Der bewusste Umgang mit unseren Ressourcen, der Schutz unseres Klimas und der Natur gehören zu unseren obersten Unternehmenszielen. Gemeinsam mit unseren Partnern und Lieferanten setzen wir uns für eine klimaneutrale Buchproduktion ein, die den Erwerb von Klimazertifikaten zur Kompensation des CO_2-Ausstoßes einschließt.
Weitere Informationen finden Sie unter:
www.klimaneutralerverlag.de

Originalausgabe Dezember 2021
Knaur TB

Ein Imprint der Verlagsgruppe
Droemer Knaur GmbH & Co. KG, München

Dieses Werk wurde vermittelt durch
die Michael Meller Literary Agency GmbH, München.
Redaktion: lüra – Klemt & Mues GbR, Wuppertal
Quellenangabe für das Mottozitat: © Klaus Klages
Abdruck mit freundlicher Genehmigung.
Covergestaltung: FAVORIT BÜRO, München
Coverabbildung: Collage FAVORIT BÜRO, München, unter Verwendung von Illustrationen von Shutterstock.com
Illustration im Innenteil: linear_design/Shutterstock.com
Satz: Adobe InDesign im Verlag
Druck und Bindung: GGP Media GmbH, Pößneck
ISBN 978-3-426-52748-1

2 4 5 3 1

Ich hasse das Chaos, aber das Chaos liebt mich.
(Graf Fito)

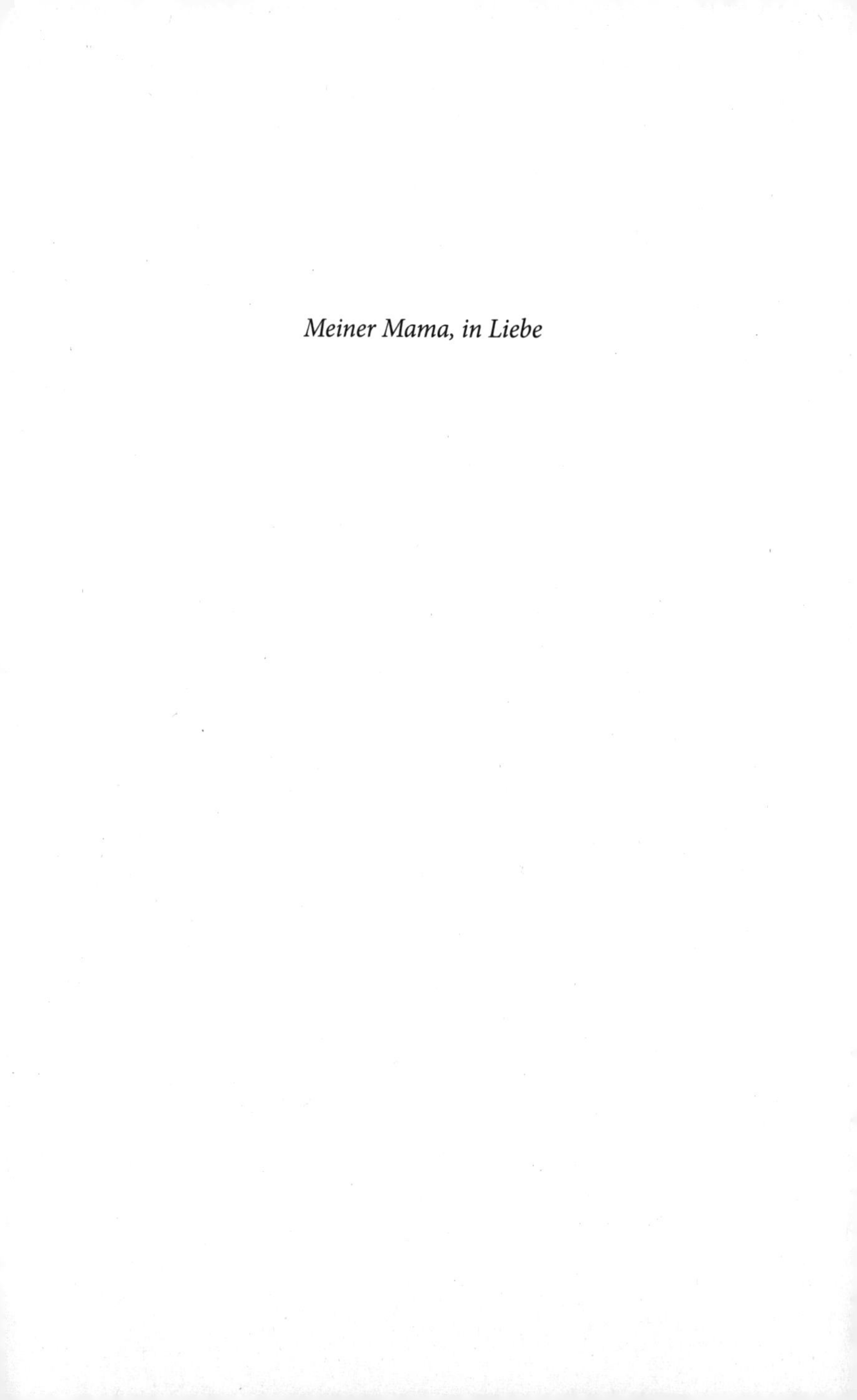

Meiner Mama, in Liebe

Kapitel 1

Okay, einmal tief durchatmen. Kein Grund zur Panik. Ich habe noch knapp zehn Minuten und bin schon fast fertig. Ich stecke in dem einzigen grünen Kleid, in dem ich beim Anprobieren nicht furchtbar aussah, auch wenn es das teuerste in der Boutique war – danke für die Farbvorgaben, Sarah! –, und der Reißverschluss ist schon beinahe ganz zu. Meine Haare sind geföhnt und zur Hälfte gelockt, und die zweite Hälfte steckt sicher verstaut in den Lockenwicklern, die ich jeden Moment herausnehmen kann. Oder notfalls nachher im Auto. Die Foundation ist aufgetragen, Lidstrich und Lidschatten sitzen, und die künstlichen Wimpern halten schon beinahe … na gut, die gehen dauernd wieder ab, bis auf das eine Büschel links außen, das klebt bombenfest. Den rosa Lippenstift habe ich abgepudert, den werde ich fünf Minuten vor der Kirche noch mal auffrischen. Jetzt muss ich nur noch die Ohrringe anlegen, die Kette, und dann können wir auch schon los. Ist doch super, alles im Plan.

»Fine!«, ruft mein Freund Oliver quer durch die Wohnung. Vermutlich schon zum fünfzehnten Mal, aber richtig ernst wird es eigentlich immer erst ab zwanzig.

»Ich hab's gleich! Kannst du mal bitte ins Bad kommen und mir den Reißverschluss zumachen?«

»Nein! Ich hab schon meine Schuhe an!« Oliver klingt genervt und kein bisschen nach Feierlaune. Na ja, ist ja nicht meine Schwester, die da heiratet.

»Gleich!«, rufe ich zurück und sprühe großzügig Desinfektionsmittel auf meine Ohrläppchen. Entschlossen steche ich den ersten silbernen Ohrring durch das Loch in der rechten Seite. Es ziept ein wenig, weil meine Ohrlöcher sich sofort verschließen, sobald ich zwei Tage keine Ohrringe getragen habe, aber es geht. Einmal drehen, Clip draufsetzen, fertig. Sieht hübsch aus mit den drei baumelnden Silberperlen. Das linke Ohr macht allerdings Zicken, als wäre das Loch komplett zugewachsen. Ich drücke und bohre, aber ich kriege den Stecker einfach nicht rein. Kann doch gar nicht sein.

»Fine! Es ist fünf vor halb!«, ruft Oliver. Warum klingt er so genervt? Ich hab doch noch fünf Minuten. Die reichen locker, um dieses verdammte winzige Loch von hinten mit dem Stecker aufzustechen, so! Jetzt ist der Ohrring durch, es hat fast nicht wehgetan, und der Blutstropfen ist so klein, dass einmal wegwischen reicht. Wieder raus mit dem Stecker, noch mal desinfizieren – aua, das brennt! – und den Stecker von vorn reinstechen, jetzt geht es problemlos, Verschluss drauf, fertig. Erleichtert wasche ich mir die Hände, schnappe mir das silberne Kettchen von Marie und …

»Josefine! Es ist drei vor halb zehn!«, schreit Olli wieder. Meine Güte, was stresst der mich! Okay, dann kommt die Kette in meine Tasche, die kann ich im Auto anlegen.

Die verdammten künstlichen Wimpern halten immer noch nicht, dann müssen es eben meine Naturwimpern tun. Nur muss dieses eine lange Büschel am Rand wieder ab, sonst sieht es komisch aus. Ich ziehe und zerre an den paar verklebten Dingern an meinem äußersten Augenlid, aber sie lösen sich einfach nicht. Also abschneiden … Mit der Nagelschere geht das ganz gut … shit. Das waren zu viele, jetzt hab ich links oben überhaupt keine Wimpern mehr, dann muss ich da wohl doch wieder welche ankleben, nur kürzere.

»Josefine!«, schreit Oliver, »wir müssen JETZT los!«

»Ich bin gleich so weit!«, brülle ich zurück. Okay, jetzt ganz ruhig. Da hätte ich gleich drauf kommen können, die einfach auf die Länge der natürlichen zu kürzen, aber jetzt ist es zu spät. Verflixt. Wo ist der Kleber? Okay, dann mach ich das auch im Auto und ziehe vorläufig meine Sonnenbrille an.

»Josefine, ich gehe jetzt runter. Du hast es mir versprochen! Dieses eine Mal kriegst du es hin, hast du gesagt! Wenn du in zwei Minuten nicht da bist, fahre ich ohne dich!«

»Ist ja gut, ich komme!« Hektisch grabsche ich nach dem kompletten Wimpernset und lasse es in meine Kosmetiktasche fallen. Und die anderen Lippenstifte und das Deo, man weiß ja nie. Und das Kästchen mit den glitzernden Haarklammern. Dann nehme ich den kompletten Kulturbeutel eben mit und mache die Frisur im Auto fertig, ist ja kein Problem, die Fahrt dauert mindestens eine halbe Stunde. Ich stolpere in den Flur, greife nach dem geliehenen grünen Mantel, meiner Handtasche und der Geschenktüte und sehe mich eine Sekunde lang um. Habe ich was vergessen? Hoffentlich nicht.

Unten vor der Haustür lässt Oliver bereits den Motor aufheulen. Also ziehe ich die Wohnungstür ins Schloss und haste die Treppe hinunter. Zum Glück ist es nur ein Stockwerk, und Olivers BMW steht direkt vor der Haustür, mit laufendem Motor und geöffneter Beifahrertür. Ich kraxele auf den Beifahrersitz und lasse die Tür zufallen.

»Es ist vier nach halb. Wir kommen zu spät!«, presst Oliver wütend hervor.

»Nein, das schaffen wir locker. Die Trauung beginnt doch erst um elf Uhr.« Ich muss erst ein paarmal tief durchatmen, damit sich meine Lunge von dem ungewohnten Rennen erholen kann. Oliver drückt aufs Gas, und wir preschen los.

»Hast du das Geschenk?«, fragt er streng.

»Ja.« In der Tüte auf meinem Schoß.

»Die Wegbeschreibung?«

»Ja.« Ist in meiner Handtasche.

»Die Karte?«

»Ja.« Ich bin total erleichtert, dass ich trotz der wahnsinnigen Hektik an alles gedacht habe, und bücke mich nach meinem Kosmetiktäschchen. Dabei fällt mein Blick auf meine klobigen Birkenstocksandalen. Verdammt, ich hab meine schönen Schuhe nicht mit!

»Oliver, es tut mir leid, aber wir müssen noch mal zurück. Ich hab meine High Heels vergessen.«

»Das ist jetzt nicht dein Ernst!«, zischt er mich an.

»Doch, tut mir leid.«

»Lass die an, die du jetzt anhast!«

»Aber das sind Birkenstocks, die passen überhaupt nicht dazu!«

»Ist mir egal! Ich bin da der Trauzeuge, wenn ich nicht rechtzeitig komme, ruiniere ich Sarah den schönsten Tag ihres Lebens!« So wütend habe ich ihn noch nie gesehen. Vielleicht gehen die Birkenstocks doch? Ich ziehe meinen Rock hoch und sehe die eingerissenen, schmutzig-weißen Laschen über dem ausgetretenen Fußbett. Nein, das ist superpeinlich.

»Bitte, Olli, ich brauche nur eine Minute.«

Oliver bremst scharf und lässt das Auto quietschend wenden, sodass wir fast ins Schleudern kommen.

»Fahr doch nicht so schnell!«, sage ich ängstlich.

»Nicht so schnell? Das kann echt nicht wahr sein!«

»Es dauert doch nur um eine Minute.«

»Nur eine Minute? Du weißt doch gar nicht, wie lange eine Minute ist! Bei dir dauert eine Minute eine Stunde!«

O nein, wir streiten schon wieder, dabei sollte das heute doch ein ganz besonderer Tag sein.

»Bitte sei nicht so böse.« Ich schlucke und versuche, ihn zu beschwichtigen.

»Das ist ein Albtraum vor dem Herrn!«

»Wie bitte?«

Dann merke ich, dass er gar nicht mit mir redet, sondern vor sich hin flucht. »Gott, womit habe ich eine solche Freundin verdient?«

Ich verbeiße mir die Tränen. Das ist richtig gemein.

Oliver hält mit quietschenden Reifen vor meinem Haus. »Du hast eine Minute. Das sind sechzig Sekunden! Eine Sekunde dauert so lang: *Ein-und-zwan-zig*. Kapiert?«

»Ja.« Ich öffne die Tür, stolpere hinaus und verheddere mich dabei im Gurt, falle beinahe hin, laufe dann aber weiter. Die Haustür ist, wie tagsüber immer, nur angelehnt, und ich haste die Treppe hinauf.

»Was ist denn das für ein Lärm im Treppenhaus?«, ruft mein Nachbar Patrick aus dem Erdgeschoss.

»Notfall!«, brülle ich und stecke zitternd meinen Schlüssel ins Schloss. Vor Aufregung bekomme ich ihn nicht richtig hinein.

»Geht das auch etwas leiser?«

»Nein!«, schreie ich zurück. Patrick mit seinem Ordnungsfimmel ist der Letzte, den ich jetzt gebrauchen kann. Ich muss nur endlich diesen Schlüssel in die vermaledeite Öffnung … fast als wäre das Schloss auch zugewachsen … okay, das war der falsche Schlüssel, deshalb. Erleichtert stecke ich den passenden hinein und schließe auf. Ich reiße den Schuhschrank auf, dessen Inhalt mir entgegenquillt, oh, hier ist das Buch, das ich neulich gesucht habe, aber ich weiß zum Glück ganz genau, in welchem Karton die silbernen Riemchensandalen sind, ups, das sind die roten. Aber hier, klar, ich hab sie dahin geräumt, ähm, nee, das sind Stiefeletten. Fuck. Aber hier … Ach, das sind die grauen Pumps, eigentlich wollte ich ja andere anziehen, aber die Minute ist läääängst um, dann nehme ich eben die … Ich packe sie und lasse die Tür krachend wieder ins Schloss fallen.

»Denkst du auch mal an deine Nachbarn? Hier wohnen alte Leute!«, höre ich Patrick schon wieder. Es hilft nichts, ich muss an ihm vorbei, er steht anklagend in seiner geöffneten Wohnungstür. Er ist höchstens dreißig, aber seine Seele muss uralt sein, so wie er sich aufführt.

»Sorry, bin spät dran!«, rufe ich ihm zu und stürze zur Haustür hinaus.

Aber da ist niemand. Olivers Auto ist weg.

»Olli?« Ist er um die Ecke gefahren? Will er mir eine Lehre erteilen? Ich hetze dorthin und wieder zurück. Kein Oliver weit und breit.

»Suchst du deinen Freund in dem BMW?« Patrick beugt sich jetzt in seinem Wollpullunder aus dem geöffneten Küchenfenster. »Der ist schon weg. Mit quietschenden Reifen.«

Panisch greife ich nach meinem Handy und drücke die Kurzwahltaste für Olli.

»Ja bitte?«, sagt er schneidend. Am Hall erkenne ich, dass er mich auf Lautsprecher geschaltet hat.

»Olli, wo bist du? Ich stehe vor dem Haus!« Mein Ohr, an das ich das Handy halte, tut weh.

»Gleich auf der Autobahn.«

»Das meinst du nicht ernst, oder? Du kannst doch nicht ohne mich fahren!«

»Doch, das kann ich allerdings. Josefine, es reicht mir mit deinem ewigen Chaos. Es geht um Sarahs Hochzeit! Ich werde nicht zu spät zur Hochzeit meiner Schwester kommen, nur weil meine Freundin die Uhr nicht lesen kann und überhaupt nichts im Griff hat!«

»Dein Ohr blutet«, informiert mich Patrick von seinem Fensterposten aus. Ich taste nach der schmerzenden Stelle an meinem Ohrläppchen und habe tatsächlich klebriges Blut an der Hand. Das muss vom Ohrring kommen. Egal jetzt.

»Olli, bitte komm zurück!« Meine Stimme bricht, und ich heule beinahe los, als mir klar wird, wie grotesk mein Aufzug hier ist. Ich stehe in einem dünnen, grünen Kleid mit Hausschuhen und Lockenwicklern auf der rechten Seite meines Kopfes auf dem Gehsteig. In der Hand halte ich einen Herrenmantel, eine Stofftasche und meine Pumps, mir fehlen am linken Auge die oberen Wimpern, und mein Ohr blutet.

»Ich komme nicht zurück. Nie mehr. Josefine, mir reicht es endgültig! Es ist vorbei mit uns!«, sagt Oliver böse aus dem Handy.

»Waas?«

Ich höre seine Worte, aber ich verstehe sie nicht. Ich habe mich doch nur ein bisschen verspätet. Na gut, bei einem wichtigen Ereignis, aber ich bin sicher, dass wir noch rechtzeitig …

»Olli, bitte dreh wieder um, ich bin fertig, ich hab jetzt alles!«

»Nein!«

»Bitte! Ich mach es auch wieder gut!«, stammele ich beschwörend ins Telefon und schalte den Lautsprecher an, damit ich ihn besser verstehen kann.

»Das kannst du nicht mehr gutmachen. Ich bin doch nicht dein Hampelmann! Das war das letzte Mal, dass du mir etwas versaut hast!«

»Aber dann fehlt Sarah eine Farbe im Regenbogen …«

Die Brautjungfernkleider wurden nämlich nach den Regenbogenfarben ausgesucht, weshalb sie nicht die kleinste Farbabweichung gestattet hat.

»Sarah hat dir extra Hellgrün gegeben, das fällt nicht auf zwischen Türkis und Dunkelgrün.«

»Habt ihr etwa damit gerechnet, dass ich …«

»Bei dir muss man ja mit so was rechnen!«, sagt er hart und klickt mich weg. Aufgelegt. Er hat einfach aufgelegt. Durch meinen Körper zuckt eine Welle kalter Übelkeit. Soll ich ihm hinterherfahren? Aber ich habe keine Wegbeschreibung und bin viel zu spät dran, und er hat so eiskalt geklungen …

»Was ist denn los?«, fragt Patrick.

»Mein Freund hat mich gerade verlassen!«

»Und daran musst du die Nachbarschaft teilhaben lassen?«

»Ja, muss ich! Verstehst du nicht, er hat mit mir Schluss gemacht!« Jetzt kann ich die Tränen nicht mehr zurückhalten, sie fließen heiß und schnell aus meinen Augen, und ich lasse mich auf den Gehsteig sinken.

»Nur weil ich meine Schuhe vergessen habe. Das kann er nicht ernst meinen. Er ist nur wütend, oder?«, frage ich zitternd.

»Na, ich weiß nicht. Er klang schon ziemlich sauer«, sagt Patrick sachlich mit seiner blöden Roboterstimme, die er immer benutzt, wenn er mich kritisiert. Was oft vorkommt.

»Aber wir lieben uns doch. Wir sind seit fast drei Jahren zusammen. Man macht doch nicht Schluss, nur weil jemand sich um ein paar Minuten verspätet …«

»Geht es denn um ein wichtiges Ereignis?«

»Die Hochzeit seiner Schwester.«

»Dann *ist* es wichtig«, stellt Patrick fest. »Da kann ich ihn durchaus verstehen.«

Jetzt überkommt mich eine Woge von Wut, auf Oliver, auf Patrick und die ganze Welt. Am liebsten würde ich gegen Ollis Auto treten, nur ist das nicht mehr da.

»Ach ja, du kannst ihn verstehen? Schön für dich!«, brülle ich Patrick an. »Dreihundert Euro hat mich das blöde Kleid gekostet, und es steht mir nicht mal!«

»Ja. Grün ist nicht deine Farbe«, stimmt Patrick mir ungerührt zu. Als ob der das beurteilen könnte, mit seinem hässlichen Wollpullunder.

»Und dafür habe ich heute stundenlang im Bad gestanden und mir eine Frisur gemacht!«

»Das nennst du eine Frisur? So mit Lockenwicklern auf dem Kopf geht meine Oma ins Bett.«

Besitzt er nicht einen Funken Feingefühl? »Ist mir egal, wie deine Oma ins Bett geht! Mein Leben geht hier gerade den Bach runter, und du sagst mir, dass ich blöd aussehe? Was bist du nur für ein Arsch!«

»Du hast mich doch nach meiner Meinung gefragt«, sagt er und hebt verteidigend die Hände. »Außerdem finde ich diese Ausdrucksweise unangemessen.«

»Schon mal was von rhetorischen Fragen gehört? Und ich finde gerade auch so manches unangemessen! Zum Beispiel, dass mein Freund mich hier einfach am Straßenrand stehen lässt und ausgerechnet der nervigste Nachbar der Welt Zeuge ist. Das ist der beschissenste Scheißtag meines Lebens!«

»Das kann man zum jetzigen Zeitpunkt noch nicht valide beurteilen, erst an deinem Todestag kann man das mit Sicherheit sagen.«

Er ist offenbar verrückt.

»Ich geh jetzt rein! Mit dir kann man ja nicht normal reden!«, fahre ich ihn an. Ich stehe auf und laufe zurück zur Haustür.

»Da irrst du dich. Ich hatte eine Eins in schriftlichem Ausdruck und Kommunikation, soll ich dir mein Zeugnis zeigen?«

»Nein danke!« Ich reiße mich stark zusammen, um im Hausflur nicht gegen seine Wohnungstür zu boxen. Dann stapfe ich hoch zu meiner Wohnung – und merke, dass ich den Schlüssel drinnen vergessen habe. Nein, nicht das auch noch. Ich habe mich ausgesperrt. Das kann doch alles nicht wahr sein!

Mutlos lasse ich mich auf den Treppenabsatz sinken und beginne zu weinen. Die ganze Hektik, die Wut, die Enttäuschung, die Scham, alles entlädt sich, und ich kann gar nicht mehr aufhören zu schluchzen.

»Was ist denn jetzt wieder los? Ich dachte, du wolltest in deine Wohnung gehen?«, erklingt Patricks Stimme ein paar Minuten später aus dem Treppenhaus.

»Ich kann nicht. Hab mich ausgesperrt!«, schluchze ich.

»Warum?« Mit einem Einkaufsnetz in der Hand kommt er die Treppe zu mir heraufgestiegen.

»Aus Versehen!«, schreie ich. »Warum sollte man sich wohl sonst aussperren? Wohl kaum zum Vergnügen!«

»Ich weiß ja nicht, was du unter Vergnügen verstehst, so wie du dich zurechtgemacht hast, mit abgerissenen Wimpern und blutendem Ohr, aber willst du vielleicht bei mir auf den Schlüsseldienst warten?«

Ich schüttle trotzig den Kopf. Warum ist meine Nachbarin Annabel ausgerechnet dieses Wochenende mit ihrem Sohn bei ihren Eltern? Sonst hätte ich nebenan bei ihr warten können. Ich habe ja sogar einen Schlüssel für ihre Wohnung, aber der befindet sich ebenso wie mein eigener sicher hinter der Wohnungstür, Luftlinie zehn Meter von hier entfernt.

»Vielleicht könnten wir ja heute aufgrund besonderer Umstände mal einen kleinen Waffenstillstand einlegen? Ich könnte dir einen Kaffee anbieten, und ich habe gerade Kekse gekauft.« Er wedelt mit seinem blöden Netz vor meiner Nase herum, aber ich schüttle weiterhin den Kopf. Niemals gehe ich zu meinem Feind in die Wohnung.

»Und Desinfektionsmittel und ein Pflaster vielleicht auch.«

Andererseits hat er vermutlich ein Sofa und eine Toilette. Es ist schon kalt hier, und ausgerechnet jetzt drückt mich auch meine Blase.

»Na gut«, sage ich vorsichtig. »Ich muss nämlich dringend mal aufs Klo. Aber ich bleibe nur so lange, wie es absolut nötig ist.«

»Das ist ganz in meinem Interesse«, erwidert er mit einem charmanten Lächeln.

Langsam stehe ich auf und folge ihm. Jetzt drängt die Zeit ja nicht mehr. Ich habe keinen Termin, muss nur zu meinem ordnungsverrückten Nachbarn, mit dem ich seit Monaten einen Kleinkrieg über die fachgerechte Entsorgung von Pappkartons führe und der mir mein nicht fachmännisch zusammengefaltetes Altpapier schon mehrmals wieder vor die Wohnungstür gelegt hat. Eigentlich beschwert er sich seit seinem Einzug grundlos unentwegt über irgendetwas.

»Wann bist du noch mal hier eingezogen?«

»Am 27. Januar. Seit diesem Tag liegt meine geliebte Stereoanlage auf dem Schrottplatz, weil meine liebe Nachbarin Josefine Geiger ihre Kräfte überschätzt und den Karton fallen gelassen hat. Danke noch mal für die freundliche Hilfe beim Umzug!«

Ach so, richtig, damit hat es wohl angefangen. Okay, das war meine Schuld, aber ich wollte ihm wirklich nur beim Tragen helfen und keine Nachbarschaftsfehde auslösen. Hoffentlich will er mir tatsächlich bloß Kaffee anbieten und mich nicht in seinem geheimen Verlies einsperren. Am Ende würde er mich da noch zwingen, seine Pullunder nach dem Grad der Hässlichkeit zu sortieren.

Patrick bittet mich mit einer übertriebenen Geste herein.

Na gut, hier drinnen ist es warm. Und sauber und ordentlich, wenn auch ziemlich spartanisch eingerichtet.

»Zieh bitte deine Schuhe aus!«

Ja, mache ich, auch wenn kein Dreck der Welt dieses graubraune Linoleum noch hässlicher machen könnte.

Immerhin nimmt er mir den Mantel ab und hängt ihn ordentlich an einen Garderobenhaken. »Da geht's zum stillen Örtchen.« Logisch, schließlich herrscht die gleiche Zimmeraufteilung wie oben bei mir. Nachdem ich auf der Toilette war, bittet er mich in sein Wohnzimmer.

Das ist jetzt eine Überraschung. Früher wohnte hier die Schwester unserer Vermieterin, mit plüschigem Blümchensofa, Eiche rustikal und einem röhrenden Hirsch an der Wand. Großmutters Gruselkabinett. Aber jetzt ist es recht spartanisch eingerichtet, in Weiß, Grau oder aus Metall.

»Ähm, sehr hübsch«, sage ich höflich.

»Ja, ich habe die Wohnung von Tante Käthe übernommen, aber die Einrichtung nicht. Die konnte man nicht vernünftig sauber halten. Was in den Polstermöbeln alles gelebt hat, will ich mir gar nicht ausmalen. Jetzt ist alles abwischbar und wird regelmäßig desinfiziert.«

»Was muss denn dauernd desinfiziert werden?«, frage ich und denke an diesen Film mit Christian Bale … *American Psycho*, genau.

Patrick sagt mit einer weiträumigen Geste: »Na, alles. Ich bin da vielleicht ein wenig übervorsichtig, seit ich mal Kleidermotten hatte. Nimm doch bitte Platz.«

Schicksalsergeben lasse ich mich auf das graue Sofa sinken. Oh, es ist unerwartet bequem. Ich ziehe die Beine hoch und setze mich im Schneidersitz auf meine Füße. Jetzt merke ich erst, wie erschöpft ich bin und dass mir kalt ist. Hier gibt es aber weder Kissen noch Decken oder sonst irgendetwas, was die Seele oder die Füße wärmen könnte.

»Du hast ja gar keine Bücher.«

»Doch, die stehen im Schlafzimmer.«

»Aber ein Wohnzimmer ohne Bücher hat keine Seele.«

»Wie viele Bücher besitzt *du* denn?«

»Mindestens zweihundert, im Regal. Pro Zimmer.«

»Und wann liest du die bitte schön alle?«

»Eins pro Tag im Urlaub, drei pro Woche im Alltag. Ich lese echt schnell.« Bücher haben mich schon als Kind getröstet, wenn die anderen gemein zu mir waren. Sobald ich lesen konnte, wurden sie zu meiner Zuflucht und Rettung – und sind es bis heute geblieben.

»Möchtest du jetzt einen Kaffee?«

»Ja, bitte.« Vielleicht ist er doch gar nicht so übel, wie ich gedacht habe.

»Arabica oder Robusta?«

»Wie bitte?«

»Willst du Coffea arabica oder Coffea canephora?«, fragt er langsam und deutlich, als wäre ich zurückgeblieben.

»Was ist denn besser?«

»Das kann man überhaupt nicht vergleichen.«

Weil ich ihn immer noch mustere wie eine Spezies von einem anderen Stern, fragt er leicht genervt: »Helle oder dunkle Röstung?«

»Ähm, egal. Wo ist denn der Unterschied?« Ich will einfach nur einen Kaffee.

»Magst du deinen Kaffee lieber fruchtig, süß, schokoladig oder röstig?«

Okay, jetzt bin ich überfordert.

»Es sollte nach Kaffee schmecken …«

Patrick verdreht die Augen.

»Filterkaffee oder French Press?«

»Weißt du was? Entscheide du, ich bin sicher, du machst das richtig. Ich muss jetzt den Schlüsseldienst anrufen. Das wird sicher furchtbar teuer.«

»Sollen wir es nicht zuerst bei der Hausverwaltung versuchen? Vielleicht haben die einen Ersatzschlüssel?«

Das ist echt eine gute Idee, und ich stimme ihm zu. Aber mein positiver Eindruck gerät schon wieder ins Wanken, als Patrick die Nummer der Hausverwaltung in sein Festnetztelefon eintippt. Er weiß sie auswendig!

»Du rufst wohl oft bei der Hausverwaltung an?«

»Tja, ich muss mich schließlich täglich über dich beschweren.«

»Ach so.« Na dann.

»Geht keiner ran. Wahrscheinlich weil Wochenende ist.«

Ich bin erleichtert, als Patrick in der Küche verschwindet, um den Kaffee zu machen. Mit Herzklopfen hole ich mein Handy aus der Tasche. Vielleicht hat Oliver es sich inzwischen anders überlegt und mich um Verzeihung gebeten? Nein. Falls er seine Meinung geändert hat, hat er davon zumindest nichts kundgetan. Wahrscheinlich ist er schon bei der blöden Hochzeit und lässt sich von seiner blöden Familie umarmen. Ich muss zugeben, dass ich mich auf den Tag nicht uneingeschränkt gefreut hatte. Sarah ist sehr nett, aber irgendwie einfach nicht mein Typ. Sie hat nie was Böses gesagt, aber wenn ich einen Witz mache, sieht sie mich grundsätzlich ratlos an. Und lacht dafür über Sachen, die ich nicht lustig finde. Sie nennt ihren Verlobten »mein Männe«, steht auf Diddl-Mäuse, von denen ich nicht einmal wusste, dass es die überhaupt noch gibt, und Helene Fischer. Wir leben einfach nicht in derselben Welt. Und ihre Eltern sind nicht viel anders. Sie schunkeln zu Hits von DJ Ötzi, erzählen sich die ältesten Schenkelklopfer und lesen niemals irgendein Buch. Es wäre wahrscheinlich anstrengend geworden, einen ganzen Tag lang mit ihnen zu verbringen. Aber Familienfeiern sind wichtig, wenn man dazugehören will. Und ich dachte, ich hätte meinen Platz in Olivers Leben sicher. Tja, so kann man sich täuschen.

Olli ist nur sporadisch auf Facebook aktiv, aber es gibt eine geheime Facebook-Gruppe, die der Organisation von Sarahs Hochzeit gedient hat und in die ich vor Wochen von der mir unbekannten Trauzeugin eingeladen worden bin. Zitternd rufe ich die Gruppe auf – vielleicht wurde ja schon vor der Trauung was gepostet – und sehe sofort das glückliche Brautpaar vor mir. Beinahe hätte ich Sarah nicht erkannt, sie hat mindestens zehn Kilo abgenommen und ist unnatürlich hell erblondet. Dünn und zufrieden posiert sie in ihrem Designerkleid mit Spitze und hält ihren Sven dabei fest in den manikürten Krallen. Er wird dir schon nicht weglaufen, zukünftige Ex-Schwägerin oder besser, ehemalige Schwägerin in spe. Was mich am meisten interessiert, ist natürlich, wie Olli aussieht. Ich klicke mich von Bild zu Bild – wer hat da jede einzelne Stufe zum Rathaus hoch fotografiert? – und entdecke ihn schließlich neben einer unbekannten Frau in Gelb. Sie trägt ein zitronengelbes Kleid, einen sonnenblumenfarbenen Hut und allen Ernstes einen aufgespannten weißen Sonnenschirm mit Butterblumen drauf. Drinnen, im Rathaus. Das muss Viktoria-der-Lenz-ist-da, die Trauzeugin, sein, die mich in die Hochzeitsgruppe eingefügt hat, so nennt sie sich zumindest online. Sie steht verdächtig nahe neben meinem Freund und strahlt ihn auf jedem Foto an. Olli lächelt schleimig zurück und scheint mich kein bisschen zu vermissen. In der Brusttasche seines Jacketts steckt ein leuchtend gelbes Stofftaschentuch. Wo hat er das bitte schön aufbewahrt? Die Farbe passt exakt zum Kleid der Trauzeugin, und mir dämmert, dass das kein Zufall sein kann. Sarah hat sich doch wochenlang den Kopf über das Farbkonzept zerbrochen. Hinter Olli und Viktoria steht eine rothaarige kleine Frau in einem orangefarbenen, langen Gewand. Offenbar hat Sarah sie gezwungen, ein Kleid in der Farbe ihrer Haare zu tragen.

»Bitte sehr!« Patrick trägt ein silbernes Tablett mit zwei winzigen Espressotassen, zwei Löffeln und einem Unterteller mit drei Keksen herein.

»Hast du vielleicht auch Milch?«

»Ja, schon, aber doch nicht zum Espresso.«

»Ich mag aber keinen Kaffee ohne Milch.«

»Warum hast du das nicht gleich gesagt? Ich hab dich doch gefragt, was du möchtest.« Aber in einer komischen Kaffee-Nerd-Sprache, die ich nicht verstehe.

»Können wir nicht einfach ein bisschen Milch dazugießen, dann wird es halt ein Latte macchiato?«

»Doch nicht mit San-Sebaldo-Bohnen! Das ist ein brasilianischer Kaffee mit achtzig Prozent gewaschenem indischen Robusta, leicht fermentiert! Den zerstört man mit Milch. Das geht gar nicht.«

Na schön. Dann kippe ich den Espresso eben so runter, auch wenn ich ihn schwarz nicht mag. Dazu stopfe ich mir einen Keks in den Mund. Fürs Frühstück war schließlich keine Zeit, und ich hatte mich auf ein üppiges Festmahl eingestellt, außerdem schmecke ich so weniger vom bitteren Espresso. Für wen ist wohl der dritte Keks gedacht? Für mich, weil ich zu Besuch bin? Oder hat Patrick vor, ihn exakt in der Mitte durchzuschneiden, vielleicht mithilfe eines Cutters oder einer Küchenwaage?

»Kann ich den letzten Keks haben?«

Er sieht mich freundlich an und fragt: »Würdest du es denn schaffen, ihn nicht zu essen?«

Hab ich schon erwähnt, dass der Typ unmöglich ist?

Schnell stecke ich mir den Keks in den Mund und lehne mich zurück. Aua, das piekst. Die blöden Lockenwickler kann ich jetzt wohl auch mal rausnehmen. Ich habe keinen Freund mehr, der sich für meine Frisur interessieren könnte, und mein doofer Nachbar hat mich eh schon an meinem absoluten Tiefpunkt gesehen. Also wickle ich Strähne um Strähne auf und lasse die Lockenwickler in meine Handtasche fallen.

»Warum hast du eigentlich nur die Hälfte deiner Haare eingedreht?«

»Weil die Lockenwickler nur für den halben Kopf gereicht haben. Also musste ich beide Hälften nacheinander machen.«

»Sind da standardmäßig zu wenige in einer Packung, oder hast du eine unüblich große Haarmenge?«

»Die Hälfte der Lockenwickler ist mir neulich geschmolzen«, gebe ich zu.

»Geschmolzen?«

»Man macht sie in einem Topf mit Wasser heiß, und ich hatte sie vergessen. Der Kunststoff ist dann teilweise geschmolzen, und die Hälfte war kaputt.« Ich fahre mir mit den Fingern wie mit einem grobzinkigen Kamm durch die Haare.

»Das hat bestimmt schrecklich gestunken.«

»Ja, ich musste sogar den Topf wegwerfen.«

»Hat dein Freund das mitbekommen?«

Direkt werde ich hellhörig. »Ja, schon«, sage ich lauernd, bereit zum Gegenangriff.

»Ah«, macht er nur. Dann Schweigen.

Wie jetzt, ah? Was will er mir damit sagen? Dieser Typ ist einfach die Pest. Und wieso sitze ich tatenlos bei meinem wahnsinnigen Nachbarn herum und lasse mich beleidigen, anstatt den Schlüsseldienst anzurufen? Das sollte ich schleunigst tun. Ich google nach der Nummer und murmele Patrick zu, dass ich telefonieren muss. Dann drehe ich mich zur Seite, um wenigstens gefühlt ein wenig Privatsphäre zu haben. Der Typ vom Schlüsseldienst verspricht, innerhalb einer Stunde zu kommen. Für schlappe 150 Euro, aber was soll ich machen.

»Willst du schon gehen?«, fragt Patrick überrascht, als ich das Handy einstecke und aufstehe.

»Ja.«

»Wir haben uns doch gerade so nett unterhalten. Du kannst gern hier warten«, bietet er an.

»Nein danke. Ich glaube, ich hab von dir genug Kommentare zu meiner Situation gehört.« Ich stelle meine Tasse aufs Tablett, exakt an die Stelle, wo sie vorher stand. Dann picke ich drei Kekskrümel vom Tisch auf und lege sie in einem gleichmäßigen Abstand auf das Tellerchen, sodass sie ein gleichseitiges Dreieck bilden. Oder ein gleichschenkliges? Ach, was weiß ich. Hauptsache, er merkt, wie albern ich seinen Ordnungszwang finde.

»Weißt du, wie hoch die statistische Chance ist, dass ein getrenntes Paar in den Zwanzigern nach einer Trennung wieder zusammenkommt?«, fragt er jetzt allen Ernstes.

Ich weiß nur, dass seine Chancen steigen, heute noch ermordet zu werden. Ganz ruhig, Finchen, durchatmen, innerlich bis zehn zählen. Oder besser bis zehntausend. Kopfschüttelnd und mit zusammengebissenen Zähnen gehe ich durch den Flur, schlüpfe in meine Birkenstocks und nehme den Mantel vom Haken.

»Danke für den Kaffee«, sage ich so freundlich, wie ich es fertigbringe, und verlasse seine Wohnung. Ich ziehe die Tür mit Schwung zu, und es knallt befriedigend.

»Hey, das geht auch leiser!«, ruft Patrick mir von drinnen hinterher.

»Du mich auch!«, schreie ich und schlage unwillkürlich mit der Faust gegen die Tür. Die Außenverkleidung scheint aus demselben dünnen Material zu bestehen wie bei mir, und ich habe das ungute Gefühl, dass sie sich nach meinem Schlag jederzeit von der Innentür ablösen könnte.

Dann stapfe ich die Treppe hinauf und lege vor meiner Wohnung den geliehenen grünen Mantel auf den Boden. Ich lasse mich daraufsinken. Weil er meinem Bruder gehört, ist er zwar etwas zu groß, aber er passt farblich exakt zu meinem neuen Kleid. Für einen einzigen Anlass wollte ich mir keinen Mantel in einer Farbe kaufen, die mir nicht gefällt. Vor allem nicht für eine Sommerhochzeit, bei der ich ihn eh nur als Back-up für den Abend gebraucht hätte. Den Mantel habe ich mir schon letzte Woche ausgeliehen – von wegen, ich würde nie irgendetwas vorausschauend planen! Meinen Handy-Akku habe ich auch extra nachts aufgeladen. So kann ich mich jetzt ausgiebig mit weiteren Fotos vom großen Festtag ohne Finchen quälen.

Mittlerweile sieht man die glücklichen Brautleute beim Sektempfang vor dem Rathaus. Ist nicht gerade die allerschönste Kulisse mit der Baustelle im Hintergrund, aber das war wohl nicht abzusehen. Ich bemerke eine leise Schadenfreude und schäme mich, allerdings nur ein wenig. Sarah lächelt auch eher gequält. Ist sie genervt, weil sie nicht alles unter Kontrolle hat, oder zweifelt sie etwa bereits an den Qualitäten ihres frischgebackenen Ehemannes?

»Na, wer sitzt denn hier so ganz allein auf dem Boden?«, ertönt plötzlich eine laute Stimme. Ich schrecke hoch und sehe einen fremden Mann vor mir. Er hat einen schwarzen Pferdeschwanz, ist überall tätowiert und hält mir einen klimpernden Schlüsselbund vors Gesicht. Ach, der Typ vom Schlüsseldienst, Gott sei Dank.

Ich rappele mich hoch und ignoriere seine Hand, die er mir übertrieben hilfsbereit entgegenstreckt. Das schaffe ich gerade noch allein.

»Na, Sie schauen ja drein, junge Dame ... Was ist denn passiert?«

»Ach, ich wollte eigentlich nur noch schnell meine Schuhe holen, und dann hab ich länger gebraucht, und er ist einfach weggefahren und hat mit mir Schluss gemacht. Und mein Nachbar, bei dem ich gewartet habe, wollte mir keine Milch zum Kaffee geben, und ich hasse dieses Grün!« Ich deute hilflos auf mein Kleid und spüre, wie mir schon wieder die Tränen in die Augen steigen. Meine Güte, bin ich neben der Spur. Der Mann klopft gegen die Tür, sein Gesicht ein großes Fragezeichen.

»Haben Sie von außen abgesperrt und den Schlüssel verloren oder den Schlüssel innen stecken lassen?«

Ach so, er meinte die Sache mit dem Aussperren, wie peinlich. Innerhalb von Sekunden färben sich meine Wangen tiefrot.

»Nein, er muss drinnen auf der Kommode liegen. Ich meine, ich habe nicht abgeschlossen.«

»Okay. Das ist schon mal gut. Dann können wir es zunächst mit dem Dietrich probieren. Oder wollen Sie es gleich offiziell, mit Aufbohren und neuem Schloss?«

»Was ist denn günstiger?«

»Offiziell und mit Rechnung ist immer teurer.«

Er sieht mich augenzwinkernd an, und ich komme mir vor wie eine Kriminelle. Ich möchte einfach nur endlich in meine Wohnung.

»Probieren Sie es ruhig mit dem Dietrich. Ich meine, das ist doch nicht illegal, oder?«

»Sie sind ja süß. Nee, das ist schließlich Ihre eigene Wohnung. Oder nicht?«

»Ja, sicher«, murmele ich und schaue mich um, ob Patrick irgendwo lauert. Der zeigt mich noch höchstpersönlich an, dieser Blockwart von einem Nachbarn.

»Denn wenn das die Wohnung von Ihrem Ex ist und Sie nur noch mal kurz reinmüssen, um etwas zu *erledigen,* dann ist das eine Straftat. Klar, oder?«

»Völlig klar«, murmele ich. Das ist meine Wohnung, meine ganz allein, aber ich komme mir trotzdem wie eine Lügnerin vor.

»Na, dann wollen wir mal.«

Er braucht keine zehn Sekunden, um mit einem Dietrich das Schloss zu öffnen. »So, jetzt brauchen Sie kein neues, und es kostet nur die Hälfte, aber ich würde dringend eine Kette oder einen Riegel empfehlen. Ist nicht gerade einbruchssicher.«

Ganz offensichtlich. Ich bedanke mich für die schnelle Hilfe und will gern allein sein, mein Ohr desinfizieren und in meine

Kissen weinen, aber er steht im Flur herum und schaut mich erwartungsvoll an.

»Ich hole schnell das Geld.« Hoffentlich habe ich noch genügend Bargeld da, und hoffentlich wartet er an der Haustür und folgt mir nicht in das Chaos. Aber leider latscht er mir schon hinterher in den Flur, also lasse ich höflichkeitshalber die Tür offen, als ich im Wohnzimmer nach Bargeld suche.

»Was hältst du davon: Ich schreib keine Rechnung, aber dafür lädtst du mich auf einen Kaffee ein?«

Oh, duzen wir uns jetzt? In meiner Schreibtischschublade sind nur noch fünfzig Euro, aber das goldene Sparkätzchen von meiner Omi ist randvoll, nur wo ist der verdammte Schlüssel? Bevor ich das aufbrechen muss, könnte ich vielleicht doch das mit dem Kaffee …?

»Meinten Sie, in einem Café, oder soll ich Ihnen schnell in der Küche einen Kaffee machen?«, frage ich vorsichtig.

»Hier bei dir ist es doch viel gemütlicher.« Oh Mann.

»Mit Milch und Zucker?«, frage ich schwach und gehe an ihm vorbei in die Küche.

»Ja, blond und süß, so wie du.«

Scheiße, das wird mir jetzt zu aufdringlich. Am Ende stellt er sich noch ein paar süße Extras dazu vor, die nichts mit Keksen zu tun haben.

Ich starre in den Kühlschrank und versuche, zu improvisieren. »Tut mir total leid, aber mir ist leider die Milch ausgegangen. Und das Kaffeepulver. Und ich hab ganz schlimme … Kopfschmerzen.« Letzteres stimmt sogar.

»Tja, dann. Das macht also 150 Euro inklusive Wochenendaufschlag von fünfzig Prozent.«

Ich sehe ihm zu, wie er alles auf seinen Block schmiert und mir die Rechnung auf die Kommode knallt. Dann ist die Sparkatze wohl fällig.

»Kleinen Moment bitte, ich bin sofort wieder da.« Diesmal mache ich die Tür zum Wohnzimmer hinter mir zu, denn bei diesem zerstörerischen Akt will ich keine Zuschauer haben. Irgendwas Schweres brauche ich ... oder soll ich das Sparkätzchen einfach mit der Kante gegen den Schreibtisch schlagen? Aua, verdammt! Es zerbricht leicht wie Glas und schneidet leider auch genauso scharf. Ein dicker Blutstropfen rollt über meine Finger, als ich vorsichtig die Scherben beiseitelege und die Scheine herausziehe. Immerhin dreihundert Euro und eine Menge kleiner Münzen, sogar noch ein paar Markstücke aus meiner Kindheit. Das räume ich später auf. Jetzt will ich nur endlich den Schlüsseltyp loswerden. Ich wickele ein Taschentuch um den Finger mit der Schnittwunde und öffne die Tür mit der sauberen Hand.

»Hier, bitte schön!«

»Oh, du zahlst bar? Du hättest es auch überweisen können.«

Wie bitte? Warum hat er das nicht gleich gesagt?

»Dann tschüssikowski!« Er dreht sich auf dem Absatz um und öffnet endlich die Haustür.

»Danke und tschüss!«, presse ich heraus und fixiere die Tür, bis das Schloss eingerastet ist. Okay, er ist weg. Erst mal ausatmen. Ein Teil von mir ist einfach nur erleichtert, dass er die Wohnung verlassen hat, aber ein anderer Teil fängt an, mit mir zu schimpfen. Zehn Minuten Konversation, die mir 150 Euro erspart hätten. War das echt zu viel verlangt, Prinzessin? Ja, sage ich trotzig, wer weiß, was Mr Tschüssikowski sonst noch vorgehabt hätte. Aber für mein Seelenheil habe ich das Andenken an Omi zerschlagen. Es war zwar uralt und voll bis oben hin, trotzdem überkommt mich plötzlich der Drang, zu weinen. Es war ein Andenken an die vielen Ferien, die wir bei Omi auf dem Land verbracht haben, an meine unbeschwerten, glücklichen Kindersommer, die dann viel zu abrupt endeten ... Schnell in den Müll mit den goldenen Scherben.

Vielleicht sollte ich trotzdem lieber das Schloss austauschen lassen, jetzt, wo ich weiß, wie schnell man die Tür öffnen kann? Olli kann das sicher – oh, verdammt. Nichts mehr mit »Olli kann das sicher«. Olli setzt seine Talente jetzt wahrscheinlich bei Viktoria ein. Sie hat ihn schon so hilflos und bambimäßig angesehen mit ihrem albernen Sonnenschirm.

Ich steige aus dem teuren Kleid, schlüpfe in meinen ältesten Pyjama und mache mir einen Kaffee mit extra viel Milch – das Letzte, was mir ausgehen würde, Mister Dietrichkowski –, knalle mich aufs Sofa und aktualisiere die Gruppenseite. Lädt und lädt und dann … nichts. Hab ich kein Netz? Ich versuche es mit dem Laptop, dasselbe Spiel. Ich komme nicht mehr in die Gruppe rein. Man hat mich gekickt. Tja, Finchen war eineinhalb Minuten zu spät, Finchen hat nicht ins Farbkonzept gepasst. Weg mit dem Chaos-Finchen. Irritiert suche ich das Profil von Viktoria-der-Lenz-ist-da, aber auch das ist verschwunden. Das hast du schlau angestellt, quietschgelbe Frühlingszeugin. Jetzt kannst du dir den Mann mit dem gelben Taschentuch krallen. Aber freu dich nicht zu früh, das Modell Oliver Schmidt hat auch ein paar nicht gleich sichtbare Mängel: keine Nachsicht bei Fehlern, keine Geduld. Zwei Stunden Vorspiel beim Fußballschauen, zwei Minuten Vorspiel beim Sex. Der äußere Schein ist ihm immer wichtiger als das Innere. Bei seiner Examensfeier hat eine seiner Kommilitoninnen mit verschwollenen Augen die Abschlussrede gehalten. Während ich überlegte, ob sie kurz vor der Rede eine schlimme Nachricht bekommen hat, und beeindruckt war, wie professionell sie dennoch alles vorgetragen hat, hat Olli sich darüber mokiert, dass ihr Kostüm nicht perfekt saß und sie »nichts gegen ihren Heuschnupfen« unternommen hat. Sein Perfektionismus mag ja nach außen hin wie Erfolg und Disziplin wirken, aber wenn man es recht bedenkt, deutet er doch eher auf eine Zwangsstörung hin. Ich meine, welcher Mann hat denn bitte Marie

Kondo zum Idol und seine Unterhosen nicht nur farblich sortiert, sondern auch noch aufrecht stehend, damit er sie alle mit einem Blick erfassen kann?

»Was machst du gerade, Josefine?«, fragt Facebook. Tja, was mache ich gerade? Ich schäume vor Wut und hacke in die Tastatur.

Kapitel 2

Was ist wichtiger: pünktlich zu einem wichtigen Ereignis einzutreffen oder die passende Begleitung dabeizuhaben?

Richtig, Pünktlichkeit ist immer und unter allen Umständen wichtiger. Wen interessiert es in zwanzig Jahren noch, wen man damals dabeihatte? Aber wenn der Trauzeuge erst kurz vor knapp eintrifft, ruiniert das den ganzen Tag. Und auf eine verdorbene Hochzeit kann nur eine schreckliche Ehe folgen, Scheidung garantiert.

Geraten Sie öfter in peinliche Situationen wie diese? Bevor Sie die Schuld bei sich suchen, sollten Sie sich fragen, ob Ihr Umfeld Sie vielleicht davon abhält, sich optimal zu entfalten. Man sollte sich bei jedem Angehörigen regelmäßig fragen: Bringt diese Person Unordnung in mein Leben? Falls ja: Weg damit! Streichen Sie ihn oder sie aus Ihrem Leben.

Und wenn Sie beim Aussortieren den Gedanken haben, eine chaotische, aber liebenswerte Freundin könnte vielleicht irgendwann in ferner Zukunft doch noch mal nützlich sein, ist das meistens ein Trugschluss. Also weg damit!

Sie hat ihre Aufgabe in Ihrem Leben bereits erfüllt, denn sie hat Ihnen gezeigt, wie sehr Sie Unordnung hassen und wie stark das Chaos Sie in Ihrem innersten Wesen beeinträchtigt. Danken Sie ihr für diese Lektion, und verabschieden Sie sich von ihr. Sie muss ja nicht direkt auf den Müll wandern. Vielleicht kann jemand anders sie ja noch gebrauchen, jemand, der andere Wertmaßstäbe ansetzt oder bereit ist, Zeit und Nerven in ihre Optimierung zu investieren.

Sie jedoch sollten sich von dem Ballast befreien, mit dem diese Person Ihr Leben vollgemüllt und Sie davon abgehalten hat, die strahlendste Version Ihrer selbst zu sein.

Dann sind Sie bereit für Ihr neues, cleanes Leben in Hochglanz und Wohlgefallen! Amen.

So, abgeschickt. Das war wohl der längste Statusbericht, den ich je verfasst habe. Aber warum nicht? Hoffentlich liest Olli das und begreift, wie oberflächlich und hartherzig er ist. Vielleicht bereut er dann, dass er mich so herzlos behandelt hat.

Ich versuche, meine Freundinnen Lena und Marie zu erreichen, aber sie gehen nicht ran. Lena hat wahrscheinlich immer noch ihr Prüfungsvorbereitungs-Seminar.

Ich merke, dass ich schrecklichen Hunger habe. Im Kühlschrank ist aber nur noch eine halbe Packung Lasagne, die schon bessere Tage gesehen hat. Angeekelt lasse ich sie in den Mülleimer fallen, aus dem sich eine Wolke von Fruchtfliegen erhebt. Igitt! Am besten gehe ich jetzt sofort einkaufen und bringe dabei den Müll raus. Ich ziehe an den Laschen der Mülltüte, aber sie sitzen fest. Mit zugehaltener Nase ziehe ich fester, bis die Tüte nachgibt und sich nach oben zerren lässt, aber als ich sie gerade aus dem Eimer gehoben habe, platzt der Boden auf, und aller Abfall inklusive einer abgelaufenen Tüte Mehl ergießt sich auf den Küchenboden.

»Kann heute nicht mal *irgendetwas* funktionieren?« Ich brülle so laut, dass ich selbst erschrecke, und schlucke dabei mehligen Staub.

In diesem Moment klingelt es an der Tür, und ich werde schlagartig nervös. Ist Olli doch zurückgekommen? Tut es ihm leid, und er will mich um Verzeihung bitten? Aber so kann ich doch nicht öffnen, im Pyjama und über und über mit Mehl bestäubt.

»Moment!«, schreie ich. »Ich komme sofort!« Die Bescherung am Küchenboden ignoriere ich, dafür ist keine Zeit. Hände waschen, Küchentür fest verschließen, ins Bad und wenigstens einmal die Haare durchkämmen. Immerhin habe ich perfekte Locken, auch wenn mein Make-up mit Mehlstaub überdeckt ist. Es klingelt erneut, und ich stürze mit klopfendem Herzen zur Tür. Patrick aus dem Erdgeschoss sieht mich vorwurfsvoll an.

»Josefine, ich glaube, du hast meine Wohnungstür beschädigt. Komm mal mit runter, und schau dir das an!«

»Ganz sicher nicht!«, fauche ich, enttäuscht, dass er nicht Olli ist.

»Hier bitte, da verläuft eindeutig ein Riss!« Er hält mir sein Handy vors Gesicht und zoomt in ein Foto hinein. Gut, da ist ein kleiner Riss, das lässt sich nicht leugnen.

»Der war bestimmt schon vorher da«, sage ich mürrisch.

»Vor was?«

»Bevor ich gegen die Tür geboxt habe.« Verdammt.

»Immerhin, du gibst es also zu. Dann brauchen wir keinen Streitschlichter, ich werde es direkt der Hausverwaltung melden. Unterschreibst du mir bitte das hier?«

»Nein, ich unterschreibe dir gar nichts! War das alles?«

»Wenn wir schon mal dabei sind, der Trockner im Wäscheraum ist verstopft, und laut Liste hast du gestern Abend gewaschen. Wann hast du zum letzten Mal das Flusensieb gereinigt?«

»Was gereinigt?« Ich sehe ihn verständnislos an.

»Das Flusensieb.«

»Äh, ich weiß jetzt nicht genau, was du meinst.«

»Du hast also noch nie das Flusensieb sauber gemacht. Dachte ich mir's doch! Weißt du, wie schnell die Maschine dabei verschleißt? Rechnen wir es mal grob aus. Es gibt zwei Wäschetrockner und acht Parteien im Haus. Wie oft wäschst du pro Woche?«

»Keine Ahnung.« Wer führt darüber schon Strichlisten?

»Wenn ich mir deine Klamotten so ansehe, wahrscheinlich eher selten. Und die Buntwäsche trennst du auch nicht richtig, sonst wäre dein Pyjama nicht so grau verwaschen.«

»Ich will nicht mit dir über meinen Pyjama reden. Kannst du bitte einfach gehen? Ich hatte echt einen schlimmen Tag.«

»Der Tag ist noch lange nicht vorbei.«

»Für mich schon. Für mich ist die ganze Woche vorbei.« Ich funkele ihn wütend an.

»Die Woche ist für jeden vorbei, morgen ist Sonntag.«

»Ich meinte das metaphorisch. Die neue Woche beginnt außerdem erst übermorgen.«

»Kirchlich betrachtet, beginnt sie am Sonntag«, korrigiert Patrick mich schon wieder. Was für ein grässlicher Korinthenkacker.

»Schön. Und von meinem Standpunkt aus ist sie eben vorbei. Denn ich gehe jetzt ins Bett!«

»Mittags um eins?«

»Mehr von diesem Tag verkrafte ich nicht. Kannst du bitte einen Schritt zurückgehen?«

Patrick tut es und fragt misstrauisch: »Wieso?«

»Weil ich dich nicht aus Versehen erschlagen will!« Das ist eine Lüge, ich würde ihn sogar sehr gern niederstrecken, aber ich will mir gar nicht ausmalen, was er dann ins Protokoll für die Hausverwaltung schreiben würde. Mit Karacho schmettere ich die Tür zu. Falls sich dabei ein Riss bildet, ist es mir egal.

Nachdem ich die Bescherung in der Küche beseitigt und mir gründlich Gesicht und Hände gewaschen habe, krame ich die essbaren Reste in meiner Küche zusammen und brate mir chinesische Nudeln mit einer halben Zwiebel, einem Ei und etwas Sojasoße in der Pfanne. Dazu mache ich mir einen Kakao und schleppe dann meine Beute ins Bett. Ich wüsste nicht, an welchem anderen Ort ich den Tag heute sonst überstehen würde.

Im Bett esse ich von einem alten Blümchentablett und mache mir dazu den Fernseher an. Parallel starre ich alle zwanzig Sekunden auf mein Handy, aber kein Wort von Oliver. Das Fernsehprogramm ist leider gar nicht unterhaltsam, sondern nervig und belehrend. Ich zappe von »Das Chaos hat mich vertrieben« über »Mobbing – wieso Chaoten ausgegrenzt werden« und »Messie trifft Putzteufel« bis hin zu »Minimalismus 2.0: Wie Sie sich vom Chaos befreien und endlich richtig leben«. In einer amerikanischen Sendung wird das Haus einer unordentlichen Familie komplett leer geräumt, dann renoviert, und danach dürfen sie sich von ihrem Besitz in einer Lagerhalle maximal 25 Prozent aussuchen, der wieder zurück ins Haus wandert. Der Rest wird verschrottet. Grausam.

Dabei muss ich an Ollis Worte denken. Das mit der Chaotin ist stark übertrieben. Ich meine, ich bin kein Messie. Ich hebe keinen Müll auf. Nur Sachen, die ich noch brauche. Oder ziemlich wahrscheinlich noch mal brauche. Oder vielleicht noch mal brauchen könnte. Oder die jemand anders eventuell mal brauchen könnte. Das macht man eben so, wenn man kein Minimalist ist. Man bewahrt Dinge auf. Man weiß schließlich nie, ob man sie nicht noch mal ganz dringend benötigt.

Gut, wenn ich mich so umsehe, besitze ich schon eine gewisse *Vielzahl* an Gegenständen. Tendenziell wohl mehr, als ich unbedingt benötige. Wie beispielsweise die leeren Schmuckrahmen, die auf dem Bücherregal liegen und die ich längst mit Fotos befüllen wollte. Meine aussortierten Winterklamotten vom vorletzten Jahr, die Papprollen mit meinen Kinderpostern in der Ecke, zwei Kisten mit Briefen, die meine Cousine Bea und ich uns als Kinder geschrieben haben. Mit Bea habe ich seit Jahren keinen Kontakt mehr, aber das heißt doch nicht, dass ich alle Spuren unserer Kinderzeit tilgen muss! Der Notenständer – ich hatte nur eine einzige Gitarrenstunde und habe danach abgebrochen. Die kunstvoll verzierte Lederhülle, in der ich zum 18. Geburtstag einen teuren Gin bekommen habe. Die kaputte Spieluhr meiner Omi. Die brauche ich nicht, aber ich könnte sie niemals weggeben, und sie drängt sich im Bücherregal neben Radiergummis, Heftklammern, Stickern, Briefmarken, einem kaputten Füller und mehreren Rechnungen. Na gut, zugegeben, ich bin ein wenig unordentlich.

Die Rechnungen hätte ich bezahlen und abheften sollen. Ordner besitze ich durchaus, nur öffne ich sie nicht regelmäßig, weil sie schon so voll sind, dass ich Angst habe, der Inhalt würde mir entgegenspringen. Die Klamotten hätte ich zum Secondhandladen bringen und den Füller wegwerfen sollen.

Okay. Es ist eine einzige Katastrophe mit mir. Oliver hat recht. Ich bringe es nicht fertig, meine Steuererklärung rechtzeitig zu machen, weil ich die Unterlagen nicht finde. Und ich finde sie nicht, weil ich zu viele Sachen habe. Dabei haben wir vom Keller noch nicht mal gesprochen.

Meine Eltern waren mir auch keine guten Vorbilder. Meine Mutter ist eine Jägerin und Sammlerin. Sie möchte immer auf alles vorbereitet sein, und damit meint sie jede Lebenssituation. Du bist zu einem Geburtstag eingeladen und hast kein Geschenk – meine Mutter öffnet ihren Geschenkeschrank. Dir fehlen am Sonntag die Zutaten zu einem hawaiianischen Barbecue – meine Mutter hat die Zutaten im Keller. Du brauchst kurzfristig einen Elektrokochtopf, einen Bassverstärker oder eine Kreissäge – komm mit in den Keller, Liebes. Das ist praktisch, aber auch gruselig. Nicht auf die Serienmörderart, sondern weil Mama einfach alles hat. Alles. In einem Reihenhauskeller, den sie sich mit einer Sondergenehmigung bis unter den Garten hat ausbauen lassen. Sie hat mir immer eingebläut, dass man auf alles vorbereitet sein muss, und daher traue ich mich nicht, Sachen wegzuwerfen, die vielleicht noch mal wichtig werden könnten.

Und mein Vater hat zwar nur wenige Sachen aus dem Haus seiner Stiefmutter mitgenommen, verschusselt aber dennoch ständig sein weniges Zeug und hängt voller Inbrunst an jedem mottenzerfressenen Stofffetzen, der im letzten Jahrhundert möglicherweise mal ein Kleidungsstück gewesen ist.

Endlich ruft mich Lena zurück. »Du hast fünfmal angerufen, was ist los mit dir?«

Ich weiß gar nicht, wo ich anfangen soll.

»Der Tag war ein Albtraum. Mein Nachbar will mich verklagen, weil ich seine Tür kaputt gemacht habe. Der Typ vom Schlüsseldienst wollte Nettigkeiten, um mir die Rechnung zu erlassen, die Mülltüte ist geplatzt und hat mich überall mit Mehl eingesaut, und ich hab mir am linken Auge die Wimpern abgerissen. Ach ja, und Olli hat mit mir Schluss gemacht.«

»Waas? Wieso das denn?«

»Ich bin ihm zu chaotisch.«

»Ja, du bist ein Chaosmädchen, aber dafür lieben wir dich doch.« Das ist wie ein Löffel Zucker durch den Telefonhörer.

»Olli nicht«, schniefe ich dennoch. »Nicht mehr. Er will eine Frau, die vorausplant und einen guten Eindruck macht. Eine Viktoria.«

»Eine was?«

Das ist jetzt zu kompliziert. »Erklär ich dir später.«

»Weißt du was? Ich mache früher Schluss und komme jetzt gleich zu dir.«

»Ich dachte, das geht bis acht?«

»Schon, aber ich sage, dass es ein Notfall ist. Ist es doch, oder nicht?«

»Irgendwie schon«, schluchze ich.

»Halte durch, Süße!« Lena schickt mir ein Luftküsschen, und ich fühle mich ein winziges bisschen besser.

Dann gehe ich ins Bad, lasse Wasser ein und wasche mir das Mehl aus den Haaren.

Lena bringt Eis mit Schokostückchen, Prosecco und Chips mit. Es rührt mich, dass sie die letzten Stunden ihres Seminars zur Vorbereitung auf das zweite juristische Staatsexamen für mich geschwänzt hat.

»Wir haben ja nun nicht direkt was zu feiern«, sage ich mit Blick auf die Flasche. Ich bin gerade frisch aus der Wanne, gehüllt in meinen rosa Bademantel und mit Handtuchturban auf dem Kopf.

»Doch, wir feiern, dass du den Langweiler los bist.« Grinsend schlüpft sie aus ihren halbhohen Sandalen und schüttelt ihre dunklen Locken. Sie sieht jetzt schon wie die Anwältin aus, die sie erst in einem Jahr sein wird. »Außerdem gab's bei der Tanke nicht viel Auswahl. Rosa Kopfwehwein oder braunen Fusel in Plastikflaschen hätte ich noch anbieten können.«

Den Wohnzimmertisch habe ich freigeräumt und alles, was hier am Boden lag, in mein Schlafzimmer geschafft.

»Ich wollte Olli aber gar nicht loswerden.«

»Das Universum wollte, dass du ihn loswirst.« Sie lächelt mich mit ihrem Engelsgesicht an, dem man nicht immer ansieht, wie klug sie ist. Dann breitet sie ihre Schätze auf dem Tisch aus, und wir machen es uns auf dem Sofa gemütlich. »Glaub mir, es ist zu deinem Besten.« Ich weiß schon, dass Lena nicht Ollis größter Fan ist, aber ihr mangelndes Bedauern irritiert mich trotzdem, als ich ihr Ollis Abgang schildere. Ich muss ihr die Bilder von der Regenbogenhochzeit zeigen. Zum Glück hat Sarah mich noch nicht aus ihrer Freundesliste gekickt und mittlerweile ihr Profil mit Hochzeitsbildern geflutet.

»Schau mal, was sagst du dazu?«

Ich halte meiner besten Freundin anklagend mein Handy vors Gesicht.

»Die beiden sehen aus wie das Brautpaar in einer True-Crime-Serie«, konstatiert Lena. »Walter und Laura bei ihrer Hochzeit 1995. Am schönsten Tag ihres Lebens sollte Laura ihren Mörder ehelichen.«

»Ja, du hast recht, hier sieht er ein bisschen böse aus, aber eigentlich ist Sven total langweilig.« Ich nehme einen Schluck Prosecco. Ups, sauer.

»Das hat Laura auch gedacht. Umso überraschter war sie dann, als Walter mit der Axt nach Hause kam.«

Jetzt muss ich trotz meiner Laune lachen.

»Ich meine die Pärchen in den Regenbogenfarben. Hier steht Olli neben der Trauzeugin Viktoria und trägt ein gelbes Taschentuch, passend zu ihrem Kleid. Nicht etwa ein grünes, passend zu *meinem* Kleid, das ich auf Sarahs Anweisung hin kaufen sollte.«

»Warum so gehässig, bist du eifersüchtig?«

»Ja, rasend.«

»Auf diese langweilige Trulla mit den Sonnenblumen? Glaubst du wirklich, er würde mit der was anfangen?«

»Ich weiß nicht. Vielleicht ist sie ja auch total nett und lustig und dazu noch superordentlich und organisiert und gut im Bett.«

»Tja, dann hättest du natürlich keine Chance gegen sie.«

Ich knuffe Lena in die Seite. »Du bist doof.«

»Willst du ihn wirklich zurück?«

Ich wiege meinen Kopf hin und her.

»Aber Schatz, wenn er jetzt angefahren käme mit seinem gewienerten BMW und seinen peinlichen, spitzen Herrenschuhen, würdest du ihn doch zum Teufel schicken, oder?«

»Klar«, murmle ich wenig überzeugend und stopfe mir eine Handvoll Chips in den Mund.

»Josefine, du denkst doch nicht im Ernst daran, diesen gemeinen Typen wieder zurückzunehmen?«

»Weiß nicht.«

»Er hat dich am Straßenrand stehen lassen wie eine Vollidiotin, mit Lockenwicklern im Haar, einem von dir allein bezahlten, sündteuren Geschenk für seine Schwester und ohne Hausschlüssel, und du erwägst ernsthaft, dich in seine Arme zu werfen, sobald er wieder an der Tür kratzt?«

Weil das exakt das ist, was ich mir gedacht habe, werde ich böse.

»So war das gar nicht. Das mit dem Schlüssel wusste er nicht! Und das Geld für das Geschenk wollte er mir noch geben.«

»Du bist dumm. Du bist auch süß und klug und ein Schatz, aber gerade jetzt bist du richtig dumm. Das hast du doch nicht nötig, Liebes!«

»Doch«, heule ich los und werfe mich in Lenas Arme. Ich weiß, dass ich erbärmlich bin und viel mehr Selbstbewusstsein haben sollte, aber ich will ihn trotzdem zurück. »Ich liebe ihn doch! Das geht doch nicht weg, nur weil er so ein Arsch ist.«

»Nicht jetzt gleich, aber irgendwann geht es weg. Bald. Versprochen.«

Kapitel 3

Obwohl der Abend überraschend lustig und gemütlich geendet hat, gilt mein erster Blick am Sonntag nach dem Aufwachen meinem Handy, in der Hoffnung, dass Olli es sich anders überlegt hat. So viel zum Thema Selbstbewusstsein und Stolz. Aber weiterhin kein Zeichen von ihm, dafür quillt meine Timeline fast über. So viele Benachrichtigungen bei FB hatte ich noch nie. 17 Personen haben meinen Statusbericht geteilt, und es gibt mehr Kommentare, als auf den Bildschirm passen. Was ist da denn los? Ich reibe mir den Schlaf aus den Augen und tappe in die Küche, um die Kaffeemaschine anzuschalten. Während sie warmläuft, überfliege ich Zeile um Zeile.

Vollste Zustimmung! Eine Zumutung sind diese Chaoten! Ich hätte es nicht besser formulieren können! Bravo!

Definitiv! Mein Nachbar ist auch so ein Saubär, der nie die Flusen aus dem Trockner holt. Am liebsten würde ich ihn abknallen. Schade, dass man hier nicht einfach so eine Knarre kaufen kann.

Sie sind genial!

Oh mein gott, genauso ist mein bruder, wegen seiner schuld sind wir zu spät zur beerdigung meiner tante gekommen und dann hat mein onkel uns aus dem testament getsrichen. weggesperrt gehören solche menschen!

Hahaha, das ist zu gut, das musste ich klauen. Gibt's von dir noch mehr so geniale Ratschläge? Liebgucksmiley <3

Du bist meine Imperation! Wegen dir trage ich jetzt beim Putzen Highheels!

Nicht mit mir. Der Petzibär kommt rechtzeitig oder gar nicht.

Ähm, Leute, Ironie? Ich scrolle bis zum Ende, was ganz schön lange dauert, aber kein Kommentar weist darauf hin, dass irgendjemand verstanden hat, was ich gemeint habe. Ich trinke meinen Kaffee und reagiere erst mal gar nicht. Stattdessen fixiere ich meinen Nachrichteneingang. Als es plingt, schlägt mein Herz einen Takt schneller, aber es ist nur mein Bruder.

Kannst du mich abholen? Hab den Bus verpasst, und es ist schon fast halb zwölf. Bist ein Schatz. Moritz.

Ach je, das sonntägliche Mittagessen bei unseren Eltern. Darauf habe ich jetzt überhaupt keine Lust, aber es ist zu spät, um abzusagen. Es ist typisch für meinen Bruder, dass er mein Einverständnis einfach voraussetzt und gar nicht die Antwort abwartet.

Okay, aber komm um Viertel vor runter, tippe ich und weiß jetzt schon, dass ich erst um zehn vor bei ihm ankommen werde.

Moritz und ich treffen beinahe pünktlich bei meinen Eltern ein und klingeln einmal pro forma, obwohl wir jeder einen Schlüssel haben. Als niemand öffnet, sperre ich auf. Hinter der Tür erwartet uns eine böse Überraschung. Die Garderobe ist leer, die Wände sind kahl. Beinahe alle Sachen sind weg.

»Mama, ist bei euch eingebrochen worden?«, frage ich scherzhaft, als sie uns entgegenkommt.

»Nein.« Mama trägt ganz untypisch einen Pferdeschwanz und

hat die Ärmel ihrer Bluse hochgekrempelt. »Hattest du unser Essen heute nicht abgesagt wegen Hochzeit und Ausschlafen oder so was?« Sie umarmt uns bloß flüchtig.

»Dann hab ich es gar nicht verpennt?«, frage ich Mo.

»Ich hab aber nicht abgesagt, und ich hab Hunger!«, knurrt mein Bruder. »Wollt ihr etwa umziehen?«

»Nein, ich habe bloß ausgemistet. Ich fühle mich wie von einer Last befreit!«, sagt Mama. Der abgetretene braune Teppich ist weg, die altmodische grüne Garderobe fehlt. Wir hängen unsere Jacken zögerlich an zwei der Haken, die früher die hölzerne Garderobenrückwand gehalten haben. Bloß ein einziges Schuhregal steht auf dem Boden. Wo in der Ecke bisher ein Stapel alter Zeitschriften aufgetürmt war, liegt nur ein wenig Staub.

»Wurde auch Zeit, das grüne Ungetüm war bestimmt aus den Achtzigern«, sagt Moritz.

»Ja, finde ich auch«, sagt Mama zufrieden. »Ein Anruf, und alles wurde ganz easy kostenlos von der Caritas abgeholt.« Ich finde es verstörend, wenn Eltern Wörter wie *easy* verwenden.

»Aber wo sind denn all unsere Familienfotos?« Schockiert starren mein Bruder und ich auf die hellen Flecken an der Wand, die die zahlreichen gerahmten Fotos hinterlassen haben. Das scheint auch Moritz aus der Bahn zu werfen.

»Ach, die liegen im Keller. Ich hab es noch nicht übers Herz gebracht, die wegzuwerfen. Aber ehrlich gesagt weiß ich doch, wie ihr ausseht.«

»Wieso machst du das?«

Ich bin fassungslos. Ausgerechnet Mama, die Sammlerin! Sie kann doch nicht plötzlich ihre Persönlichkeit ändern und von der liebenswerten Sammlerin mit einer Prise Messie zu einer aufgeräumten Minimalistin werden! Und ausgerechnet jetzt, nachdem mein Chaos meinen Freund vertrieben hat. Ich bin mehr als erschüttert, das zersprengt gerade mein Weltbild.

Mamas Haus war immer mein Anker. Egal, was in meinem Leben schiefgelaufen ist, hier konnte ich immer herkommen. Alles war so wie immer, die überquellenden Bücherregale, die bunten Teppiche, das gemütliche, abgewetzte Chintzsofa und die zahlreichen Erinnerungen an unsere Kindheit. Alles war sicher, immer gleich und immer vorhanden.

»Ich hab so eine Doku gesehen, und die hat mir total die Augen geöffnet. Über eine Frau, die sich von allem Ballast befreit hat. Kommt erst mal in den Garten und trinkt eine Tasse Tee.« Das ist schon eher Mamas Art, und ich folge ihr und hoffe einfach mal, dass sie nur eine komische Phase hat. Aber auch hier ist alles kahl und leer.

»Wir lassen einen japanischen Steingarten anlegen«, sagt Mama und schenkt uns Melissentee aus dem alten blauen Krug ein, aus dem wir schon als Kinder getrunken haben. »Die Büsche und Blumen kommen weg. Alles, was arbeitsintensiv ist, lassen wir entfernen. Das wird total pflegeleicht. Nächste Woche kommt die Landschaftsgärtnerin. Ich kann es kaum erwarten.«

»Aber deine schönen Sträucher! Du liebst doch deine Rosen!«

»Ja, aber die blühen nur vier Wochen im Jahr und müssen dafür dauernd geschnitten, hochgebunden und entlaust werden. Das lohnt sich einfach nicht.«

Moritz und ich setzen uns zögerlich auf die nackten Gartenstühle. »Wo sind denn die Kissen?«

»Die hab ich weggeworfen. Die neuen müssten jeden Tag ankommen. Wollt ihr mal sehen?« Sie scrollt blitzschnell durch ihr Smartphone und zeigt uns die Sitzkissen, die sie bestellt hat. Sie sind flach und dunkelgrau mit einem dünnen braunen Streifen.

»Hübsch«, sage ich vorsichtig. Unsere alten Kissen waren dick und kuschelig und mit riesigen Klatschmohnblüten bedruckt.

»Noch nie mussten wir auf nacktem Plastik sitzen«, beschwert sich Moritz wie ein Kleinkind. Mama verdreht die Augen, und ich verziehe so halb den Mund, um ihr beizupflichten, insgeheim bin ich aber völlig auf Moritz' Seite.

»Was gibt es denn zu essen?«, frage ich.

Jetzt kommt der nächste Schock.

»Ich hatte heute keine Zeit zu kochen«, sagt Mama leichthin. »Vielleicht bestellen wir uns was beim Chinesen?«

»Aber das ist nicht bio, nicht aus der Region und nicht selbst gekocht«, sage ich verblüfft. Das war schließlich jahrelang Mamas Religion.

»Und was ist mit dem Glutamat?«, fragt Mo anklagend.

Mama zuckt mit den Schultern. »Man muss es nicht immer so streng sehen. Ab und zu schadet das sicher nicht.«

»Aber du *hast* es immer streng gesehen!«, sage ich verwirrt. »Ich meine, du bist unsere Mutter.«

»Das hat dich doch immer genervt, oder?«, sagt Mama. »Ich habe mich eben verändert.«

»Niemand verändert sich einfach so um hundertachtzig Grad«, sagt Moritz. »Da stimmt irgendetwas nicht. Vielleicht ist Mama einer Sekte beigetreten?«

»Red keinen Unsinn. Ich hab neulich gelesen, dass wir nur 30 Prozent unserer Sachen wirklich brauchen und man den Rest aussortieren kann. Ich habe dann eine Bestandsaufnahme gemacht und festgestellt, dass ich sogar eigentlich nur zehn Prozent verwende. 90 Prozent aller Dinge in unserem Haus erinnern uns nur an die Vergangenheit.«

»Wie meinst du das?«, frage ich.

»So ziemlich alles, was im Gästezimmer in den Regalen lag, waren alte Eintrittskarten, Kinderspielzeug, Postkarten von vor 30 Jahren, uralte Briefe. Weißt du, wie oft wir mit euch im Zoo waren?«

»Oh, ziemlich oft«, sagt mein Bruder. »Bestimmt vier- oder fünfmal. Ich erinnere mich an die Totenkopfäffchen. Einmal hab ich gesagt, dass sie genau wie Finchen aussehen, und dann hast du total geheult und versucht, mich zu schlagen, aber du hast nur Mama getroffen. Und dein Eis runtergeworfen.«

»Ich erinnere mich daran«, sagt Mama. »Aber die Zahl ist falsch. Finchen, was schätzt du?« Ich grabe in meinen Zooerinnerungen.

»Also, einmal waren wir in der Delfinshow. Und dann das eine Mal, als ich unbedingt an dem Stand vor dem Ausgang einen Löwen haben wollte. Er war ganz hart, hatte aber trotzdem so eine Art Fell. Seelenloser Plastikscheiß, hast du gesagt und ihn mir nicht gekauft.«

»Wie oft?«

»Vielleicht zehnmal?«, rate ich.

»Dreiundsiebzig Mal«, sagt Mama triumphierend. »Ich hab die Eintrittskarten gezählt, bevor ich sie weggeworfen habe. Und ihr erinnert euch an drei bis zehn Besuche. Wozu all das nutzlose Papier aufheben? Die Fotos liegen im Keller, den Rest habe ich weggetan. Jetzt lasse ich alles grau und rosa streichen, und dann habe ich Platz für die zehn Prozent der Sachen, die wir wirklich benutzen. Das ist eine ganz andere Energie hier, viel positiver.«

»Grau und rosa?«, wiederholt mein Bruder.

»Dazu passt einfach alles. Schau es dir mal im Gästebad an, das ist schon fertig. Aber vorsichtig, die Farbe ist noch nicht ganz trocken.«

»Ingrid, hast du vielleicht meine Sporthose gesehen? Hallo, Gesocks!« Papa kommt freundlich grüßend auf die Terrasse.

»Die habe ich aussortiert«, sagt Mama. »Die trägst du seit mindestens zwanzig Jahren.«

»Und ich gedenke, sie weitere zwanzig Jahre zu tragen. Wo ist der Sack für die Altkleidertonne?«

»Schon abgeholt. Gestern.«

»Aber du kannst doch nicht einfach meine Lieblingsklamotten –«

»Bernhard, das war keine Hose, das war ein Lumpen.«

»Aber es war mein Lumpen!«

O Mann, sie streiten sich. Von wegen nur noch positive Energien hier.

»Wollen wir mal Essen bestellen?«, unterbricht Moritz unsere Eltern.

»Beim Italiener?«, fragt Papa.

Mama will nach wie vor lieber chinesisch, und Mo will ein Steak. Nach einer fünfminütigen Diskussion ohne jedes Ergebnis will ich eigentlich am liebsten nur weg hier. Es ist so gar kein idyllisches Familientreffen und das Letzte, was meine geschundene Seele jetzt braucht.

»Sollen wir fahren und uns irgendwo unterwegs was am Drive-in holen?«, frage ich leise. Mo nickt.

»Mama, wir müssen dann mal wieder, das mit dem Essen wird ja irgendwie nichts …«

»Seid ihr auf dem Sprung?« Sie sieht uns erfreut an.

»Ich hab heute Abend ein Date und muss vorher noch lernen«, behauptet Mo. »Wenn du eh nicht mit uns gerechnet hast, ist das vielleicht besser so, dann wird das alles nicht so knapp.«

»Ja, und dann schaffe ich heute vielleicht noch das Wohnzimmer«, sagt Mama zufrieden. Sie versucht kein bisschen, uns aufzuhalten, sondern äußert stattdessen etwas Ungeheuerliches: »Ach ja, noch was, Kinder. Bevor ihr geht, hätte ich gern, äh … na ja, eure Schlüssel zurück.«

»Wie bitte?« Habe ich mich gerade verhört?

»Ihr wohnt doch schon so lange nicht mehr hier. Natürlich seid ihr uns immer herzlich willkommen – wenn ihr vorher anruft! –, aber wir würden gern in Zukunft etwas mehr Privatsphäre haben.«

»Privatsphäre?«, wiederholt Moritz dumpf.

»Ja, damit wir nicht mehr das Gefühl haben, dass ihr jederzeit reinplatzen könntet«, erklärt unser Vater.

Alles klar, unsere eigenen Eltern wollen uns loswerden.

Perplex fummele ich an meinem Schlüsselbund herum. Mamas Schlüssel kommt ab, Ollis wohl auch, der Bund wird immer dünner.

»Ich hab meinen nicht dabei«, sagt Moritz finster.

»Dann eben nächstes Mal. Tschüsschen, ihr Süßen!« Mama umarmt uns nur andeutungsweise und stürzt sich gleich auf die nächste Kiste. Wir gehen zu zweit zur Tür und hören noch Papas Grummeln: »Beige und pink. Wir sind doch nicht im Altersheim.«

»Taubengrau und puderrosa!«, korrigiert Mama ihn.

Dann schlagen wir die Haustür hinter uns zu.

»Mama hat uns auch aussortiert«, sagt Moritz, und ich könnte schwören, dass seine Unterlippe zittert. O bitte, fang nicht an zu heulen, denke ich, sonst muss ich auch weinen.

»Sie will sich nur neu orientieren«, sage ich beruhigend. »Sie will vielleicht ihr Potenzial besser ausschöpfen.« Trotz allem ist Moritz mein kleiner Bruder, den ich beschützen muss.

»Hörst du eigentlich, was du da redest? Du bist hier nicht in einem superwichtigen Meeting und musst irgendeinen Anzugtypen beeindrucken.« Das finde ich jetzt gemein. Irgendwie muss ich doch Geld verdienen, und nur weil unsere Anzeigenkunden beim Magazin Wert auf ihr Äußeres legen, sind sie nicht alle blöde Anzugtypen. Aber mein Job ist seit Monaten ein Reizthema zwischen Mo und mir. Er kann es nicht fassen, »wie sehr ich mich verbiege, nur um für dieses ätzende Magazin arbeiten zu dürfen«. Aber man muss sich eben anpassen, um in der Branche ernst genommen zu werden. Und auch wenn ich als Redakteurin in Teilzeit nicht besonders viel verdiene, bekomme ich jetzt immerhin trotz allem Geld für das Schreiben, und das war immer mein großer Traum.

Stumm steigen wir in mein Auto.

»Hast du wirklich noch ein Date?«, frage ich schließlich.

»Nur mit meiner Konsole.«

»Und willst du echt noch lernen?«

Er zuckt mit den Schultern.

»Du hattest Mamas Hausschlüssel doch dabei, oder nicht?«

»Geht dich gar nichts an«, faucht er.

Na super, jetzt hab ich auch noch Streit mit meinem Bruder.

»McDonald's, oder soll ich dich einfach bei dir absetzen?«

»Egal.«

Na schön. Dann fahre ich ihn eben sofort nach Hause. Wenn er so stur ist, soll er sehen, wo er sein Mittagessen herkriegt. Manchmal ist es ein Fluch, einen jüngeren Bruder zu haben. Ich meine, ich liebe ihn über alles, aber zuweilen sehne ich mich nach einer Schwester. Nach einer Frau in meinem Alter, die mir so nahesteht wie Mo. Nach jemandem wie Bea, wenn ich ehrlich bin. Sie ist nur meine Cousine, aber in meinen ersten Lebensjahren waren wir wie Geschwister. Wir haben alle Ferien gemeinsam bei unseren Großeltern in Haindorf verbracht und uns dazwischen in einer ungelenken Kinderhandschrift Briefe geschrieben. Sie gehörte ganz selbstverständlich zu meinem Leben, bis zu dem schrecklichen Tag, an dem wir uns zerstritten und ich Papa bat, uns sofort abzuholen. Ich war wütend und verletzt, aber ich wollte doch nicht, dass wir nie wieder nach Haindorf fahren! Ich habe bloß geschmollt und auf eine Entschuldigung meiner Cousine gewartet. Nur dass die nie kam. Und wir in den nächsten Ferien einfach zu Hause geblieben sind. Und in den übernächsten und den folgenden auch, und irgendwie waren plötzlich zwei Jahre herum, und Tante Marion, Beas Mutter, schickte eine Trauerkarte, und Papa hatte angeblich zu viel zu tun, um zu Omis Beerdigung zu fahren. Ach ja.

Vor Moritz' Wohnblock halte ich mit laufendem Motor. Erst als er ausgestiegen ist und die Tür zugeknallt hat, fällt mir ein, dass ich jetzt auch sehen muss, wo ich *mein* Mittagessen herbekomme. Fantastisch. Das Wochenende wird immer besser.

Nach vier Scheiben Knäckebrot mit Frischkäse ist mein Magen immer noch nicht voll, der Kühlschrank aber endgültig leer. Im Vorratsregal liegt eine Packung Shortbread, über die ich mich am liebsten hermachen würde, aber die habe ich für meine Nachbarin Frau Ewald gekauft, die schon etwas gebrechlich ist und es nur selten zu Edeka schafft. Am besten bringe ich ihr die Kekse jetzt gleich, dann ist die Versuchung aus den Augen.

Als ich bei ihr im zweiten Stock klingele, höre ich sie durch den Flur schlurfen.

»Ja?«, ruft sie leicht zittrig.

»Ich bin's, Josefine!«, antworte ich laut, weil sie nicht mehr so gut hört. Sie braucht mehrere Sekunden, um die Tür aufzusperren und zu entriegeln, und ich wippe ungeduldig mit den Beinen. Ich bin unruhig, rastlos und eigentlich gar nicht zu einem Gespräch aufgelegt. Kurz bereue ich, dass ich überhaupt hochgegangen bin, aber als die süße alte Dame dann die Tür öffnet und sich ein Lächeln auf ihrem Gesicht ausbreitet, freue ich mich doch auf einen Plausch mit ihr. Etwas verlegen halte ich ihr die Kekse hin, und sie bedankt sie überschwänglich. Dann holt sie ihre rosafarbene Geldbörse hervor und will mir das Geld dafür geben.

»Nein, bitte nicht, das ist ein Geschenk!«, widerspreche ich, doch sie besteht darauf. Ich bin innerlich schon halb in der Wohnung und überlege, ob ich Frau Ewald von Olli erzählen soll, doch diesmal kommt keine Einladung.

»Ich würde Sie gern bald wieder zu einem Tässchen Tee einladen, doch ich bin um drei mit meiner Schwester zum Telefonieren verabredet. Einen schönen Nachmittag noch!« Rums, die Tür ist zu. Finchen ist heute wahrlich nicht sehr gefragt.

Ich trotte zur Tankstelle um die Ecke und hole mir teure Butterkekse, Joghurt und Cola. Warum habe ich mich nicht mit Mo vertragen und ihm von unserer Trennung erzählt? Wir könnten jetzt zusammen Pizza essen und lachen, stattdessen stopfe ich mich allein und traurig mit Zucker voll.

Den ganzen restlichen Sonntag über bin ich nicht nur traurig, ich habe zudem eine riesige Wolke schlechter Laune in mir, die sich in meinem ganzen Körper ausbreitet. Alles kommt mir trüb, nervig und langweilig vor, und es gibt nichts, worauf ich Lust habe. Als hätte die Sonne seit Monaten nicht geschienen.

Warum will Oliver mich nicht mehr? Weshalb bin ich ihm so egal? Er hat doch gesagt, dass er mich liebt. Dass ihm mein Glück über alles geht, dass ich seine Sonne bin. Stimmt aber offensichtlich gar nicht. Er kann bestens auf mich verzichten.

In meinem Magen klumpt sich ein ekelhaftes Gefühl von Einsamkeit, Trauer und Übelkeit zusammen. Wie damals, als wir zum ersten Mal in den Ferien nicht mehr zu Omi gefahren sind. Oder wie bei ihrer Beerdigung, bei der Papa nicht dabei war. Und als mir klar wurde, dass meine Cousine mich wortlos aus ihrem Leben gestrichen hatte. Warum muss Liebe so wehtun? Warum muss sie so kompliziert sein? Ich dachte, das mit Olli und mir wäre das Richtige. Mit Potenzial für viel mehr. Für alles eigentlich. Ich dachte, wir würden über kurz oder lang zusammenziehen und in ein paar Jahren auch über Familienplanung sprechen. Deshalb habe ich den Geruch seiner geliebten Garnelenpfanne ertragen und mich auch überwunden, zum Einschlafen True-Crime-Serien wie »Obduktion« und »Snapped – Wenn Frauen töten« laufen zu lassen, weil er dabei sofort wegnickt, obwohl es mir das Schlafen wahrlich nicht erleichtert hat.

Aber das hat wohl nicht gereicht. Ich schwanke zwischen Heulen und Fluchen, Weinen und Wut. Will ihn anrufen und bitten, zu mir zurückzukommen, ihn zum Teufel jagen und gleichzeitig fest in die Arme schließen.

Als mein Telefon klingelt, schrecke ich mit klopfendem Herzen hoch, aber es ist nur Marie, die ich nach wenigen Worten abwimmele. Eigentlich will ich heute nicht mehr über Olli sprechen. Außerdem herrscht zwischen Marie und mir manchmal eine gewisse Verlegenheit. Ich meine, sie ist meine älteste Freundin und bedeutet mir unglaublich viel, aber wir haben den Übergang von der Kinderfreundschaft zu einer Erwachsenenfreundschaft nicht so wirklich gemeistert. Als wir aufhörten, miteinander zu spielen, herrschte eine Art Sprachlosigkeit, die uns zuweilen immer noch einholt, ganz anders als mit Lena oder Annabel, bei denen ich einfach ich selbst sein kann, ohne nachzudenken oder mich anzustrengen.

Zu meinem großen Glück klopft es gegen sechs bei mir, und vor mir steht Annabels Sohn Jonas.

»Wir sind wieder da. Willst du Trotzklößchensuppe mit uns essen?«

»Meinst du Grießklößchen?«

»Nein, Trotzklößchen!«

»Ja, sehr gern«, sage ich aus vollem Herzen und trotte hinter ihm her.

Ich weiß nicht, wie Annabel es schafft, Vollzeit zu arbeiten, sich um ein Kind zu kümmern und gleichzeitig noch zu Hause eine so heimelige Atmosphäre zu schaffen. Auf dem Tisch liegt eine rote Decke, auf dem Fensterbrett brennen Teelichter in selbst gebastelten Papierlaternen, und Trotzklößchen offenbaren sich als Schwemmklößchen in Gemüsebrühe mit frischem Knoblauchbrot.

»Meine Oma hat dieses Essen immer Trostklößchensuppe genannt«, erklärt Annabel und füllt meinen Teller nach. Ich kenne sie erst seit drei Jahren, trotzdem fühle ich mich bei ihr heimisch und geborgen.

»Trostklößchen kann ich heute gut gebrauchen.« Beim Wort Trost heule ich schon wieder fast los.

»Was hast du denn, Josefine?«

Vor Jonas will ich die Sache mit Olli nicht ausbreiten. »Erzähl ich dir später. Oder morgen.« Ich werfe einen deutlichen Blick auf Jonas.

»Okay. Die Suppe gibt es, weil Jonas seinen Stoffdrachen verloren hat«, sagt sie leise. »Ich meine, weil Schwepposilius sich im Park eine neue Familie gesucht hat, die ganz dringend einen Drachen braucht, stimmt's, Jonas?«

»Schweppo ist jetzt bei einem Kind, das Angst hat und mutiger werden will«, erklärt Jonas, aber seine Unterlippe zittert.

»Und Schweppo hilft ihm, ganz groß und stark zu werden. Du bist ja schon groß und stark und brauchst ihn nicht mehr.«

»Ich glaube, ich brauche auch einen Drachen, der mich beschützt«, sage ich. Leider gibt es Drachen nicht im Supermarkt zu kaufen. Aber wenigstens habe ich Annabel und Jonas im Haus.

Kapitel 4

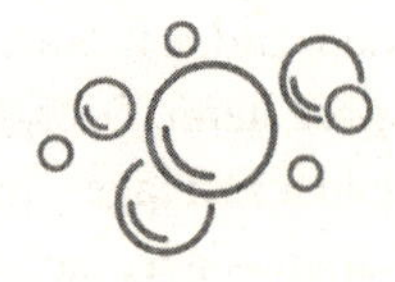

Obwohl ich den Wecker am Montagfrüh verfluche, tut es mir gut, aufzustehen, zu duschen und mir die Haare zu richten. Seit ich für das Wohnmagazin *InnenWohnRaum* arbeite, habe ich mir ein paar förmliche Kostüme zugelegt und bemühe mich, seriös und elegant aufzutreten. Auch wenn ich nur eine halbe Stelle habe und untertariflich bezahlt werde, bin ich doch noch jedes Mal voller Ehrfurcht, wenn ich das Gebäude betrete. *InnenWohnRaum* residiert im ersten Stock und ist eins der kleineren Magazine, dennoch gibt es einen eleganten Empfang mit Marmortresen. Und ich, Josefine Geiger, gehöre dazu und habe hier meinen eigenen Schreibtisch. Den kleinsten zwar, und er steht in einem Gemeinschaftsbüro, aber jeder fängt eben mal klein an. Wichtig ist nur, dass ich die Stelle als Redakteurin gekriegt habe und eine Menge lerne. Und dass Artikel von mir gedruckt werden, denn so baue ich mir mein Portfolio auf und habe dann etwas, womit ich mich irgendwann bei einem größeren Magazin bewerben kann. So lautet jedenfalls der Plan.

Von Olli kommt noch immer kein Ton, und obwohl ich es noch nicht geschafft habe, ihn abzuhaken, versuche ich wenigstens, nicht dauernd aufs Handy zu schauen, was mir allerdings nicht besonders gut gelingt.

Die ersten Stunden wusele ich so vor mich hin, lese meine Mails, hole mir Kaffee und checke das Whiteboard, auf dem alle vorläufigen Seiten der Juli-Ausgabe hängen. Ein Artikel über Kaminöfen ist kurzfristig ausgefallen – ganz gut so, wer interessiert sich im Sommer für Kaminfeuer? –, und ich suche in meinen

Platzhalterdateien nach einem »Mitesser«. Wir haben angesichts unserer kurzen Vorlaufzeiten eine Sammlung zeitloser Themen, die man schnell anpassen und mit einem hübschen Stock-Foto als Lückenfüller verwenden kann. Energiespartricks – hatten wir schon im April, Betongold als Anlage – hatten wir schon dreimal, Schlaferlebnis Wasserbetten – nee, das sollen wir zurückhalten, weil Herr Mayer da noch versucht, ein Anzeigenabo an Land zu ziehen. Ich durchsuche die Pressemitteilungen zu den Themen Möbel und Wohnen, mit Glück sind hochauflösende Bilder mit einer generellen Druckfreigabe zum Text dabei, bei denen man nicht mehr nachfragen muss, solange man den Text nicht verändert. Auf diese Weise passiert es hin und wieder, dass irgendein kleines, unbekanntes Produkt plötzlich kostenlos Werbung und eine Menge Aufmerksamkeit bekommt. Neulich hat sich eine Designerin bei mir überschwänglich für den Artikel über ihre hässlichen Plastiksessel bedankt – »Aus über 200 Pressemitteilungen haben Sie meine ausgewählt! Ich wusste es, aufblasbare Gästemöbel sind im Kommen!« –, und ich habe es nicht übers Herz gebracht, ihr zu sagen, dass ich ihren Text einzig und allein deshalb ausgewählt hatte, weil er von der Zeichenzahl her exakt in die Textlücke passte und ich daher nichts kürzen und keine Druckfreigabe mehr einholen musste. Und dass diese Art der Zufalls-Gratiswerbung bei uns in der Redaktion bösartig als »Mitesser« bezeichnet wird. Ich klicke mich weiter durch, Laminat in Holzoptik – langweilig, attraktive Kleinmöbelkollektion – leider grottige Bilder.

»Hast du eventuell noch einen Mitesser in der Pipeline?«, frage ich meine Kollegin Sigrun, sobald sie zur Tür hereinkommt. Ha, wie gut ich mittlerweile den Branchenjargon beherrsche.

»Ja, ich hätte wirklich was. Es gibt so eine Innenarchitektin, die ganz grauenvolle Themenzimmer eingerichtet hat und mich seit Monaten um einen Artikel anbettelt. Sie will die Reichweite testen, und wenn wir einmal kostenlos über sie schreiben, will sie dann auch Anzeigen buchen.« Sigrun hängt ihre Tasche an die Stuhllehne und richtet ihre Kurzhaarfrisur, die der Wind unterwegs etwas zerzaust hat.

»Aber wenn die Bilder so hässlich sind?«, frage ich zweifelnd.

»Nee, die Bilder sind toll, nur die Einrichtung ist scheußlich. Aber sie hat wohl Geld für einen super Fotografen investiert.« Sigrun lässt ihren Rechner hochfahren und schickt mir den Link zur Website.

O Mann. Da hat jemand versucht, einem modernen Neubauzimmer einen Loftanstrich zu geben. Grüne Neonröhren hängen an der Decke, ein Drahtgestell steht sinnlos an der Wand. Zwei Seiten sind mit einer Tapete tapeziert, die eine halb verputzte Wand mit Backsteinen darstellen soll, und auf dem Boden prangt ein Teppich in Betonfarbe. Aber die Bilder sind perfekt ausgeleuchtet und kommen gruselig makellos rüber.

»Ach du meine Güte. Ich verstehe, was du meinst.«

Sigrun kratzt sich am Kopf. »Damit würdest du mir wirklich einen Gefallen tun. Wenn wir das machen, dann wird sie schon ein, zwei Anzeigen buchen. Glaube ich zumindest.«

»Na, von mir aus. Dann bastele ich was zusammen. Kann ich den Text kürzen?«

»Ja, das musst du sogar. Sie neigt zu Superlativen. Zu extremst übertriebenen unangemessensten Superlativen.«

Die Arbeit und der Small Talk mit meiner Kollegin tun mir gut und lenken mich von Olli ab. Und dann platzt unser Chef herein.

»Josefine!« Herr Mayer spricht meinen Namen so triumphierend aus, als wäre er die Lösung eines Rätsels. »Dich hab ich gesucht. Mit dir muss ich sprechen!«

»Worum geht's denn?«, frage ich.

»Um den Artikel über die Handwerkermesse.«

Der Artikel ist gut, das weiß ich, das haben mir alle im Büro gesagt. Will er mich etwa endlich mal loben? Aber seine Miene sagt leider etwas anderes.

»Bitte schön, Madame! Was für eine Katastrophe!« Er wedelt mit der letzten Ausgabe vor meinem Gesicht herum. Das kann ich überhaupt nicht leiden.

»Was stimmt damit nicht?«

»Schau dir die Überschrift bitte mal genau an.«

Okay, jetzt sehe ich es auch. Auweia.

Kannste da noch 'ne Subheadline machen?, steht in der zweiten Zeile. In der Schrift, die wir für Unterüberschriften benutzen. Die Anweisung von Daniel an mich, die ich nicht umgesetzt, sondern nur verbessert habe: Ich erinnere mich, dass ich den Apostroph eingefügt habe. Verdammt.

»Oh, das tut mir leid«, sage ich erschrocken. »Da war ich wohl blöderweise im Korrekturmodus, nicht im Lesemodus.«

»Ja, unsere Leser freuen sich sicher, dass die Anweisungen an die zuständige Redakteurin grammatikalisch korrekt gedruckt worden sind«, faucht er.

»Es tut mir ehrlich leid, aber kann es nicht sogar sein, dass die Leute es witzig finden?«

»Wir wollen nicht lustig sein, sondern seriös«, sagt er. »Wir sind kein Witzblatt, sondern eine renommierte Zeitschrift.«

Ich nicke betreten. »Es tut mir wirklich total leid«, wiederhole ich.

»Das hilft uns jetzt auch nicht weiter. Das ist zwanzigtausendmal so rausgegangen.«

Ich weiß nicht, was ich noch sagen soll. Das habe ich verbockt, keine Frage, auch wenn ich mir nicht erklären kann, wie ich so etwas übersehen konnte. Sigrun sieht mich mitleidig an. Ich versuche mich an weiteren Entschuldigungsfloskeln, aber Achim schneidet mir kurzerhand das Wort ab: »Du weißt, dass du nur einen befristeten Vertrag hast, nicht wahr? Das fließt alles mit ins Beurteilungsgespräch ein.«

»Ja«, sage ich kleinlaut und bin heilfroh, als er unser Büro verlässt. »Glaubst du, er will mich rausschmeißen?«, frage ich Sigrun erschüttert.

»Nee, glaube ich nicht. So schlimm ist das jetzt auch wieder nicht«, antwortet meine Kollegin. »Du bist doch nicht die Einzige, die hier Fehler macht.«

»Wirklich?«

»Klar. Letzten Herbst hat unsere Praktikantin unter einen Artikel über die Farben von Farrow & Ball die Adresse der Konkurrenz gesetzt, und es ist keinem vor dem Druck aufgefallen.«

»Und dann?«

»F & B war total wütend und hat seither keine Anzeigen mehr bei uns geschaltet.«

»Und die Praktikantin?«

Jetzt zögert Sigrun und räuspert sich. »Die ist rausgeflogen.«

Diese Geschichte finde ich eigentlich nicht besonders beruhigend.

»Und die Logos auf dem Titelblatt der vorletzten Weihnachtsausgabe waren verschwommen«, versucht es Sigrun weiter.

»Ernsthaft? Das ist ja eine Katastrophe!«

»Ja, war es. Die Grafikerin hat den Ärger ihres Lebens bekommen, aber eigentlich lag es an der Druckerei.«

»War das Dominique?«

»Nee, eine andere, die ist längst nicht mehr da.«

»Lass mich raten: gefeuert wegen Unfähigkeit?« Himmel.

Sigrun wiegt ihren Kopf hin und her und schüttelt ihn dann kräftig, als sie mein Gesicht sieht. »Nein, nein!«, beteuert sie. »Alle sagen, es lag an ihrer Affäre mit Herrn Mayer. Seitdem stellt er nur noch Frauen ein, die er absolut nicht attraktiv findet.«

»So wie mich?«

»Genau.« Na toll. Ich finde Achim Mayer auch kein bisschen attraktiv, aber trotzdem fühle ich mich jetzt leicht abgewertet.

»Und Daniel nutzt jede Gelegenheit, hier ohne Hose rumzulaufen«, ergänzt Sigrun.

»Das ist doch was ganz anderes.«

»Finde ich nicht. Entweder ist ihm ein Knopf abgegangen, oder er hat was verschüttet, oder sie ist im Schritt gerissen, und er muss sie sofort nähen. Macht keinen guten Eindruck.«

»Das sehen die Leserinnen und Leser aber nicht.«

»Aber unsere Anzeigenkunden! Neulich kam die Blonde vom Fliesen- und Parkettprofi, du weißt schon, die Große, und sie war total irritiert und ist ganz schnell wieder gegangen, und zwar ohne ihr Anzeigenabo zu verlängern.«

»Geblendet von seiner Schönheit, hat Daniel gesagt.«

»Aber das findet der Mayer dann witzig. Total ungerecht.«

Es stimmt schon, unser Chef weist Daniel nie zurecht, sondern lacht auch noch über seine dämlichen Sprüche. Aber Daniel ist eben so ein Sonnyboy, der immer gute Laune hat und verbreitet.

»Weißt du was? Ich glaube, ich vertrage gerade keine weiteren Beruhigungen mehr. Ich hole mir noch einen Kaffee, willst du auch einen?«

»Nee, lass mal. Ich versuche gerade, mir das Koffein abzugewöhnen.«

Schulterzuckend gehe ich in die Teeküche. Dort steht Daniel an der geöffneten Balkontür und raucht. Er steht tatsächlich in Boxershorts da, ich fass es nicht.

»Hallo, Josie!« So nennt er mich seit dem ersten Tag, und ich kann es nicht leiden.

»Ich heiße Josefine. Hey, sag mal, hast du keine Hose dabei?«

»Ist ein Fleck draufgekommen. Stört es dich?«

»Ist mir egal«, sage ich kühl und stelle meine Tasse unter den Automaten.

Daniel drückt seine Kippe im Aschenbecher aus. »Warum schaust du denn so trüb?«

»War ein blödes Wochenende.«

»Das tut mir leid«, sagt er überraschend ernsthaft. »Willst du darüber reden?« Ich gebe braunen Zucker auf meinen Milchschaum.

»Nein. Warum hast du an einem Montagvormittag denn so herausragend gute Laune?«

»Hab einen fetten Auftrag an Land gezogen. Ich war am Freitag mit Mary von den Parkettprofis essen, und sie hat einen Banner in jedem Heft bis Dezember gebucht.«

»Mary? Heißt sie nicht Mariella?«

»Mary klingt doch besser.« Idiot. Aber wer sich auf Instagram Mr DanSigner nennt, würde wahrscheinlich auch aus einer Kleopatra eine Patty machen.

»Ich dachte, du hättest sie letzte Woche mit deinem Unten-ohne-Look in die Flucht geschlagen?« Ich überlege, ob ich mich auf einen der Barhocker setzen soll, die an dem hohen Tisch stehen, aber eigentlich will ich Daniel nicht zu einem längeren Gespräch ermutigen.

»Ja, das war ungünstig. Ich hab mich dafür bei ihr entschuldigt. Vielleicht sollte ich eine Ersatzhose im Büro deponieren.«

»Ach so, na dann. Ich muss dann auch wieder …«

»Warte mal. Willst du wirklich nicht darüber sprechen? Manchmal hilft es, mit einem Unbeteiligten zu reden. Und du kannst mir alles sagen, mein Vater ist Pfarrer!«

»Ich hab einen riesigen Berg auf meinem Schreibtisch, den ich sortieren muss.« Ich verdrehe die Augen, weil mich der Zustand meines Schreibtischs selbst nervt.

»Du bist eben ein kreativer Kopf, die brauchen nun mal das Chaos.« Daniel stellt seine Tasse unter den Automaten und lässt sich einen Espresso heraus.

»Meinst du wirklich? Ich habe das Gefühl, dass sich in letzter Zeit alle nur über meine chaotische Art ärgern.« Jetzt setze ich mich doch kurz hin.

»Das glaube ich nicht. Du brauchst eben ein bisschen Tohuwabohu um dich herum, damit du denken kannst und auf neue Ideen kommst. Deine Texte sind echt gut, ich freue mich immer, wenn es einer von dir ins Heft schafft.«

»Ehrlich?« Das schmeichelt mir jetzt schon.

»Ja, wirklich. Unter uns, du bist besser als Melli, die du vertrittst. Wenn wir Glück haben, verlängert sie ihre Elternzeit, und du bleibst uns noch lange erhalten.«

Ich bin mir nicht ganz sicher, ob er mit mir flirten will oder wirklich meine Arbeit lobt, aber es tut gut, einfach mal etwas Positives zu hören.

»Ich finde es toll, wenn man schreiben kann. Ich bringe keine zwei Sätze zu Papier, die sich vernünftig anhören.«

»Dafür kannst du zeichnen.«

»Das kann man lernen.«

»Wahrscheinlich.« Plötzlich bin ich verlegen.

»Wollen wir nach der Arbeit vielleicht auf einen kleinen Absacker in die Bar um die Ecke gehen?«

Ich erwäge kurz, seine Einladung anzunehmen, aber dann denke ich an Sigruns Blick, wenn sie das mitkriegt. »Danke, echt nett von dir, aber ich kann nicht.«

»Okay. Falls du es dir anders überlegst, du hast ja meine Handynummer.«

Irgendwo habe ich die Nummern aller Mitarbeiter in einer E-Mail, aber ich brauche sie garantiert nicht. Mir ist nicht nach flirten zumute, und ich sehe auch keinen Sinn darin, mich bei einem quasi Fremden über meinen Liebeskummer auszuheulen. Auch nicht, wenn er so gut aussieht wie Daniel. Dann erst recht nicht. In so einem Fall hält man sich doch lieber an seine Freunde.

Zurück an meinem Platz, schreibe ich Moritz und Annabel, was passiert ist. Früher oder später müssen sie es ja eh erfahren. Mo ist geradezu entsetzt und reagiert unerwartet lieb auf meine Nachricht.

Warum hast du mir das gestern nicht gesagt? Soll ich ihn erschießen? Jederzeit, nur nicht heute Abend, da habe ich Krav Maga, steht in der SMS. (Mo misstraut der Spionagesoftware von WhatsApp zutiefst.)

Annabel ruft mich sofort an und bietet an, am Abend eine Stunde rüberzukommen, wenn Jonas nach dem Essen seine Lieblingsserie guckt.

»Wollen wir nicht lieber in ein Café gehen? Bei mir ist es gerade etwas chaotisch.« Okay, das gerade hätte ich mir vermutlich sparen können, aber der Liebeskummer wirkt sich tatsächlich außerordentlich schlecht auf meine häusliche Ordnung aus.

»So schlimm wird es schon nicht sein! Und es ist mir lieber, wenn Jonas jederzeit zu uns kommen kann. Dann um sieben bei dir. Küsschen!« Na gut, sie kennt mich und meine Wohnung ja.

Annabel bringt Falafel und Krautsalat mit, und wir sitzen in der Küche, wo wir essen und ich sie gleichzeitig über alles in Bezug auf Olli in Kenntnis setze. Sie begutachtet alle Fotos von der Hochzeit und findet die richtigen Worte zu Olli, seiner Schwester und Viktoria. »Die ist absolut nicht sein Typ, mach dir da mal keine Sorgen!«

Ich könnte sie küssen, wenn ich nicht gerade den Mund voll hätte.

»Olli kriegt sich schon wieder ein. Wart's ab, bald kommt er angekrochen, und es tut ihm alles leid.«

»Meinst du wirklich?«

»Na klar!« Annabel ist immer so zuversichtlich und weigert sich einfach, schlechte Nachrichten ernst zu nehmen.

»Mach es ihm dann aber nicht zu leicht. Er hat sich wie der letzte Arsch benommen, und du solltest ihm nicht sofort verzeihen. Wenn überhaupt. Ich war ja schon immer der Meinung, dass du etwas Besseres verdienst.«

Tja, von der souveränen Haltung, eine Versöhnung auszuschlagen, bin ich leider weit entfernt. Gemeinsam wundern wir uns über den Ansturm auf mein Facebook-Profil und meine unerwartete Internet-Beliebtheit. Mittlerweile gibt es noch mehr Kommentare, und sogar ein Lifestyle-Magazin hat meinen Post gelikt.

»Der Text ist wirklich gut, aber du als Ordnungsfee, das ist mehr als absurd, Fine«, sagt Annabel mit einem Blick durch die Küche. Sie hat früh ein Kind bekommen und sieht mein Chaos offenbar eher mit dem nachsichtigen Blick einer verständnisvollen Mutter als mit dem einer gleichaltrigen Freundin.

»Du gehst jetzt mal in die Badewanne, und ich gehe nach Hause. In ein paar Tagen sieht die Welt schon wieder ganz anders aus. Tschüsschen!«

Ich beneide Annabel etwas um ihren Optimismus. Meiner schwindet schon wieder, sobald ich allein bin und in einem Schaumberg versinke. Deshalb rufe ich Marie auch nicht zurück, die es zweimal bei mir probiert hat. Ich fühle mich nicht stark genug, ihre Meinung zu Ollis Abgang anzuhören. Ich habe Angst, dass sie für seine Seite mehr Verständnis hat. Oder dass sie sagt, er würde nie wiederkommen.

Kapitel 5

Sehr geehrte Josefine Geiger,

wir mussten wie viele andere Follower sehr über Ihren Post lachen. Genau wie Sie vertreten wir die Meinung, dass die Menschen heutzutage von zu viel Ballast umgeben sind, der sie einengt und belastet. Und dass man sich aus toxischen Beziehungen befreien sollte. Sie haben das sehr treffend und amüsant formuliert. Hätten Sie Interesse daran, eine Kolumne für uns zum Thema »Ordnung« zu schreiben? Gern können wir einen Telefontermin vereinbaren, um die Details zu klären.

Mit herzlichen Grüßen
Dana Karrenbauer, LifeStyleTime

Ich blicke von meinem Laptop auf und lasse den Blick durch mein Zimmer schweifen. Auf dem Boden liegen meine Kuschelsocken, daneben zwei Bücher und ein leerer Wäschekorb. Auf dem Sofa türmen sich die Klamotten von gestern und vorgestern und verdecken beinahe die Fernbedienung, die zwischen einem Ordner, dem Locher und einer Plastiktüte herauslugt. Mehrere Stifte, eine kaputte Lichterkette und eine Rolle Tesafilm teilen sich den restlichen Platz, sodass die grüne Kuscheldecke mit der Lehne vorliebnehmen muss.

Man bittet mich, eine Kolumne über Ordnung zu verfassen. Ich weiß nicht, ob ich lachen oder weinen soll. Das ist einfach zu absurd. High Heels können zu Trennungen führen, Trennungen zu Stress mit dem Nachbarn, und Wut im Bauch bringt neue Jobangebote … Aber ich als Ordnungskolumnistin, das ist nun wirklich der größte Irrsinn, den sich mein Leben gerade für mich hätte ausdenken können. Wahrscheinlich braucht Frau Karrenbauer gerade ganz dringend einen Mitesser?

Ich beginne, eine Absage zu tippen, als mein Handy eine SMS von meinem Chef ankündigt. Das macht mich immer nervös, und ich unterbreche sofort.

Hallo, Josefine, ich muss kurzfristig nächste Woche nach Schweden, daher wird dein Beurteilungsgespräch auf heute um 16 Uhr vorgezogen. Gruß, Achim Mayer

O nein. Bis dahin habe ich keine Gelegenheit mehr, meinen Fauxpas auszubügeln. Meine Probezeit geht offiziell ein halbes Jahr lang, aber nach drei Monaten sollte es eine Zwischenbilanz geben. Irgendwie habe ich das Gefühl, dass sie momentan nicht gerade ideal ausfallen könnte. Vielleicht erkundige ich mich doch einmal ganz unverbindlich bei Frau Karrenbauer nach den Konditionen für diese Kolumne.

Ich habe meine Mail an sie gerade abgeschickt, als eine Nachricht von Olli angekündigt wird. Mein Herz beginnt zu rasen. Vielleicht will er doch noch mal über alles reden?

Hi, Josefine, ich würde gern demnächst meine Sachen abholen und dir den Schlüssel geben. Wann würde es passen? LG, Oliver

Mir steigen Tränen in die Augen. Er fragt nicht mal, wie es mir geht. Er will nicht noch mal reden, er will einfach nur seine Sachen holen und mit mir abschließen. Wie einen lästigen kleinen Punkt auf der Tagesordnung, den man abarbeiten muss. Ich muss schlucken. Das ist … hart. Kalt. Gemein. Ich reibe mir die Augen und versuche, mich zusammenzureißen.

Die Antwort von Frau Karrenbauer trifft wenige Minuten nach meiner Anfrage ein. Es geht um eine wöchentliche Kolumne ab September, die mit 400 Euro vergütet werden soll. Pro Woche, nicht pro Monat. Und zu den vier Kolumnen kommt einmal monatlich noch eine fünfte in der Printausgabe, die doppelt so hoch honoriert wird.

Allerdings gibt es noch ein längeres Auswahlverfahren, und ich müsste die erste Probekolumne innerhalb einer Woche abgeben, denn ihnen ist kurzfristig eine Kandidatin abgesprungen, und sie holen gerade Arbeitsproben ein und müssen sich bald entscheiden. Neue Wege, Flexibilität, moderne Konzepte, blabla, aber egal. Das ist ... viel Geld. Mehr, als ich erwartet hätte. Viel mehr. Beinahe so viel wie mein halber Job beim Magazin.

Ich meine, ich werde die Stelle ablehnen, das ist natürlich klar. Muss ich. Jemand wie ich kann keine Kolumne über Ordnung verfassen. Worüber sollte ich da schon schreiben?

Weder der Klamottenstapel auf dem Stuhl noch die alten Zeitschriften auf dem Boden haben einen heißen Tipp für mich. Außerdem muss ich zur Arbeit.

Schon als ich Herrn Mayers Büro betrete, weiß ich, dass er mir nichts Erfreuliches zu sagen hat.

»Tja, Josefine, wie sag ich es jetzt? Es ist ungünstig, aber wir können deine Probezeit leider nicht verlängern.«

»Heißt das, Sie kündigen mir?«

»Nein, dein Vertrag wird nur einfach nicht verlängert. Und die Probezeit wird auf vier Monate verkürzt. Du bist also nur noch bis zum 1. Juli bei uns.«

Ich wusste es. Irgendwie hatte ich es im Gefühl.

»Liegt es an der Sache mit der Subheadline?«, frage ich erschüttert.

»Nein. Damit wollte ich nur erreichen, dass du dich zukünftig mehr anstrengst und genauer arbeitest. Aber nun ist Folgendes – Melanie kommt früher als erwartet aus der Elternzeit zurück. Sie sagt, sie wird depressiv, wenn sie noch neun Monate lang Windeln wechseln und Kinderlieder singen muss. Tut mir leid.«

»Aber ich sollte doch ein Jahr lang als Mutterschaftsvertretung hier arbeiten«, wende ich ein.

»Ja, aber jetzt haben sich die Umstände eben geändert. Wir können es uns nicht leisten, Melli zu verlieren. Es liegt nicht an dir. Du kriegst ein gutes Zeugnis.«

Das nutzt mir jetzt auch nichts. Wie betäubt gehe ich an meinen Schreibtisch zurück und beginne, Stellenanzeigen zu googeln. Aber es sieht düster aus.

Auf dem Heimweg denke ich über das Angebot von Frau Karrenbauer nach. Was, wenn ich diese Kolumne wirklich bekommen würde? Das wäre nichts auf Dauer, klar. Aber hilfreich, bis ich einen neuen Job gefunden habe. Ich meine, ich musste mir schon zu beinahe jedem Thema was aus den Fingern saugen. Über Ordnung gibt es sicher viel im Internet. So ein paar Tipps kriege ich da schon zusammen. Vielleicht überlege ich mir ein Pseudonym? Einen netten Namen, der mit mir nichts zu tun hat? Einen ordentlichen Namen. Finchen klingt ja schon beim Hinhören chaotisch. Liebenswert, aber chaotisch.

Sarah Saubermann, Josie Clean. Rita Rein, Fiona Frisch, Dora Dezent. Na ja, ich finde sicher noch was, was weder nach Desinfektionsmittel noch nach Pornostar klingt. Es muss ja keiner wissen, wer dahintersteckt. Wie Ghostwriting. Und sobald ich einen richtigen neuen Job habe, höre ich wieder damit auf. Und dann kann ich hoffentlich auch endlich damit aufhören, an Olli zu denken. Ihn jetzt zu sehen könnte ich nicht ertragen.

Ich schreibe ihm knapp, dass ich ihm all sein Zeug per Post zuschicken werde, und bin froh, dass er nur *ok* antwortet und sonst nichts mehr. Egal, wie Herr Mayer es nennt, man hat mich gefeuert. Ausschlafen kann ich morgen aber trotzdem nicht, denn ich habe ja noch zwei Wochen. Aber das mit der Kolumne ist ein kleiner Lichtblick, so muss ich mich nicht wie eine Vollversagerin fühlen.

Mein kurzes Hochgefühl kriegt aber schon am Mittwoch einen Dämpfer, als ich einen Anruf von der Hausverwaltung bekomme.

»Herr Helwig hat uns eine Beschädigung seiner Wohnungstür gemeldet.«

»Das ist doch lächerlich! Man sieht den Riss beinahe gar nicht!«

»Von außen vielleicht. Herr Helwig hat mir hochauflösende Fotos von beiden Seiten geschickt, und die Innenseite hat ordentlich was abbekommen. Das muss gerichtet werden.«

»Oje. Sind Sie sicher, dass ich das war?«

»Haben Sie mit der Faust gegen die Tür geschlagen, ja oder nein?«

»Ja, na gut, das habe ich gemacht, aber das ist doch eine Lappalie. Können wir das nicht irgendwie anders regeln?«

»Was meinen Sie mit ›anders‹?«, fragt er misstrauisch. O Gott, er vermutet doch nicht etwa, dass ich in Naturalien zahlen will, so wie der Typ vom Schlüsseldienst es *mir* vorgeschlagen hat?

»Könnte meine Haftpflichtversicherung nicht vielleicht anonym für den Schaden aufkommen? Also, ich meine, dass sie das Geld an Sie überweist, ohne dass Herr Helwig erfährt, dass ich es war?«

»Von mir aus. Ihre Beziehung zu Herrn Helwig ist mir egal, aber normal finde ich Ihr Verhalten wirklich nicht, junge Frau. Vielleicht sollten Sie mal an einem Antiaggressionsseminar teilnehmen? Mein Neffe bietet das an, da kann ich Ihnen bestimmt einen Rabatt verschaffen.«

»Nein, aber vielen Dank, ich bin Ihnen wirklich sehr zu Dank verpflichtet.«

»Das stimmt wohl. Der Jean-Luc macht das aber richtig gut mit Rollenspielen und so, der will eigentlich Schauspieler werden, er kann sich nur die Texte so schlecht merken.«

»Schicken Sie mir dann einfach die Rechnung für die Tür zu, und ich reiche sie bei meiner Versicherung ein?«

»Ist gebongt«, sagt er verschwörerisch.

»Danke. Tschüss, Herr Maurer.« Gerade noch mal gut gegangen.

Am Freitag hat Sigrun Geburtstag und bringt Kuchen und Sekt mit, was ein hübsches Bild für Instagram abwirft.

Wahnsinn, wie schnell meine letzten Arbeitstage verfliegen. Ich weiß nicht, ob es an meinem drohenden Abschied liegt, aber alle sind unglaublich nett zu mir. Ich lese die aktuelle Ausgabe Korrektur, was ich am liebsten mache, und hänge überwiegend in der Teeküche herum, weil ich nur noch bis Montag hier sein werde und eigentlich nicht mehr wirklich was zu tun habe. Währenddessen plane ich, die Wartezeit bis zu meinem nächsten Job damit zu verbringen, mich endlich mal gesünder zu ernähren und mein Leben besser zu strukturieren.

Nach der Arbeit gehe ich auf dem Heimweg am Markt vorbei und kaufe Gemüse. Ist offenbar wirklich bio, denn zu Hause kriecht aus dem öligen Brokkoli eine farbgleiche Raupe und sieht mich neugierig an. Ich bringe es nicht übers Herz, sie zu ermorden, und trage sie runter in den Vorgarten. Uah, was mach ich jetzt mit dem Gemüse? Alles in den Kompost oder abwaschen, in den Ofen und kein Wort darüber verlieren? Meine Facebook-Freunde raten dazu, das Gemüse zu waschen und todesmutig zu essen.

Die Butter ist alle, also werde ich die Butterschwitze eben mit Margarine machen. Eine Sekunde nachdem ich den Topf auf der Platte habe, verwandelt sich die Margarine in eine schwarze stinkende Brühe, und ich ziehe den Topf hektisch vom Herd. Zu spät! *Ding, ding, ding!* Der Krach aus dem Rauchmelder ist ohrenbetäubend. Ich fege meinen Pulli vom Hocker, ziehe ihn an die passende Stelle und steige drauf. Ich drücke am Rauchmelder herum, aber nichts ändert sich, er sondert weiterhin unerträgliche Töne ab. *Ding, ding, ding!* Ich reiße die Wohnungstür auf und renne ins Treppenhaus. Hoffentlich ruft keiner die Feuerwehr.

»Du mal wieder. Das war ja klar!« Patrick sieht mich feindselig an, als er die Treppe heraufsprintet. »Wo hängt das Ding?«

Ich zeige hilflos auf die offene Wohnungstür, und er geht an mir vorbei und macht irgendwas, und plötzlich ist es nur noch halb so laut. Ich folge ihm und sehe, dass er ein weißes Gerät in den Fingern hält. »Warum ist das böse Ding noch immer nicht still?«, frage ich verzweifelt. *Ding, ding, ding!*

»Ist es, es muss noch irgendwo ein zweites sein.« Er geht dem Geräusch nach.

»Nicht ins Schlafzimmer!«, rufe ich, aber zu spät.

Patrick steht bereits im Zimmer und reißt den nächsten Rauchmelder von der Decke. Dabei balanciert er auf meinem Bett mit der Disney-Bettwäsche. Hallo, Arielle! Und dann – endlich Ruhe. Oder eher verächtliches Schweigen? Patrick sieht sich langsam um, und meine Wangen werden warm vor Verlegenheit.

»Was ist denn hier passiert? Wurde bei dir eingebrochen?«

Ich schlucke. »Nein, es sieht immer so aus.«

»Das solltest du vielleicht an die Wand schreiben. Nicht dass sich die Polizei mal hierher verirrt und gleich eine Großfahndung ausschreibt.«

»Ähm, ja.« Ich muss ihn ablenken. »Möchtest du vielleicht mitessen? Ich bin gerade beim Kochen, wie man gehört hat.«

»Um Gottes willen, nein. Äh, ich meinte, danke, ich bin zum Abendessen schon verplant«, korrigiert er sich.

»Okay.« Schon klar. Ich habe eigentlich auch keine Lust auf verbrannten Brokkoli mit Raupenspuren.

»Und ich habe noch viel zu tun.« Er steigt mit wackligen Beinen von meinem Bett herunter und steht plötzlich sehr nah vor mir. Ich sehe eine winzige Schnittwunde unter seinem glatt rasierten Kinn, sein Atem ist warm, und sein Rasierwasser duftet überraschend angenehm, nach Tannenwald oder frischem Moos. Erstaunlich, wie anders er ohne seine Pullunder von anno dazumal aussieht. Und wenn er die Klappe hält. Ich schlucke noch mal. Reiß dich zusammen, Finchen. Es ist nur dein dämlicher Nachbar, der dir gerade geholfen hat, den Lärm des Rauchmelders abzustellen.

Und vor dem ich mich schon wieder blamiert habe.

»Danke, dass du das ausgemacht hast.«

»Gern geschehen. Ich geh dann mal.«

Mein Mund ist trocken, und ich sehe ihm nach, als er durch die Tür geht. Das Essen. Ich muss das Essen retten. Nein, ich muss es wegwerfen, korrigiere ich mich ein paar Sekunden später.

Obwohl ich noch keine Antwort von Frau Karrenbauer bekommen habe, begegnet mir das Thema Ordnung plötzlich überall, auch im Reality-TV. Gebannt sehe ich am Samstag zu, wie eine putzsüchtige Frau und ein Messie aufeinander losgelassen werden und sich gegenseitig dabei helfen sollen, wieder zu einem normalen Umgang mit Sauberkeit zu kommen. Die Ordnungsfanatikerin hat sich die Augenbrauen abrasiert und sich stattdessen dünne, hohe Striche tätowieren lassen, die unnatürlich weit von den Augen entfernt sind. Sie ekelt sich vor dem Messie und will seine Wohnung nur in einem Ganzkörperschutzanzug betreten.

Der nächste Putzteufel hat ähnliche Augenbrauen und bezeichnet den Messie als bedauernswerte Kreatur, die leider das Recht auf normale Behandlung verspielt hat. Obwohl es spannend ist, gehe ich ans Handy, als Lena anruft.

»Fine, was machst du heute?«

»Im Bett liegen und fernsehen und mir selber leidtun«, gebe ich zu.

»Damit ist jetzt Schluss! Du gehst mit zu der Party meiner Kollegin Agatha!«

»Das glaube ich eher nicht«, sage ich. Gleich fängt nämlich die nächste Folge von »Putzteufel trifft Messie« an, und ich bin schon latent süchtig.

»Doch, ich bin in einer halben Stunde bei dir. Ich will da nicht allein hingehen, und außerdem musst du dich ablenken.«

»Das mache ich ja, ich lenke mich mit Fernsehen ab«, grummele ich.

»Bitte, liebstes Finchen. Ich kenne niemanden außer Agatha und würde mich da ohne dich ganz schrecklich unwohl fühlen.« Wenn Lena zu schmeicheln beginnt, kann ich ihr nichts abschlagen. Der Spitzname Finchen stammt noch von meiner Omi, und insgeheim freue ich mich immer, wenn mich jemand so nennt, der mich damals schon kannte. Es ist wie eine kurze Erinnerung an meine Kinderzeit.

»Na gut. Aber ich warne dich, es sieht wüst bei mir aus.«

»Ein bisschen aufzuräumen und zu putzen würde deine Laune sicher heben«, sagt Lena mit ihrer erwachsenen Stimme.

»Ganz sicher nicht.«

»Dann machen wir eben erst mal zusammen eine Stunde lang Action bei dir. Komm schon, das wird lustig.«

»Dein Wort in Gottes Gehörgang.«

Die neue Putzwütige tritt auf. An ihren hohen Augenbrauen kann ich gleich erkennen, dass auch sie sich vor Messies ekelt.

Aber weil Lena gleich kommt, drücke ich nur auf Record und ziehe mich an.

Leider darf man den Prosecco, den Lena mitgebracht hat, nicht trinken, weil der für die Party ist. Außerdem hat sie mit »Action« nicht warmtrinken, sondern warmputzen gemeint. Damit ich nicht im Liebeskummerumfeld versacke und für den Fall der Fälle eine vorzeigbare Wohnung habe. Dabei bin ich wahrlich nicht der One-Night-Stand-Typ und würde garantiert keinen Fremden mit heimbringen.

Falls sie über den Zustand meines Schlafzimmers schockiert ist, zeigt sie das nicht, zumindest nicht sehr. Sie sagt nur »Oh!« und weist mich an, zwei Müllsäcke, eine Kiste und eine Papiertüte zu holen. »Hier kommt alles rein, was Müll ist, da Altpapier. Hier die Sachen, die du nicht mehr brauchst, und dort alles, was du behalten willst, von dem du aber nicht weißt, wohin damit.«

»Wollen wir nicht lieber wieder in die Küche gehen, und ich mache uns einen schönen Wein auf?«

»Abgelehnt. Fine, so geht das nicht. Wenn du jetzt mit mir aufräumst, trinke ich danach zur Belohnung ein Glas Wein mit dir, zur Einstimmung. Du wirst sehen, wie viel wir zu zweit in einer Stunde schaffen. Und das ist auch noch viel effektiver als Step & Style. Da habe ich es diese Woche nämlich nicht hingeschafft.«

»Na gut.« Schmollen hat keinen Zweck, und Lena hat es schon immer verstanden, das Angenehme mit dem Nützlichen zu verbinden. Ich wundere mich nur, wie schnell wir das mittlere Chaos in ein ganz riesiges Chaos verwandeln.

»Es ist nur vorübergehend schlimmer. Du wirst dich wundern, wie schnell wir vorankommen.«

Wir arbeiten uns ziemlich zügig durch meine Klamotten, die Uniunterlagen, die ich nicht mehr brauche, aber auch nicht wegwerfen will, und den Berg an nervigem Papierkram. Ab und zu sagt Lena etwas Kluges wie: »Die Bedienungsanleitung kann weg, das findest du alles online« oder etwas sehr Dummes wie: »Warum kaufst du dir dauernd neue Bücher? Lies doch erst mal die, die du schon hast«.

Nach einer halben Stunde quillt die Papiertüte beinahe schon über, und meine Freundin schickt mich zur Mülltonne: »Was weg ist, ist weg!« Tja, dagegen kann man nicht an.

»Jetzt sieht es doch schon viel besser aus!«, begrüßt sie mich, als ich zurückkomme. »Eine Frage: Weshalb hast du auf deinem Schreibtisch ein Beil liegen?«

»Ein was?«

»Ein großes, schweres Hackebeil. Hast du ein Hobby, von dem ich nichts weiß?«

»Es gibt sicher viele Gründe, warum man ein kleines Beil in seinem Besitz hat, oder? Zeig mal.«

Na gut. Das ist groß. Ich muss kurz überlegen, bevor es mir wieder einfällt, warum das da liegt. Ich glaube, ich wollte letzten Herbst etwas aufhängen und hatte keinen Hammer gefunden.

»Mit dem Beil wollte ich den Nagel für eine Pinnwand in die Wand schlagen.«

»Und, hat es geklappt?«

»Nicht so richtig. Die Nägel sind immer rausgebrochen. Schlechte Wandstruktur.« Ich zeige auf die Löcher in der Wand und die unausgepackte Pinnwand, die auf dem Boden liegt. Hab dann ein paar Briefe darauf abgelegt und sie vergessen.

»Du bist eine lebende Katastrophe.«

»Das kann man auch netter ausdrücken«, sage ich beleidigt.

»Das *war* die nette Variante«, sagt Lena.

»Wo soll ich das hintun?«, frage ich und zeige auf die Schachtel mit den künstlichen Wimpern.

»In den Müll!«

»Aber die brauche ich noch.«

»Wozu? Wenn du deinen Durchbruch als Dragqueen feierst?«

Ich werfe ihr meinen Mittelfinger-Blick zu, und sie schnappt sich den Staubsauger und saugt einmal kurz durch.

Danach legt sie eine frische Tischdecke auf mein Sofatischchen, stellt uns Gläser und Erdnüsse hin und erlaubt mir endlich, meinen Wein zu öffnen. Erschöpft, aber unerwartet zufrieden lasse ich mich in die Polster sinken. Jetzt ist alles so friedlich hier. Das Zimmer hat wundersamerweise wieder die richtigen Proportionen, und ich fühle mich in der Sofaecke wohlig und geborgen und nicht nur auf der Flucht vor dem sonstigen Durcheinander. Der Wein leuchtet beinahe lila in den Gläsern, und am liebsten würde ich hierbleiben.

»Jetzt fühle ich mich besser, aber ich habe absolut keine Kraft mehr, zu irgendeiner Party zu gehen. Wollen wir uns nicht einfach einen schönen Abend bei mir machen und fernsehen? Ich hab eine neue Lieblingssendung auf der Festplatte.«

Lena funkelt mich an. »Du hast es mir versprochen!« Sie nimmt einen großen Schluck Wein.

»Ist ja gut.« Ich seufze. »Sollen wir außer deinem Prosecco noch was mitbringen?«

»Nur gute Laune.«

»Ist heute nicht im Angebot.«

»Ach komm, reiß dich doch ein bisschen zusammen.«

»Ich reiße mich total zusammen, ich hab Kleider an und weine nicht.« Immerhin bin *ich* hier die Liebeskummergeschädigte.

Mein Blick wandert über den Friedhof meiner vertrockneten Zimmerpflanzen. Nur zwei Kakteen haben überlebt, und eine hat sogar zwei rote Blüten.

»Ich könnte deiner Kollegin einen Kaktus mitbringen.«

»Hältst du das Statement für angebracht?«

»Ich kenne sie ja nicht. Das sind eben die einzigen Pflanzen, die bei mir überleben. Wie heißt sie noch mal?«

»Agatha Christine.«

»Wie bitte? Das kann nicht sein!«

»Na ja, ihre Eltern waren eben ein großer Fan englischer Kriminalliteratur.«

»Das war aber nicht besonders vorausschauend von ihnen. Ich wette, mit diesem Namen musste sie schon einiges einstecken.«

»Ach, Aggy ist taff. Die lässt sich nichts bieten, die teilt selbst ganz schön aus. Auch wenn es oft unnötig ist.« Soso.

»Man zieht nicht über seine Freunde her. Das hat keinen Stil«, behaupte ich.

»Du hast ein rosa Babydoll aus den Achtzigern an, deine Haare sehen aus wie Schilfgras nach dem Angriff der Klonkrieger, und du erzählst mir was von Stil, Engelchen?«, pariert Lena.

»Stil ist keine Frage der Kleidung«, sage ich so majestätisch, wie ich es hinkriege. »Es ist vielmehr eine geistige Haltung von Würde, Anstand und gutem Benehmen.«

Lena zieht mich sanft vom Sofa hoch, dreht mich zum Spiegel und sagt: »Bist du dir sicher?«

»Mitnichten«, sage ich, und dann müssen wir beide lachen, und Lena lässt mir den Vortritt ins Bad, wo ich mich aufhübschen soll.

Meine blonden Strähnchen sind ziemlich rausgewachsen, und neulich habe ich es daheim mit einer Ansatztönung versucht. Das Ergebnis war gelb bis deprimierend, und seitdem sind meine Haare trocken und krisselig, weshalb ich ihnen meistens eine Extraportion Haarkur gönne. Dafür ist jetzt aber keine Zeit, ich klatsche nur die Spülung drauf und wasche sie sofort wieder raus.

Als ich mich abgetrocknet und eingecremt habe, bekomme ich langsam gute Laune. Vielleicht wird das heute ja eine richtig tolle Party. Unterwäsche, Deo, Parfum. Shit. Offenbar gibt es ein Naturgesetz, das dafür sorgt, dass immer ein paar Haare über dem Knöchel übrig bleiben, egal wie gründlich man sich rasiert hat.

Ich mach das jetzt einfach heldenhaft trocken mit der Rasierklinge weg. Aua, verdammt. Ein dünnes Rinnsal Blut fließt über die Narbe an meinem Knöchel. Nicht fragen, wo die herkommt, es war ein Moment wie dieser. Mit etwas Glück vereinen sie sich zu einer einzigen neuen Narbe.

Weil es warm ist, schlüpfe ich in mein Lieblingssommerkleid und sehe in den Spiegel. O nein, das geht gar nicht. Es spannt am Bauch und ist irgendwie unförmig. Wann ist das denn passiert? So viel Süßkram habe ich doch gar nicht in mich reingestopft – na ja, eigentlich doch. Also weg mit dem rosa Kleid, das hat eh einen unvorteilhaften Schnitt, und rein in das alte hellrote Sommerkleid vom letzten Jahr, aber verdammt, der Anblick wird nicht besser. Und das liegt leider nicht am Schnitt des Kleides, sondern an der Unförmigkeit der Trägerin, um es mal in aller Deutlichkeit zu sagen.

»Lena, ich kann nicht mit, mein Look ist nicht gesellschaftstauglich!«, rufe ich ins Wohnzimmer.

»Ach was, so wild kann es doch gar nicht sein.« Ihre beschwichtigenden Worte ersterben, als sie mich erblickt. Blasser Hautton, gelb gestreifte Haare, rotes Kleid und gequältes Gesicht.

»Ja gut, das ist jetzt nicht so günstig. Warte mal, vielleicht können wir es mit Schwarz retten?«

Sie reicht mir das lange schwarze Abendkleid, in dem ich früher mal sehr elegant ausgesehen habe. Jetzt stören meine Hüftpölsterchen, mein Hautton und die Haare, du lieber Himmel, die Haare, dazu fällt auch Lena so schnell nichts ein. Wieso habe ich mich vor Sarahs Hochzeit eigentlich so hübsch gefühlt?

Schließlich macht Lena mir einen straffen Chignonknoten, steckt lose Härchen mit Spängchen fest und glättet alles mit einer Menge Gel. Na ja.

»Dazu große Ohrringe und Smokey Eyes, nur blassrosa Lipgloss, und du musst dich halt heute mal etwas vornehmer geben. Also nicht dauernd fluchen, Finchen. Vielleicht ist es ja auch schon dunkel, wenn wir ankommen.«

Reizend, danke schön, Lena. Nach einem letzten Schluck Wein lasse ich mich unwillig von ihr aus dem Haus treiben, wenigstens dämmert es jetzt bereits. Im Bus zeige ich Lena den absurden Erfolg meines Facebook-Posts, und sie bezeichnet mich so begeistert als kommenden Internetstar und neue Berühmtheit, dass es mir ganz peinlich ist und ich ihr das Versprechen abnehme, erst mal keinem davon zu erzählen.

Kapitel 6

Bei der Party in einem umgebauten Fabrikloft ist es voll und laut, und ich komme mir beinahe sofort vor, als hätte man mich in die Hölle gestoßen. Es ist heiß, Bässe wummern in meinen Ohren, und es riecht scharf nach irgendeinem Cannabisverschnitt. Warum nur habe ich nachgegeben und mich nicht einfach in meinem Bett verkrochen? Aber nun gibt es kein Zurück. Lena nimmt mich beim Arm und stellt mich ihrer Kollegin vor. Agatha ist groß und dünn und mit einer Blumenkette behängt. Sie lacht nach jedem Satz hell auf und umarmt alle und jeden. Hinter ihr ist eine kleine Tanzfläche zu sehen, und dahinter sitzt ein DJ an einem Mischpult mit riesigen Boxen, wie in einer Disco. Ich wünsche mich nach Hause in mein Bett mit einem Buch, aber das kann ich natürlich schlecht sagen. Also drücke ich mich am Büfett herum und versuche, amüsiert und interessant auszusehen. Immerhin sehen die kleinen Kuchen und Sandwiches verlockend aus. Ja, ich weiß, man darf noch nichts nehmen, aber …

»Brauchst du einen Schlag auf die Pfötchen?« Ich schaue hoch und erschrecke kurz, als ich meinen Kollegen Daniel erkenne.

»Was machst du denn hier?«

»Agatha ist meine Ex und eine sehr gute Freundin. Und du?«

»Ich bin mit Lena hier.« Ich deute auf meine Sandkastenfreundin.

»Dass du nicht warten kannst, bis das Büfett eröffnet ist, passt zu dir. Josefine Geiger, immer voreilig und unter Strom.« Daniel grinst mich breit an, als hätte er mich damit komplett analysiert. Immerhin scheint es keine Anspielung auf mein Hüftgold zu sein.

»Ich hab heute halt noch nicht viel gegessen.«

»Ist doch okay, ich finde das gut, diesen rebellischen Zug an dir. Konformisten haben wir schon genug.« Seine erneute Bewunderung für meine impulsive Art macht mich verlegen, und ich reagiere sicherheitshalber mit einer Retourkutsche: »Wenigstens schaffe ich es, mir eine Hose anzuziehen.«

»Das ist aber keine Hose, das ist ein Kleid, was du da anhast. Ein sehr hübsches übrigens.«

Agatha kommt mit einem Tablett voller Plastikbecher mit sprudelndem Inhalt zu uns geschwankt, und Lena folgt ihr auf dem Fuß.

»Vornehm geht die Welt zugrunde«, sagt Lena spöttisch.

»Sektflöten sind alle«, erklärt die Gastgeberin. »Nehmt mal schnell einen von vorn weg, das Ding kippt gleich.«

Lena, Daniel und ich greifen je nach einem Becher, und Agatha versucht weiterhin, das Tablett auszubalancieren.

»Sexflöte klingt irgendwie anstößig, oder?«, fragt Daniel.

»Es heißt *Sekt*flöte, und Flöte ist ein Teekesselchen«, korrigiert Lena ihn.

»Teekesselchen klingt auch anstößig. Ist dein Teekesselchen schon aufgeheizt?«

»Also bitte, das ist kein Sekt, das ist Champagner!«, mischt sich Agatha ein. Na gut. Wenn sie das bezahlen muss, dann schmeckt sie den Unterschied bestimmt.

Die Musik verstummt plötzlich und hinterlässt einen Moment unerwarteter Stille, dann schiebt eine große, stämmige Frau mit Lockenkopf einen Stuhl auf die Tanzfläche und packt eine Gitarre aus.

»Sie will nicht wirklich singen, oder?«, flüstere ich Lena zu.

»Ich fürchte, doch.«

»Und jetzt geben wir der Aggy zu Ehren ein Ständchen. Aufgepasst, los geht's!« Sie schlägt sich auf einen Schenkel, ohne dabei die Gitarre fallen zu lassen. Das ist schon eine Leistung. Dann legt sie los:

»Sie ist nicht klein, sie ist sehr groß,
ist keine Fee und auch kein Ross;
sie ist so lustig, immer nett,
drum wollen alle mit ihr ins Bett!

Jetzt kommt der Refrain!
Ja, so ist sie halt, die Aggy, shalalalalalala!
Und alle jetzt!
Ja, so ist sie halt, die Aggy, shalalalalalala!

Sie ist aus Linz und nicht aus Danzig,
sie wird dreißig, doch sieht aus wie zwanzig.
Wir haben sie so schrecklich gern,
sie ist halt unser Schnuckelstern!

Jetzt kommt wieder der Refrain:
Ja, so ist sie halt, die Aggy, shalalalalalala!«

Ich weiß nicht, was peinlicher ist, der Text, der schiefe Gesang oder die Gäste, die den Refrain mitschunkeln.

»Wer hat ihr geraten, ein Dirndl zu tragen?«, flüstert Daniel.

»Wer hat ihr geraten, vor Publikum zu singen?«, fragt Lena.

Wir bemühen uns, nicht laut herauszuprusten, während die umstehenden Leute andächtig der Darbietung lauschen. Haben die sich alle besser unter Kontrolle, oder gefällt es ihnen etwa wirklich?

»Kommst du mit auf die Terrasse?«, raunt Daniel, und ich nicke spontan. Er geht langsam rückwärts und entfernt sich so auf einigermaßen diskrete Weise von der Gesangsdarbietung. Ich versuche, es ihm gleichzutun, und remple gegen das Büfett. Es klirrt und scheppert, und alle Augen richten sich auf mich.

Totenstille. »'tschuldigung«, flüstere ich.

Wenigstens ist nichts zerbrochen. Die Sängerin schüttelt missbilligend den Kopf und singt dann laut weiter. Ich rücke die Tischdecke zurecht und folge Daniel schnellen Schrittes nach draußen. Dort hängen ein paar Lampions, und ein Grüppchen Raucher steht um einen Aschenkübel herum.

»Hier hört man sie zum Glück nicht mehr, das war ja grauenvoll«, sagt Daniel.

»Ja, stimmt.« Ich atme tief die frische Luft ein. »Bist du immer so ehrlich?«

»Ja. Und das mag ich auch an dir«, sagt er. Oh.

»Und was denkst du noch so über mich?« Sobald der Satz meinen Mund verlassen hat, könnte ich mir auf die Zunge beißen. Wieso bin ich so wild auf Selbstbestätigung? Wahrscheinlich denkt er jetzt, ich wolle mit ihm flirten.

»Du bist eine faszinierende Mischung aus *Old School* und einer modernen Frau.«

»Wie kommst du denn darauf?«

»Du hast ein zeitloses Gesicht.«

»Ich bin mir nicht sicher, ob das als Kompliment durchgeht.«

»Der Prototyp der idealen Frau.«

Wider Willen bin ich geschmeichelt. Nun merke ich erst, wie nah wir voreinanderstehen.

»Alles, was ich meine, ist: Du bist sehr hübsch. Nur deine Nase ist vielleicht ein bisschen zu groß. Andererseits ist sie perfekt geformt.«

Plötzlich geht mir auf, wie gut *er* aussieht, mit seinen gleichmäßigen Gesichtszügen, der Wuschelfrisur und den blitzenden Augen. »Zu schade, dass du bei uns aufhörst. Ich glaube, Achim weiß gar nicht, was er uns damit antut.«

Okay, das ist eindeutig Flirten, das wird mir jetzt zu viel. Ich murmele etwas von Durst und flüchte zurück ins Haus. Zum Glück eröffnet Agatha soeben das Büfett, und ich schaufele mir Blätterteigpastetchen und Mini-Frühlingsröllchen auf einen rosa Pappteller und hole mir ein großes Glas Cuba Libre.

»Ach, da bist du ja, Süße!« Lena gibt mir einen verrutschten Kuss auf die Wange. Sie ist erhitzt und bester Laune, hat einen bunten Cocktail in der Hand und strahlt nach allen Seiten. Von wegen sie kennt hier niemanden und braucht mich als Unterstützung.

»Ich wollte dich halt aus deiner Liebeskummerblase rausholen«, gibt sie zu, als ich sie darauf anspreche. »Du musst ausgehen, neue Menschen treffen, dich mit etwas anderem als Olli beschäftigen!«

»Ich beschäftige mich ja mit etwas anderem. Mit Chaos und Aufräumen. Ich meine, es war so ein unglaublicher Zufall, dass so viele Menschen das geteilt haben«, sage ich mit vollem Mund. »Vielleicht will das Leben mir damit etwas sagen? Vielleicht soll ich die neue Miss Clean-ich-räume-alles-auf werden?«

»Es gibt keine Zufälle. Jeder Mensch in deinem Leben und jedes Ereignis ist entweder eine Strafe, ein Geschenk oder eine Prüfung«, mischt sich Agatha schon wieder ein. Sie ist wohl eine von denen, die immer und zu allem etwas sagen müssen, wenn sie nur ein Wort aufschnappen. Lieber schnell das Thema wechseln, von dieser Kolumnensache will ich vorerst außer meinen engsten Freunden keinem erzählen. Am Ende wird sowieso nichts draus.

»Ich meinte gerade, vielleicht ist das nur eine Prüfung, ob mein Ex und ich wieder zueinanderfinden«, murmele ich.

»Nein, er war eine Strafe!«, sagt Lena fest. »Olli war eine Strafe, und dein Geschenk ist, dass du ihn los bist.«

»Ich weiß nicht … Du dämonisierst ihn.«

»Und du glorifizierst ihn.«

»Um wen geht es denn? Kenne ich ihn?«, fragt Agatha.

»Bestimmt nicht«, sage ich schnell. Olli mit all seinen Eigenarten, egal ob positiv oder negativ, gehört mir, aber Lena zückt schon ihr Handy und zeigt ihr Olli auf Instagram.

»Ach der, ja sicher kenne ich den. Mit dem war ich früher mal aus.«

Waas? Es durchläuft mich heiß und kalt. Und zwar nicht nur angesichts der Tatsache, wie klein diese verdammte Welt ist.

»Wann früher?«, presse ich hervor und hoffe, dass niemand gehört hat, wie meine Stimme zwischen drei Oktaven auf und ab schwankt.

»Vor zwei, drei Jahren«, sagt sie achselzuckend.

»Geht das etwas genauer? Vor zwei Jahren waren wir nämlich schon zusammen!«

»Könnte es nicht auch vor vier Jahren gewesen sein?«, fragt Lena, die kapiert, dass Agatha auf einem Pulverfass sitzt.

»Das kann ich echt nicht mehr sagen, das war meine Tinder-Zeit, da ist alles etwas verschwommen. Ich weiß nur noch, dass er auf stundenlanges Vorspiel stand, und ich nur dachte: Mann, komm endlich zur Sache, ich muss morgen früh aufstehen.«

Kurz entspanne ich mich, denn das klingt jetzt weniger nach meinem Olli. Aber wer weiß. Vielleicht war er ja nur bei mir so, nennen wir es *zielgerichtet*, und hat sich bei jedem One-Night-Stand mehr Mühe gegeben?

»Bist du dir sicher?«

»Glaub schon. Oh, Beyoncé!« Schon hat sie mich vergessen und schmeißt sich mit dem nächsten Song auf die Tanzfläche. Vor Schreck kippe ich meinen Cuba Libre in drei großen Zügen runter. Olli hat sich also vor meiner Zeit auf Dating-Plattformen rumgetrieben, obwohl er für »so etwas« angeblich stets nur Verachtung übrighatte. Oder noch schlimmer, er hat mich mit

Agatha betrogen …? Was für eine saublöde Party. Ich will nach Hause.

Weil mir die Tränen kommen und ich Lena nicht schon wieder vollheulen will, die Olli ja eh nie mochte, schnappe ich mir einfach meine Tasche und steuere die Tür an.

»Hey, warte mal.« Lena hängt sich an meinen Arm. »Agatha täuscht sich bestimmt. Sie ist eher flatterig und, na ja, promiskuitiv. Geh noch nicht. Die Party fängt doch gerade erst richtig an!«

»Ist mir egal, ob sie sich täuscht«, sage ich und verbeiße mir die Tränen. »Die Party ist für mich gelaufen.« Ich stolpere aus der Tür und wünsche mir dabei innig, ich hätte Agatha den vertrockneten Kaktus mitgebracht.

Das Taxi ist teurer als erwartet, und ich bezahle den Fahrer mit einem unguten Gefühl. So leer, wie mein Konto sich fühlen muss, bekommt es bestimmt bald Selbstmordgedanken. Mittlerweile ist es kühler geworden, und dummerweise finde ich den Hausschlüssel nicht auf Anhieb. Hektisch krame ich in meiner Handtasche und bekomme Kaugummis, Taschentücher, ein Haargummi und eine Puderdose zu fassen. Endlich klirrt es vertraut, und ich ziehe meinen Schlüsselbund heraus, in dem sich etwas verhakt hat. Ich schüttele ihn, und mein Handy schlägt krachend am Boden auf. Verdammt. Das Display hat einen riesigen Riss mit lauter kleinen Splittern abbekommen. Ich hebe es auf, ramme wütend den Schlüssel ins Schloss und fluche. »Warum? Warum zum Teufel muss alles schiefgehen?«

»Was ist das für ein Geschrei?« Patrick beugt sich aus seinem angestammten Fenster. »Ach nein, du schon wieder?«

»Ja, stell dir vor, ich wohne hier!«

»Das weiß ich. Aber von den anderen Nachbarn bekommt man nicht so viel mit.«

»Lass mich in Ruhe, ich hatte einen schrecklichen Abend.« Endlich gibt die verdammte Tür nach, und ich stolpere ins Treppenhaus. Als könne er sich von einem zum anderen Ort beamen, öffnet Patrick eine Sekunde später seine Wohnungstür. Oh, er trägt nur ein Handtuch um die Hüften und hat feuchte Haare. Dass unter derart hässlichen Pullundern ein so schöner Mann stecken könnte, hätte ich niemals erwartet. Krampfhaft versuche ich, mich auf sein Gesicht zu konzentrieren. Aber dann öffnet er leider den Mund.

»Und deshalb willst du allen anderen den Abend auch versauen?«

»Will ich gar nicht!« Ich könnte platzen vor Zorn. Hoffentlich fällt ihm sein Handtuch runter, und in dem Moment kommt Evi Holler aus dem zweiten Stock vorbei, die Klatschbase, und tratscht es allen weiter.

»Tust du aber. Das gibt wieder neuen Stoff für mein Meldeformular.«

»Ja, dann freu dich doch. Du kannst auch gleich noch melden, dass mein verdammter Ex-Freund mit Agatha Christine geschlafen und sich bei ihr viel mehr Mühe gegeben hat als bei mir.« Jetzt heule ich wieder, ich kann nicht anders, vermutlich hat der Alkohol auch nicht gerade geholfen.

»Agatha Christie, die sehr geschätzte Kriminalautorin, ist doch längst tot.«

»Agatha *Christine!*«, brülle ich. »Bist du taub?«

»Nein, eigentlich habe ich gute Ohren. Allerdings könnten sie beeinträchtigt werden, wenn du weiter so laut schreist. Ab 85 Dezibel aufwärts kann das Gehör einen Schaden erleiden. Wie laut schreist du denn so im Durchschnitt?«

»Das weiß ich doch nicht«, sage ich, etwas leiser.

»Unter Presslufthammer, über Motorrad, würde ich mal schätzen, also grob zwischen 90 und 70.«

»Wenn du meinst.« Ich lehne mich an die Wand.

»*Funfact,* doppelt so laut ist nicht die doppelte Dezibelzahl, sondern im Schnitt nur etwa zehn Dezibel mehr.«

»Aha.« Warum hört er nicht auf zu reden? Vielleicht sollte ich ihn mal über die Auswirkungen von Dauerbeschallung auf die Hörfähigkeit aufklären. Das hält ja keiner aus.

»Von der Disco bei rund 90 Dezibel bis zur Kreissäge bei circa 100 sind es nur zehn Dezibel Differenz, es hört sich aber doppelt so laut an.« Ich möchte ihn zu Tode brüllen oder ihn in eine Kreissäge werfen, aber ich gebe mir Mühe, sachlich zu bleiben. »Wenn du nichts dagegen hast, ich würde jetzt gern schlafen gehen.«

»Ich wollte auch gern schlafen, aber das hast du ja erfolgreich verhindert.«

»Sorry, aber morgen kannst du doch ausschlafen.«

»Nein, ich muss mich an meine Doktorarbeit setzen. Ich bin schon völlig im Verzug.«

»Ist ja kaum zu glauben, dass bei dir auch mal irgendwas nicht perfekt läuft. Dafür solltest du dann vielleicht ebenfalls ein Formular anlegen, oder hast du sowieso schon für jeden Hausbewohner eins? Gibst du dir dann selbst jeden Abend einen Gutgemacht-Glitzer-Stempel?«

»Wozu das denn?« Kurz sieht er irritiert aus. Recht so, auf seine Frage gehe ich nicht ein, stattdessen frage ich: »Denkst du eigentlich, dass irgendjemand außer dir das liest? Die von der Hausverwaltung lachen bestimmt längst über dich.«

»Mann, Josefine, du glaubst doch nicht im *Ernst,* dass ich wirklich solch ein Formular habe, oder?«

»Aber neulich hattest du doch so was in der Hand.« Jetzt bin ich verunsichert, was sich steigert, als er auch noch laut zu lachen beginnt.

»Das war meine Telefonrechnung.«

»Was?«

»Das mit der Hausverwaltung war ein Witz! Ich hab denen nur die Sache mit der Tür gemeldet, weil die das reparieren müssen. Alles andere war Spaß. Ich wollte dich bloß ein bisschen aufziehen.«

»Du machst dich also seit Monaten dauernd über mich lustig?«

»Ich dachte, das wäre ein Running Gag zwischen uns. Das hast du mir ernsthaft zugetraut?« Ja, habe ich. »Ich fass es ja nicht …«, prustet er.

Nein, *ich* fasse es nicht! Und langsam macht mich sein Feixen echt rasend.

»Vielleicht kommst du deshalb mit deiner ach so wichtigen Arbeit nicht weiter, weil du nur Unsinn redest, anstatt zu schreiben?« Wütend stapfe ich die Treppe hinauf und höre, wie Patrick sich immer noch scheckig lacht. Dieser Idiot! Dann muss ich schon wieder in meiner Handtasche nach dem Schlüssel suchen, den ich erst vor ein paar Minuten in der Hand hatte. Das kann doch so nicht in alle Ewigkeit weitergehen? Ich frage mich, wie viel Zeit ich schon mit Schlüsselsuchen und Fluchen vergeudet habe. Wie machen das denn andere Menschen, bitte schön?

Kurz bevor ich den gesamten Inhalt meiner Handtasche auf die Fliesen kippe, gerät mir das spitze Ding doch noch in die Finger. Als ich endlich in der Wohnung bin, plingt mein Handy.

Entwarnung, Finchen. Agatha hat Olli verwechselt. Ihr One-Night-Stand hieß Olgur, hatte ein Intimpiercing und lebt in Amsterdam. Hab dich lieb, schlaf gut, Lena XOXO

Oh, das ist gut. Das hebt meine Stimmung beträchtlich. Eigentlich bin ich auch noch gar nicht müde. Daher kippe ich den Inhalt der Handtasche komplett auf mein Sofa, das, Lena sei Dank, ja freigeräumt ist: Geldbeutel, Handy, Schlüssel, Tampons, Taschentücher, Haargummi, Hustenbonbons. Make-up-Täschchen – falls ich spät dran bin und mich unterwegs schminken muss, also fast immer –, Desinfektionsgel, Kopfschmerztabletten. Bis hierhin alles ganz normal. Aber dann gibt es auch noch vier leere Kaugummiverpackungen, zwei Kieselsteinchen, Zugfahrkarten vom vorletzten Jahr, einen uralten Lolli, meine Bahncard, hurra!, ein künstliches, kaputtes Teelicht, ein Kopftuch, meinen alten Kalender, drei Kullis, die nicht mehr schreiben, ein Brillenputztuch – hab keine Brille –, eine Mini-Duschgel-Probe aus der Apotheke, Odolspray, eine schmutzige Feinstrumpfhose mit Löchern, zwei Überweisungen zum Orthopäden (die erste hatte ich nicht mehr gefunden und eine neue geholt), zerbröckelten Traubenzucker und das in Goldfolie verpackte Minigeschenk für meine Mutter, das ich im Herbst nicht mehr gefunden hatte. Mist, die handgeschöpfte Schokolade mit den essbaren Blüten hätte ihr bestimmt total gefallen.

Wenn ich mir die Bescherung hier so ansehe, wird mir bewusst, dass ich wirklich ein Problem habe. Das kann nicht auf Dauer so weitergehen. Schon gar nicht, wenn ich bald Ms Josie Clean sein soll. Gibt es denn kein Handtaschensortiersystem?

Ich google nach »Handtasche+Innenaufteilung« und stoße auf Stoffeinsätze mit diversen Fächern und Täschchen in jeder Größe. Gut. Davon bestelle ich mir sofort zwei. Dann schüttele ich die leere Tasche über dem Mülleimer aus, ziehe das Innenfutter heraus und zupfe auch die kleinsten Krümel ab. Erst als ich kein Staubkorn mehr sehe, darf der Innenstoff zurück an seinen Platz, und ich lege sorgfältig die nötigen Sachen zurück und werfe alles Kaputte in den Müll. Bitte, geht doch. Die Schokolade nehme ich mit ins Bad, die kann man jetzt nicht mehr verschenken. Zufrieden mit meinem Werk lasse ich mir ein Schaumbad ein und entferne mein Make-up. Hoffentlich ist das Wassereinlassen um diese Uhrzeit gestattet und fällt nicht gleich wieder unter Ruhestörung. Sobald ich an Patrick denke, wallt der Ärger wieder in mir hoch. Vor allem, weil mir noch immer nicht klar ist, ob er wirklich Mr Oberspießer ist oder sich nur über mich lustig macht. Dann lieber an Daniel denken, obwohl mich das auch irritiert. Findet er meine Texte wirklich so toll, oder steht er auf mich, oder ist das bloß seine Masche? Wie auch immer, seine Bewunderung tut gut; endlich mal jemand, der meine Art mag. Obwohl mich mein Chaos in letzter Zeit wirklich selbst nervt. Ich beschließe, die Ordnungstipps, über die ich demnächst schreiben will – vorausgesetzt, Madame »Neue Wege« meint es wirklich ernst –, alle selbst auszuprobieren. Vielleicht wird dann nicht nur meine Kolumne besser, sondern ich kriege auch meine Wohnung in den Griff ... Von meinem Leben ganz zu schweigen.

Ich räkele mich im rosa Schaum und merke erst beim vorletzten Bissen der leicht angeschmolzenen Schokoladentafel, dass die rosa Pfefferkörner exakt zur Farbe meines Badewassers passen. Das hätte ein nettes Bild für meinen verwaisten Instagram-Kanal ergeben. Wenn ich es vorher gemerkt und fotografiert hätte. Und wüsste, wie man in der Badewanne ein Selfie macht, ohne dass das Handy ins Wasser fällt. Und ohne dass es irgendwie anzüglich wirkt. Und wenn ich eine bessere Figur und mich nicht gerade abgeschminkt hätte ... Na gut, wäre wohl eh nichts geworden mit dem Bild. Mir stoßen einfach keine perfekten, schillernden, bunten Glitzermomente zu, die ich dann nur noch glücklich und erstaunt knipsen und auf Instagram posten kann. Deshalb ist mein Feed auch so leer.

Resigniert stopfe ich mir den letzten Bissen Schokolade in den Mund, lasse die Plastikfolie auf den Boden fallen und kann dann endlich meine kalt gewordene Hand ins warme Wasser tauchen.

Kapitel 7

Ich weiß, dass ich all meine Energie auf die Jobsuche verwenden sollte. Aber seit gestern Nacht habe ich plötzlich Lust, mich weiter mit dem Thema Ordnung zu beschäftigen. Das mit der Handtaschenaufteilung war so leicht. Und das Aufräumen mit Lena hat mich ebenfalls beflügelt. Vielleicht gibt es auch in anderen Bereichen eine Menge Tricks und Hilfen, wie man sich organisiert und sortiert, um nicht dauernd über sein eigenes Chaos zu stolpern? Ich bin richtig motiviert, mich einzulesen und zu recherchieren. Und als hätte sie's geahnt, schreibt mir Frau Karrenbauer endlich eine Antwort und bittet bis Dienstag um die Probekolumne und einen Pseudonymvorschlag.

Wow, das ist aber knapp. Doch ehrlich gesagt kommt mir das gerade recht, denn so kann ich guten Gewissens meine Bewerbungen verschieben. Ich verspreche, die Probekolumne pünktlich einzusenden, und schlage nach kurzem Nachdenken Josie Clean als Pseudonym vor, denn etwas Besseres fällt mir nicht ein. Danke für den Spitznamen Josie, Daniel. Dann mache ich mir einen doppelten Cappuccino und beginne mit der Recherche. Ich google zuerst »Erste Hilfe Chaos« und schreibe mir die Stichwörter auf. »Den Boden freiräumen«, »feste Aufräumzeiten einrichten«, »alles hat seinen Platz«. Na gut. Dann folgt »Routinen etablieren«, »Glaubenssätze ändern« – echt jetzt? Wenn ich mir sage, dass ich super organisiert bin, räumt sich dann meine Wohnung von selbst auf? Jetzt werden mir eine Menge Videos angeboten, in denen perfekt geschminkte Frauen in einer topaufgeräumten Küche stehen und sich darüber beklagen, wie schlimm es doch wieder aussieht. Ja nee, is klar. Ich klicke eins der Videos an und sehe zu, wie die hübsche, schlanke Dame im figurbetonten pinken Jogginganzug mit farblich passendem Stirnband eine kleine Schublade aufräumt. Sie nimmt alle fünf Gegenstände heraus, wirft einen abgelaufenen Müsliriegel weg, wischt mit einem Lappen im selben Pink die Schublade aus und legt dann die vier anderen Gegenstände wieder zurück. Okay, das ist mir zu albern. Um fünf Sachen neu zu sortieren, muss man kein Video machen. Außerdem benutzt kein Mensch auf der ganzen Welt zu seinem Outfit passende Putzlappen, oder? Aber vielleicht war das nur ein Zufall mit dem Pink? Ich klicke auf ein anderes Video in ihrer Timeline. Hier trägt sie Gelb. Es ist der gleiche figurbetonte Jogginganzug in Zitronengelb. Und jetzt hat sie, ich fass es nicht, einen gelben Putzlappen in der Hand. Hinter ihr steht ein gelber Kaffeebecher auf der gelben Tischdecke, und in der Zimmerpflanze – grün, ha! – steckt ein buttergelber Sonnenschirm.

Nein, das kann nicht wahr sein, ist das etwa Viktoria-der-Lenz-ist-da? Ich klicke auf ihr Profil: »Typisch Vicky – ich schon wieder«. 18 431 Follower, Blog zum Thema »Entspannt stressfrei leben«. Ich klicke mich durch und fasse es nicht. Ihr Gäste-WC ist in Lilatönen gehalten, von den Fliesen über die Handtücher bis hin zur Klobürste. Ihr Schlafzimmer ist himmelblau, von den Gardinen über die Wandfarbe und den Teppich bis hin zur Bettwäsche und der Nachttischlampe. Und auf dem Nachtkästchen liegt eine blaue Zahnschutzschiene. Die Frau ist wirklich besessen von zusammenpassenden Farben. Kein Wunder, dass sie Sarahs beste Freundin ist. Oder hat sie Sarah gar zu der Farbaktion bei der Hochzeit überredet?

Ich versuche, mir eins der Videos bis zum Ende anzusehen, aber ihr Gesäusel regt mich auf. »Wie ihr ja wisst, bin ich manchmal eine kleine Chaotin und lasse viel zu viel auflaufen, bis ich mich dann endlich wieder ans Putzen mache.« Sie steht in ihrer perfekt aufgeräumten Küche und sieht betrübt auf zwei Teller und zwei Tassen neben dem Waschbecken. »Die hab ich heute früh einfach stehen lassen, anstatt sie gleich in die Spülmaschine zu räumen. Ich Schusselchen, ich! Dafür musste ich mich jetzt noch mal in die Küche stellen, anstatt gleich joggen zu gehen und mich auszupowern.«

Wissen die Menschen, die in ihrer Freizeit laufen gehen, eigentlich, dass sie das nicht müssen?

»Momentan beschäftige ich mich damit, wie ich noch effektiver sein und mein Selbstmanagement verbessern kann. Da ist noch viel Luft nach oben.« Sie dreht sich zur Seite, macht eine Geste mit den Händen zur Decke, reckt sich und entblößt einen zitronengelben Spitzenstoffstreifen, der sich an ihre Beckenknochen schmiegt. Das sieht zugegebenermaßen sexy aus, aber so was passiert doch nicht zufällig. Das muss sie geübt haben. Ich frage mich, wie viele Takes nötig waren, bis das geklappt hat. Aber dass sie zufällig ein passendes gelbes Taschentuch dabeihatte, das sie Olli leihen konnte, erscheint mir jetzt realistischer.

Ich klicke mich durch ihre diversen Plattformen. Auf Instagram verrenkt sie sich gekonnt vor Sonnenauf- und untergängen in Parks, auf einer Terrasse und in ihrem schönen Wohnzimmer, stets im passenden Yoga-Outfit. Ob sie neben ihren Selbstdarstellungsmaßnahmen noch irgendeinen richtigen Job hat? Aha, sie arbeitet im Marketing bei *SUSANN*, einem kleineren Klatschblatt, das sich hauptsächlich über Anzeigen finanziert. Herr Mayer hat immer äußerst verächtlich von denen gesprochen, »weil die alles abdrucken, was Geld bringt, und keinen ordentlichen Journalismus können«. Viktoria betreut die Social-Media-Aktivitäten von *SUSANN* und ist vernetzt mit allen möglichen Influencern wie z. B. einer MissGunst, die fiese Vorher-Nachher-Collagen von übergewichtigen Promis postet, einer ausgeschiedenen Topmodelkandidatin aus Bayern und anderen Yoga-Anbeterinnen, die sich gegenseitig eine Menge Magie – Inspiration – Liebe, »Bleib im Flow, Liebes«, Om-om-oms und Herzchen unter jeden Beitrag posten. Na gut, besser als Hass und Streit, obwohl mir die allgemeinen Liebeshymnen etwas aufgesetzt vorkommen. Außerdem habe ich mich unbemerkt vom Thema Putzen entfernt, also schnell zurück zu YouTube.

Ich klicke mich brav weiter durch die Videos zu den Schlagwörtern »Putzen«, »Aufräumen«, »Ausmisten« und »Ordnung« und bleibe beim Großputz von 190 Quadratmetern in zwei Stunden hängen. Die endlich mal ungeschminkte YouTuberin lässt uns im Zeitraffer beim Hausputz zusehen und schwärmt pausenlos von irgendeinem Glanzversiegelungs-Antispritz-All-in-one-Produkt. »*Oh my god,* ich liebe dieses Produkt so sehr! Ich hab euch richtig viele Videos dazu gemacht. Jetzt brauche ich zur Belohnung ganz dringend einen Cappusch mit Zimt und Sahnehäubchen.«

Als ich auf die Uhr schaue, erschrecke ich. Ich habe drei Stunden mit sinnlosem Herumsurfen vertrödelt. Das war in keiner Weise hilfreich, weder fürs Aufräumen noch für meine Psyche. Am besten schließe ich alle Fenster im Browser und mache mal ein Brainstorming zu meinen Stichpunkten.

Beginnen wir mit »freier Boden«. Ein freier Boden sorgt für ein freies Gefühl, schätze ich. Zumindest fühle ich mich hier sehr beengt. Was liegt da alles rum? Strickjacke, Nachthemd, eine Zeitschrift. Ein paar dezente Wollmäuse, die Lena übersehen haben muss, harmonieren farblich perfekt mit der Fußbodenleiste. Wenn das alles weg wäre, würde ich mich wahrscheinlich besser fühlen. Aber wohin damit?

Soweit ich mich erinnere, hat der Verfasser des Erste-Hilfe-Artikels von einer Aufräumfee geträumt, die ab und zu vorbeifliegt. Da bin ich ganz bei ihm. Oder blinzeln und nicken wie die bezaubernde Jeannie oder einmal mit den Fingerchen schnipsen, wie Mary Poppins das gemacht hat. Müsste ich nur noch das Schnipsen lernen.

Aber so wenig wie sich meine Wohnung von selbst aufräumt, so wenig schreibt sich auch die Kolumne von selbst. Also beginne ich seufzend, meine neuesten Erkenntnisse zusammenzustellen, und starte damit, dass man weniger planen und einfach beginnen sollte. Eventuell nehme ich Viktoria dabei ein klein wenig auf die Schippe, denn ich erwähne, dass kleine Chaoten schon mal viel zu viel auflaufen lassen und dann abends nicht pünktlich joggen gehen können und dass es beim Selbstmanagement meist noch reichlich Luft nach oben gibt. Mit einem kleinen Cappusch mit Zimt geht alles leichter von der Hand, und wer sich kein Glanzversiegelungs-Antispritz-All-in-one-Produkt leisten kann, kann auch mit normalem Haushaltsreiniger arbeiten, Hauptsache, man kommt in die Puschen, und die müssen auch nicht zwangsläufig farblich mit dem Putzlappen harmonieren, solange man elegant das Becken schwingt und im Flow bleibt. Das Endergebnis kann erstaunlicherweise sogar gut werden, wenn man beim Putzen keinen Spitzentanga trägt, aber sicher ist sicher, om, om, om. Das sprudelt nur so heraus, ha! Vielleicht habe ich meine wahre Berufung gefunden. Mir ist zumindest noch nie ein Artikel so leicht von der Hand gegangen, und ich lese ihn nur noch einmal durch und schicke ihn dann gleich ab. Damit hat Frau Karrenbauer sicher nicht gerechnet, dass ich ihre total knappe Frist noch unterbiete. Ich hätte fast Lust, gleich die nächste Kolumne zu beginnen. Was für ein genialer Job das wäre. Erst nach dem Absenden wird mir klar, wie gern ich den Job wirklich hätte. Dann überfliege ich meinen abgeschickten Text noch einmal und entdecke einen Flüchtigkeitsfehler, verdammt. Vielleicht hätte ich ihn einen Tag liegen lassen und ihn dann noch mal überarbeiten sollen? Na, nun ist es zu spät. Jetzt muss ich einfach hoffen, dass mein Artikel auch mit dem Fehler überzeugt.

Liebe Frau Geiger,

wir freuen uns außerordentlich über Ihre witzige Probekolumne. Auch das Pseudonym Josie Clean gefällt uns sehr gut. Könnten Sie sich vorstellen, Ihre Facebook-Seite in Josie Clean umzubenennen und passend dazu einen Instagram-Kanal zu eröffnen? Wir haben noch zwei andere vielversprechende Bewerber, die ebenfalls Probetexte einreichen. Wir werden ab sofort im Wechsel jede Woche eine der Kolumnen auf unserer Website veröffentlichen, von jedem Bewerber insgesamt drei. Unsere brillante Reporterin Moni Asmussen wird zudem mit jedem von Ihnen ein Interview durchführen. Damit können Sie sich unseren Leserinnen und Lesern und den neuen Fans noch einmal explizit vorstellen. Dann lassen wir sie bis Ende August entscheiden. Wer von Ihnen bis dahin insgesamt die meisten Klicks für die Kolumnen und das Interview gesammelt hat, bekommt ab September die Kolumne im Printmagazin und einen festen Jahresvertrag. Wir haben uns für dieses Prozedere entschieden, da wir stark auf die Klickzahlen unserer Follower angewiesen sind. Ihre Mitbewerber bedienen andere Themenschwerpunkte, (Ernährung + Fitness), Sie sind die einzige Ordnungsexpertin und haben damit gute Chancen. Bitte verstehen Sie den Wettbewerb nicht als Schikane, sondern als Herausforderung.

Die beiden nächsten Kolumnen werden natürlich schon regulär bezahlt, und wir benötigen sie bis Ende Juli.

Herzlich,
Dana Karrenbauer

Oh. Ich erfahre erst in zwei Monaten, ob ich den Job kriege. Das ist ein Dämpfer. Aber ich habe ja keine Alternativen, und 800 Euro sind 800 Euro. Und ein wenig gefällt mir auch die Herausforderung. Ich sage also erst mal zu. Wenn mir das alles zu blöd wird, kann ich ja immer noch absagen.

Und jetzt zu meiner Onlinepräsenz. Muss ich jetzt wirklich

meine Facebook-Seite umbenennen? Eigentlich wollte ich das mit der Kolumne ja anonym machen, aber das wird wohl nichts, wenn ich auf Like-Fang gehen muss. Auweia. Jetzt habe ich unter meiner Wutrede schon so viele Follower und Kommentare zu dem Thema. Damit muss ich weitermachen.

Am besten erstelle ich mir ein neues *privates* Profil und vernetze mich da noch mal neu mit meinen echten Freunden und Bekannten. Dann entferne ich sie von meinem alten Profil und benenne das in Josie Clean um. Das artet richtig in Arbeit aus, aber irgendwie ist es auch aufregend, mir eine zweite Identität zu erschaffen. Bei Josie Clean dürfen nur Annabel und Lena bleiben, denen ich von der Kolumne erzählt habe, außerdem meine neuen unbekannten Fans. Bei Marie bin ich mir zuerst unschlüssig, dann entferne ich sie und ihren Freund Sven auch. Auch wenn ich ihr das nie gesagt habe, ich kann ihn nicht ausstehen. Olli und Viktoria blockiere ich vorsorglich auf beiden Kanälen. So, jetzt müsste es gehen.

Und nun zu Instagram … Kurz erwäge ich, einen neuen Account anzulegen, aber mein kaum benutztes Profil von vor drei Jahren ist besser, denn das wirkt nicht wie frisch aus dem Boden gestampft. Ich benenne also Just Josefine einfach in Josie Clean um, lösche die drei Buchfotos, die ich mal gepostet hatte, und lasse nur den Blick aus Mamas Fenster auf ihre Rosen stehen, mein allerersten Bild im Feed. Rosen kann jeder mögen, ob Chaos- oder Ordnungsqueen.

Und jetzt brauche ich bunte Glitzermomente, farbenfrohe, glückliche Bilder aus einem aufgeräumten, organisierten Leben, oje. Ich muss also kleine Ecken in meiner Wohnung aufräumen und hübsch gestalten. Sobald zwei Quadratmeter gut aussehen, will ich knipsen, was das Zeug hält, und dann hab ich was zum Posten, auch wenn die Ordnung nicht anhält. Denn das tut sie nie, ich hab es hundertmal erlebt. Als würde in meiner Wohnung das Gesetz herrschen, alles so schnell wie möglich wieder zu verwüsten. Das Aufräumen dauert Stunden, das Zerstören nur Sekunden und passiert so nebenbei, dass ich es kaum bemerke. Das ist ungerecht. Unpraktisch und nervig. Als hätte das Chaos ein Eigenleben.

Am besten fange ich sofort an, vielleicht kriege ich so ein Bild pro Tag zustande. Welches Motiv soll ich für die erste Bilderserie nehmen? Warum nicht gleich die Badewanne? Wenn man mein Gesicht nicht sieht, geht das sicher schnell. Ein Make-up ist mir jetzt zu aufwendig, und ich habe weder Fotograf noch Stativ. Ich zeige einfach nur meine Füße mit rosa Nagellack zwischen ein paar harmonierenden Requisiten. Ich habe wirklich hübsche Füße, das hat auch Olli gesagt. Und auch dass ich viel zu oft bade und massig Wasser verschwende … Aber Olli ist nicht mehr da, also geht es ihn nichts mehr an, wann ich wie viel Wasser verschwende. Und sobald Lena Zeit hat, lasse ich mich von ihr richtig schön schminken und frisieren, und dann machen wir Bilder mit meinem Gesicht.

Den Rand der Wanne habe ich innerhalb einer Minute blitzblank gewischt, dann lasse ich ein rosa Schaumbad ein, und ich brauche drei farblich harmonierende Fläschchen. Die Lavendel- und Roter-Mohn-Badezusätze sehen schön aus, aber das giftgrüne Etikett des Erkältungsbads stört irgendwie. Also weg damit. Ich sehe mich auf dem überquellenden Regalbrett um und kneife die Augen zusammen, sodass ich die Schriften nicht mehr lesen kann und nur die Farben erkenne. Na bitte, diese Tube passt perfekt, das breite Ende ist lila und geht in ein dezentes Rosa über. Die stelle ich dazwischen. Super. Jetzt noch ein Teelicht aus der Küche, und die Fotoshow kann beginnen. Schade, dass ich die rosa verzierte Schokolade schon vertilgt habe, aber zumindest das Bändel müsste noch im Abfalleimer liegen, oder? Ich hole die durchsichtige Folie mit spitzen Fingern wieder aus dem Müll und pule die festgeklebte Kordel ab. Rosa und golden, wirklich perfekt. Ich drapiere sie um die Fläschchen herum, stopfe die Folie zurück in den Eimer und wasche mir die Hände. Für hygienische Bedenken habe ich jetzt keine Zeit, denn der Schaumberg wird schon kleiner. Ich ziehe kurz entschlossen meine Socken aus. Oh, der Nagellack ist an ein paar Stellen abgeblättert. Na gut, kurz ausbessern. Ich setze mich auf die Bademattе, fahre mit dem dickflüssigen Nagellack vorsichtig über jeden einzelnen Nagel und vermale mich nur beim vorletzten ein wenig. Also Nagellackentferner, Wattestäbchen und wegwischen, so, jetzt sieht alles gut aus. Ich schwitze im heißen Badezimmer, erkenne jedoch, dass ich meine Hose unmöglich ausziehen kann, solange der Nagellack noch nicht trocken ist. Das hätte ich vorher tun müssen, ach je. Aber ich kann jetzt nicht warten, bis der Nagellack trocken ist, bis dahin ist das Badewasser kalt und das Teelicht runtergebrannt. Ich kremple die Hosenbeine also so hoch wie möglich und steige vorsichtig seitlich mit Kleidern in die Badewanne, wobei ich darauf achte, mit dem Hintern zuerst unten zu landen und die Beine in die Luft zu strecken. Geschafft. Ich lasse mich schwerfällig sinken und kreuze die Füße am Wannenrand kurz vor dem rosa Arrangement. Gut sieht das aus. Wo ist jetzt mein Handy? O nein, es liegt auf dem Badezimmerboden. Ich kann jetzt nicht noch mal aufstehen, ohne meine Füße ins Wasser zu stellen. In diesem Moment steigt meine Achtung vor Viktoria und ihren heiligen Yoga-Schwestern. Wie machen die das bloß mit ihren perfekt arrangierten Bildern? Ich stemme mich mit den Füßen gegen das Ende der Wanne, hieve mich keuchend nach oben – Mann, sind nasse Klamotten schwer! –, stütze mich mit der rechten Hand auf dem Wannenboden ab und mache den linken Arm so lang, wie es nur geht. Okay, ich erwische das Handy gerade so und ziehe es mit gekrümmten Fingern millimeterweise näher heran, bis ich es komplett umfassen kann. Fluchend lasse ich mich zurück ins Wasser plumpsen, wobei das Teelicht ausgeht. Aber ich habe das Handy, und die Streichhölzer liegen glücklicherweise noch auf dem Wannenrand. Ich lege das Handy vorsichtig daneben, trockne mir die Hände an meinem Oberteil ab, zünde das Teelicht wieder an und drapiere meine Beine vor den Fläschchen. Ich zittere schon vor Anstrengung, bevor ich überhaupt das erste Bild im Kasten habe. Also, los jetzt. Da ertönt plötzlich der Radetzkymarsch, und ich lasse vor Schreck das Handy beinahe fallen. Mama ruft an, das ist ihr Klingelton. Ich kann jetzt nicht mit ihr sprechen, ich muss arbeiten. Also drücke ich sie weg und nehme mir vor, sie später zurückzurufen.

Dann fällt mir auf, dass der Nagellack an meinem rechten kleinen Zeh verlaufen ist. Ich. Kann. Nicht. Noch. Mal. Von vorn anfangen! Also drapiere ich den linken Fuß irgendwie so über den rechten, dass der verschmierte Nagel verdeckt ist. Okay, und jetzt einfach drauflosknipsen. Ich mache fünf Bilder, dann schiebe ich meine Beine höher, verändere die Lage der Fläschchen, der Tube, des Glitzerbands und knipse jeweils mehrmals hintereinander. Mir wird kalt, die nassen Kleider kleben wie Säcke an mir, und ich verfluche Frau Karrenbauer und ihren Instagram-Feed. Meine Beine zittern mittlerweile so sehr, dass ich sie nicht mehr oben halten kann. So, das muss einfach reichen. Ich lege das Handy weg, stehe wackelig auf und ziehe mir die nassen Kleider über den Kopf und danach mühevoll von den Beinen und werfe sie auf den Badezimmerboden. Dann lege ich mich aufseufzend zurück und lasse heißes Wasser nachlaufen. Der Nagellack verläuft und zieht Schlieren über meine Zehen, aber das ist mir jetzt egal. Ich muss mich erst mal aufwärmen und erholen.

Zehn Minuten später steige ich aus der Wanne, rubbele mich trocken, hülle mich in meinen Morgenmantel und wische seufzend den Boden trocken. Ich versuche halbherzig, die nassen Klamotten zu entwirren, und stopfe sie dann doch als Klumpen in den Wäschekorb. Jetzt noch mit Nagellackentferner die Streifen von den Zehen entfernen. Danach ziehe ich Kuschelsocken an, mache mir einen Tee und lasse mich völlig geschafft im Wohnzimmer aufs Sofa sinken. Das war das anstrengendste Schaumbad, das ich je in meinem Leben genommen habe, aber jetzt darf ich zur Belohnung die Fotos sichten. Die ersten sind mäßig, aber dann kommen zwei, drei richtig gute. Meine Füße wirken zierlich, der Schaum schillert rosa, und die Flamme ist leicht unscharf. Dagegen ist die Schrift auf der hübschen Tube gestochen scharf: »Intimlotion – für eine gesunde Vaginalflora«. Verdammt, verdammt, verdammt. All die Mühe umsonst. Das kann ich auf keinen Fall nehmen. Wenn ich alle Bilder mit dem peinlichen Schriftzug lösche, bleibt genau ein einziges übrig, bei dem Licht, Aufteilung und Schärfe/Unschärfe noch halbwegs harmonieren. Also, dann soll es eben dieses sein. Schlecht gelaunt tippe ich »Ein entspannendes Schaumbad nach dem Aufräumen mit klassischer Musik« dazu. Die Hashtags #Intimlotion, #nasseklamotten, #nagellackverschmiert und #verdammtverdammtverdammt lasse ich weg und schreibe einfach nur #josieclean, #feierabend, #harmonie, #badewanne, #tudirwasgutes und #love.

So, und jetzt hole ich mir den restlichen Wein von gestern und rufe Mama zurück, die mir für die Übergangszeit bis zu meinem nächsten Job eine kleine Finanzspritze in Aussicht stellt.

Kapitel 8

Am Dienstag kommt Lena direkt nach Feierabend zu mir und schminkt mich eine Stunde lang, bis sie zufrieden ist und mich nach draußen scheucht. Wir gehen in den Park um die Ecke, und sie macht bestimmt tausend Bilder von mir vor Blumen, Büschen, Bäumen, am See, auf einer Bank und auf der Wiese. Ich muss so viel lächeln, dass mir beinahe der Kiefer bricht, und zwischendurch pudert sie mich ab und zieht meine Lippen nach. Erst kurz bevor es dämmert, entlässt sie mich aus ihren liebenden Klauen und erlaubt mir, einen Schluck Wasser zu trinken.

»So, jetzt haben wir's. Da sollte was dabei sein. Und nächste Woche machen wir ein Shooting bei mir im Bad, ich habe mir nämlich ein paar sehr süße Accessoires bestellt, einen altmodisch aussehenden, riesigen Badeschwamm, ein rosa Duschhäubchen, ein Waschbrett und Waschpulverkartons im Design der Vierzigerjahre.«

»Wozu kaufst du denn so etwas? Extra für mich?« Lena legt ihren Kopf schief.

»Nun ja. Sagen wir es so, ich will so was schon lange haben, um mein Bad damit zu dekorieren, und dein neues Image ist die perfekte Ausrede, um mir das alles zuzulegen. Du nutzt das für dein Shooting, und ich nutze es, um Steffen zu beeindrucken.«

»Du meinst diesen Kollegen, den du so unfassbar niedlich, aber auch ein bisschen dämlich findest?«

»Genau. Er behauptet, neu wäre immer und überall besser, und ich will ihm beweisen, wie süß und wohnlich man eine moderne Wohnung mit Vintage-Kram dekorieren kann. Da kann er einpacken mit seinem Bad aus weißen Fliesen und Edelstahl.«

»Wann warst du denn in seinem Bad?«

»Neulich, als ich bei ihm in der Straße joggen war und zufälligerweise ganz dringend auf die Toilette musste.« Sie sieht mich treuherzig an.

»Du joggst doch sonst immer im Park?«

»Ja, schon, aber das hat er nicht gecheckt. Ich sag ja, er ist nicht der Hellste. Deshalb bin ich auch nicht sicher, ob ich sollte … Aber ach, er ist so schön!«

Lenas Liebesleben kommt mir von jeher wie eine Telenovela vor. Ihre Affären sind stürmisch, kurzlebig, und es gibt immer irgendwelche Dramen. Ob es dabei je um Liebe gegangen ist, weiß ich nicht, aber zumindest ist es immer sehr unterhaltsam. Es sollte eine eigene Melodie geben, die immer dann ertönt, wenn Lena einen neuen Mann in ihr Leben holt.

»Komm, wir kaufen uns ein Eis, und dann sichten wir die Bilder«, schlage ich vor, aber sie schüttelt ihre dunklen Locken.

»Ich hab morgen eine wichtige Präsentation. Ich schick dir die fünf besten Fotos.«

»Wieso denn nur fünf? Du hast doch Hunderte gemacht.«

»Die fünf besten. Sonst bist du überfordert und kannst dich stundenlang nicht entscheiden«, sagt sie und nimmt mir meine Wasserflasche weg.

»Gar nicht wahr!«

Sie trinkt die Flasche bis auf den letzten Tropfen aus. »Wie war das mit dem Kleid für die Abifeier?«

»Das ist unfair. Die hatten da in der Boutique mindestens fünfzig unglaublich schöne Kleider, die mir auch noch alle gepasst haben!«

»Sag ich doch! Oder die Sache mit der Marmelade bei Tesco in Holland?«

»Ja, wenn es allein sechs Sorten Himbeermarmelade gibt, mit Vanille, mit Fruchtstückchen, passiert, mit 60, 70 oder 80 Prozent Frucht, wie soll man sich da denn entscheiden können?«, ereifere ich mich.

»Eben«, sagt Lena ungerührt.

»Na gut. Aber schick sie mir unbedingt pünktlich bis morgen Mittag, ich muss sie nachmittags abgeben.«

»Klar, Süße.« Lena gibt mir einen dicken Kuss, dann schnappt sie ihre Kameratasche und tänzelt davon. Mir ist fast, als würde ich dabei in meinem Kopf die Melodie der Lena-Show vernehmen.

Am Mittwoch gehe ich für Frau Ewald einkaufen, suche nach Stellenanzeigen und schreibe Bewerbungen. Meine Lethargie ist mit Josie Cleans Geburt verflogen. Lena schickt mir entgegen der Abmachung nur ein einziges Foto per Mail mit dem Betreff »Das eine einzigartige perfekte Porträt der wunderschönen, jungen, organisierten, schlauen, aufgeräumten Josie Clean«. Ich will mich schon beschweren, aber als ich es anklicke, bin ich dermaßen überwältigt, dass ich vor Freude beinahe heule. So schön habe ich noch nie ausgesehen, in meinem ganzen Leben nicht. Ich wirke wie bei einem intimen Gespräch ertappt, ich drehe den Kopf vor verschwommenem Grün, lache ein echtes, herzliches Lachen, und meine Augen funkeln. Dabei sitzt mein Pferdeschwanz perfekt, meine Lippen strahlen rosa, und im Hintergrund leuchtet sogar das beginnende Abendrot. Das Foto ist so unwirklich gut, dass ich es voller Stolz sofort an Dana Karrenbauer weiterleite, bevor ich mich bei Lena bedanke.

Danke, Lena. Wahnsinn. Das bin nicht ich!, schreibe ich.

Doch, das bist du.

Ich will die anderen aber auch noch sehen!

Klar. Aber die kriegst du erst am Wochenende, wenn du das hier abgegeben hast ☺. Besser wird's nicht ☺. Hab dich lieb. Lena

Danke, du süße, kleine Ränkeschmiedin.

Dana Karrenbauer schreibt umgehend zurück.

Liebe Josie,

danke für das tolle Bild. Meine Assistentin hat sich etwas über den Betreff »Das eine einzigartige perfekte Porträt der wunderschönen, jungen, organisierten, schlauen, aufgeräumten Josie Clean« gewundert, aber ICH bewundere Ihr großes Selbstbewusstsein und Sendungsbewusstsein. Wir Frauen sollten viel öfter unsere Stärken betonen und keine Angst haben, uns auch mal selbst zu loben. Mit dieser Einstellung haben Sie die besten Chancen auf die Print-Kolumne. Wir würden morgen auch gern bereits Ihre erste Probekolumne veröffentlichen, denn sie ist das Highlight der bisher vorliegenden Texte. Je schneller Sie uns Ihre weiteren zusenden, desto besser. Wir entscheiden dann von Woche zu Woche im Team, welche Kolumnen online gestellt werden. Ich habe mich nun wohl inoffiziell als Ihr Fan geoutet, aber ich kann nicht dagegen an, Sie sind eben meine Favoritin für den Job. Am Samstag ist dann das Telefoninterview mit Moni Asmussen, Details maile ich Ihnen noch.

Herzlich, Ihre freundliche, kluge, spontane Dana Karrenbauer, die den tollsten Kirschkuchen backt und nie einen Geburtstag vergisst

Oh, shit. Hab den Betreff nicht gelöscht. Andererseits – auch egal. Wenn es Dana gefällt? Dann ist Josie Clean eben nicht nur die Ordnungsqueen, sondern auch noch unfassbar von sich selbst eingenommen. Ich frage mich, ob Dana wirklich so parteiisch ist oder ob sie jedem Honig ums Maul schmiert. Ich wüsste zu gern, wer meine Mitbewerber sind. Kurz überlege ich, ob es irgendwelche Probleme mit Herrn Mayer geben kann, wenn meine erste Arbeit für ein anderes Magazin noch in meiner letzten Arbeitswoche bei ihm erscheint. Aber erstens habe ich nur eine halbe Stelle bei *InnenWohnRaum*, weshalb mir eigentlich niemand verbieten kann, nebenbei für einen anderen Arbeitgeber zu arbeiten. Zweitens interessiert sich Herr Mayer kein bisschen für mich, und drittens ist das ja eh alles unter Pseudonym. Wieso sollte überhaupt irgendjemand aus der Redaktion ausgerechnet jetzt sofort über diese Minikolumne stolpern? Das wäre schon ein arger Zufall. Also, alles paletti. Und in drei Tagen ist dann schon das Telefoninterview mit *LifeStyleTime*. Plötzlich hat mein Leben den Turbogang eingeschaltet. Aber warum auch nicht? Stagniert hat es ja lange genug.

Am Donnerstag erscheint also die erste Kolumne auf der Website von *LifeStyleTime*, und ich kann nicht fassen, wie schön und professionell das alles aussieht und klingt. Die Überschrift ist in einer lila Schnörkelschrift, neben dem Text prangt das unglaublich hübsche Bild von mir, und alles wirkt Hochglanzmagazin-mäßig. Ich bin darauf viel stolzer als auf den ersten gedruckten Artikel bei *InnenWohnRaum* und sitze so lange im Morgenmantel vor meinem Laptop, dass ich beinahe zu spät zur Arbeit komme. Aber egal, es reicht, wenn ich bis spätestens zwölf Uhr da bin, denn da geht Sigrun in die Mittagspause, und ich muss das Telefon besetzen.

Zu meinem Glück ist niemand im Büro, als ich ankomme, sodass ich meinen Artikel aufrufen und weiterhin bewundern kann. Seit ich Lena um Geheimhaltung gebeten habe, habe ich es – bis auf meinen Kollegen – eigentlich allen erzählt. Und warum auch nicht? Über ungelegte Eier spricht man nicht, wie Papa immer gesagt hat, aber dieses Ei ist ja nun gelegt und prangt prächtig glitzernd in seinem lila Schnörkelschriftnest auf der Website von *LifeStyleTime*. Annabel, Marie, Moritz und Lena haben versprochen, es zu lesen und zu liken.

Fünf Minuten bevor Sigrun zurückkommt, schließe ich die Seite mit leisem Bedauern und lösche dann meinen Cache. Das sollte ich sowieso machen, schließlich ist morgen mein letzter richtiger Arbeitstag, also muss ich alles aufräumen und zusammenpacken. Am Montag ist eigentlich nur noch die Feedback-Runde zum Juli-Heft und dann die Besprechung für die Augustausgabe, bei der ich nicht mehr dabei bin. Wer weiß, ob ich da überhaupt noch an meinen Schreibtisch kann, vielleicht ist Melli dann ja schon zurück und stellt überall im Büro kitschige, gerahmte Bilder ihres kahlen Babys auf. Arme Sigrun. Die muss sich dann wochenlang jeden Babyrülpser anhören. Aber das soll mich nicht mehr kümmern.

Als ich am Freitag mit Lena meine Wohnung verlasse, lauert Patrick mir im Hausflur auf. »Du bist laut Plan diese Woche mit dem Putzen dran. Die Treppen sind total staubig.« Aha, denke ich. Von wegen necken, er ist einfach Ordnungsfanatiker durch und durch.

»Ich hab gestern schon gekehrt«, sage ich und laufe weiter.

»Ja, aber dann hast du die Flusen unten an der Treppe liegen gelassen. Hast du schon mal was von einem Wischmopp gehört? Oder einer Handeule?« Lena bleibt höflich stehen, also kann ich ihn leider nicht einfach ignorieren. Na gut, dann werde ich ihn eben verbal vertreiben.

»Handeule? Das klingt irgendwie unanständig. Wie etwas, das einsame Männer benutzen, wenn sie keine Freundin haben«, sage ich bösartig.

»Es ist ein Putzgerät. Eine Kehrschaufel mit Handbesen. So was sagt dir natürlich nichts, Josefine.«

Diese belehrende Stimme, wie ich sie hasse!

»Nerv mich nicht, ich bin jetzt Internetstar«, sage ich großkotzig. Lena prustet los, aber Patricks Gesicht ist ein einziges Fragezeichen.

»Wie bitte?« Ach, es ist mir jetzt zu blöd, ihm das zu erklären.

»Schreib es doch einfach in dein imaginäres Formular. Josefine Geiger kommt nicht mit Handvögeln klar und lässt ihren Dreck heimlich am Fuß der Treppe liegen.«

Egal, ob echter Spießer oder nicht, über diesen Scherz bin ich immer noch sauer und werde ihm das mindestens so lange nachtragen, wie er sich damit über mich lustig gemacht hat. Und weil ich einfach die Haustür öffne, krallt er sich die arme Lena.

»Vielleicht könntest du deiner Freundin ja mal nahebringen, dass es sich bei Regeln nicht nur um nervige Vorschläge handelt?«

»Wie kannst du es wagen, meine Freunde zu belästigen?«, fahre ich ihn an.

»Man sieht ihr doch an, dass sie viel netter und zugänglicher ist als du.«

»Gibt es irgendwo einen Antrag, um die Nachbarschaft offiziell aufzukündigen? Ich mache das, egal was es kostet«, stoße ich hervor.

»Die Gebühren würde ich liebend gern übernehmen«, sagt Patrick.

»Lena, gibt es für so etwas vielleicht auch ein Formular?«

Lena schüttelt zögerlich den Kopf. »Ich glaube nicht, dass es so was gibt.«

»Lernt ihr denn gar nichts in eurem Jurastudium?«, frage ich böse.

»Hey, ich kann nichts dafür!«

»Das macht Josefine immer, ihre Laune an anderen auslassen«, behauptet Patrick triumphierend.

Lena sieht hilflos von mir zu ihm und wieder zurück. »Leute, das ist mir echt zu anstrengend mit euch. Ich glaube, ich geh einfach schon allein einkaufen. Fine, du kannst ja nachkommen, wenn du dich beruhigt hast.«

»Ich muss mich nicht beruhigen, *er* soll sich beruhigen!«, erwidere ich aufgebracht.

»Ich warte draußen«, sagt Lena und verlässt das Haus.

Ich sage nur »Blockwart!«, lasse Patrick stehen, knalle die Haustür ins Schloss und hetze ihr hinterher.

»Was sagt man dazu?«, keuche ich.

»Also, ich finde ihn eigentlich ganz niedlich«, sagt Lena zu meiner Verblüffung. »Wenn er sich etwas besser anziehen würde, wäre er echt süß.«

Dass ich das selbst schon einmal kurz dachte, verschweige ich und setze stattdessen weiter auf Empörung.

»Patrick? Der ist doch nicht süß, der ist das Grauen in Person! Unser Blockwart, mein persönlicher Fallstrick.«

»Du übertreibst. Er sieht fast aus wie Harry Styles. Nur ohne Style eben.«

Ich atme tief ein. »Niemals. Aus dem könnte man nicht mal mit einer Komplett-Typveränderung ein annehmbares männliches Wesen machen.« Lena lächelt mich nur lieblich an.

»Hast du wirklich den Schmutz nach dem Kehren auf dem Boden liegen gelassen?«

»Ich war eben spät dran und hatte keine *Handeule* dabei. Ich hab ihn aber in die Ecke hinter die Tür gekehrt«, knurre ich.

»Du solltest dich für diese Sendung bewerben, ›Chaosqueen trifft Supernerd‹. Ich bin mir allerdings nicht sicher, für wen die Leue mehr Sympathie aufbringen würden.«

»Komm schon, Lena. Der Typ ist der allerletzte Spießer!«

»Aber hast du nicht das Zucken um seine Mundwinkel gesehen? Man muss doch auch mal über sich selbst lachen können.«

»Bei dem nicht. Niemals!«

Abends klicke ich mich durchs Netz, sehe mir wieder Ordnungstipps und Blogs zum Thema an und schreibe mir Stichwörter auf, um morgen im Interview ein paar gute Sätze parat zu haben.

Vieles davon finde ich überzeugend. Zum Beispiel, jeden Gegenstand einzeln in die Hand zu nehmen und zu fühlen, ob er einem guttut. Probehalber mache ich das mit dem Sinnsprüchekalender von meiner Tante, der kaputten Sonnenbrille und der Kuscheldecke mit dem Loch. Die Decke will ich behalten, der Rest wandert in den Müll, eigentlich mochte ich den Kalender von Anfang an nicht.

Dann blättere ich durch Marie Kondos Buch. Damit hätte ich gleich anfangen sollen, anstatt meine Zeit mit Influencerinnen zu verschwenden. Nach Kategorien aufräumen und nicht nach Zimmern. Gleiches zu Gleichem, ja, klingt logisch. Aber als es um Fotos geht, wird es mir zu viel. Miss Kondo empfiehlt, jedes Foto einzeln aus dem Album zu nehmen und nachzuspüren, ob man es liebt. Bitte was? Alles rausreißen und hinterher wieder einkleben? Das halte ich für wahnsinnig. Und überhaupt, wie soll man das bitte schön anstellen? Ich besitze fünf Fotoalben mit eingeklebten Bildern aus meiner Kindheit, zwei Fotobücher und ungefähr zwanzig selbst gebastelte Collagen. Die meisten Bilder liegen lose in zwei Kartons unter meinem Bett. Die ziehe ich nur ungern hervor, weil mir dann sofort ins Auge springt, was ich alles nicht gemacht habe. Ich habe sie nicht nach Jahren sortiert, ich habe die besten Bilder nicht für meine Freunde entwickeln lassen, und ich habe auch nicht die schönsten Fotos gerahmt und aufgestellt. Aber da man ja offen für Neues sein sollte, beschließe ich, das Prinzip zumindest anzutesten.

Ich setze mich auf den Teppich und öffne eine Fototasche aus einem der Kartons: Schulausflug in der ersten Klasse, ich stapfe mit Rucksack und Sonnenhut eifrig hinter Marie her, die stolz Hand in Hand mit Max geht. Unser gemeinsamer Kindergartenfreund, um den wir leicht konkurriert haben, sieht Olli ähnlich, das ist mir bisher nie aufgefallen. Wollte ich mich deshalb unbedingt an seiner Seite sehen? Mit einem unguten Gefühl klebe ich die Tasche zu und öffne eine andere. Oh, Omis 70. Geburtstag. Wie sie strahlt. Sie war so eine schöne Frau, auch im Alter. Meine Cousine Beatrice, Moritz und ich posieren sitzend für ein Foto. Ich lege den Kopf schief, das hielt ich damals für chic. Ich erinnere mich, wie stolz ich auf mein rosa Kleid mit der weißen, bauschigen Schürze war und dass Bea es als albern und plüschig bezeichnet hat. Jetzt sehe ich, dass sie recht hatte. Und Moritz ist noch so klein und hat schiefe Zähne. Mein Gott, ja, das war vor seiner Zahnspange. Seinen schiefen Biss hatte ich ganz vergessen, aber an seinen gefährlichen Fotoblick, den er immer aufgesetzt hat, erinnere ich mich. Wie ein angriffslustiger Tiger. Das Büfett erschien uns wie aus dem Paradies, dabei sehe ich nur ganz normale Kuchen und Torten. Ich staune, wie unglaublich jung wir waren. Und wie glücklich. Wir hatten noch keine Ahnung, dass es nie wieder so wie damals sein würde. Beas Gesicht ist mir sehr vertraut. Sie hatte das eleganteste Kleid und die schönste Frisur und hat schon so erwachsen ausgesehen, obwohl sie nur ein Jahr älter ist. Damals haben wir uns ausgemalt, dass wir später gleichzeitig schwanger werden und unsere Kinder gemeinsam aufziehen würden, wie Schwestern.

Bei dem Gedanken überkommt mich eine große Traurigkeit. Was mache ich hier eigentlich? Weine über einem alten Bild, dabei wollte ich doch aufräumen oder eigentlich nur Aufräummethoden recherchieren. Nein, so komme ich keinen Schritt weiter.

Ich lege das Bild zurück, verschließe die Fototasche und stopfe alles wieder zurück in die Kisten und schiebe sie unters Bett. So. Mein linkes Bein ist eingeschlafen, und ich erhebe mich mühsam und hieve mich mit einem kribbelnden Fuß aufs Sofa. Ich wollte doch alles querlesen und mir Notizen dazu machen.

Weiter geht's.

Man soll sich bei jedem Gegenstand bedanken, den man nicht mehr braucht, und ihn dann erst wegwerfen.

Ach ja? Auch bei dem kaputten Kabel, das mir einen Stromschlag verpasst hat? Und zwar keinen angenehmen wie die Berührung von Ollis Fingern an meiner Hand bei unserer ersten Begegnung, sondern einen schmerzhaften, ekligen Stromschlag mit anschließendem Stromausfall. Oder bei dem Kalender mit den Binsenweisheiten, die mich jeden Tag aufs Neue genervt haben? Bei der abstehenden Holzleiste am Vorratsschrank, an der ich mir einen Splitter geholt habe? Bei der durchgebrannten Glühbirne in der Kammer, die längst ausgetauscht gehört? Ich weiß nicht … Vielleicht braucht man dazu echt japanischen Langmut anstelle von europäischer Ungeduld.

Noch ein Aufräumtipp: Nie mit leeren Händen ein Zimmer verlassen, sondern immer etwas mitnehmen, das seinen Platz im anderen Raum hat.

Klingt auch sinnvoll. So was Ähnliches stand in der Autobiografie von Ingrid Bergmann, in der sie erzählt, wie sie immer Ordnung gehalten hat. Allerdings schrieb sie auch, dass sie vor allem auf der Bühne auflebte und dass ihr die Hausfrauen- und Mutterrolle gar nicht zusagte. Tja, mir sagt die Hausfrauenrolle leider auch nicht zu. Ich kann zunehmend verstehen, weshalb sich die Männer früher süße, kleine Hausfrauen gewünscht haben, die daheim alles rund um die Uhr in Schuss hielten. Wenn ich könnte, würde ich mir auch gern so ein Frauchen zulegen.

So, jetzt aber weiterlesen. Keine unnötigen Sachen in der Wohnung lassen. Zum Beispiel sollte man auch Werbeprospekte immer gleich entsorgen.

Ja, na gut, daran muss ich noch arbeiten. Erst mal packe ich jetzt die Sachen aus, die ich mit Lena gekauft habe. Nicht viel, nur einen megasüßen Pulli, zwei Tops, Socken und drei Haargummis. Haargummis kann man nie genug haben, ich meine, ich habe in meinem Leben bestimmt schon fünfhundert gekauft und finde davon meistens genau eins. An einem guten Tag. Und dann noch zwei Zeitschriften und ein bisschen Süßkram. Man muss sich ja auch mal was gönnen. Deshalb mache ich die Tüte mit den Marshmallows einfach auf. Die kann man auch essen, ohne sie in Kakao zu tunken.

Kapitel 9

Ich bin zuversichtlich und guter Laune, als Frau Karrenbauer mir am Samstagvormittag weitere Details mailt.

Hurra, Sie bekommen ein Upgrade: Wir machen aus dem Interview eine Homestory, in Ihren eigenen vier Wänden. Heute um 15 Uhr. Bitte um Adresse. Sie brauchen nichts vorzubereiten, wir wollen einfach nur sehen, wie Sie leben. Interviewen wird Sie wie gesagt unser Spürhund, unsere brillante Moni Asmussen. Das wird klasse!

Herzlichst, Dana

Homestory? So wie »bei mir zu Hause«? Hurra, ich bin im Eimer. Meine Wohnung sieht trotz Lenas tatkräftigem Eingreifen letzten Samstag aus wie Hempels Ersatzteillager. Kann ich die Wohnung bis heute um drei leer kriegen, wenn ich meine Freunde um Hilfe bitte und alles in den Keller bringe?

Ich gehe in den Keller und starre in mein Abteil. Die Kammer des Schreckens starrt zurück. Sie ist bis oben hin gefüllt, und zwar nicht ordentlich eingeräumt, sondern es liegt alles kreuz und quer übereinander. Da ist nichts zu machen, da passt absolut nichts mehr rein.

Mein Puls schnellt ordentlich hoch, und ich spüre die Enttäuschung ganz körperlich. Ich muss das Ganze wohl absagen, obwohl ich mich so sehr darauf gefreut habe. Wenn man sich doch nur für eine Stunde eine ordentliche Wohnung ausleihen könnte! Kann man so was vielleicht mieten?

Zurück in der Wohnung, checke ich das sofort, aber die Vorlaufzeit beträgt mindestens 48 Stunden, und die Preise sind unvereinbar mit meinem Kontostand. Weder bei Lena noch bei Annabel oder Moritz herrscht die Art Ordnung, die ich brauche, und ich würde mich nie trauen, Marie und Sven um so etwas zu bitten.

Eigentlich kenne ich nur eine Person, deren Wohnung so aussieht, wie Frau Karrenbauer es sich bei mir vorstellt. Leider ist das die Person, die ich gestern Blockwart genannt habe. Wie würde Patrick wohl reagieren, wenn ich ihn bitte, mir seine Wohnung zu leihen? Ich meine, wie hoch wäre die Chance, dass er zustimmt? Ein Prozent? Fünf?

Andererseits redet er ja immer von gutem gemeinschaftlichem Miteinander, Solidarität und so Zeug. Wenn ich ihm vielleicht Blumen mitbringe, Pralinen oder eine Flasche Wein? Wenn ich mich entschuldige und ganz höflich bin und gelobe, für immer und ewig die Hausordnung einzuhalten, mit Wischmopp, Handbesen und Zahnbürste für die Fugen?

Ich meine, was habe ich schon zu verlieren? Ich werde lieb und nett sein, ihn um Entschuldigung für die Ruhestörung bitten und ihm dann vorsichtig und einfühlsam erklären, dass ich mir seine Wohnung gern für zwei Stunden ausborgen würde. Von mir aus soll er so lange ins Eichamt gehen oder dort die Gewichte überprüfen oder was er eben für Freizeitgestaltung hält. Ich bezahle ihm auch den Eintritt. Ich darf nur nicht mit der Tür ins Haus fallen. Erst ordentlich Reue zeigen, dann Small Talk über ein Thema seiner Wahl führen, und am besten mache ich ihm noch ein Kompliment. Wozu könnte ich mich lobend äußern? Vielleicht zu seiner Frisur?

Mit einer Schachtel Shortbread, die für Frau Ewald bestimmt war, klingle ich nervös bei meinem Feind.

»Josefine Geiger, was verschafft dem Blockwart die Ehre?«

»Ich wollte mich entschuldigen.« Ich halte ihm die Schachtel hin.

»Wofür genau?«

»Für gestern.«

»Und was ist mit der Ruhestörung neulich? Und dem Samstag davor?«

»Dafür auch«, sage ich schnell. »Für alles. Und deine Haare sehen toll aus. Hör zu, du musst mir deine Wohnung leihen.«

»Wie bitte?«

»Deine Wohnung. Ich brauche bis heute Nachmittag eine ordentliche Wohnung. Eine, die sauber und aufgeräumt ist und mit hübschen Sachen dekoriert.«

»Was für hübsche Sachen?« Er sieht mich perplex an.

»Egal, die bringe ich mit.«

»Bist du von allen guten Geistern verlassen? Ich überlasse meine Wohnung doch keiner Fremden!«

»Aber ich bin doch keine Fremde. Du streitest dich seit Monaten mit mir, ich habe deine Nachtruhe gestört, und meine Haftpflichtversicherung bezahlt gerade die Erneuerung deiner Wohnungstür!«

Er starrt mich weiter entgeistert an, und ich starre genauso bescheuert zurück. Mist, das wollte ich für mich behalten. Aber Patrick hat irgendwas an sich, was mich permanent die Kontrolle verlieren lässt. Aber nicht im guten Sinn, wie beim Verlieben, sondern eher etwas, das meine Kampfreflexe auslöst. Doch jetzt brauche ich Waffenstillstand statt Kampf, am besten eine friedliche Übernahme.

Ich versuche es anders: »Bitte. Die Frau von der Zeitschrift kommt schon gegen drei.«

»Heute um drei sitze ich an meinem Schreibtisch und arbeite an meiner Doktorarbeit.«

»Du verstehst es nicht, es geht um meinen Job und mein ganzes Leben!«

Es bleibt mir nichts anderes übrig, als meinem Nachbarn die

gesamte Geschichte im Detail zu gestehen. Zu meiner Verwunderung huscht ein Lächeln über sein Gesicht.

»*Du* sollst also als Ordnungsexpertin interviewt werden?«, fragt er ungläubig.

»Ja.«

Ich bin ihm sehr dankbar, dass nun kein schallendes Gelächter folgt. Stattdessen überlegt er für eine Weile, bevor er antwortet.

»Okay, ich schlage dir einen Deal vor. Ich überlasse dir meine Wohnung, wenn ...«

»Im Ernst? Das ist der Hammer!«

»Halt, nicht so voreilig. Wenn du mir als Gegenleistung bei meiner Doktorarbeit hilfst.«

»Wie soll ich dir denn dabei helfen? Ich hab doch keine Ahnung von Biologie.«

»Du rühmst dich doch immer, so wahnsinnig schnell lesen zu können und jede Stelle in einem Buch wiederzufinden.«

»Kann sein.«

»Ich habe wirklich ein Problem. Ich habe mir 234 Zitate aus der Fachliteratur herausgeschrieben und sie in der Arbeit verwendet. Doch als ich das Inhaltsverzeichnis aktualisiert habe, haben sich die Fußnoten verschoben, und jetzt sind alle Quellenangaben falsch.«

»Was habe ich damit zu tun?«

»Du könntest mir dabei helfen, die Zitate in den Büchern zu suchen und die korrekten Quellenangaben mit Seiten zu notieren.«

»Um wie viele Bücher geht es denn?«, frage ich misstrauisch.

»Hundertvierundsiebzig«, sagt er lapidar.

»Vergiss es. Niemals mache ich das!«

»Gut, dann kannst du das mit der Wohnung vergessen.«

Ich denke einen Moment lang nach. Ich brauche die Wohnung. Um alles andere kann ich mich danach kümmern, irgendwas fällt mir schon ein. Erpresste Zugeständnisse muss man ja, wie man bei jedem Krimi beobachten kann, gar nicht einhalten.

»Okay, geht klar, ich mach's«, sage ich also.

»Wirklich?«

»Ja. Wann kann ich rein? Ich will nur noch kurz Blumen im Laden um die Ecke holen.«

»Blumen? Das sind doch nur botanische Leichen.«

»Nein, frische, ich meine eingepflanzte. Ich kaufe zwei Töpfe, okay?«

»Weißt du, wie viele Kleinstlebewesen sich da in der Erde tummeln?«

»Ich nehme die Pflanzen hinterher wieder mit und sprühe bei dir alles mit Sagrotan ein, okay?« Jeder Mensch hat ein Wort, das ihn beruhigt, und bei Patrick ist es mit großer Wahrscheinlichkeit »Desinfektionsmittel«.

»Na gut, wenn du meinst. Dann um 14:30 Uhr?«

Ha!

»Obwohl es sinnlos ist, Geld für etwas auszugeben, das sowieso eingeht.«

»Danke!«, sage ich aus vollem Herzen.

»Welche Getränke willst du der Journalistin anbieten? Ich gehe nachher noch einkaufen.«

»Wie bitte?«

»Getränke«, wiederholt er. »Wenn sie von einer Frauenzeitschrift ist, steht sie wahrscheinlich auf zuckerfreie, koffeinfreie Biolimonade, oder? Dazu zwei Sorten Wasser und ungesalzene Nüsse?«

Ich komme bei dem Tempo, in dem Patrick von feindlichem Nachbar auf Geschäftspartner und die Wahl der Erfrischungsangebote umschaltet, nicht ganz mit, aber ich nicke dankbar. »Das wäre toll. Dann sehen wir uns um halb drei?«

Vielleicht kriege ich das ja doch noch alles irgendwie hin.

Erst habe ich Frau Karrenbauer die Adresse gemailt, dann bin ich zum Blumengeschäft gesaust. Ich habe nur einen passenden Topf gefunden, eine langstielige Orchidee mit einer einzigen Blüte in einem grauen Holzkasten. Das peinliche Schildchen mit dem Aufdruck »Orchideen sind ein Ausdruck der Sehnsucht, Leidenschaft und Treue und symbolisieren Lust und Fruchtbarkeit. Extravagante Blüten für eine extravagante Dame, von Herzen!« entferne ich sofort. Dann lasse ich den Topf unten im Hausflur stehen und hetze hoch. Aus meiner Dekokiste krame ich die minimalistischsten, cleansten Dekorationsgegenstände hervor, die ich besitze. Eine grau schimmernde Pyramide aus Keramik, zwei Kugeln aus Bergkristall – zwei von den vielen, die Mama ihrer Freundin Alraune letztes Jahr aus Mitleid abgekauft und dann zu Weihnachten an alle Verwandten verschenkt hat. Ich glaube, ich bin die Einzige, der sie ehrlich gefallen. Drei kleine Schmetterlinge aus Seidenpapier und eine Schale aus einer halben leeren Kokosnuss. Dann durchsuche ich noch meinen Berg an Postkarten und finde immerhin zwei, die passen: »Ordnung lehrt euch Zeit gewinnen« von Goethe und »Die Basis jeder gesunden Ordnung ist ein großer Papierkorb« von Tucholsky.

Danach dusche ich blitzschnell, ziehe eine graue Stoffhose und wieder die weiße Bluse an, binde mir die Haare zu einem ordentlichen Knoten und schminke mich dezent. Alle abstehenden Härchen fixiere ich mit Haarspray. Jetzt noch die winzigen Perlenstecker in die Ohren, es ziept nur rechts ein wenig, blutet aber zum Glück nicht wieder. Es ist genau halb drei.

Patrick begrüßt mich freundlich und weist mich auf zwei Türen hin, die ich nicht öffnen darf. Ist ja gut, ich habe echt kein Interesse daran, sein Schlafzimmer zu sehen.

Dann präsentiert er mir seinen Einkauf. »Ich habe darauf geachtet, dass alle Flaschen einen Schraubverschluss haben. Mit einem Flaschenöffner kannst du sicherlich nicht umgehen, ohne eine Überschwemmung, Glasscherben oder Verletzungen zu produzieren.«

Ich überhöre die Spitze einfach und fange an, meine Dekorationsgegenstände zu verteilen.

»Kann ich die Vitrine benutzen?«

»Nein, die muss zubleiben.«

»Was ist das denn dadrin für eine besondere Flasche, dass du sie einsperrst?«

»Diesen Whiskey habe ich von meinem Vater bekommen, der ist 500 Euro wert. Ich wollte ihn für eine besondere Gelegenheit aufheben. Keine Ahnung, meine Hochzeit, zum Beispiel.«

»Na, hoffentlich ist der noch lange haltbar.«

»Wieso?«

Oh, das habe ich wohl laut gedacht. »Ähm, du hast doch momentan keine Freundin, oder?«, rede ich mich heraus.

»Und du meinst, dass ich auch nie eine finde? Weil ich so schräg bin?«

Er steht doch sonst immer auf dem Schlauch. Wieso durchschaut er ausgerechnet jetzt sofort, was ich gedacht habe?

»Sorry, so habe ich es nicht gemeint.« Habe ich doch.

»Ist schon gut. Ich halte ja auch nicht besonders viel von dir.«

Was?

»Du bist die irrationalste Person, die ich kenne. Was hast du da eigentlich für einen Knubbel am Bein?«

Ich taste danach und ziehe ein Stück Stoff aus dem Hosenbein.

»Was ist das?«

»Ach, nichts.« Es ist eine Unterhose, die sich wohl beim Waschen in die Hose verirrt hat.

»Ist das deine Unterwäsche?«

»Ähm, ja. Danke, dass du mich darauf aufmerksam gemacht hast.«

»Gern geschehen, Miss Josie Clean.« Er grinst.

»Das war peinlich. Kannst du jetzt bitte gehen?«

»Ja, kleine Chaosqueen.«

Meine Wangen werden noch heißer. Als Patrick endlich aus der Tür ist, muss ich mich kurz sammeln.

Ein letzter Blick – es sieht alles gut aus. Auf dem Sideboard stehen zwei unterschiedliche Biolimonaden, Apfelsaft und zwei Sorten Wasser mit drei Gläsern, außerdem fett- und salzfrei geröstete Mandeln. Obwohl Patricks Kommentar mich geärgert hat, muss ich ihm insgeheim zustimmen. Schraubverschlüsse sind sicherer. Und Dosen ohne scharfe Kanten. Sekunden bevor es klingelt, mache ich zwei, drei Selfies von mir in dem superaufgeräumten Zimmer, vor dem perfekten Sofa und dem schlichten ordentlichen Sideboard. Instagram-Futter. Und dann muss ich auch schon zur Tür.

Die Journalistin Moni Asmussen ist dünn, durchtrainiert und kantig. Wie eine Yoga-Anbeterin, die gern öfter mal zu tief ins Glas schaut. Sie begrüßt mich mit Küsschen und findet gleich lobende Worte für Patricks Wohnung.

»Hier merkt man sofort, dass eine in sich ruhende Persönlichkeit wohnt. Diese geraden Linien, sehr angenehm.«

Ich schäme mich für meinen Schnapsdrossel-Gedanken und bitte sie ins Wohnzimmer, wo ich ihr etwas zu trinken anbiete.

»Für mich bitte nur ein stilles Wasser. Und jetzt erzählen Sie mal, Frau Clean. Welchen Ansatz verfolgen Sie?«

O Mann, die kommt direkt zum Punkt. Kein Small Talk, na gut. Und denkt sie etwa wirklich, dass ich Josie Clean heiße?

»Sagen Sie doch einfach Fin… – äh – findige Josefine zu mir.«

»Findige Josefine?«

»Ja, weil man immer alles sofort wiederfindet, wenn man meine Tipps beherzigt«, improvisiere ich. Oje, ich mache das echt schlecht. Das kauft sie mir niemals ab.

Sie sieht mich kurz skeptisch an, dann bricht sie in Gelächter aus. »Das ist witzig. Also, welcher Methode hängen Sie an?«

Ich brauche eine Sekunde, um nachzudenken.

»Magic Cleaning, die magische Küchenspüle, Aufräumen nach Feng-Shui oder den minimalistischen Ansatz?«, schlägt sie vor.

»Von allem etwas«, sage ich beherzt. »Ich nenne es die Josie-Clean-Methode.«

»Wie funktioniert die?«

Gute Frage. Hilfe suchend sehe ich mich in Patricks Wohnung um, dann kommt mir plötzlich eine Idee.

»Jeder hat ein oder mehrere Talente, aber meistens kann man damit nicht alle Anforderungen abdecken«, beginne ich zu fabulieren. »Also sollte man sich von allem das auswählen, was zu einem passt. Sozusagen Puzzlestücke. Von jeder Richtung ein Stück, und dann erschafft man damit etwas ganz Neues, Einzigartiges.« Bitte nicht weiter nachfragen, beschwöre ich sie im Stillen.

»Haben Sie dafür ein Beispiel?«

Ich sehe mich Hilfe suchend nach den Postkarten um. »Tucholsky sagt, man braucht einen großen Papierkorb.«

»Wie meinen Sie das?«

»Man muss jederzeit bereit sein, Unnötiges sofort loszuwerden. Wenn ich zum Beispiel einen Werbeflyer für ein Restaurant bekomme, frage ich mich sofort, ob ich dort jemals essen will. Und wenn ja, dann gehe ich am selben Tag noch hin. Wenn das Essen gut ist, merke ich mir das, wenn es schlecht ist, auch. Den Flyer kann ich auf jeden Fall wegwerfen.«

»Am selben Tag? Und wenn Sie schon was vorhaben?«

»Dann verschiebe ich das. Es muss am selben Tag sein.«

»Aber noch konkreter, wie läuft das bei Ihnen ab?«

Oh, oh. Ich grabe in meinem Kopf nach einer Erinnerung ans Aufräumen. Neulich mit Lena, genau.

»Kürzlich hat mir zum Beispiel meine beste Freundin beim Ausmisten von Erinnerungsgegenständen geholfen. Ich bin ja sonst sehr *straight* und klar, aber damit war ich überfordert, weil daran so viele Erinnerungen hängen.« Ich merke, dass Letzteres sogar stimmt. »Aber sie hat sofort gespürt, was eine schlechte Energie ausstrahlt und mich in der Vergangenheit hält. Ich hatte beispielsweise ein Sparschwein in Form einer Katze, das war bestimmt über zwanzig Jahre alt, und der Goldlack war schon abgeblättert. Ich habe es aber trotzdem allein nie geschafft, es zu öffnen oder wegzuwerfen.«

»Und dann?«

Ich denke kurz an den Typen vom Schlüsseldienst und meine Notlage. »Dann habe ich es mit ihrer Hilfe einfach zerschlagen, das Geld rausgenommen und die Scherben weggeworfen.« Bei der Erinnerung daran spüre ich kurz ein Ziepen in dem Finger mit der Schnittwunde und einen dumpfen Schmerz, der irgendetwas mit Omi zu tun hat.

»Und das hat sich dann total richtig und befreiend angefühlt?«

»Genau! Es war ein ganz wunderbares Gefühl. Seit meine Freundin mir das gezeigt hat, kann ich auch bei den Dekogegenständen selbst fühlen, was nur Ballast ist und was wegmuss. Dafür habe ich ihr später geholfen, ihre Bücher auszusortieren.«

Moni Asmussen sieht sich zweifelnd in dem leeren Zimmer um. »Was kann man denn in einer minimalistischen Wohnung wie Ihrer noch aussortieren?«

»Oh, mehr, als Sie denken. So eine Wohnung ist konstante Arbeit gegen den inneren Chaoten. Das hier zum Beispiel.« Ich nehme die Edelsteinkugeln in die Hände und wiege sie hin und her. »Ein ganz schlechtes Energiefeld. Die große Kugel muss weg.«

Moni Asmussen starrt mich an. »Und dann werfen Sie die schöne Kugel einfach so weg? Haben Sie keine Angst, das später zu bereuen?«

Doch, ich mag diese Kugel wirklich sehr. Ich will sie auf gar keinen Fall hergeben. »Nein«, sage ich fest und gehe zum Abfalleimer.

Moni sieht mich erwartungsvoll an. »Und jetzt einfach ab in den Müll?«

»Ja.« Zögerlich lasse ich die Edelsteinkugel los und lausche auf das Geräusch, mit dem sie in den Abfallkorb gleitet. Hoffentlich geht sie nicht kaputt. Meine Hände zittern, und ich könnte losheulen.

»Die Josie-Clean-Methode. Faszinierend. Man kann förmlich sehen, wie erleichtert Sie sich jetzt fühlen.«

»Ja, genau. Ohne meine Freundin hätte ich das nicht erspüren können. *With a little help from my friends,* sozusagen. Wir sind Partner gegen das Chaos, sozusagen Chaospartner.«

»Chaospartner? Sie meinen, so etwas wie ein Pate bei den Anonymen Alkoholikern?«

»Ähm, ja.«

»Den man anrufen kann, wenn man selbst mit dem Chaos nicht mehr fertigwird? So wie man seinen Paten anruft, wenn man droht, sich einen Drink zu bestellen?«

»Ja, genau.«

»Und dann unterstützen sich die Chaospartner gegenseitig, helfen beim Ausmisten und Aufräumen?«

»Richtig.« Was soll ich sonst sagen?

»Sagenhaft. Oft fällt es einem ja leichter, bei jemand anderem ein Problem zu erkennen und zu beseitigen.«

»Stimmt. Besonders wenn man ganz unterschiedlich gestrickt ist und sich ergänzt. Wie bei Puzzleteilen.«

Moni sieht mich fragend an. Wie erkläre ich das?

»Ich meine, einer hat das Loch und der andere dieses knubbelige, vorstehende Ding.« Wie nennt man das denn um Himmels willen bei zwei Puzzleteilen, die genau ineinanderpassen?

»Sie meinen die Ein- und Ausbuchtung oder Knopf und Knopfloch, Noppe und ...?«, schlägt sie kichernd vor.

»Genau«, sage ich dankbar. »Wie bei Yin und Yang, man ergänzt sich eben perfekt.«

»Und ist es bei den Chaospartnern auch das Ziel, die nächsten 24 Stunden ohne Chaos zu überstehen?«

Ist es das? Warum nicht, klingt überzeugend. Ich nicke.

»Kann man da auch vor einem wichtigen Ereignis wie einer Party oder einem besonderen Besuch seinen Paten anrufen und um Hilfe bitten?«

»Selbstverständlich.«

»Unglaublich, was für eine Fantasie Sie haben!«, sagt Moni mit Bewunderung in der Stimme, die ich absolut nicht verdiene. Sie sieht in mir offenbar genau das, was sie erwartet hat.

»Na ja, es ist noch nicht ganz ausgereift«, sage ich verlegen. »Ich habe nur das grobe Konzept entworfen.«

»Schicken Sie mir das noch per Mail?«

Ich nicke unglücklich. »Ja, klar.«

»Sie sind eine Visionärin, Frau Clean!«

Nie habe ich mich kleiner und erbärmlicher gefühlt. »Danke. Ich muss kurz austreten. Nehmen Sie sich doch noch etwas zu trinken.« Ich gestikuliere großzügig in Richtung der Getränke, dann stehe ich mit wackligen Knien auf, gehe ins Bad und lasse mich auf den Toilettensitz fallen. Eigentlich muss ich gar nicht, aber ich brauche einen Moment Ruhe.

Die Toilettenpapierrolle ist beinahe leer, und ich reiße das letzte Blatt ab, um mich damit zu schnäuzen. Dann hänge ich eine neue Rolle hinein, richtig herum diesmal, und werfe die Pappe in den Abfalleimer. Ich klatsche mir kaltes Wasser ins Gesicht und atme tief ein und aus.

Moni Asmussen ist wirklich sehr nett, aber ich finde es beunruhigend, dass sie all mein Gestammel mit Begeisterung quittiert. Müsste sie nicht merken, dass diese Methode vor allem aus ihrem Kopf stammt? Oder ist sie nur zu höflich, um mich zu brüskieren? Ist sie vielleicht eine investigative, knallharte Journalistin und hat vor, in ihrem Porträt darzulegen, was für eine Hochstaplerin ich bin? Nein, das wäre absurd. Es wird alles gut gehen, jetzt muss ich diesen Termin nur noch irgendwie zu Ende bringen. Hoffentlich findet sie es nicht seltsam, dass ich so lange weg bin.

Doch zu meinem Glück ist Moni plötzlich sehr gesprächig, gelöst und kichert. Sie plappert und lacht, und ich muss nur noch wenig zum Gespräch beisteuern, sondern bloß nicken, während Moni ihre eigenen Fantasien abermals zusammenfasst.

»Wundervoll, herzlichen Dank! Chaospartner, wie Puzzleteile, *With a little help from my friends,* Josie-Clean-Methode. Großartiges Material, ich bin sicher, unsere Leser werden begeistert sein. Unsere Leser und Leserinnen und diverse Lesende, meinte ich.«

Sie steht auf, legt mir die Hand auf den Arm, und ich bin heilfroh, dass wir fertig sind. Ich will nichts, als sie so schnell wie möglich aus der Wohnung zu bugsieren und auszuatmen.

Sobald sie draußen ist, beuge ich mich aus dem Fenster und sehe, wie sie kichernd in ein Taxi einsteigt. Was ist denn nur mit ihr los? Als ich gerade meine Kugel aus dem Abfalleimer hole, fällt mein Blick auf die Vitrine. O Gott, sie hat die Flasche geöffnet und davon getrunken! Die Flasche mit dem teuren Whiskey von Patricks Vater. So hatte ich das mit dem »Nehmen Sie sich doch noch was zu trinken« natürlich nicht gemeint. Auf so was kommt doch kein Mensch! Wobei … Jetzt dämmert mir auch, weshalb sie sich mit den Anonymen Alkoholikern auskennt. Das ist nicht gut, das ist gar nicht gut.

Ratlos tigere ich im Zimmer auf und ab. Was mache ich denn jetzt? Der Whiskey ist Patrick doch so wichtig. Ob ich die Flasche eventuell mit Wasser auffüllen könnte? Aber das würde er sofort merken … Nein. Soll ich meinen Bruder fragen, wie man Whiskey verlängern kann? Zum Glück geht er ans Telefon, und ich überfalle ihn mit meinem Problem.

»Whiskey schmeckt wie Whiskey, oder nicht? Lass uns irgendeinen Fusel bei der Tankstelle holen und reinfüllen«, schlägt Mo pragmatisch vor.

»Ich habe aber nur noch eine halbe Stunde, bis Patrick zurückkommt«, sage ich nervös.

»Ich kauf das Zeug und bin mit dem Fahrrad in zehn Minuten bei dir«, bietet er tatsächlich an. Vor Erleichterung schießen mir Tränen in die Augen. Das sind die Momente, in denen ich Mo alles verzeihe, was er mir je angetan hat. Sogar dass er Bea und mir beim Zelten abends mal die Heringe rausgezogen hat und wir nachts mit dem Zeltdach auf dem Kopf aufgewacht sind.

Ich zittere vor Aufregung, als mein Bruder endlich eintrifft. Er zeigt mir zwei verschiedene Whiskeyflaschen, aber beide unterscheiden sich farblich deutlich vom Original.

»Wir schütten das einfach zusammen«, sagt er. »Das merkt dein Nachbar niemals.«

»Aber Patrick ist kein normaler Mensch. Er weiß, wie viel Dezibel meine Stimmlage hat. Er hat alle Farben in seinem Kopf abgespeichert und im Binärcode verschlüsselt. Er hat gesehen, dass ich mir die Wimpern abgerissen hatte. Der merkt alles«, sage ich verzweifelt.

Jetzt erkennt auch Mo den Ernst der Lage. »Und wenn wir ein bisschen Apfelsaft reintun, um es goldener zu bekommen?«

Moritz deutet auf die unangetastete Flasche auf dem Sideboard. Warum zum Teufel konnte Moni nicht einfach gleich den Apfelsaft trinken? Na gut, Patricks besonderer Feiermoment wird ja wohl so bald nicht kommen, wenn überhaupt je. Da ist es vermutlich die sicherere Taktik, auf die Optik zu setzen. Zumindest bis ich dazu komme, ihm den Whiskey zu ersetzen … wenn ich mal sehr viel Geld habe. Also nie. O Mann, egal, jetzt muss eine Entscheidung her, also nicke ich gottergeben.

»Ja, und mach schnell. Patrick kommt jede Sekunde zurück.«

Mit flinken Fingern füllt mein Bruder den Saft in die Whiskeyflasche, okay, sieht ganz gut aus, dann versucht er, den Korken auf den Flaschenhals zu pressen.

»Das blöde Ding will nicht reingehen!«

In diesem Moment klingelt es an der Tür. Hilfe, Patrick kommt zurück, und mich durchströmt eine Welle von Schuldgefühlen.

»Geh zur Tür, und lenk ihn ab, ich mache das fertig und verschwinde dann durchs Fenster«, weist Moritz mich an.

»Was?«

»Stell keine Fragen, los!«

»Okay.« Was anderes bleibt mir eh nicht übrig. Also schließe ich die Tür zum Wohnzimmer und gehe Patrick rasch entgegen.

»Und, wie ist es gelaufen?« Er wirkt leicht erhitzt vom Laufen und sieht mich neugierig an.

»Ganz gut, glaube ich. Obwohl, eigentlich vielleicht auch nicht …« Diese Frage überfordert mich gerade. Patrick stellt seine Schuhe ordentlich ins Schuhregal und steuert dann das Wohnzimmer an. Ich versperre ihm den Weg. »Willst du uns nicht vielleicht zuerst in der Küche einen Kaffee machen, und dann erzähle ich dir alles?«

»Okay, gern. Ich hab ganz neue, seltene Bohnen da. Dann mache ich uns jetzt eine schöne Excelsa und spüle derweil gleich eure Gläser. Ich hole sie kurz.« Er wendet sich wieder Richtung Wohnzimmer, und ich glaube, ein kratzendes Geräusch zu vernehmen.

»Aber ich hab sooo einen schrecklichen Jieper auf Kaffee!«, sage ich laut. »Und bitte erklär mir noch mal die Unterschiede zwischen den verschiedenen Kaffeebohnensorten. Die Gläser wasche ich nachher ab, versprochen.«

Er sieht mich skeptisch an. »Na gut. Ich muss aber noch kurz mein Ladegerät aus dem Wohnzimmer holen.«

Ich mache mich so breit, wie ich kann. »Ich geb dir meins!« Das hängt glücklicherweise an meinem Handy, das ich in der Hand halte. Ich strecke es ihm hin, aber er dreht immer noch nicht um. Also muss ich irgendwie den kompletten Durchgang versperren. Vielleicht könnte ich mich lässig an die Wand lehnen und ein Bein heben? Ich lehne mich probehalber mit dem Rücken an die eine Seite des Flurs und versuche, mein linkes Bein lässig bis zur anderen Wand auszustrecken. Ich erreiche sie gerade so, aber bequem ist das nicht.

»Hast du Schmerzen in der Hüfte? Machst du Krankengymnastik?«, fragt Patrick besorgt.

»Ähm ja, genau. Eine sehr wirksame Übung.«

»Ach, das ist ja interessant. Zeigst du sie mir mal? Ich habe manchmal auch Schwierigkeiten mit dem Sprunggelenk.«

»Gern. Nur nicht jetzt. Ich muss mich nämlich total darauf konzentrieren. Das Mindset ist ganz wichtig, fokussieren, innere Mitte, Konzentration.« Die Moni-Floskeln purzeln nur so aus meinem Mund.

Ich wechsle die Beine, mit dem rechten funktioniert es noch schlechter. Warum geht er nicht endlich in die Küche?

»Na gut, es eilt ja nicht.« Endlich bewegt er sich in die Küche, und ich warte noch ein paar Sekunden und folge ihm dann aufatmend. Ich schließe die Tür hinter uns, setze mich auf einen der roten Stühle und täusche Interesse an Patricks Kaffeevortrag vor, um den ich ja gebeten habe.

»Excelsa ist sehr selten, sie stammt aus Westafrika. Sie macht nur ein Prozent der weltweiten Kaffeesorten aus und schmeckt leicht erdig. Ich bin gespannt, was du dazu sagst.« Und ich bin gespannt, ob Moritz den Korken wieder auf die Flasche bekommen und es geschafft hat, geräuschlos aus der Wohnung zu verschwinden. Patrick hantiert herum, mahlt Bohnen, und es beginnt himmlisch zu duften, aber ich kann mich nicht entspannen.

»Fine, du wirkst total gestresst. Jetzt ist es doch vorbei, sie ist weg.«

Sein Mitgefühl habe ich nun wirklich nicht verdient.

»Erzähl doch mal genau, wie es gelaufen ist.«

Ich nicke angestrengt und versuche, nur so viel zu sagen, dass ich nicht wie eine völlige Idiotin dastehe, was mir aber nicht wirklich gut gelingt. »Ich glaube, das Porträt wird ein Desaster«, beende ich meine Erzählung mutlos. Patrick sieht mich aufmunternd an.

»Na ja, die Zeitung von heute ist das Einwickelpapier von morgen.«

»Aber es erscheint ja auch online. Wenn das erst mal so veröffentlicht wurde, verschwindet es nie wieder.« Ich reibe mir die Stirn. Wie bin ich da nur wieder hineingeraten?

»Wovor hast du denn Angst? Dass diese Journalistin schreibt, deine Aufräummethode wäre schlecht? Ist doch egal, du hast doch ohnehin keine.« Er nimmt Milch aus dem Kühlschrank und gießt sie in ein Töpfchen, das er auf dem Herd erwärmt.

»Jetzt hab ich eine«, sage ich halb verzweifelt, halb belustigt. »Die Josie-Clean-Methode.«

Patrick schaut amüsiert auf. »Wie geht die denn?«

»Keine Ahnung. Ich glaube, man lädt Freunde zu sich ein und lässt die alle Arbeit machen und nennt das dann Teamwork oder so. Chaospartnerschaft, genau. Man ergänzt sich, wie beim Puzzeln oder Yin und Yang. Und einen eigenen Hashtag dazu hab ich jetzt auch, #josiecleanmethode.«

Patrick beginnt, die Milch mit einem silbernen Quirl aufzuschäumen. Um seine Augen bilden sich Lachfältchen. »Yin und Yang? Wie seid ihr denn beim Daoismus gelandet?«

Ich zucke mit den Schultern. »Das weiß ich auch nicht mehr. Ich glaube, das wird mir noch alles um die Ohren fliegen. Ich hab doch keine Ahnung von Aufräummethoden!«

Er nimmt zwei schwarze Tassen aus der Anrichte über dem Herd und gießt zuerst den Milchschaum hinein, dann den dickflüssigen Espresso. »Vielleicht solltest du diese Josie-Methode einfach mal selbst ausprobieren?«

Er stellt einen Cappuccino mit perfektem Milchschaum vor mich hin. Und fünf Kekse für mich allein, das ist aber nett.

»Vielleicht. Aber ich weiß gar nicht, ob sie funktioniert.«

»Verstehe. Das ist dann natürlich ein gewisses Problem«, sagt er ernst, aber seine Mundwinkel zucken noch immer. Und zum ersten Mal überhaupt lachen Patrick und ich gemeinsam los. Das ist schön. Überhaupt fühle ich mich neben ihm gerade erstaunlich wohl. Fast wie mit einem Freund, der sich zwar ein wenig über mich lustig macht, mich aber im Grunde dennoch irgendwie gernhat. Es ist so locker und gemütlich, dass ich ihm auch noch die Sache mit der findigen Josefine gestehe, und wir bekommen einen richtigen Lachanfall. Es fühlt sich angenehm und vertraut an, als hätten wir schon hundertmal zusammengesessen und uns amüsiert.

Erst eine halbe Stunde später fällt mir ein, dass ich ja bloß mit ihm Kaffee trinken wollte, um ihn vom Wohnzimmer fernzuhalten, damit Moritz flüchten kann. Der müsste ja nun längst weg sein. Ob er das mit dem Verschluss der Flasche spurlos hingekriegt hat? Der Gedanke daran, was Patrick sagt, wenn er bemerkt, was mit seinem teuren Whiskey passiert ist, lässt meine gute Stimmung absacken.

»Ich räume dann mal das Wohnzimmer auf«, schlage ich vor. Patrick folgt mir, und diesmal lasse ich ihn gewähren.

Moritz ist weg, Gott sei Dank. Patrick sieht sich um. »War das Fenster nicht zu, als ich zurückgekommen bin? Von draußen sah es so aus.«

»Nein, ich wollte schon mal lüften«, sage ich spontan.

»Das hätte ich dir gar nicht zugetraut«, sagt er freundlich. Aber dann bleibt er stehen und runzelt die Stirn. »Irgendetwas stimmt nicht.« Er fixiert die Sitzecke, und ich halte den Atem an. O Gott, er merkt das mit dem Whiskey doch, war ja klar. Jetzt bin ich geliefert. Ich halte den Atem an.

Doch Patrick geht nur zum Wohnzimmertisch und verschiebt ihn um zwei Millimeter. »So, jetzt passt es wieder.«

»Das ist mir gar nicht aufgefallen«, sage ich erleichtert.

»Macht ja nichts, alles okay. Aber dieses Dekogedöns nimmst du gleich wieder mit, oder? Nicht dass ich jetzt noch wochenlang auf diese Kugeln schauen muss.«

»Ja, klar.« Ich gehe durchs Zimmer und lege meine Sachen wieder in die Kiste. Patrick starrt derweil gefährlich lange auf die Vitrine.

»Und was ist mit der Orchidee?«, frage ich, um ihn abzulenken.

Er dreht den Kopf. »Die ist eigentlich ganz hübsch«, räumt er ein.

Wirklich? »Dann lasse ich sie dir gern als Dankeschön da. Soll ich noch einmal komplett mit Sagrotan durchwischen?« Irgendwie kann ich nicht frei atmen, bevor wir nicht aus dem Wohnzimmer raus sind.

»Nee, lass mal, ist schon gut.« Vielleicht ist sein Putzzwang doch nicht so ausgeprägt? Oder er traut meinen Reinigungskünsten nicht? Auf jeden Fall bin ich froh, dass er die Vitrine nicht mehr im Visier hat und ich den Tatort der ungenehmigten Whiskeyverkostung endlich verlassen kann. Aber er hält mich noch mal auf, obwohl ich schon mit meinem Dekokram bewaffnet in der Wohnzimmertür stehe.

»Hättest du morgen Zeit, dir schon mal meine Arbeit und die Bücher anzusehen?«

Oje, das. Aber nur mit einer Orchidee als Gegenleistung davonzukommen wäre vermutlich zu leicht gewesen.

»Ähm, ja, eigentlich schon, wann denn genau?«, frage ich und trete weiter in den Flur. Zum Glück folgt er mir auf dem Fuß.

»Gegen halb neun?«, schlägt er vor.

Oh, das ist aber spät. »Ich muss am Montag noch mal ins Büro, daher wollte ich morgen Abend rechtzeitig ins Bett. Es ist mein letzter Arbeitstag.« Und ich hab die Arme voll, und das Zeug wird immer schwerer.

»Ich meinte 8:30 Uhr morgens. Nach dem Frühstück.«

»Du frühstückst am Sonntagmorgen freiwillig um acht Uhr?«, frage ich entsetzt.

»Um halb acht«, korrigiert er.

O Mann. Was hat er gegen Schlaf?

»Ich stehe vielleicht um elf auf und kann ab eins geradeaus gucken«, sage ich und mache einen weiteren Schritt Richtung Wohnungstür.

»Dann um 13:15 Uhr?«, fragt er nach.

»Müssen wir das heute schon auf die Minute festlegen? Können wir das nicht einfach spontan machen?«

»Spontan?« Patrick sieht mich an, als hätte ich etwas sehr Dummes gesagt.

»Ja, einfach irgendwann am Nachmittag.« Kann ich jetzt bitte gehen?

»Zwischen 13:15 und 15 Uhr?«

»Vielleicht, irgendwie so.« Ich mache eine vage Bewegung mit dem Kopf.

»Kommst du von frühestens 13:15 bis längstens 15 Uhr zu mir, oder beginnen wir zwischen 13:15 und 15 Uhr?« Er macht mich derart hibbelig, dass ich kurz vor dem Explodieren bin.

»Mal sehen. Ich klingle einfach irgendwann bei dir.« Ich will jetzt hier weg!

»Also, das geht nicht. Ich muss meinen Tag strukturieren, sonst komme ich nie weiter mit der Doktorarbeit, und das kann ich unmöglich, wenn du einfach klingelst, wann es dir gefällt. Außerdem war das der Deal, stimmt's? Du bist ein fest eingeplanter Faktor, da muss dein *Laissez-faire*-Modus halt mal einen Tag Pause machen!«

Okay, okay, ist ja schon gut. »Ich komme spätestens um 15 Uhr, okay?«, verspreche ich und öffne die Tür.

»Auf Wiedersehen, Josefine«, sagt Patrick steif, und ich fliehe die Treppe hinauf, bevor er mich noch ein sekundengenaues Anmeldeformular für morgen unterschreiben lassen kann.

Vor meiner Tür muss ich die schwere Kiste dann doch abstellen, um aufzusperren. Weil ich plötzlich total erschöpft bin und sie nicht noch mal hochheben will, stoße ich sie einfach mit dem Fuß in den Wohnungsflur und ärgere mich über Patrick, der mich minutenlang vollgelabert und mit dem schweren Zeug da hat stehen lassen. Aber gut, jetzt ist es vorbei, und im Großen und Ganzen ist alles irgendwie glattgegangen.

Vorerst.

Ich bin froh, dass ich jetzt allein und unbeobachtet bin, aber ich muss zugeben, dass es kein schöner Kontrast ist – Patricks ordentliche Zimmer und mein Chaos hier. In ein ordentliches Wohnzimmer heimzukommen wäre schon netter. Wenn ich nur wüsste, wie man so was hinkriegt und es dann auch erhält! Ich wünsche mir plötzlich ganz doll, wirklich Josie Clean zu sein. Eine starke, selbstbewusste Frau, die strukturiert ist, gut plant und ihre Pläne auch umsetzt, die in eine schöne Küche heimkommt, in der eine gesunde, selbst gekochte Mahlzeit bereitsteht – und kein Chaos-Finchen, das sich den Weg durch den Flur bis ins Bad erst bahnen muss, um sich Wasser einlassen zu können, und dann hektisch ein Fertiggericht in den Backofen schiebt. Vielleicht kann ich das ja anhand der Kolumne lernen? Dann wäre es nicht nur ein Übergangsjob zum Geldverdienen, sondern würde mein Leben grundlegend verändern.

Nach dem Baden kuschle ich mich mit meiner Lieblingsdecke aufs Sofa und esse die Lasagne vor dem Fernseher. Heute bin ich zu müde, um irgendetwas aufzuräumen, aber ich will noch das Konzept für Moni Asmussen zusammenschreiben. Mit dem Laptop auf den Knien versuche ich, die nicht existierende Josie-Clean-Methode zu Papier zu bringen.

Jeder Mensch hat andere Talente. Und in einem kompletten Freundeskreis finden sich wahrscheinlich alle Talente, die man braucht, um eine Wohnung perfekt aufzuräumen. Tun Sie sich mit Ihren Freunden zusammen. Suchen Sie sich einen oder mehrere Chaospartner, und helfen Sie sich gegenseitig.

Früher hab ich mich öfter mit Lena zum Sport verabredet, damit die Hürde höher war, aus Faulheit nicht hinzugehen. Kann man sich auch zum gemeinsamen Aufräumen verabreden? Aber wie soll das gehen, wenn man nicht zusammenwohnt? Virtuell vielleicht? Ich rufe Lena an und frage sie, ob sie sich mit mir zum Aufräumen verabreden will.

»Ich hab jetzt keine Zeit«, sagt sie hektisch. »Ich hab um halb neun ein Date. Deshalb muss ich noch das Schlafzimmer aufräumen, das Bett beziehen und mich schönmachen.«

»Ich meinte ja nicht jetzt sofort«, sage ich.

»Wie soll das überhaupt funktionieren?«, fragt sie.

»Du zeigst mir dein Vorher-Zimmer, dann zeige ich dir meins, dann räumen wir gleichzeitig auf und lassen den Videochat offen. Und am Ende zeigen wir uns die Ergebnisse. Bitte, ich brauch das für meine Kolumne.« Ich bin total begeistert von meiner Idee.

»Lass uns morgen drüber reden, ich bin jetzt echt knapp dran.«

»Okay.«

»Glaubst du, dass Steffen es heute in mein Schlafzimmer schafft?«, fragt sie plötzlich.

»Willst du das denn?«

»Weiß ich selbst nicht so genau. Eigentlich schon. Ich hoffe nur, dass er danach nicht seinen Reiz für mich verliert. Er ist ja mein Kollege. Was, wenn er schlecht im Bett ist?«

»Dann lass es sein!«

»Aber ich will es ja eigentlich.«

»Dann tu es. Schlimmstenfalls machst du aus ihm ein Vorher-nachher-Projekt. Lenas Blick vor und nach dem Sex mit Steffen, auf welchem Bild sieht sie glücklicher aus?«

»Du bist doof!«, sagt Lena, aber sie lacht. »Ich leg jetzt auf. Hab dich lieb.«

»Ich hab dich auch lieb! Daumen sind gedrückt.«

Wieder in meine Decke auf dem Sofa gekuschelt, grüble ich darüber nach, wie ich bisher große Projekte angegangen bin, die ich bewältigt habe. Es ist ja nicht so, dass ich in *gar* keiner Hinsicht Erfolge aufweisen kann. Ich hab die Schule und das Examen geschafft, dicke Bücher lesen und lange Texte schreiben kann ich, da habe ich die nötige Ausdauer. Aber dafür gibt es kein Geheimrezept, das geht eben Stückchen für Stückchen. Viertausend winzige Schritte, und irgendwann ist man fertig.

Wenn ich das System übertrage, sollte man sich das komplette Chaos einfach in winzige Portionen einteilen, die leicht zu bewältigen sind. Und diese Einheiten auf so viele Tage verteilen, wie es eben dauert. Auch eine Schnecke kann jeden Tag fünf Minuten lang aufräumen. Und dann müsste man nach ein paar Monaten doch eine ordentliche Wohnung haben, oder nicht? Oder nach einem Jahr oder wann auch immer. Mit dieser Methode sollte doch sogar jemand wie ich nächsten Sommer in einer perfekt aufgeräumten Wohnung sitzen, nicht wahr? Was hält mich davon ab? Der böse Schweinehund, der nicht aufräumen mag. Aber da kommen jetzt eben die Chaospartner ins Spiel.

Mich durchflutet eine Welle an prickelnder Energie. Plötzlich fügt sich alles zusammen! Man braucht einen Plan, einen Kalender und hundert kleine Verabredungen mit einem oder mehreren Chaospartnern. Und dann bringt man in winzigen Schritten sein Leben in Ordnung!

Ich hole mir ein Glas Leitungswasser, weil der Sprudel ausgegangen ist (Wassersprudelgerät auf Liste schreiben!), und beginne, die Josie-Clean-Methode niederzuschreiben.

Die Josie-Clean-Methode:

Verschaffe dir einen Überblick über alles, und brich es in kleine Einheiten herunter. (schriftlich)

Such dir einen Chaospartner, und verabrede dich zum regelmäßigen Aufräumen mit ihm. (Feste Zeiten, klar umgrenzte Aufgabenfelder, Vorher-nachher-Video-/Fotovergleich)

Such dir einen Partner, der dich optimal ergänzt. (Yin-Yang, Puzzleteile)

Setz jeden Tag wenigstens eine nachhaltige Einheit um. (Beispiel: Haken an der Wand / Körbchen fürs Regal / eine Wand bunt streichen / einen praktischeren Schrank kaufen / Wassersprudelgerät kaufen)

Sortier absolut alles aus, was du nicht benutzt oder von Herzen liebst.

Trage es noch am selben Tag (spätestens am nächsten Tag) aus dem Haus! (Von mir aus auch mit einem dicken Dankeschön auf den Lippen!)

Das ist nämlich ein weiteres Problem. Wenn die aussortierten Sachen zu lange herumliegen, fügen sie sich früher oder später wieder von ganz allein in den Haushalt ein. Am besten sollte man also vor dem Aufräumen folgende Behälter bereitstellen:

Mülltüte für Restmüll, Mülltüte für Papier

Kisten für:

1. *Sachen, die repariert werden sollen*
2. *Sachen, die zurückgegeben werden müssen*
3. *Sachen, die noch gut sind, die man aber nicht behalten will*

Und ganz wichtig: In den Kalender eintragen, wann man was macht, konkret mit Datum und Uhrzeit. Und ein Feld zum Kreuzchenmachen, ich stehe nämlich darauf, Erledigtes abzuhaken.

So, fertig. Das schicke ich jetzt per Mail an Moni Asmussen, und danach sehe ich mir zur Belohnung noch ein Putzvideo an. »Ihr habt euch ein Video zu meiner Putzroutine gewünscht«, flötet die Influencerin des Blogs »Come clean with me«.

Mann, wie mich das langweilt! Schaut das irgendjemand zu Ende? Was wäre, wenn ich einen Blog zum Thema »Come read with me« starten und mich dabei filmen würde, wie ich eineinhalb Stunden lang lese? Würde das auch jemand gucken? Glaube kaum.

Kapitel 10

Sonntagmittag bin ich total motiviert, endlich die erste Chaospartneraktion zu starten, und schreibe Lena.

Wie war's mit Steffen?

Gut, er ist noch da.

Sie schickt mir ein verträumtes Selfie von sich neben ihm im Bett. Er schläft, und sie hat ihren Kopf mit den dunklen Locken an seine Schulter gelehnt. Offenbar ist es ganz und gar kein Fiasko gewesen.

Das ist süß, aber jetzt schmeiß ihn raus, und fang an, mit mir aufzuräumen.

Haha, garantiert nicht. Wir gehen nachher erst mal frühstücken und dann … lalala.

Ich freue mich für sie, dass sie offenbar frisch verliebt ist, aber ich hätte sie jetzt trotzdem gern als Studienobjekt.

Frag doch deinen Bruder, schlägt Lena vor.

Du weißt, dass er so was nicht machen würde.

Ich auch nicht. Geh wieder ins Bett, Fine, es ist noch viel zu früh und außerdem Wochenende.

Ich verabschiede mich trotz ihrer Widerrede mit einem Küsschen, hole mir einen Kaffee und klicke mich durch meine Netzwerke. Patrick Helwig hat eine Freundschaftsanfrage an Josie Clean geschickt. Nach kurzem Zögern drücke ich auf Annehmen. Ich kann ihn ja jederzeit wieder entfernen, falls er mich nervt. Im Treppenhaus geht das ja leider nicht so elegant mit einem Klick.

Schließlich rufe ich Annabel über Facetime an und frage sie, ob sie eine Stunde lang mit mir aufräumen will.

»Ja, warum nicht, komm einfach rüber«, sagt sie und wuschelt sich ihre dunkelblonden Haare zu einem Dutt zusammen.

»Nein, wir müssen das online machen.«

»Du weißt, dass ich direkt nebenan wohne, oder?«, fragt sie und hat beim Lächeln die gleichen Grübchen wie Jonas.

»Ja, aber das muss so sein. Die Methode soll auch online bei weit auseinanderlebenden Teilnehmern funktionieren.«

»Na gut, Jonas findet das sicher lustig per Video. Zeig mal, was du alles machen willst!«

Plötzlich durchflutet mich eine neue Welle von Energie. Ich will diese Recherche gut hinkriegen, ich will mir selbst beweisen, dass Aufräumen Spaß machen kann, und außerdem lockt mich auch die Aussicht auf eine ordentliche Wohnung. Ein Wunsch, den ich mir seit Jahren nicht eingestanden habe.

Ich beschließe, mir das Bad vorzunehmen, weil das ein überschaubarer Ort ist, den ich innerhalb einer Stunde gut aufräumen kann. Ich schwenke mit der Kamera einmal ringsherum, und Annabel lacht und zeigt mir ihr Wohnzimmer, das eigentlich schon gut aussieht. Für Finchen-Verhältnisse zumindest. Ich lehne das Handy an die Wand und lege sofort los. Mit den beiden im

Rücken macht es Spaß, es ist beinahe wie ein Spiel und gar nicht wie eine lästige Pflicht. Ich merke, dass es nicht viel bringt, wenn wir uns gleichzeitig unsere Baustellen zeigen und drauflosplappern. Daher entscheiden wir uns für einen Vorher- und einen Nachher-Eindruck, den wir uns abwechselnd zeigen. Dazwischen werkelt jede vor sich hin, und ab und zu verschwindet eine auch mal kurz aus dem Sichtfeld.

Wir schaffen in dieser Stunde erstaunlich viel, verbringen auf diese Weise Zeit mit- und nebeneinander und werfen uns gelegentlich ein paar Sätze zu. Es fühlt sich so an, als wären wir im selben Zimmer. Schön, angenehm, entspannt. Und ganz nebenbei bekomme ich etwas fertig. Eine gute Sache. Ich würde das allerdings nicht mit jedem machen, bei Marie kann ich mir das zum Beispiel gar nicht vorstellen, denn ich bin verschwitzt und in einer unvorteilhaften Perspektive, und es könnte ja jederzeit Sven reinkommen. Aber mit den richtigen Leuten ist das toll, richtig toll.

Ich bin fast ein wenig stolz auf mein Chaospartnerprojekt. Ich packe endlich eine neue Zahnbürste aus, werfe die alte weg und sortiere alle Pröbchen aus, die ich nie verwenden werde. Bei ein paar tadellosen Cremes ergreift mich das schlechte Gewissen, aber mir ist schon klar, dass ich sonst einfach nur abwarten würde, bis sie abgelaufen sind, damit ich sie guten Gewissens entsorgen kann. Dann kann ich das auch sofort machen.

Das angerissene Handtuch nehme ich als Putztuch, Handtücher habe ich echt genug. Eigentlich zu viele. Die hässlichen sollte ich aussortieren, aber wegwerfen kann ich sie nicht. Ich stopfe sie in eine Stofftüte und stelle fest, dass es mir vollkommen unmöglich ist, etwas noch Funktionierendes wegzuschmeißen. Das zeugt von einer gewissen Wertschätzung, was gut ist, aber es geht so weit, dass ich auch Sachen aufbewahre, die wirklich niemand mehr haben will.

Ich habe in meinem Leben bereits zahllose Kisten mit Zeug zum Verschenken gefüllt, das dann letztlich in meiner Wohnung geblieben ist, weil niemand es haben wollte. Hasse ich irgendjemanden so sehr, dass ich ihm mein altes Epiliergerät schenken will, bei dem das Enthaaren so fürchterlich ziept, dass man rote Flecken bekommt, die wiederum erst verblassen, wenn die Härchen nachwachsen? Eigentlich nicht. Also weg damit.

Als ich schließlich alles Überholte weggeworfen und auch schon einmal feucht über die Ablagen gewischt habe, bin ich leicht erhitzt, aber immer noch voller Tatendrang. Jonas plappert und lächelt in meinem Handy, und ich halte kurz inne, um ihm zuzuhören.

»Ich sortiere meine Spielsachen und verschenke die Hälfte an arme Kinder, die nichts zum Spielen haben.«

»Das ist aber lieb von dir.«

»Aber meinen Dino verspende ich nicht!«

Ich lache. »Nein, auf keinen Fall. Ich habe auch Sachen, die ich niemals hergeben würde. Warte mal kurz.« Ich hole Omis Spieldose, meine Kuscheldecke, meine Ausgabe von »Jane Eyre«, eine goldene Tasse und einen Rahmen mit alten Familienfotos.

»Sind das deine Schätze?«, fragt Jonas und mustert die Sachen mit zusammengekniffenen Augen.

»Ja, genau. Die Spieldose habe ich von meiner Omi.«

»Ist das die Mama von deiner Mama?«

»Nein.«

»Von deinem Papa?«

»Auch nicht. Sie ist, äh, sie war die Stiefmutter von meinem Papa.«

»Dann ist sie gar nicht deine richtige Oma«, belehrt er mich. Danke, Jonas, das weiß ich selbst nur allzu gut, darauf hat mich meine liebe Cousine schon als Kind in aller Deutlichkeit hingewiesen.

»Jetzt mache ich mal weiter mit meinem Bad«, sage ich schnell.

»Tschüss, Tschooosi!«

»Wieso nennst du mich Josie?«

»Mama sagt, du heißt jetzt manchmal so, aber das ist ein Geheimnis. Ups.« Er schlägt sich mit seiner kleinen Hand auf den Mund.

»Ja, genau, das ist ein Geheimnis, deshalb nennst du mich lieber Fine, okay?«

»Okay, Tschoosi-Fine!« Er brüllt vor Lachen über seinen eigenen Witz. Kinder! Man will sie schütteln und kann ihnen doch nicht böse sein.

Aber seine harmlose Bemerkung über meine Oma hat mich tiefer getroffen, als ich ihm zeigen will.

Ich war zwölf, als Mo und ich das letzte Mal die Ferien bei Omi verbrachten. Am vorletzten Tag vor unserer geplanten Rückkehr nach Hause entwickelte sich beim Malen mit Bea auf einmal ein Streit darüber, wer besser zeichnen konnte. Ich prahlte damit, Omis Talent geerbt zu haben, als Bea plötzlich sagte: »Sie ist doch gar nicht eure echte Oma. Sie ist nur meine Oma! Wir haben dasselbe Blut. Euer Papa ist bloß ihr Stiefkind.«

»Das ist nicht wahr! Sag sofort, dass es nicht wahr ist!«, schrie ich.

»Es ist schon wahr, aber das ist doch nicht wichtig«, mischte sich Moritz ein. »Als du gestern bei Tante Marion zum Essen warst, hat Omi etwas von Opas erster Frau erzählt, die ist Papas echte Mutter gewesen. Die hat etwas auf Papier geschrieben, das Omi aus Versehen zum Heizen in den Kamin geworfen hat, und Papa war deshalb böse auf Omi.«

Was? Wieso wusste mein Bruder von dieser ungeheuerlichen Geschichte und hatte mir kein Wort davon gesagt? Ich rannte zu Omi und beschwerte mich über Beas Worte. Sie versuchte, mich zu trösten und zu beschwichtigen. Aber ich fragte nur immer wieder, ob Beas schreckliche Behauptung wahr sei. Ja, das schon, gab sie schließlich zu, aber das ändere doch nichts an ihrer Liebe zu uns.

»Doch, das macht alles kaputt!«, rief ich weinend.

Bea hatte an dem Faden gezogen, aus dem meine Identität gestrickt war, und jetzt ribbelte Stück für Stück alles auf, woraus ich bestand. Ich war nicht die Enkelin einer großen Künstlerin. Ich war nicht blutsverwandt mit der Frau, die mein größtes Vorbild war. Meine Geschichtchen waren wertlos, und ich würde niemals Schriftstellerin werden wie sie, denn ich hatte nichts von Omis Talent geerbt, wie ich bisher fest geglaubt hatte. Moritz und ich hatten kein Recht auf Omis wundervolles Haus, wir waren nicht ihre Enkel, nur arme Stiefenkelkinder ohne Bedeutung.

Ich hatte das Gefühl, als würde ich mich innerlich auflösen. Es fühlte sich an, als hätte Bea mir mit der Aufdeckung dieses Geheimnisses meine Unverwundbarkeit genommen und unsere Eintrittskarte in Omis Leben vernichtet. Das Glück in Haindorf, das ich als Ausgleich gegen die Schmerzen der Welt und die Schwierigkeiten in der Schule gebraucht hatte. Alles war verloren und kaputt, und ich flüchtete zu Papa, den ich bat, sofort mit uns heimzufahren. Was er zu meiner Verwunderung auch tat, obwohl er sehr schweigsam war. Auf der gesamten Rückfahrt malte ich mir aus, wie Bea sich kleinlaut bei mir entschuldigen würde. Oder dass Omi anrufen oder mir schreiben würde, dass alles nur ein Missverständnis sei und ich natürlich ihre geliebte echte Enkelin.

Nur dass das nicht passierte, weil nämlich all die ungeheuerlichen Behauptungen der Wahrheit entsprachen. Solange ich nichts davon gewusst hatte, war mein Leben in Ordnung, auch wenn es eine Lüge war. Und nun hatte ich Papa gegen Omi aufgebracht, und er weigerte sich, in den Herbstferien wieder hinzufahren. Mit Haindorf war es einfach schlagartig vorbei, und das war einzig und allein meine Schuld, weil ich so ausgeflippt und weggelaufen war, anstatt mich wieder mit Bea zu versöhnen. Und obwohl ich mir meiner Schuld nur zu bewusst war, konnte ich es dennoch nicht fassen, dass von ihr keine einzige Zeile mehr kam. Hatte Bea mich einfach abgeschrieben, hatte Tante Marion mich vergessen? Nur Omi schickte uns zu Weihnachten und zu unseren Geburtstagen wie stets eine handgemalte Karte, doch Papa warf seine ungelesen in den Papierkorb.

Nicht daran denken, einfach weiterputzen, sonst werde ich nie fertig. Ich hole mir nur kurz ein Wasser und checke meine Nachrichten. Patrick Helwig schreibt im Facebook-Messenger:

Es ist 15 Uhr sieben. Wir waren um drei verabredet.

O nein, das hab ich völlig verdrängt. Hastig tippe ich:

Bin in zwei Minuten bei dir!

Gut. Dann muss ich mit dir über ein wichtiges Getränk sprechen …

Shit, er hat das mit dem Whiskey doch gemerkt. Shit, shit, shit. Was mache ich denn jetzt bloß? Mir wird heiß und kalt vor Angst, aber weglaufen ist unmöglich. Ich muss mich der Sache stellen. Ich lasse alles stehen und liegen, schwappe mir Wasser ins Gesicht, bürste meine Haare und ziehe ein frisches T-Shirt über, dann schnappe ich mir meinen Schlüssel und fliege beinahe die Treppen hinunter.

Patrick steht mit gerunzelter Stirn in der Tür. Mir ist ganz übel vor Schuldgefühlen. Das wird teuer.

»Es ist elf Minuten nach drei, Fine. Ich habe deinen Kaffee vor einer Viertelstunde bei 92 Grad gebrüht und dir 100 Milliliter fettarme Milch aufgeschäumt. Um Punkt drei stand hier der perfekte Cappuccino mit einem Teelöffel braunem Zucker bereit. Jetzt ist er lauwarm, und ich kann noch mal von vorn anfangen. Findest du das okay?«

Moment mal, ging es ihm etwa bloß um den Kaffee?

»Das meintest du mit dem wichtigen Getränk?«, frage ich nach.

»Ja, allerdings. Oder bist du noch nach etwas anderem süchtig, was ich übersehen habe?«

Die Erleichterung lässt mich grinsen. »Nein. Nur das. Es tut mir echt furchtbar leid. Das war nicht okay von mir. Kommt nicht wieder vor.« Aufatmend folge ich ihm in die Küche. Es ist alles in Ordnung. Es geht wirklich nur ums Zuspätkommen. Ich lasse mich auf demselben Küchenstuhl wie gestern nieder.

»Es ist echt lieb, dass du dir gemerkt hast, wie ich ihn gern trinke«, sage ich und nehme einen Schluck.

»Ach, meine zahlreichen Mätressen trinken ihn eigentlich alle so.«

Ich sehe ihn verdutzt an. Hat er einen Witz gemacht? Aber er verzieht keine Miene. »Warte mal, der ist doch kalt, ich mach dir einen frischen.«

»Quatsch, der geht noch … Und ich dachte, ich wäre etwas Besonderes für dich.«

»Ach was, du bist nur meine Wochenendfrau. Morgen kommt die nächste.« Er lässt sich einen Espresso heraus.

»Da werde ich ja direkt eifersüchtig. Ist sie hübscher als ich?«

Er neigt den Kopf. »Das nicht, aber sie hängt die Klopapierrolle richtig herum ein. Im Gegensatz zu dir.«

»Nein, die alte war falsch drin.«

»Von wegen. Es reicht nicht, aufzuräumen, man muss auch *richtig* aufräumen, Fine. Man kann die Blätter sonst nicht gut einzeln abreißen. Nur andersherum ergibt es eine saubere Reißkante.«

Ich glaube, wir brauchen dringend einen Themenwechsel.

»Okay, dann zeig mir doch mal deine Arbeit. Ich bin ja nicht zum Kaffeetrinken hier.«

Schlagartig verdüstert sich sein Gesicht. »Ja, gut, wenn du meinst. Irgendwann müssen wir ja anfangen.«

Zögerlich führt er mich in eins der Zimmer, die ich noch nicht kenne. Überraschenderweise ist hier nicht alles abgezirkelt, sondern sieht normal aus. Auf dem Schreibtisch stapeln sich die Bücher, mehrere liegen aufgeschlagen zwischen Stiften, und aus dem Drucker kommen gerade unzählige Seiten voller Fußnoten. Auf einem schmalen Beistelltisch liegen verstreut lauter Ausdrucke – der Text darauf in einer größeren Schrift und mit diversen, bunt angestrichenen Wörtern. Dazwischen steht eine schmutzige Tasse mit einem eingetrockneten Kaffeerest und, ich glaub es ja nicht, ein voller Aschenbecher.

Oje. Ich will es nicht laut sagen, aber das Zimmer sieht nach Verzweiflung aus. Patrick bleibt an der Schwelle stehen, und es hat den Anschein, als würde er sich nicht weiter reintrauen. So wie ich schon öfter paralysiert vor meinem Kellerabteil stand, bevor ich die Flucht ergriff, ohne überhaupt noch nach der Sache suchen zu können, die ich eigentlich holen wollte. Mann, jetzt tut er mir richtig leid.

»Wann warst du denn das letzte Mal hier drin?« Er zuckt mit den Schultern und schielt zu dem Kalender an der Wand. Bis zum 13. Juni ziert jeden Tag ein ordentliches grünes Häkchen.

»Ist schon etwas her.« Über zwei Wochen offenbar. Langsam dämmert mir, warum der Rest der Wohnung so blitzblank ist. Ich bin versucht, einen Spruch über Prokrastination zu bringen, aber Patrick sieht so bekümmert aus, dass ich nicht noch Salz in die Wunde streuen möchte.

»Das kriegen wir schon irgendwie hin«, sage ich so aufmunternd, wie ich kann. »Kann ich kurz lüften?«

»Ja, klar, Moment.« Es ist ihm sichtlich peinlich, als er hastig das Fenster zum Hinterhof öffnet und dann den übervollen Aschenbecher vom Tisch nimmt. Patrick, der Ordnungshüter, raucht tatsächlich, wenn er gestresst ist. Irgendwie finde ich das erfrischend menschlich.

»Also, ich würde vorschlagen, ich verschaffe mir erst mal einen Überblick. Über welches Thema schreibst du denn überhaupt?«

»Ordnung im Chaos – Die Systematik von –«

»Sehr witzig«, knurre ich. Ich will ihm doch gerade helfen, muss er mich da weiter aufziehen?

»Das ist kein Scherz! ›Ordnung im Chaos – Die Systematik von Kleinstlebewesen nach Carl von Linné unter heutigen Gesichtspunkten‹. Oh, jetzt merke ich es erst … Aber das ist wirklich mein Thema!« Er präsentiert mir das Titelblatt, und ich kann mir ein Grinsen nicht verkneifen.

»Also mein Spezialgebiet.« Ich lächle ihm aufmunternd zu. »Na komm, das wird schon. Was ist denn von deinem Quellenverzeichnis noch übrig?«

Er deutet auf einen Block mit handschriftlichen Notizen. »Nur das.«

»Und wie viele Bücher hast du dafür verwendet?«

»Alle«, sagt er unglücklich. »Alle, die hier liegen.«

»Das sind doch keine hundert. Hattest du nicht was von 170 gesagt?«

»174. Aber die Quellenangaben der ersten 50 Seiten habe ich noch in meiner Back-up-Fassung gespeichert.«

»Okay, also haben wir nur …« – ich überfliege die Stapel – »ungefähr achtzig Stück. Das klingt doch schon mal besser als erwartet.«

»Meinst du wirklich?« In seinen Augen blitzt ein Schimmer Hoffnung auf.

»Na klar. Ich hab schon Schlimmeres gesehen.« Wenn er nicht weiter wie das personifizierte Elend neben mir stehen würde und getröstet werden müsste, könnte ich auch endlich anfangen, mich einzulesen. Ich drücke ihm die alte Tasse in die Hand.

»Würdest du mir vielleicht doch noch einen Kaffee machen?«

Er nickt ergeben und trottet aus dem Zimmer. Jetzt zähle ich als Allererstes die Bücher. 81 Stück. Okay. Das ist viel, aber das kann man schaffen. Ich mache mir Stapel auf dem kleinen Tisch, der an der Wand steht, erst mal einfach nach Buchgröße, damit die Türme stabil sind. Dann setze ich mich mit Patricks Block und den Ausdrucken mit den farbigen Markierungen auf seinen Schreibtischstuhl und gebe den ersten Satz bei Google ein. Viele Treffer, aber keiner passt. Doch schon beim zweiten Zitat habe ich Glück, Google leitet mich zu Google Books, und ich muss mir einfach nur die Angaben zum Buch plus Seitenzahl notieren. Das ist gut, das spart eine Menge Zeit. Hoffentlich kriegen wir so noch ein paar Quellen zusammen.

Zehn Minuten später bringt Patrick ein Tablett mit einem frischen Kaffee, Sprudel und einer kompletten Kekstüte herein.

»Prima«, sage ich dankbar. »Endlich mal genügend Kekse.«

»Ich kenne dich ja mittlerweile.« Er stellt das Tablett in ein Regal, weil auf dem Schreibtisch absolut kein Platz mehr ist.

»Ich hab eine Aufgabe für dich!«, sage ich und zeige ihm das mit Google Books. »Nimm bitte die Kopie deiner Liste, und such einfach nacheinander nach jedem Zitat. Mit Glück findest du noch ein paar. Ich fange in der Zeit an, das erste Buch querzulesen.« Ich schnappe mir den Kaffee und trinke ihn in einem Zug aus.

»Hoffentlich haben die Bohnen gemundet, in der Viertelsekunde, die sie auf deinen Geschmacksknospen verweilen durften«, sagt er.

Gott sei Dank, er hat sich wieder gefangen. »Was? Ja danke, bester Kaffee aller Zeiten.«

»Als ob du das beurteilen könntest bei dem Tempo, in dem du ihn runtergeschüttet hast!«

Noch vor Kurzem hätte ich mir nicht vorstellen können, wie sehr ich mich mal darüber freue, dass Patrick zu seiner Spitzzüngigkeit zurückfindet.

»Besser als der lauwarme vorhin war er allemal«, gebe ich zurück.

»Was ganz allein deine Schuld war!«

»Ja, hast ja recht.« Dann nehme ich meine Liste und drei Bücher, um ins Wohnzimmer zu gehen.

»Wo willst du hin?«

»Ins Wohnzimmer aufs Sofa. Es kann dauern, bis ich was finde.«

»Aber das Wohnzimmer ist nicht zum Arbeiten da. Das Arbeitszimmer ist hier!«

»Patrick, ich muss jetzt wahrscheinlich zwei oder drei Stunden lang in diesen Büchern etwas über Tiergattungen lesen, was mich wirklich überhaupt nicht interessiert, bis ich vielleicht eins deiner Zitate finde! Ich kann nicht stundenlang auf dem unbequemen Schreibtischstuhl lesen. Ich muss aufs Sofa, um das irgendwie auszuhalten.«

»Na gut, wenn du meinst.« Er schaut panisch auf den Leuchtmarker in meiner Hand.

»Und ja, ich passe mit dem Textmarker auf. Ich mache keine Flecken aufs Sofa, versprochen.«

Er sieht mich dankbar an. Ich glaube, er hat sich gerade eine Belehrung verkniffen. So langsam kommen wir vielleicht doch auf einen grünen Zweig.

»Und ich bin ganz vorsichtig mit den Seiten. Keine Sorge, Bücher sind mir heilig. Ich würde nie ein Eselsohr machen«, ergänze ich und verlasse das Arbeitszimmer.

»Josefine, warte mal!«, ruft er mir hinterher.

»Was ist denn jetzt noch?«

»Danke. Wirklich, vielen Dank.« Er lächelt mich schüchtern an, und ich fühle mich plötzlich gut. Es geht mir nicht darum, meinen Teil des Deals zu erfüllen, damit wir quitt sind, sondern einfach darum, einem Menschen zu helfen, den ich mag. Ja, doch, ich habe Patrick gern, auf eine verquere Art.

Und das Recherchieren macht Spaß. Damit hatte ich nicht gerechnet. Es ist eine Herausforderung, wie sie mir ehrlich gesagt seit Langem gefehlt hat. Alles, was ich finde, fotografiere ich mit dem Handy ab. Und das Beste ist, dass ich nicht nur die perfekt passenden Teilchen finden muss, sondern auch ähnliche nehmen kann. Wenn ich ein Zitat nicht wortwörtlich finde, aber einen ähnlichen Satz, fotografiere ich den sicherheitshalber auch und notiere mir Buch und Seitenzahl.

»Wollen wir nicht mal eine Pause machen?«, unterbricht Patrick mich plötzlich.

»Was, jetzt schon? Ich hab mich doch gerade erst richtig reingefuchst.«

»Du sitzt da bereits seit zwei Stunden. Hast du keinen Hunger? Ich könnte uns kurz einen Kuchen auftauen.«

»Kuchen? Ähm, nein danke, ich esse viel zu viel Süßes. Aber warte mal, ich muss dir was vorlesen.« Gut, dass er aufgetaucht ist, ich brenne nämlich darauf, ihm meinen neuesten Fund zu zeigen.

»Na gut.«

Ich lese ihm erst sein ursprüngliches Zitat vor und dann die Stelle in »Systematik der Kleinstlebewesen«, die besagt, dass in der Zoologie Art und Unterart identisch sein dürfen, während das bei Pflanzen nicht zugelassen ist. »Es darf also einen Homo sapiens sapiens geben, aber keine Lavandula lavandula!«, schließe ich triumphierend. »Der neue Satz sagt doch genau das Gleiche aus, oder nicht?«

»Ja, wahrscheinlich schon.« Er klingt misstrauisch. »Wieso fragst du?«

»Weil ich dein Zitat ums Verrecken nicht finden kann. Aber wenn ich das neue nehme, ist alles in Butter, da hab ich die Quellenangabe …«

»Aber du kannst doch nicht einfach meine Arbeit umschreiben!«

»Warum denn nicht? Wo ist denn der Unterschied?«

»Es gibt im eigentlichen Sinn keinen Unterschied. Aber ich hab mir schon was dabei gedacht«, sagt er eigensinnig.

»So wie in dem Moment, als du deine Sicherungskopien gemacht hast?«, frage ich tückisch.

»Das war fies. Also, du kannst es ja mal notieren. Aber ich muss es erst prüfen.«

»Schon gut. Ich suche weiter nach dem Original.«

Kein Wunder, dass er nicht vorankommt, wenn er immer so langsam arbeitet und alles zehnmal prüfen will. Ich merke, wie mein Adrenalinspiegel steigt. Vielleicht sollten wir wirklich eine Pause machen.

»Hattest du nicht was von Kuchen gesagt?«

»Und hattest du nicht abgelehnt?«

»Ich bin manchmal eben impulsiv und ändere meine Meinung.«

»Ich weiß.«

Wir blitzen uns an, und ich überlege, was ich jetzt sagen könnte, um den aufkeimenden Streit zu verhindern. Doch da stellt er überraschenderweise fest: »Ich kenne so was auch. Wenn ich mich gestresst fühle, werde ich manchmal schwach und dann, na ja, greife ich zur Zigarette.«

»Manchmal braucht man eben etwas, was einen entspannt.«

»Das stimmt. Ich hol dir deinen Kuchen. Welche Sorten magst du?«

Das hätte ich jetzt nicht erwartet. »Alle, außer welche mit Rosinen.«

Er lächelt. »Alles klar. Bis gleich.«

Ich freue mich, dass wir die Kurve gekriegt haben, und noch mehr freue ich mich eine Viertelstunde später über den warmen Kirschstreuselkuchen.

»Würde es dich stören, wenn ich jetzt eine rauche?«, fragt er, sobald ich den letzten Krümel heruntergeschluckt habe.

»Wie bitte?«

»Eigentlich wollte ich ja damit aufhören, aber ich hab noch ein halbes Päckchen im Schrank, und der Gedanke daran lässt mich nicht los.« Er sieht mich treuherzig an.

»Nein, nein. Nur zu. Weißt du, wenn ich zwischendurch unkontrollierten Süßhunger kriege, bekämpfe ich den auch gern mal mit ein paar Zügen einer Zigarette.« Das ist eine absolute Lüge. Ich rauche nicht, kriege es nicht mal hin, ohne zu husten. Aber ich will Patrick zeigen, dass es okay ist, hin und wieder zu wanken und sich zu etwas Spontanem hinreißen zu lassen.

Nicht gerade zögerlich holt er sein Rauchwerk aus dem Schrank. Dann bietet er mir eine Zigarette an und will mir gentlemanlike Feuer geben. Okay, jetzt keinen Fehler machen. Die Seite mit dem Filter kommt an den Mund, so viel weiß ich gerade noch. Und jetzt ins Flämmchen halten und einfach ziehen, bis es glimmt. Hat geklappt, aber verdammt, ich muss schon beim ersten Zug husten. Danach drehe ich mich lieber weg, damit er nicht sieht, dass ich bloß paffe. Er dagegen inhaliert den Rauch geradezu, als wäre es frische Waldluft. Wenigstens hat er das Fenster aufgemacht.

»Das hab ich jetzt gebraucht«, sagt er zufrieden. Ich nicht, aber ich muss das Ding wohl zu Ende rauchen. Ich huste noch mal, und er sieht mich schief an.

»Du rauchst sonst nie, oder?«

»Nein.«

»Brauchst du vielleicht einen Schluck Wasser?«

»Es geht schon.«

»Du bist immer für eine Überraschung gut, oder?«

»Kann sein.«

Ich beobachte, wie er am Glimmstängel zieht. Patrick hat ebenmäßige, fein geschwungene Lippen. Und Lena hat recht – mit einem anderen Haarschnitt und besseren Klamotten wäre Patrick tatsächlich ein schöner Mann. Müsste man nur noch das Gehirn neu booten und ein soziales Update draufspielen. Und den Sensor bei Zahlen und Zeiten auf etwas gröber einstellen.

»Warum kicherst du?«, fragt er.

»Ich hab mir nur gerade vorgestellt, welche Änderungen ich an dir vornehmen würde, wenn du ein Computer wärst«, antworte ich unbedacht.

»Aha. Und zwar?«

Das ist peinlich. Aber irgendwas muss ich jetzt sagen, und so schnell fällt mir keine Lüge ein.

»Ich würde dir eine leichte Unschärfe beim Umgang mit Zahlen installieren. Und eventuell noch ein kleines Upstyling für Klamotten und Frisur.« Ich ziehe an meiner Zigarette und beobachte seine Reaktion. Kocht er jetzt über?

»Ach ja?« Erstaunlicherweise wird er nicht sauer, sondern lacht. »Leichte Unschärfe beim Umgang mit Zahlen gefällt mir. Ich würde bei dir vielleicht ein wenig am Lautstärkeknopf drehen.«

»Und sonst?«

»Ich glaube, man könnte dich im Großen und Ganzen so lassen, wie du bist, Josefine.«

»Aber du hast doch dauernd was an mir auszusetzen! Ich bin dir zu spontan, zu unordentlich, zu unorganisiert …«

»So langsam hab ich mich daran gewöhnt. Im Grunde sind das eher *Special Effects*. Und es macht den Umgang mit dir auch interessanter. Wie bei einer verhaltensgestörten Katze. Man weiß nie, ob sie gleich schnurrt oder das Sofa zerlegt.« Wider Willen muss ich lachen. Patrick drückt endlich seine Zigarette aus, und ich tue es ihm erleichtert nach.

»Also, ich hol dir ein Wasser.«

»Und vielleicht noch ein paar Kekse dazu?«

»Hast du nicht gerade ein riesiges Stück Kuchen gegessen?«

»Ja, stimmt. Hatte ich vergessen.«

»Vergessen?«

»Ja«, knurre ich. »Das kann schon mal passieren.«

»Verstehe. Mit Homo sapiens sapiens hattest du übrigens recht. Der neue Satz passt an der Stelle. Irgendwas in deinem Gehirn funktioniert ausgezeichnet, auch wenn es offenbar keine Signale von deinem Magen entschlüsseln kann.«

»Äh, danke. Falls das ein Kompliment sein sollte.«

»Auf jeden Fall.« Patrick lächelt mich an und holt dann eine Flasche Sprudel und noch eine Packung Kekse. Bei Vanillekringeln machen wir noch vier Quellen ausfindig, bis er auf die Uhr sieht und meint, jetzt sollten wir es für heute gut sein lassen.

»Vielleicht nehme ich diesen kleinen Stapel mit, dann kann ich die später im Bett noch querlesen«, schlage ich vor. Ich bin gerade so gut dabei. »Hast du vielleicht eine Tüte?«

»Im Bett? Stört dich das nicht beim Einschlafen?«

»Ich höre schon auf, bevor ich schlafen will«, sage ich.

Patrick nimmt eine ordentlich gefaltete Papiertüte aus einer Schublade. »Hier, bitte schön. Ich meinte, ob das deine Gedanken nicht zu sehr in Gang bringt und du dann nicht mehr abschalten kannst. Ich lese nie im Bett, damit mein Gehirn mit dem Bett nichts anderes als schlafen verknüpft.«

Ich lege die Bücher vorsichtig in die Tüte, sie passen genau rein. Ist das Zufall, oder hat er das so perfekt geschätzt und mir aus verschiedenen Tüten genau die passende herausgesucht?

»Du bist eben eine zwanghafte Persönlichkeit. Es muss nicht jeder erst seine Teppichfransen bündig kämmen, bevor er das Haus verlassen kann«, sage ich und strebe der Wohnungstür zu.

»Dafür können sich zwanghafte Persönlichkeiten an Termine erinnern, die sie nur einen Tag zuvor vereinbart haben. Und an das, was sie wenige Minuten zuvor gegessen haben. Und ein Teppich wäre mir viel zu unhygienisch.« Er öffnet mir galant die Tür.

»Das war eine Metapher! Außerdem könntest du dich lieber bei mir bedanken.«

»Das wollte ich gerade tun! Aber du musst mir ja immer zuvor-«

Ich schneide ihm das Wort ab und rufe: »Schönen Abend noch!« Dann drehe ich mich um und gehe die Treppe hinauf.

Kapitel 11

Mein allerletzter Arbeitstag liegt vor mir, und ich bin plötzlich aufgeregt wie an meinem ersten. Omi hat gern Martin Walser zitiert, der wohl einst schrieb, dass man mit einer gelungenen Verabschiedung auch nach einer öden Party lange im Gedächtnis bleibt. Es ist mir wichtig, am letzten Tag gut auszusehen, und ich kaufe unterwegs noch Muffins beim Bäcker, um sie meinen Kollegen mitzubringen.

Dann betrete ich das ausladende Foyer zum letzten Mal, der Gedanke tut ein wenig weh, ich habe hier tatsächlich gern gearbeitet. Es war schön, zu einem Team zu gehören und an einem richtigen Magazin mitzuarbeiten; davon habe ich als Redakteurin der Schülerzeitung schon geträumt. Ja, ich habe mich öfter bei Lena und Annabel beschwert, dass ich nur langweilige Artikel schreiben darf. Aber wenigstens durfte ich *überhaupt* Artikel schreiben, die dann gedruckt worden sind. Und die Bilder sind toll. Erst jetzt, als ich weiß, dass ich gehen muss, fällt mir auf, wie schön die Titelseiten sind, die hier großformatig an den Wänden aushängen.

Tja, auch wenn es ein Klischee ist, manchmal schätzt man eben erst, was man hat, wenn man es verliert.

»Josefine!« Sigrun stürmt auf mich zu und fällt mir um den Hals, als hätte ich Geburtstag. Dominique überreicht mir einen edlen Strauß mit blauen und weißen Blüten, der so perfekt aussieht, als hätte sie ihn auf dem Computer designt. Und Herr Mayer hat tatsächlich einen Kuchen und zwei Flaschen Sekt besorgen lassen. Meine zerdrückten Muffins in der Papiertüte kommen mir jetzt schäbig und unpassend vor, und ich verstecke sie in meinem Schrank.

Herr Mayer sagt ein paar nette Worte zu mir und den Kollegen, die im Halbkreis um mich herumstehen.

»Wir werden dich vermissen. Es tut mir wirklich leid, dass wir so kurzfristig umdisponieren mussten und du nicht hierbleiben kannst. Falls in absehbarer Zeit eine Redaktionsstelle frei wird, denken wir zuerst an dich. Und dein brillantes Arbeitszeugnis geht heute noch in die Post!« Er sagt es so nett, als würde er meinen Weggang wirklich bedauern, was ich eigentlich nicht glaube, aber ich bin trotzdem gerührt und trinke ein halbes Glas Sekt mit Orangensaft. Mehr lieber nicht, sonst kann ich nicht mehr klar denken.

Daniel kommt spät, aber bestens gelaunt hereingeplatzt und umarmt mich, als hätte ich etwas Großes geleistet. Dabei bin ich einfach nur gefeuert worden. Nach zehn Minuten unerwartetem Wirbel kehren alle an ihre Schreibtische zurück, und ich bin erleichtert, nicht mehr im Mittelpunkt zu stehen. Das war sehr lieb, aber es hat mich auch verlegen gemacht. Ich gehe meine letzten Aufgaben durch, aber eigentlich gibt es nicht mehr wirklich etwas zu tun, daher klicke ich mich durch meine Netzwerke und lese ein paar neue Kommentare unter meiner Beziehungsende-Wutrede. Vereinzelt wird sie immer noch geteilt, jetzt überall nur noch als Statusbeitrag von Josie Clean. Josefine Geiger ist verschwunden. Mit Abstand finde ich sie auch lustig. Und Josie Clean hat für ihr neues Profilbild eine Unmenge an Likes und Herzchen bekommen.

Patrick hat mir auf Facebook eine Nachricht mit einem Bild der Abschrift des Patentantrags für den ersten Toilettenpapierhalter der Welt geschickt. Darin erkennt man, wie die Rolle sich abrollen soll. So wie er es gemacht hat, aha. Alter Besserwisser. Ein bisschen bewundere ich ihn aber doch dafür, dass er das gefunden hat. Es ist mit Abstand die originellste Methode, mit der mir bisher ein Sieg unter die Nase gerieben worden ist. Trotzdem kann ich das so natürlich nicht stehen lassen und schicke ihm kommentarlos einen Link zum Buch »Endlich Nichtraucher« zurück.

»Was machst du denn da?«

Ich habe Daniel nicht kommen hören und schrecke auf.

»Nichts weiter.« Schnell minimiere ich meine Facebook-Seite.

»Wer ist denn Patrick?« Klingt er etwa eifersüchtig?

»Nur ein Freund«, sage ich und rufe die Website des Magazins auf. Bin ich rot geworden?

»Ich verrate dich schon nicht«, sagt er amüsiert. »Du hast doch eh nichts mehr zu tun. Es ist dein letzter Arbeitstag. Wieso schwänzen wir nicht die Konferenz um fünf?«

»Ich habe noch nie die Arbeit geschwänzt«, sage ich leicht verlegen.

Daniel reißt die Augen gespielt weit auf. »Was? Dann ist heute deine allerletzte Gelegenheit. Da bin ich ja geradezu verpflichtet, dir dieses Erlebnis zu ermöglichen.«

Das klingt verlockend, trotzdem habe ich noch Skrupel. »Aber wir können doch nicht einfach so abhauen.«

»Interessieren dich denn die Themen der August-Ausgabe, bei der du nicht mehr dabei bist?«

»Nein«, gebe ich zu. »Aber du musst doch Bescheid wissen …?«

»Ach was. Es ist doch immer dasselbe. Ich lese einfach später das Protokoll. Die Sonne scheint. Wollen wir nicht zum Hofgarten und uns ein Eis holen?« Daniel lächelt so aufmunternd, draußen ist wirklich schönstes Wetter, und mich verlockt die Aussicht auf ein Abenteuer. Vielleicht ist das jetzt genau das, was ich brauche. Oder das, was ich will. Warum eigentlich nicht? Ich hinterlasse einfach einen Zettel mit ein paar lässigen, freundlichen

Worten zum Abschied neben meinem Schlüssel auf dem Schreibtisch. Das bleibt im Gedächtnis und erspart uns eine Umarmungs-Floskel-Runde.

»Na gut, überredet.«

Ich fahre den Computer herunter, schnappe mir meine Tasche und sehe mich verstohlen um. Alle arbeiten konzentriert. Es ist der perfekte Zeitpunkt. Daniel nimmt mich verschwörerisch bei der Hand, und auf Zehenspitzen schleichen wir uns aus dem Büro.

Draußen brechen wir in irres Gekicher aus und gehen ganz selbstverständlich händchenhaltend durch die Straße. Im ersten Impuls will ich die Hand wegziehen, doch eigentlich fühlt es sich gut an. Vielleicht muss man auch nicht alles zerdenken, und so folge ich einfach dem Moment und lasse mich treiben, hinein in einen Sommertag mit einem gut aussehenden Mann an der Hand, der mich ins Blaue führt.

Das ist einer der seltenen Augenblicke, in denen sich einfach alles richtig anfühlt, wie eine Pause vom Leben, wie im Kaninchenloch von Alice. Wir sitzen auf dem warmen Gras im Halbschatten vor der Bonner Universität, jeder mit einem Eisbecher in der Hand, zwischen uns eine Flasche Wasser und eine Flasche Wein aus dem Supermarkt. Es ist wunderschön hier. Das ehrwürdige kurfürstliche Schloss vermittelt einem das Gefühl von Ruhe und Zeitlosigkeit, und die alten Bäume spenden angenehmen Schatten.

Die Sonne streichelt meine Haare, die von einer leichten Brise zerzaust werden. Um uns herum grünt und blüht alles, die Vögel zwitschern in den Bäumen. Wir blicken gemeinsam auf die Grüppchen der Leute auf dem weitläufigen Rasen, die sich ebenso wie wir über den Sommer freuen. Ab und zu nehme ich einen Schluck Wasser oder Wein, unsere Unterhaltung fließt mühelos und ungezwungen dahin, und Daniel lacht über jeden meiner Witze. So oft hat Olli nie gelacht, so oft hat überhaupt noch nie jemand über meine Witze gelacht. Ich fühle mich wie die lustigste Frau der Stadt. Und die sexyeste auch, Daniel sieht mich mit begehrlichen Blicken an.

»Du riechst gut«, sagt er. Neben seiner Hand bespringen sich zwei Käfer. Na, warum nicht?

»Du auch«, antworte ich. Auch nach dem halben Arbeitstag duftet er noch nach einem moosigen Aftershave und sonst nach nicht viel, höchstens nach Minze und Sonne.

Ich bin berauscht von Wein und Himbeereis und seinen dunklen, funkelnden Augen.

»Schau dir diese Leute an, sie sehen alle gleich aus. Nicht so wie du. Du bist anders.« Das klingt jetzt ein bisschen wie aus einem Film. Einem kitschigen Film. Nicht ganz glaubwürdig.

»Wie meinst du das?«, frage ich mit schwerer Zunge.

»Du bist etwas Besonderes. Du hast eine starke Ausstrahlung. Du würdest in einem Fünfzigerjahre-Kleid genauso gut aussehen wie in einem Twenties-Outfit.«

Ach, du meine Güte, ist er etwa schwul, und ich habe alles zwischen uns völlig falsch interpretiert? Zitiert er gleich die Stellen aus seinem Lieblingsfilm? Doch jetzt lächelt er mich so breit an, dass ich diesen Gedanken verwerfe. Warum soll ein schöner Mann nicht einfach auf mich stehen und seine netten Worte ernst meinen? Ich lächle herzlich zurück und versuche nicht mal, meine Freude über sein Kompliment zu verbergen. Kurz muss ich daran denken, was Patrick zu meinem Anblick sagen würde: Ich schwänze die Arbeit, sitze auf meiner verknitterten Jacke, trinke Alkohol im hellen Sonnenlicht und flirte mit einem Arbeitskollegen. Wahrscheinlich würde er mir einen Strafzettel ausstellen wegen Faulheit, Schlamperei und Trunksucht.

Über diese Vorstellung muss ich kichern, und Daniel kichert mit, und dann nimmt er meinen Kopf in die Hände und küsst mich einfach. So. Warum auch nicht? Es ist Sommer, ich bin Single und habe Lust dazu. Ich küsse ihn zurück, und wir rutschen näher aneinander, damit wir besser knutschen können, und eine der Flaschen fällt um. Wir unterbrechen unseren Kuss nicht, um sie aufzuhalten, Daniel schlingt die Arme um meinen Rücken, und zwei Jugendliche klatschen uns Beifall.

Irgendwann nach ein paar zeitlosen Stunden voller Eis, Wein und Küssen wird mir kalt. Als ich mich umsehe, sind die Jugendlichen verschwunden. Wir stehen etwas wackelig auf, und ich stoße mir den Knöchel an einem Stein.

»Aua!« Beim Einsetzen des Schmerzes bin ich plötzlich mit einem Schlag ernüchtert. Ich muss mal dringend pinkeln. Und dann würde ich mich gern mit einer riesigen Pizza aufs Sofa hauen oder mit einer Packung Schokokekse in der Badewanne abtauchen. Es war ein zauberhafter Nachmittag, aber ab jetzt kann es eigentlich nur noch bergab gehen. Doch offenbar denkt Daniel an einen anderen Ausgang des Tages. Er nimmt mich bei der Hand und fragt, ob wir zu ihm oder zu mir gehen.

»Ähm ... Eigentlich würde ich jetzt lieber heimgehen. Allein.«

Er nimmt mir meine Tasche ab und sagt: »Du hast in deinem Leben schon so viele Fehlentscheidungen getroffen, da kannst du mich auch ruhig mit nach Hause nehmen.«

»Haha.« Wie lustig er ist! Ich lache los und stolpere über einen unebenen Stein. Er fasst reflexartig nach meiner anderen Hand und hält mich fest. Das ist nett. Und sicherer. Vielleicht ist es doch gar nicht so schlecht, wenn er mich nach Hause bringt. Nur um mich zu führen und um mir unterwegs noch ein paar von seinen komischen, süßen Komplimenten zu machen. Er scheint immer noch gut geradeaus gehen zu können, das ist hilfreich.

Kurz kommt mir wieder Olli in den Sinn, der es immer peinlich fand, wenn ich betrunken war. Wenn er mich jetzt so sehen könnte, beschwipst, lächelnd und am Arm meines hübschesten Kollegen … Olli, der Snob, mit seinen gebügelten Unterhosen, seiner Marie Kondo und dem wöchentlichen festen Waschtag für sein Auto. Meine Güte, das ist peinlich! Er ist noch viel festgefahrener und spießiger als Patrick, wird mir jetzt klar. Er hat keinen Funken Humor. Patrick kann wenigstens auch mal über sich selbst lachen. Dass ich so sehr in Olli verliebt war, kommt mir inzwischen wie eine absurde Verirrung vor. Und wieso denke ich jetzt an Patrick? Es ist doch Daniel, der mich gerade sicher nach Hause bringt, der mir erzählt, wie unglaublich süß meine Grübchen sind, auch wenn ich eigentlich keine habe, und der ganz offensichtlich auf dem Weg mit mir in mein Bett ist. Daniel findet mich toll, so wie ich bin. Er mag mein Chaos, meine Texte. Alles andere ist jetzt unwichtig. Ich muss nur noch den Heimweg schaffen, einen Fuß vor den anderen.

Ich bin erleichtert, als wir im Hausflur ankommen. Gleich kann ich mich ausruhen. Nur dürfen wir im Treppenhaus keinen Krach machen. Ich lege den Zeigefinger auf die Lippen.

»Pst! Du musst auf Zehenspitzen schleichen!«

»Warum?«, fragt Daniel viel zu laut.

»Sonst meldet mich mein Nachbar bei der Sittenpolizei. Hahaha!« Wie unglaublich lustig ich heute bin, ich lache mich über meinen eigenen Witz halb tot.

»Dann lach leiser!«, zischt mir Daniel zu, und ich tapse auf Zehenspitzen Stufe für Stufe hoch und halte mich am Geländer fest. Vielleicht war der letzte Schluck Wein irgendwie nicht mehr gut.

»Du schleichst wirklich eins a, Josie, aber dein lautes Summen macht das leider zunichte.«

Oh! Ich schlage mir die Hand vor den Mund. Das habe ich gar

nicht gemerkt. Und die Hand brauche ich eigentlich auch fürs Geländer.

Angekommen, geschafft, ich bin stolz. Ich drücke Daniel meinen Schlüssel in die Hand, weil mir dieses Reingefummele jetzt wirklich zu kompliziert ist. Daniel sperrt auf, und ich stürze zuallererst ins Bad und auf die Toilette. Sehr gut. Was für eine Erleichterung. Am liebsten würde ich einfach hier sitzen bleiben. Oder direkt in die Badewanne steigen. Aber ich hab mir ja einen Mann mitgebracht, wie lästig. Es wäre jedoch unhöflich, ihn zu ignorieren. Also wasche ich mir die Hände, gurgele ganz kurz mit Mundwasser und tapse zu ihm zurück. Daniel lacht nur über die Kisten im Flur und bahnt sich einfach einen Weg durch mein Chaos bis ins Schlafzimmer. Ups, das geht ja schnell! Woher zum Teufel weiß der sofort, wo das ist? Vielleicht hat er einen Radar dafür?

»Du bist so schön!« Jetzt liegen wir schon auf dem Bett, wenn auch angezogen, und Daniel sucht mit den Händen nach dem Verschluss meines BHs.

»Ich will dich, Josie. Willst du es auch?«

Ist das jetzt eine rhetorische Frage, oder will er wirklich meine Meinung hören?

»Äh, ja, na ja. Oder wollen wir lieber Pizza bestellen?«

»Echt jetzt?«

»Nicht so wichtig«, murmele ich. »Aber ich heiße nicht Josie!«

»Nennst du dich nicht selbst so? Hab ich irgendwo gelesen.« Er küsst mich weiter, aber bei mir ist die Luft irgendwie raus, und mein Gehirn sucht nach einer kreativen Lösung, bei der ich lässig wegkomme.

»Willst du vielleicht, dass ich dir zuerst so eine Einverständniserklärung unterschreibe?«, frage ich.

»Wie bitte?« Er scheint irritiert, aber ich finde mich wahnsinnig lustig und kann gar nicht aufhören zu kichern.

»Damit ich dich nach dem Sex nicht verklage. Das macht man jetzt so in Schweden. Oder in irgendeinem anderen skandinavischen Land. Erdkunde ist nicht so meins.«

Er lässt irritiert von mir ab. »Meinst du das ernst?«

»Nein«, gluckse ich und bekomme plötzlich Schluckauf. »Ich bin nur lustig. Warte, ich muss schon wieder Pipi.«

»Beeil dich«, raunt er, aber inzwischen finde ich das nicht mehr verführerisch, sondern albern.

Als ich im Bad in den Spiegel sehe, überkommt mich die Ernüchterung wie ein Schlag ins Gesicht. Was mache ich hier bloß? Daniel sieht gut aus, wir sind angetrunken und lustig, aber ich kenne ihn kaum. Er ist charmant, aber oberflächlich und ein ziemlicher Womanizer. Er hat mir viele Komplimente gemacht, aber sie wurden immer schlechter – ich habe nun mal keine Grübchen! –, und letztlich waren es nur leere Worte, die nichts mit mir persönlich zu tun haben. Er kennt die echte Josefine nicht, nur das Mädchen, das er immer Josie nennt, das mit ihm herumgealbert und geflirtet hat. Er wäre zu jeder mit nach Hause gegangen, die ihn anlächelt und über seine Witze lacht. Es geht ihm nicht um mich. Mit Daniel verbindet mich nichts außer dem Arbeitgeber, und das ab morgen auch nicht mehr. Ich bin erleichtert, dass Sigrun nichts von meiner kleinen Eskapade mitbekommen wird. Oder falls doch, dann kann sie mir morgen wenigstens nicht mit irgendwelchen kryptischen Andeutungen Angst einjagen.

Wieso wird mir das alles erst jetzt klar, wo er schon in meinem Bett ist und auf mich wartet? Es liegt am Alkohol, verdammt. Ganz schlechtes Timing. Ich muss ihn loswerden. Aber wie, um Himmels willen, stelle ich das höflich an? Vielleicht bleibe ich einfach noch etwas länger hier? Um es etwas gemütlicher zu haben, setze ich mich auf den Badvorleger und lehne mich an die Badewanne. Zum Glück liegt eins von Patricks Büchern hier, ich stopfe mir noch ein Handtuch in den Rücken und vertiefe mich in ein Kapitel über Singvögel. Was für niedliche, kleine Schnäbelchen die haben, das ist ja allerliebst. Oh, und hier, der Dschungelschwätzer sieht genauso wütend aus wie Patrick, wenn er mir irgendwas über die Hausordnung erklärt. Haha. Das muss ich sofort abfotografieren. Ich schicke es Patrick im Messenger.

Guck mal, der grimmige kleine Piepmatz. Sieht genau aus wie du, wenn du über die Hausordnung schimpfst. XOXO.

Bestimmt findet er das auch total lustig.

Zu meinem großen Glück ist Daniel eingeschlafen, als ich eine halbe Stunde später die Badtür öffne und auf Zehenspitzen zu ihm schleiche. Gut. Sich zu drücken und etwas hinauszögern kann sich also auch mal bezahlt machen. Ich esse in der Küche noch eine große Schüssel Cornflakes, bevor ich mich neben Daniel lege und mich fest in meine eigene Bettdecke einwickle.

Kapitel 12

Als ich am Dienstag wach werde, höre ich komische Geräusche und stelle mich sicherheitshalber schlafend. Daniel ist ja leider immer noch hier und bewegt sich irgendwie hin und her. Erst als seine Atemzüge wieder gleichmäßig werden, wage ich es, die Augen zu öffnen. Er schläft weiter, gut.

Ich sehe mich in meinem chaotischen Schlafzimmer um und unterdrücke den Drang, es aufzuräumen, bevor er erwacht. Keine Chance. Na ja, ist auch egal, er hat ja gesagt, dass er meine chaotische Art toll findet, außerdem sollte es mich ohnehin nicht kümmern, schließlich habe ich ja gemerkt, dass ich ihn eh nicht wirklich mag. Wie er so daliegt und schnarcht, bin ich heilfroh, dass ich nicht mit ihm geschlafen habe, denn das könnte jetzt ungeahnte Verwicklungen nach sich ziehen. Ich hätte ihn nur sehr gern aus meiner Wohnung raus. Ich will duschen und dabei singen und dann in Ruhe frühstücken, ohne mich unterhalten zu müssen, und anschließend mein Arbeitszeugnis aus dem Briefkasten holen und mich über Herrn Mayers Lob freuen. Mir fällt eine Menge ein, was ich jetzt gern machen würde, und nichts davon hat was mit Daniel zu tun. Hoffentlich sieht er das genauso, sonst wird es gleich peinlich.

Am liebsten würde ich ihn wecken und sofort klären, dass er gehen muss, aber das wäre doch sehr rüde. Also schließe ich mich im Bad ein und putze mir leise die Zähne. Derweil checke ich kurz mein Handy.

Danke für das liebreizende Kompliment mit dem wütenden Vogel. Glücklicherweise habe ich auch dich in einem meiner

Fachbücher entdecken können. Grüße vom Spießer aus dem Erdgeschoss.

Das Bild zeigt ein überfordertes Eichhörnchen, das mit einer Eichel in den Pfoten zwischen zwei Pilzen steht und sich offenbar nicht entscheiden kann, wohin es sich als Nächstes wenden soll. Ja, gut, so sehe ich wohl aus, wenn ich aufzuräumen versuche. Aber woher weiß er das, der gemeine Dschungelschwätzer? Ich steige singend in die Dusche, drehe das Wasser voll auf und wasche mir den letzten Arbeitstag, meinen beinahe One-Night-Stand und den fremden Geruch von der Haut, der von Daniel stammen muss. Ich glaube, das wird ein guter Tag.

In zwei Handtücher gewickelt, schleiche ich durchs Schlafzimmer zum Schrank und hole mir frische Klamotten. Etwas Bequemes, auf keinen Fall sexy. In Jeans und Schlabbershirt gehe ich in die Küche und mache mir einen Kaffee. Dann gehe ich ins Wohnzimmer und setze mich aufs Fensterbrett. Wie gut so ein Kaffee schmecken kann! Und wie lange so ein Typ schlafen kann! Muss er nicht zur Arbeit? Ich rühre ein paarmal geräuschvoll um und klappere mit dem Löffel. Nichts, dabei ist die Tür zum Schlafzimmer offen. Ich räuspere mich, dann trinke ich laut schlürfend meinen Kaffee. Daniel grunzt einmal und dreht sich zur Seite. Ich öffne das Fenster weit und hoffe, dass der Straßenlärm hereinschwappt, aber gerade heute ist es ungewöhnlich still. Soll ich vielleicht Musik anmachen? Oder mich an den Laptop setzen und die nächste Kolumne entwerfen?

Jetzt endlich reckt er sich, gähnt und öffnet die Augen.

»Josie!« Er grinst mich von einem Zimmer ins andere an. »Komm zurück zu mir!« Ich habe ihm nie erlaubt, mich Josie zu nennen. Und ich gehe garantiert nicht zurück zu ihm ins Bett.

»Hey, Daniel«, sage ich freundlich und stelle mich in die Tür. »Schön, dass du schon wach bist. Ich bin leider ziemlich auf dem Sprung. Soll ich dir noch schnell einen Kaffee machen?«

Er setzt sich auf. »Wo willst du denn hin? Du bist doch arbeitslos.« Er lächelt mich auffordernd an.

»Aber du nicht«, sage ich erleichtert. »Du musst zur Arbeit.«

»Nee, ich hab heute frei. Hab den ganzen Tag Zeit. Wozu hättest du denn Lust?«

Allein sein. Ich will allein sein.

»Ich muss jetzt sofort einkaufen gehen«, sage ich.

»Was brauchst du denn so dringend?«

Ja, was brauche ich so unbedingt, dass es sich nicht verschieben lässt?

»Hygieneartikel«, sage ich schnell. »Ganz eilig.« So was kann wirklich ein Notfall sein.

»Ich komme mit«, schlägt er vor. Himmel, ist der Kerl penetrant!

»Nein, das ist mir unangenehm.«

»Das ist doch was ganz Normales, das muss dir vor mir doch nicht peinlich sein.«

»Nicht vor dir, vor den Verkäuferinnen«, improvisiere ich.

»Wieso denn das?« Warum sagt er nicht einfach okay und geht?

»Die kennen mich da alle im Drogeriemarkt!«, sage ich verzweifelt. »Wenn sie sehen, dass ich mit einem Mann zusammen einkaufen gehe, quetschen sie mich danach tagelang aus. Und sie erzählen es meinen Eltern, und die sind eher … altmodisch. Die nehmen das dann viel zu ernst und fragen mich, ob ich ihn nicht zum Sonntagsessen mitbringen will und wann es so weit ist und …«

»Ich hab nichts dagegen, mit zu deinen Eltern zu kommen, Josie.«

Was? Okay, der Spuk muss aufhören, sofort. Ich atme einmal tief durch. Einfach die Wahrheit sagen, auch wenn es unangenehm ist.

»Es tut mir leid, Daniel. Ich habe keinen Notfall, und ich muss auch nicht zur Drogerie. Ich möchte einfach gern an meinem ersten freien Tag allein sein.«

»Sag das doch gleich. Ich wollte nur höflich sein und dir nicht das Gefühl geben, dass ich nach einem One-Night-Stand sofort wegrenne.«

Oh. Soll ich jetzt empört sein oder gerührt?

»Wir hatten keinen One-…, ich meine, wir haben nicht, also keinen Sex«, stottere ich.

»Wie auch immer.« Er zuckt mit den Schultern. »Dann gehe ich mal.« Er zieht sich innerhalb weniger Sekunden an, wirft mir eine Kusshand zu und verlässt die Wohnung. Er war nicht mal im Bad.

Erschöpft lasse ich mich aufs Sofa sinken. Dieses Singledasein ist echt anstrengend. Aber jetzt bin ich endlich allein.

Für halb vier bestellt Lena mich zu ihr zur zweiten Fotosession.

Ich arbeite nur bis drei. Die Sachen waren heute früh endlich in der Post! Du musst sofort herkommen! Es sind auch ein ganz süßer, altmodischer Mopp und eine Retro-Handeule dabei! ☺ Das wird dir stehen.

Machst du mich genauso schön wie letztes Mal?, tippe ich, bevor ich auf mein Fahrrad steige.

Mindestens ☺. Obwohl schöner wirklich nicht möglich ist.

Meine Beste steckt mir diesmal einen ordentlichen Haarknoten, dann schminkt sie mich in Nude-Tönen, betont nur die Augen und fotografiert mich in ihrer entzückenden Blümchenschürze mit einem dazu passenden Band in den Haaren. Den Lappen haben wir ebenfalls farblich harmonierend ausgewählt, Viktoria sei Dank, dass wir auf diese Idee gekommen sind. Mit dem altmodischen Schrubber, Lenas Staubwedel, dem Waschbrett und ein paar Fake-Waschmittel-Kartons veranstalten wir das Fotoshooting in ihrem ordentlichen, rosa gekachelten Bad. Ich muss zugeben, dass die Requisiten zauberhaft sind und die Bilder auf eine hinreißende Art retro wirken. Ich darf sie diesmal sofort danach anschauen, herzlichen Dank. Das schönste unterlegt sie mit Weichzeichner, und ich lade es direkt mit allerlei netten Hashtags in mein Josie-Clean-Profil. Danach öffnet Lena eine Flasche Hugo, und wir lümmeln auf ihrem weichen XXL-Sofa mit den schillernden Paillettenkissen.

»Vorsicht, schmier dein Make-up nicht ans Sofa. Willst du es nicht lieber abmachen?«

»Nein, ich pass schon auf. Es gefällt mir.« Die Vorstellung, dass Patrick aus seinem Fenster schaut und mich beim Heimkommen so unglaublich schön geschminkt erblickt, gefällt mir aus irgendeinem Grund. Aber ist ja eigentlich kein Wunder, dass ich meine mit blutendem Ohrläppchen und halben Lockenwicklern verhunzte Würde wieder ein wenig herstellen möchte.

Daniel schickt mir über WhatsApp eine peinliche Grafik von einem Sonnenuntergang mit dem originellen Spruch: »Am Ende bereust du nur das, was du nicht getan hast.« Ich ignoriere ihn, zeige das Bild aber Lena, und wir tratschen ein wenig über unsere Männerbekanntschaften.

»Wann siehst du Steffen wieder?«

»Morgen bei der Arbeit«, sagt sie mit leuchtenden Augen. »Aber vielleicht belasse ich es lieber bei dem einen Abend? Ich meine, es war so unglaublich schön, es kann eigentlich nur schlechter werden.«

»Aber ich dachte, es wäre so einzigartig unglaublich gewesen? Bist du nicht verliebt?«

Sie wiegt den Kopf hin und her. »Verliebt, das ist mir ein zu großes Wort. Ich finde ihn süß, aber letztlich ist er auch nur ein etwas beschränkter Mann mit tiefblauen Augen und einem *sehr* trainierten Körper.«

»Du willst gar keinen Rat, du willst einfach nur damit angeben, dass du mit Steffen im Bett warst, oder?«

»Vielleicht ein kleines bisschen«, sagt sie und grinst. »Er ist mit Abstand der schönste Mann, den ich je nackt gesehen habe.« Sie wickelt verträumt eine ihrer Locken um den Zeigefinger.

»Und denkst du, er will dich wiedersehen?«

»Hm, na ja. Da er etwas von einem Romantikwochenende in einem Wellnesshotel gesagt hat, gehe ich mal davon aus. Wiedersehen werden wir uns ja sowieso, schließlich arbeiten wir in derselben Kanzlei. Aber ich glaube, ich bin durch mit ihm. Ich hab auch gar keine Zeit für etwas Ernsthaftes.«

Typisch Lena. In meinem Kopf erklingt bedrohliche Filmmusik, die uns darauf vorbereitet, dass demnächst etwas Dramatisches passieren wird. »Du bist eine Herzpyromanin. Du entzündest ein Feuer, und dann siehst du ihm langsam und genüsslich beim Verbrennen zu! Das ist böse.«

Lena grinst so diabolisch, dass ich mich beinahe an meinem Hugo verschlucke. Als könnte sie die Musik auch hören und würde sich schon richtig auf den Liebeskummer freuen. Auf Steffens, nicht auf ihren, klar.

Mein Handy informiert mich, dass Mr DanSigner mich auf Instagram getaggt hat. Wahrscheinlich wieder so ein blödes Zitat über verpasste Gelegenheiten. Als ich nachsehen will, klingelt mein Telefon, und ich stehe auf und gehe in die Küche. Doch statt einem meiner Freunde wird mir die Nummer meiner Cousine Beatrice angezeigt. Warum um alles in der Welt ruft sie mich an? Wir hatten seit Omis Beerdigung vor elf Jahren keinen Kontakt mehr, und von mir aus kann das auch so bleiben. Sie wohnt weit weg, sie hat ihr eigenes Leben, und außerdem stehen wir uns kein bisschen mehr nahe. Was will sie von mir? Ich erwäge, das Klingeln einfach zu ignorieren, da mein Puls jetzt schon in bedrohliche Höhen geschossen ist. Andererseits bin ich auch neugierig.

»Ja, hallo?« Ich muss mich räuspern.

»Hallo, Finchen, wie geht's dir?« Ich bin überrascht über die Empfindung, die Beas Stimme bei mir erzeugt. Ich höre, dass sie lächelt, und habe sofort ihr Gesicht mit den Lachfältchen vor Augen. Dieses Bild ist tief in meinen Erinnerungen verwurzelt und schert sich nicht um ein paar Jahre Abstand.

»Oh … gut, danke. Sehr gut. Und … und dir?«, stammle ich, immer noch total perplex. Mein Puls rast noch immer.

»Ach, na ja, geht so. Meine Mutter ist letztes Jahr gestorben.«

Oh, stimmt, Mama hat Tante Marions Tod einmal erwähnt, aber wir haben nicht groß darüber gesprochen.

»Das tut mir leid.« Ich habe Bea nicht mal eine Karte geschickt, das hätte ich tun sollen.

»Danke. Es war besser so für sie, sie hätte nur noch gelitten.« Jetzt klingt ihre Stimme belegt.

»Aber ich habe Omis Haus geerbt, und es ist bis oben hin vollgestopft. Ich weiß nicht, wo ich anfangen soll mit Sortieren und Ausräumen.«

»Oh, okay.« Stimmt, sie ist Omis einzige verbliebene Blutsverwandte. Aber was habe ich damit zu schaffen?

»Ich habe es ewig vor mir hergeschoben, aber langsam belastet es mich wirklich, und ich habe in letzter Zeit öfter an dich gedacht. Hättest du nicht vielleicht Lust, herzukommen und mir beim Ausräumen zu helfen?«

Wie bitte? Ist etwa überall auf der Welt das Chaosbeseitigungsfieber ausgebrochen? Aber das mache ich auf gar keinen Fall! Nicht nach all den Jahren der Funkstille.

»Ach, das ist momentan ganz schlecht. Tut mir leid. Ich hab

gerade einen neuen Job und kann hier absolut nicht weg.« Den neuen Job habe ich ja wirklich, und dass ich die Kolumne überall schreiben könnte, muss sie ja nicht wissen.

»Oh … Ach so. Na dann … Schade.«

Ich höre die Enttäuschung in ihrer Stimme.

»Ich dachte, du würdest dir vielleicht gern ein paar Erinnerungsgegenstände aussuchen, bevor ich alles weggebe.« Nein danke, ich habe genügend Erinnerungen. »Was für Sachen denn?«, frage ich trotzdem der Höflichkeit halber nach.

»Vielleicht ein Bild oder ein Mosaik? Etwas von ihrem Schmuck oder ihren Briefen?«

Wieso sollte ich? Dass ich kein Anrecht auf Omis persönliche Gegenstände habe, hat sie mir bei unserem vorletzten Treffen mehr als deutlich zu verstehen gegeben.

»Ach, danke, nein. Und … Bea, schön, dass du angerufen hast, aber ich muss dann mal weitermachen.«

»Oh, du arbeitest jetzt noch?«

Ich brumme etwas von Herausforderung, ungewöhnlichen Arbeitszeiten und mich beweisen müssen und verabschiede mich mit ein paar höflichen Floskeln. Nach dem Gespräch merke ich, dass meine Hände zittern. Was sollte das denn gerade?

»Wer war das?«, fragt Lena, als ich wieder ins Wohnzimmer komme. Ich glaube, sie ist betrunken.

»Meine Cousine. Eigentlich wollte ich gar nicht mit ihr sprechen.«

»Was, Beatrice? Echt jetzt? Wow. Warum bist du denn rangegangen?«

»Tja. Keine Ahnung.« Plötzlich habe ich das dringende Bedürfnis, Moritz zu sehen. Er ist der Einzige, der den Mist damals mitbekommen hat.

»Lena, würdest du es mir übelnehmen, wenn ich jetzt verschwinde?«

»Nee, mach mal. Ich glaube, ich rufe Steffen doch noch an. Vielleicht lasse ich es auf eine Wiederholung ankommen. Er hat so schöne Waden …« Gedankenverloren streicht sie über die rosa glänzenden Pailletten an dem Kissen in ihrem Arm und dreht sie auf links, sodass sie ihre grüne Seite zeigen.

»Waden? Na gut, warum nicht.« Worauf manche Leute so stehen …

Zum Glück kann man meinen Bruder mit der Aussicht auf ein gemeinsames Abendessen immer locken. Aber als ich mit Mo bei »Slow Food« sitze und er seine üblichen Witzchen macht, bringe ich es nicht fertig, das Thema Beatrice gleich anzuschneiden.

»Was schaust du denn so ernst? Immer noch wegen deines Vollidioten-Ex-Freunds?«, fragt er schließlich, als ich immer stiller werde.

»Nein. Das ist vorbei.« Als ich es ausspreche, merke ich, dass ich innerlich immer noch nicht vollständig mit Oliver abgeschlossen habe. Aber das ist ein Problem, dem ich mich gerade nicht widmen kann. Weg damit in eine dunkle Ecke, zu den anderen verdrängten Gefühlen.

»Ich bin bloß anders geschminkt«, weiche ich aus.

»Sieht ganz gut aus«, brummt er. »Aber das ist sicher nicht allein der Grund.« Er drückt quietschend einen See aus Ketchup auf seinen Teller.

»Ich bin einfach nicht so gut drauf heute.« Ich stochere in meinem Salat herum. Hätte mir auch Pommes zum Burger bestellen sollen. Pommes heben die Laune.

»Wenn du dich mies fühlst, dann denk doch daran, dass du Kohlendioxid für Pflanzen ausatmest!«

Ich grinse schief und sage nichts.

Bea hat mich auf Omis Beerdigung bis auf *Hallo* und *Tschüss* praktisch ignoriert, und nicht zuletzt deshalb hatte ich auf dem

Heimweg beschlossen, nie mehr ein einziges Wort mit ihr zu sprechen. Dagegen habe ich nun verstoßen. Und obwohl ich immer das dumpfe Gefühl hatte, schuld an Papas Bruch mit den Großeltern zu sein, konnte ich Bea ihre Kaltschnäuzigkeit einfach nicht verzeihen.

Wie soll ich Moritz, der gerade mit der hübschen Kellnerin flirtet, erklären, welche seltsamen Gefühle mich plagen? Er war bei dem Bruch erst zehn, wahrscheinlich hat er das meiste vergessen. Oder? Ehrlich gesagt habe ich keine Ahnung, was in seinem Leben gerade passiert oder was ihm wichtig ist. Wir flachsen viel herum, necken uns und haben meistens Spaß miteinander, wenn wir uns nicht gerade anzicken, aber wir reden nie über etwas Ernsthaftes, etwas Tiefes. In meinem Kopf ist er als der kleine Junge gespeichert, dem ich die Mandarinen schälen musste und der mir meine Sticker weggenommen hat. Es fällt mir schwer, ihn als erwachsenen Mann zu sehen.

Ich versuche, ihn mit den Augen der Kellnerin zu betrachten. Moritz ist 23 und mittelgroß, hat wuscheliges, dunkelblondes Haar und einen leichten blonden Bartschatten. Er ist ein Mann und längst nicht mehr das nervige Nesthäkchen. Bestimmt kann man jetzt anders mit ihm reden.

Ich warte, bis die hübsche Kellnerin weg ist, dann frage ich: »Moritz, sag mal, denkst du manchmal noch an Omi und Opa?«

»Omi und Opa?« Er setzt sich schlagartig gerader hin.

»Kannst du dich gut an sie erinnern?«

»Vage. An der Rückwand ihrer Werkstatt war dieses riesige Mosaikbild, an dem Omi immer gearbeitet hat, oder?«

»Stimmt.« Eine farbenfrohe Szene mit einer jungen Frau, die Hühner füttert. Von Weitem war ihr Gesicht hübsch, aber wenn man näher kam, zerfiel es in eine Fratze aus kantigen, viereckigen Steinen.

»Und Opa wollte am Sonntag immer um zwölf den Presseclub

sehen, deshalb gab es um Punkt halb zwölf Mittagessen, und wir durften dabei kein Wort sprechen, stimmt's?«

Wow, solche Details hätte ich gar nicht erwartet.

»Vermisst du die beiden manchmal?«

»Darüber habe ich noch nie nachgedacht. Ich glaube nicht. Es kommt mir vor wie die Erinnerung an ein anderes Leben. Oder an einen Traum.« Er nimmt einen Schluck von seiner Holunderlimonade. »Wie kommst du denn jetzt darauf?«

»Bea hat mich heute angerufen.«

Er setzt sein Glas abrupt auf den Tisch. »Oh, krass. Was wollte sie denn?«

»Hilfe dabei, Omis Haus auszuräumen«, sage ich leise.

»Was? Das ist doch wohl ein Scherz. Denkt sie etwa, dass sie sich jetzt mal schön Josie Clean zu Hilfe holen kann, weil sie mit ihrem Kram nicht klarkommt? Das kann sie nun wirklich nicht von dir verlangen!«

Ich zucke mit den Schultern und klaue Moritz zwei Pommes von seinem Teller. »Ich glaube nicht, dass sie das mit Josie Clean überhaupt mitgekriegt hat, sie ist selten online.« Eigentlich komisch, dass wir überhaupt noch Facebook-Freunde sind.

»Aber seitdem muss ich dauernd an sie denken«, gebe ich zu.

»Wann hast du denn das letzte Mal mit ihr gesprochen? Also, vor dem Anruf heute?«

»Nicht mehr seit Omis Beerdigung, aber das waren nur ein paar Worte Small Talk.«

»Weil ihr nicht zum Leichenschmaus bleiben wolltet, du und Mama.«

Ja, wollten wir nicht. Was hätte das gebracht?

Wir waren da völlig fehl am Platz. Tante Marion schien sich über unser Kommen anfangs zwar zu freuen, aber dann sah sie sich suchend nach Papa um. Seine Abwesenheit erschien ein riesiger Affront gegen die gesamte Trauergesellschaft zu sein, und ich schämte mich für ihn. Welcher Sohn verpasst denn die Beerdigung seiner eigenen Mutter, auch wenn es die Stiefmutter ist – die ihn aber von klein auf aufgezogen hat? Daher war ich froh, dass Mama uns gleich nach der Messe unauffällig zum Parkplatz lotste und wir wieder nach Hause fuhren. Unterwegs hielten wir, ganz untypisch für Mama, bei McDonald's und durften uns alles bestellen, was wir wollten, und Mama weinte eine stille Träne in ihren Milchshake. Danach drehte sie das Autoradio auf und sang lauthals zu den Liedern mit, und abends sprachen wir in Papas Beisein kein Wort über die Beerdigung. Ich weiß nicht mehr, ob Mama uns dazu angehalten hat oder ob wir unseren Ausflug stillschweigend geheim hielten, wie damals, als Moritz sein neues Fahrrad zu Schrott fuhr und Mama ihm exakt das gleiche noch mal gekauft hat, bevor Papa von seiner Geschäftsreise heimkam. Oder wie sie Papas Seidenhemd ersetzt hat, nachdem ich es im Trockner ruiniert hatte. Wenn ich es recht bedenke, hat Mama ein Faible dafür, Problemen mit Geld und Schweigen aus dem Weg zu gehen. Und Papa wechselt einfach das Thema, bevor es unangenehm werden kann. So wie ich es jetzt mache, um meinen aufgewühlten Gefühlen auszuweichen.

»Kann ich noch was von deinen Pommes haben?«

»Aber nur noch eine. Bestell dir doch selbst welche.«

»Eigentlich habe ich gar keinen Hunger.«

»Finchen, was ist los mit dir?« Wenn mein kleiner Bruder meinen Kosenamen von früher benutzt, muss ich immer fast heulen.

»Bea meinte, dass ich vielleicht ein paar Sachen von Omi haben will. Als Erinnerung.«

»Willst du dich denn an sie und das alles erinnern?«

Das ist eine gute Frage. »Ich weiß es nicht. Eigentlich würde ich alles am liebsten vergessen.« Omi ist tot, und keine Erinnerung der Welt kann sie zurückbringen, damit sie sich mit Papa versöhnen kann. Andererseits habe ich einen seltsamen Klumpen aus Traurigkeit in mir, der hochzukommen droht, sobald mich irgendetwas an meine Großeltern erinnert. Ich habe neulich nicht wegen der winzigen Schnittwunde von den goldenen Scherben geweint, sondern wegen Omi.

Die Kellnerin kommt auf Moritz' Handzeichen hin und fragt: »Ist alles in Ordnung?«

»Nein, aber das Essen ist gut«, sagt er, und sie lacht. »Wir hätten gern noch eine Portion Pommes.«

Ich versuche, mich zusammenzureißen, und bestelle mir einen Kakao mit Zimt. Ich brauche etwas Warmes, woran ich mich festhalten kann. Dann wische ich mir die Tränen von den Wangen. »Vielleicht sollte ich doch hinfahren?«

»Würde ich nicht tun. Was willst du da nach so vielen Jahren denn noch? Das Haus ihrer lieben Omi, die *nur ihr* gehört hat, kann sie mal schön allein entrümpeln.«

Offenbar ist das Ganze doch nicht spurlos an Mo vorbeigegangen. Es tut gut, dass er versteht, wie sehr mich das Ansinnen unserer Cousine verletzt. Er weiß also noch, wie nahe wir uns einmal standen und was Beas Verhalten in mir ausgelöst hat.

»Und was soll ich jetzt machen?«

»Du? Gar nichts. Was sie mit dem Haus macht, kann uns egal sein. Wieso hast du ihre Nummer überhaupt noch?«

»Weil ich in meinem Telefonbuch noch nie eine Nummer gelöscht habe. Zur Sicherheit, falls man sie noch mal braucht.«

Als der Kakao mit Zimt vor mir steht, umklammere ich mit beiden Händen die Tasse, als könnte die Wärme irgendwie in mein Herz übergehen und mich trösten. Und auch wenn ich es nicht laut sage, gestehe ich doch zumindest mir selbst im Stillen ein, dass ich Bea vermisse. Nicht erst seit heute, sondern schon seit Jahren.

Kapitel 13

Am Mittwoch fröne ich weiter den Freuden meines neuen Singledaseins und der Joblosigkeit. Ich schlafe ewig lange aus, trinke dann erst mal gemütlich Kaffee und beginne anschließend, meine nächste Kolumne zu verfassen. Ich muss zwar nur zwei Stück liefern und hab dafür noch genau vier Wochen, aber was weg ist, ist weg, und außerdem habe ich Lust dazu. Ich schreibe ein bisschen was über die dumme Entscheidung, unnötigen Ballast mit heimzunehmen – so was wie Flugblätter, Kalorienbomben oder Männer. Die dann sinnlos herumliegen und einen von wichtigen Dingen abhalten, und dass man viel leichter Ordnung halten kann, wenn man das sein lässt. Der Text geht mir so leicht von der Hand, dass ich ihn nach einem Überarbeitungsdurchgang direkt an Dana sende. Bin ich gut oder bin ich gut? Dann schleiche ich in meinen gemütlichen Kuschelpuschen hinunter zum Briefkasten und hoffe, dass mich dabei keiner sieht. Immer noch kein Arbeitszeugnis. Herr Mayer hat wohl mal wieder den Mund zu voll genommen. Also steht heute nur noch abends Bücherwälzen mit Patrick an.

In meinen peinlichen Hausschuhen husche ich zurück zu meiner Wohnungstür, aber dann höre ich im Treppenhaus über mir eine lautstarke Auseinandersetzung zwischen Patrick und irgendeiner bedauernswerten Person. Zunächst freut es mich, dass er sich ausnahmsweise mal mit jemand anderem angelegt hat. Aber als ich merke, dass er die arme Frau Ewald belehrt, muss ich doch ein paar Stufen höher tapsen und schauen, ob ich mich einschalten sollte.

»Was ist denn hier los?«, frage ich durchs Treppengeländer. Ich will ungern bis auf den Absatz gehen, damit Patrick meine Hausschuhe nicht sieht.

»Wir haben eine kleine Meinungsverschiedenheit«, sagt Patrick und kneift die Lippen zusammen.

»So nennen Sie das also, Herr Helwig!« Frau Ewald ist richtig aufgebracht. »Hier, nehmen Sie Ihren blöden Eierpott wieder mit!« Sie drückt ihm einen iPod und zwei Kabel in die Hand, und ich muss ein Lachen unterdrücken.

»Hat Herr Helwig Sie geärgert?«, frage ich, wobei ich den amüsierten Unterton in meiner Stimme nicht unterdrücken kann.

»Einen Eierpott wollte er mir andrehen, um digitale Musik aus dem Internet zu hören. Was kommt als Nächstes, digitales Essen? In was für Zeiten leben wir eigentlich?«

»Sie haben doch gesagt, dass das Radioprogramm so langweilig ist und dass Sie gern ein paar Lieder aus Ihrer Jugend hören würden. Bei diesem Streamingdienst kriegen Sie Hildegard Knef, Peter Alexander, Conny Froboess, alles.« Patrick ereifert sich fast genauso wie Frau Ewald.

»Und was kriegen Sie dafür? Bestimmt eine satte Provision von den Digitalen. ›Läuft bei dir‹, ›Dislike‹, ›Lauch‹, ich kenne die Werbung, ich weiß Bescheid!«

Ich verbeiße mir das Lachen.

»Frau Ewald, das ist doch Unsinn, ich habe Ihnen nur besorgt, worum Sie mich gebeten haben«, verteidigt sich Patrick.

Sie schaut finster. »Ich habe gesagt, dass ich ein Grammofon haben will!«

»Aber Frau Ewald, niemand hört heutzutage mehr Musik auf einem Grammofon. Wenn Sie wollen, kann ich Ihnen einen neuen CD-Player besorgen, wenn Sie absolut keine digitale Musik hören möchten.«

Sie schnaubt. »Nein, es muss ein Grammofon sein!« Sie guckt wie ein kleines Mädchen, dem man das Eis verweigert. Gleich stampft sie bestimmt mit dem Fuß auf und bricht in Tränen aus.

Das kann ich nicht zulassen, also gehe ich doch ein paar Stufen höher und schalte mich ein, auch wenn ich damit Patricks Spott riskiere. »Geht nicht auch ein Plattenspieler? Den könnte ich vielleicht in einem Secondhandshop kriegen«, schlage ich vor und hoffe, dass er nicht auf meine Füße schaut.

»Im allergrößten Notfall«, brummt sie und sieht unglücklich aus. Patrick guckt mich dankbar an.

»Das ist eine gute Idee.« Aber dann wandert sein Blick tiefer. Mist. »Was hast du denn da an? Warst du auf Kaninchenjagd?«

Weil mir nichts Schlagfertiges einfällt, ignoriere ich ihn und frage Frau Ewald nach ihren Musikwünschen.

»Bringen Sie mir was von Zarah Leander und Georg Kreisler mit. Aber nichts von diesem Schleimer Roy Black! Den konnte ich schon damals nicht ausstehen«, weist sie mich an.

»Ist notiert«, sagt Patrick eilfertig. »Das mache ich schon, Josefine. Geh du mal lieber zurück in deine Höhle und weide deine Beute aus. Aber Vorsicht mit der Hüfte.«

Ich verkneife es mir mühsam, ihm in Frau Ewalds Gegenwart den Mittelfinger zu zeigen.

»Na schön. Aber ich verzichte lieber ganz darauf, als noch mal mit Ihrem Internetzeugs belästigt zu werden«, sagt sie mit spitzen Lippen.

»Tut mir leid, kommt nicht wieder vor.« Ja, honigsüß bei ihr, mit geladenem Gewehr bei mir. Wenn ich ihn nur halb so gut im Griff hätte wie Frau Ewald …

»Gut, dann gehe ich jetzt mal rein und setze meinen Nachmittagstee auf«, erklärt sie, nun wieder ganz Dame. »Josefine, in einer Viertelstunde bei mir? Es gibt Rhabarberkuchen.« Es klingt eher wie ein Befehl als wie eine Einladung. Aber ich mag Rhabarber, und außerdem habe ich das Gefühl, mit dieser Einladung, die explizit nur an mich gerichtet ist, die Situation gewonnen zu haben.

»Sehr gern. Bis gleich, Frau Ewald.« Am liebsten würde ich ihr noch eine Kusshand zuwerfen, als sie die Tür hinter sich zuwirft. Bei ihr sagt Patrick natürlich nichts von wegen Türenknallen oder Lärmbelästigung.

»Dass alte Leute immer so stur sein müssen.« Er verdreht die Augen. Aber von mir bekommt er keine Zustimmung.

»Du bist doch bloß neidisch, weil sie dich nicht auch zur Teestunde in ihr Wohnzimmer eingeladen hat.«

»Quatsch, aber ich hab das alles umsonst gekauft. Den iPod kann ich nicht zurückgeben.«

»Wieso nicht?«

Er sieht mich leicht zerknirscht an. »Ich habe den Kassenzettel verlegt.«

Ich schnalze tadelnd mit der Zunge. »Ach nein, sieh mal an. Haben wir den nicht brav in unser Haushaltsbuch abgeheftet?«

Er schüttelt den Kopf. Eigentlich ist das ein sehr hübsches Ding, was er da in der Hand hält.

»Ich besitze gar keinen iPod. Was kostet er denn?«, erkundige ich mich.

»212,94 Euro.«

»Oh. Ich glaube, ich brauche so was doch nicht so dringend.«

»Ich gebe dir 30 Prozent Rabatt.«

»Nicht vielleicht 29,75 Prozent?«

»Wieso denn das?«

»Das würde irgendwie zu dir passen. Ich würde dir ja gern helfen, aber das kann ich mir momentan leider nicht leisten.«

»Dann schenke ich ihn dir.«

»Wie bitte? Wieso das denn?«

»Dafür hilfst du mir ja bei meiner Arbeit. Freiwillig, gern und ohne die Augen zu verdrehen.«

Ach so, er will mich schon wieder erpressen. Nicht mit mir. »Sehr nett, aber es geht auch ohne. Ich hab ja mein Handy zum Musikhören.«

Jetzt wirkt er fast ein wenig beleidigt. »Wie du meinst. Wir sehen uns. Pünktlich um sieben.«

»Das weiß ich!« Elender Pedant!

Kaffeeklatsch mit Kuchen bei Frau Ewald ist genau das, was ich jetzt brauche. Ich lasse mich in ihr gemütliches Plüschsofa sinken. Frau Ewald trägt die gleiche hochtoupierte Frisur wie auf den Fotos auf der Anrichte. Sehr schick, aber haargenau gleich … Ob das wohl eine Perücke ist?

»Kaffee oder Tee, Josefine?«, fragt sie liebenswürdig. Am liebsten hätte ich Kaffee, aber da bereits eine Teekanne auf dem Stövchen steht, will ich sie nicht unnötig in die Küche gehen lassen.

»Gern Tee.«

Frau Ewald gießt Rosenblütentee in ihrer hübschen Porzellankanne auf. Dann schiebt sie mir ein dickes Stück Kuchen mit Streuseln auf den zierlichen Teller mit Goldrand. Die filigrane Kuchengabel hat eine verschnörkelte Rose am Griff und passt perfekt zum Geschirr.

»Und, gibt es was Neues?«

»Na ja, nichts Besonderes. Mein Freund hat mit mir Schluss gemacht«, sage ich und probiere den ersten Bissen. Der Kuchen ist die perfekte Mischung aus süß und säuerlich.

»Oh, meinen Sie diesen gelackten Typen in dem BMW?«

»Ja.«

»Um den ist es nicht schade.«

»Woher wollen Sie das wissen? Sie kennen ihn doch gar nicht.«

»Nun ja. Sein Auto war zu jeder Tageszeit stets blitzblank sauber. Von nur einer wöchentlichen Autowäsche auszugehen, halte ich da für untertrieben. Seine Schuhe waren immer blank poliert.

Entweder hat er sie jeden Abend mit Schuhcreme behandelt, oder seine Mutter hat das für ihn gemacht. Welche Version finden Sie gruseliger?«

Ich schlucke.

»Er hat am Samstagvormittag laut gehupt, wenn Sie zu langsam die Treppe hinuntergegangen sind. Und das Wichtigste: Er hat Sie sitzen lassen. Sie sind eine bezaubernde junge Frau. Er ist ein Riesentrottel.«

Jetzt muss ich mir die Augen wischen.

»Seien Sie froh, dass Sie den los sind. Sie finden schon noch den Richtigen. Und bis dahin können sie auch allein eine gute Zeit haben. Sie haben doch Freunde. Liebschaften gehen, Freunde bleiben.«

»Ja, ich habe tolle Freundinnen.«

»Eben. Sie werden sich noch früh genug binden, und dann bleiben Sie wahrscheinlich jahrelang am selben Mann kleben. Männer leben heute ja viel länger als zu meiner Zeit.«

»Das klingt ja so, als wäre damals der gelegentliche Tod eines Ehemanns sozusagen die Chance auf eine neue Beziehung gewesen.«

Frau Ewald lehnt sich schmunzelnd in ihrem geblümten Sessel zurück. Dann schaut sie versonnen drein und hängt für eine Weile ihren Erinnerungen nach. Eine ganz schön lange Weile. Meinen Kuchen habe ich inzwischen verputzt. Langsam schlafen meine Füße ein. Als ich schon nachfragen will, ob alles in Ordnung ist, steht sie abrupt auf.

»Wie dem auch sei: Augen auf bei der Partnerwahl, Josefine! Nimm nicht gleich den Nächstbesten! Noch ein Stück Kuchen, meine Liebe?«

»Ja, bitte.«

»Und vielleicht einen kleinen Kaffeelikör dazu?« Sie zwinkert.

»Noch besser!«

Kapitel 14

Ich bin leicht angeschickert, als ich um sieben bei Patrick aufschlage. Aber auf die Minute.

»Warum bist du so pünktlich und hast rote Flecken im Gesicht?«, fragt er, als wir ins Wohnzimmer gehen.

»Frau Ewald hat mich abgefüllt.«

»Das glaube ich dir nicht«, sagt er in dem Ton, in dem Annabel Jonas tadelt, wenn er lügt.

»Doch. Erst mit Tee, dann mit Kaffeelikör, und dann hatte sie irgend so ein französisches Zeug, das hat ein bisschen nach Mundwasser geschmeckt. Chartreuse, genau.«

»Na toll. Wie sollen wir denn bitte arbeiten, wenn du angetütert bist?«

»Angetütert, haha. Was für ein niedliches Wort.«

»Wenn du nicht klar im Kopf bist, meine ich.«

Ja gut, ich tröste mich seit der Trennung eventuell ein bisschen zu häufig mit Alkohol. Aber nachdem ich ja zu einer belanglosen Affäre offenbar nicht fähig bin … Und überhaupt, was geht es Patrick an?

»Du bist so ein Spießer.« Ich betrachte ihn, wie er die Hände vor der Brust verschränkt, vor dem hässlichsten aller hässlichsten Pullunder. »Aber ein süßer Spießer. Ein niedlicher Pedant, ein richtig goldiger Korinthenkacker.« Und weil ich tatsächlich angetütert bin und Patrick gerade wirklich ausgesprochen goldig finde, streiche ich ihm einmal kurz über den Kopf. »Vor allem, wenn deine Haare durcheinander sind.«

Patrick schiebt meine Hand weg. »Lass das.«

»Komm, wir setzen uns auf dein gemütliches, hässliches Sofa. Holst du die Bücher?«

»Josefine, du bist betrunken. Vielleicht gehst du besser ins Bett?«

»Nein, ich will arbeiten.« Ich laufe einfach an ihm vorbei und lasse mich aufs Sofa plumpsen.

»Ich bin betrunken noch schneller beim Lesen. Mir ist nur kalt. Hast du keine Kuscheldecke?«

»Du weißt genau, dass ich keine Kuscheldecke habe.«

»Weil du ein Spießer bist«, sage ich triumphierend.

»Du wiederholst dich, Frostbeule. Aber warte mal kurz. Ich hab hier was für Besucher. Für alle Fälle.«

Patrick öffnet das untere Fach des Wohnzimmerschranks und holt eine scheußliche, grünbraune Decke mit Fransen heraus.

»Eine Decke für Besucher?«

»Für Hundebesitzer. Das ist eine Hundedecke. Mich hat mal ein Studienfreund mit einem Hund besucht, und da hab ich die gekauft, damit er seinen Schmutz nicht in der ganzen Wohnung verteilt.«

»Du bietest mir also eine Hundedecke an?«

»Was anderes habe ich nicht. Außerdem hat sich der Hund überall hingelegt, nur nicht auf die Decke, er hat sie nicht mal beschnuppert. Ich hab sie trotzdem zweimal gewaschen.«

Und weil ich ihn immer noch entgeistert-skeptisch anschaue, fügt er hinzu: »Guck nicht so, die ist bestimmt sauberer als die Decken auf deinem Sofa. Wann hast du die zum letzten Mal gewaschen?«

Die Antwort ist: noch nie. Aber bei Kuscheldecken ist das wie mit gusseisernen Pfannen, die brauchen schließlich eine gewisse Patina.

»Okay. Hauptsache, warm«, gebe ich mich geschlagen. Dann lasse ich es zu, dass Patrick die Hundedecke über mich breitet. Sie kratzt gar nicht und riecht sogar irgendwie gut, nach Frühling oder einem perfekt parfümierten Weichspüler. Patrick will den Schrank schließen, aber ich sehe goldenes Glanzpapier darin leuchten.

»Oh, was ist denn das? Ein Geschenk?«, frage ich entzückt.

»Ach, nichts.«

»Es ist ein Geschenk, ich hab's genau gesehen. Für wen ist das?« Ich springe auf und stolpere ein wenig, fange mich aber ab, stütze mich auf den Tisch und knie mich dann neben Patrick auf den Boden.

»Ist das etwa für mich, weil ich dir eine so große Hilfe bin?«, frage ich in meinem allercharmantesten Tonfall.

»Ich dachte, du nimmst keine Bestechungen an?«

»Ach, was kümmert mich mein Geschwätz von gestern. Zeig her.« Ich ziehe das Päckchen heraus.

»Nein, es ist für mich«, sagt er gedämpft. »Von meinem Vater.«

Oh. Ich lege es auf den Boden zwischen uns.

»Das ist aber nett. Hast du denn bald Geburtstag?«

»Erst im September, aber er hat mir das schon früher gegeben.« Wir knien jetzt beide auf dem Boden, das goldene Päckchen in der Mitte zwischen uns.

»Wann denn?«

Patrick räuspert sich. Er sieht peinlich berührt aus. »Vor sechzehn Jahren«, sagt er leise.

»Was?«

»Als ich dreizehn geworden bin.«

»Und wieso ist es dann noch verpackt?«, frage ich entgeistert.

Patrick winkt ab. »Das ist echt 'ne langweilige Geschichte.«

»Erzähl!«, sage ich und bin selbst verwundert, wie eindringlich meine Stimme klingt, obwohl ich gerade noch so albern war. Patrick zögert kurz, aber dann erzählt er.

»Papa hatte nie ein Händchen für Geschenke. Er hat mir auch selten wirklich zugehört. Weißt du, ich hatte mir damals ganz dringend eine Levi's 501 gewünscht, aber er hat mir dieses schwere Päckchen gegeben, das eindeutig keine Jeans enthalten konnte. Ich war so enttäuscht, dass ich es nicht aufmachen wollte.«

»Einfach überhaupt gar nicht?«

»Ja. Solange es noch zu war, konnte ich mir einreden, er hätte mir etwas ganz Fantastisches mitgebracht, etwas noch Besseres als eine Markenjeans.« Patrick sieht mich nicht an.

»Und was war es dann letztendlich?«

»Keine Ahnung. Ich habe es nie geöffnet.«

»Aber Patrick, das kann doch nicht wahr sein.«

»Doch.«

»Ist das dein Ernst? Du hast es seit 16 Jahren nicht aufgemacht?«

»Ja.« Sein Gesicht ist ganz weiß.

»Warum hast du es denn nicht weggeworfen?«

»Das konnte ich nicht. Vielleicht war es ja doch die größte Überraschung aller Zeiten.«

»Dann mach es endlich auf!«, sage ich mit Nachdruck.

»Das kann ich nicht«, sagt er gequält.

»Warum nicht?«

»Ich kann es nicht erklären. Mir ist irgendwie nicht gut, ich brauche kurz Luft.« Er steht auf und öffnet das Fenster weit.

Ich sehe ihn eine Weile lang an, dann frage ich vorsichtig: »Soll ich es für dich aufmachen?«

»Das geht nicht.«

»Warum denn nicht?«

Er zuckt mit den Schultern und hat Tränen in den Augen. Ich stehe energisch auf.

»Aber Patrick, wenn dich dieses Geschenk so quält, dann wirf es doch weg.«

»Nein!«

»Komm, ich helfe dir. Machen wir es gemeinsam. Die Josie-Clean-Methode, du erinnerst dich?«

»Die hat sich doch bloß jemand aus deinem Gestammel zusammengesponnen. Die existiert doch gar nicht.«

»Beginnt nicht alles anfangs mit einer Idee? Vielleicht wird sie ja real, sobald wir sie ausprobieren?«

Er schüttelt stumm den Kopf. Na gut.

»Was willst du dann machen?«

Er kickt das Päckchen mit dem Fuß zurück in das Fach und schlägt die Tür zu. Wow.

»Vergessen wir es einfach. Willst du einen Kaffee?«

»Nein, ich will mit dir reden. Komm, setz dich zu mir.« Ich lasse mich wieder auf der Couch nieder. Aber er starrt nur auf seine leeren Hände. Also klopfe ich schwungvoll auf den Platz neben mir.

»Mein rechter, rechter Platz ist frei, da wünsch ich mir den Patrick herbei.«

»Du bist so albern! Alkohol bekommt dir nicht.« Aber jetzt setzt er sich zaghaft ans andere Ende der riesigen Couch.

»Was hat dein Vater denn getan, dass du so wütend auf ihn bist?«, frage ich.

»Ihm ist der Alkohol auch nicht bekommen. Leider hat ihn das nicht davon abgehalten, welchen zu trinken.«

»War er also öfter … angetütert?«

»Eher volltrunken.«

»Oh. Regelmäßig?«

»Ja, leider. Sturzbesoffen. Blau. Voll wie eine Haubitze.« Patrick sieht schrecklich traurig aus, und ich schäme mich plötzlich, dass ich angetrunken hierhergekommen bin.

»Wenn er getrunken hatte, war er unberechenbar. Er konnte lieb und lustig sein, aber auch übertrieben streng. Einmal wollte ich zum Beispiel Geld von ihm für den Kaugummiautomaten an der Straße. Es ging nur um zehn Pfennig, aber er wollte sie mir partout nicht geben, weil wir zu Hause noch Kaugummis hatten. Vom Supermarkt. Ich wollte aber keinen langweiligen Kaugummistreifen aus einem normalen Päckchen, sondern eine bunte Kaugummikugel. Er hat mir dann vorgeschlagen, auszurechnen, was die Kaugummis im Supermarkt pro Stück kosten. Tja, o Wunder, es kam auf das Gleiche heraus, zehn Pfennig pro Stück. Da wurde er dann wütend und hat gesagt, die Kugeln aus dem Automaten wären viel zu unhygienisch, und dann hat er mich in mein Zimmer geschickt, und die Diskussion war beendet. Das fand ich furchtbar ungerecht, denn sonst war ihm Höflichkeit sehr wichtig. Ich sollte meinen Großeltern nach jedem Geschenk eine Dankeskarte schreiben und mich immer gut benehmen – aber er konnte mich nach Lust und Laune abkanzeln.«

»Das ist auch ungerecht«, sage ich bestürzt.

»Ein andermal hatte ich neue Handschuhe verloren und war total ängstlich, aber da hat er nur gelacht und gesagt, er kauft mir neue, gleich zwei Paar, für alle Fälle. Dabei waren die viel teurer als der Kaugummi. Ich wusste einfach nie, woran ich bei ihm war. Die Markenturnschuhe, die ich mir gewünscht habe, als ich neu am Gymnasium war, waren ihm zu teuer, aber dann ist er angetrunken Auto gefahren und hat mal eben einen Schaden von zehntausend Euro verursacht. Darüber wurde natürlich nie gesprochen, aber als ich dann hundert Euro für die Klassenreise gebraucht habe, war kein Geld mehr da. Die Schule hätte es bezahlt, aber er war zu stolz, um ›ein Almosen‹ zu beantragen. Also musste ich zu Hause bleiben. Bei der Klassenfahrt haben sich Grüppchen und Freundschaften gebildet, und ich bin hinterher einfach nicht mehr in die Klassengemeinschaft reingekommen.« Er sieht angestrengt aus dem Fenster, und mein Herz krampft sich zusammen bei der Vorstellung, wie der kleine Patrick von seinen Klassenkameraden ausgegrenzt wurde. Ich weiß, wie sich das anfühlt.

»Wie dem auch sei, das ist ewig her. Jetzt kann er sich an das alles nicht mehr erinnern. Ich bin schon froh, wenn er sich an meinen Namen erinnert. Ich besuche ihn trotzdem jeden Monat einmal im Heim. Obwohl er mir letztes Mal gesagt hat, dass mein Pullunder nicht zur Hose passt. Dabei trage ich seine alten Pullunder nur auf, weil sie damals so teuer waren und Mama meinte, dass sie sich nur rentieren, wenn man sie mindestens zwanzig Jahre lang trägt. Sonderangebote waren nämlich nur für Mama und mich drin, bei Papa mussten es die neuesten Modelle vom Herrenausstatter sein. Oder dann plötzlich ein absurd teures Geschenk wie dieser Whiskey. Anstatt mir etwas Persönliches zu schenken, hat er den gekauft, obwohl er wusste, was ich von zu viel Alkohol halte. Und ich könnte ihn nicht mal von billigem Tankstellenfusel unterscheiden.«

Ich schlucke. Er kann teuren Whiskey nicht von billigem unterscheiden. Und er trägt die scheußlichen Pullunder, um seiner Mutter eine Freude zu machen.

»Mach das Geschenk auf. Vielleicht ist es etwas ganz Tolles, viel besser als eine Jeans?«

»Bestimmt nicht. Die statistische Wahrscheinlichkeit für ein gelungenes Geschenk könnte ich dir sagen, aber ich lasse es, denn es ist deprimierend. Wahrscheinlich ist es einfach nur Schrott.«

Nichts kann so schlimm sein wie der Kummer in seinen Augen. Zum Teufel mit den guten Manieren! Am liebsten möchte ich ihn schütteln und das Geschenk wieder aus dem Schrank holen und es einfach aufreißen. Aber das geht nicht. So nahe stehen wir uns nicht. Es ist seine Entscheidung, und ich muss sie respektieren. Vielleicht kann ich ihn wenigstens etwas ablenken, indem ich ihn dazu bringe, über Statistik zu reden?

»Wie hoch ist sie denn?«

»Was meinst du?«

»Die Wahrscheinlichkeit, ein gutes Geschenk zu bekommen?«

»Es kommt darauf an. Männer mögen tendenziell keine Überraschungen und empfinden das Schenken zu 30 Prozent als lästig. Frauen schenken lieber, bekommen aber seltener das richtige Geschenk. Männer freuen sich zu 93 Prozent über Geschenke ihrer Partnerin, Frauen sind zu 49 Prozent unglücklich mit den Geschenken des Partners. Über Kinder und Eltern hab ich aber keine validen Daten vorliegen.«

Ich verkneife mir mein Kichern nicht. »Unglaublich. Woher weißt du das bloß alles?«

»So was interessiert mich halt. Und wenn ich es einmal lese, bleibt es hängen. Keine Ahnung, warum.«

Ich kann nur den Kopf schütteln. »Das soll keine Kritik sein, das ist Bewunderung«, erkläre ich. Ist es wirklich. »Du bist ein verkapptes Genie. Gegen dich bin ich total langweilig.«

»Nicht total«, widerspricht er.

»Danke. Was ist eigentlich eine Haubitze?«

»Ich habe nicht den leisesten Schimmer.«

Gott sei Dank. Er weiß nicht *alles*. Jetzt kann ich aber endlich verstehen, warum ihm Regeln so wichtig sind. Wenn er sich an jede einzelne erinnert, die er mal gelesen hat … Das würde mich auch unter Druck setzen. Als würde das Rasen-betreten-verboten-Schild jedes Mal in Neonbuchstaben aufleuchten, wenn man eine Wiese nur von Weitem sieht. Armer Patrick. Gerade jetzt kommt er mir sehr verloren vor.

»Freut deine Mutter sich denn, dass du die Sachen deines Vaters trägst?«

»Mama ist von uns gegangen, bevor Papas Demenz eingesetzt hat«, sagt er tonlos. »Ich bin froh, dass sie das nicht mehr miterleben muss. Mama hat immer gespart, obwohl ihr das

Aussehen wichtig war, und diese Pullunder rechnen sich eben, wenn man sie so lange trägt. Das hat sie immer wieder betont, wenn Papa dann sein Kaufverhalten plötzlich mal bereut hat. Verstehst du, er hat sie verschwenderisch genannt und ihr Vorwürfe gemacht und sich selbst teures Zeug gekauft, und dann bekam er seinen Moralischen, und sie hat nicht gesagt ›Siehst du!‹, sondern ihn getröstet und wieder aufgebaut. So lieb war sie. Und ich will, dass sie recht behält, egal, ob es noch jemand überprüfen kann.«

»Aber Patrick, magst du die Pullunder denn?«

»Ich hasse sie! Aber die zwanzig Jahre sind noch nicht um. Ich habe noch alle Rechnungen und Belege, im März ist es so weit. Dann kaufe ich mir neue Hemden und Pullover.«

Er bringt ein Opfer, das von niemandem gesehen wird, für eine tote Frau und einen dementen Mann, die er beide auf seine eigene Weise ehren möchte. Jetzt muss ich auch fast weinen.

»So sollte das Leben aber nicht sein, Patrick. Du solltest das tragen, was dir gefällt, und das tun, was du möchtest, du solltest glücklich sein!«

»Josefine, du stellst dir das Leben wie eine rosa Zuckerwattewelt vor, aber so ist es nun mal nicht.« Er starrt irgendwo in die Ferne.

»Ja, ich will Zuckerwatte und Glitzerbrause und in einem rosa Meer baden und die blaue Blume finden!«, sage ich heftig. »Ich will, dass das Leben leicht und schön und wundervoll ist. Was ist falsch daran?«

»Nichts an deinem Wunsch ist falsch, Fine. So ist die Realität aber einfach nicht.« In seinen Augen glitzert es.

»Manchmal vielleicht doch«, widerspreche ich. »Das Leben hält auch gute Überraschungen bereit, nicht nur schlechte.«

Kurz muss ich an Bea denken, die mir mittlerweile noch mal bei FB geschrieben und ihre Einladung erneuert hat. Was ich bisher ignoriert habe, weil ich einfach nicht weiß, wie ich damit umgehen soll.

»Du meinst so was wie deinen plötzlichen Ruhm als Aufräumexpertin?«

»Zum Beispiel«, sage ich. »Oder wenn zwei Menschen, die sich erst nicht ausstehen können, plötzlich Freunde werden.«

Jetzt dreht er den Kopf und sieht mich an.

»Ja, das stimmt wohl. Das kam unerwartet.« In seinem Gesicht ringen Trauer und Schmerz, aber auch der Anflug von einem Lächeln miteinander. Zum Teufel mit der Zurückhaltung, ich will ihn umarmen und trösten. Soll er doch endlich weinen, das hilft. Langsam rutsche ich ein Stückchen näher.

»Manchmal tut es gut, alles rauszulassen«, sage ich vorsichtig und streiche ihm über den Arm, auf dem sich die Härchen aufstellen.

»Meinst du?«

»Bestimmt.« Ich bereite mich darauf vor, ihn in die Arme zu schließen, ihm den Rücken zu tätscheln, ihn wie ein Baby zu wiegen und ihm danach ein Taschentuch zu reichen, doch er steht abrupt auf.

»Ja, ich glaube auch. Es ist spät, und mir ist noch immer nicht gut. Du findest allein raus, oder?« Dann geht er zügig Richtung Bad.

Kopfschüttelnd verlasse ich seine Wohnung. Männer!

Zehn Minuten später erhalte ich eine SMS.

Habe mein Essen wohl nicht vertragen. Du hattest recht, es geht mir viel besser, seit es draußen ist. Entschuldige bitte, dass ich dich nicht zur Tür gebracht habe, aber es war dringend. Jetzt bin ich schon im Bett. Bis morgen. Gute Nacht, P.

Nun ja, auch eine Art, sich zu erleichtern. Wenn auch nicht so, wie ich es gemeint hatte.

Später im Bett stelle ich mir vor, wie Patrick exakt ein Stockwerk unter mir in seinem liegt, in einem blau gestreiften Pyjama, mit Lesebrille auf der Nase, und mit ernstem Blick in einem seiner Lieblingsbücher blättert. Wie die wohl so heißen?

»Statistische Daten über alles Wichtige und Unwichtige, was in den letzten hundert Jahren passiert ist«?

»Bis auf die dritte Stelle nach dem Komma – Statistik für Nerds«?

»Langweilige Bücher für liebenswerte Menschen mit zu gutem Gedächtnis«?

Oder liest er in seiner Freizeit Thriller? Nein, die sind ihm bestimmt wissenschaftlich zu ungenau. Höchstens welche von Gerichtsmedizinern mit hundert Fußnoten.

Sein Schlafzimmer ist bestimmt ganz in Grau eingerichtet, grauer Teppich, grauer Schrank und an der Wand eine kitschige, goldene Lampe von seiner Tante, die er behalten hat, weil sie einen perfekten Lichtkegel spendet. Und ein Bild mit identisch großen Würfeln, die ein gleichmäßiges Muster ergeben. Oder? Plötzlich will ich unbedingt wissen, ob ich richtigliege.

Gute Besserung, tippe ich. *Sag mal, was liest du momentan?*

Die Kunst der Statistik.

Ha, Volltreffer! Ich bin eben manchmal auch ein Genie.

Das habe ich mir gedacht, tippe ich stolz. *Und ist dein Schlafzimmer grau?*

Wozu willst du das denn bitte wissen?

Ähm, wozu?

Um zu checken, ob ich wirklich eine Telepathin bin.

Bist du nicht. Es ist weiß.

Schade.

Und deine Tagesdecke?

Oder hat er gar keine? Doch, klar hat er eine.

Grau.

Immerhin ein bisschen Grau.

Eine Haubitze ist übrigens ein Geschütz der Artillerie aus dem 19. Jahrhundert, schreibt er. Oh, ich wollte es doch auch googeln.

Schade, ich dachte irgendwie, es wäre ein Vogel. Oder irgendwas anderes Nettes.

Was ist denn etwas anderes Nettes?

Etwas Lustiges. Keine Waffen zumindest.

Verstehe.

Darf ich demnächst vielleicht noch mal in deinem Wohnzimmer ein, zwei Bildchen für meinen Instafeed knipsen?

Von mir aus. Aber geht es diesmal ohne Kristallkugeln und diesen Humbug?

Was? Frechheit! Meine schönen Kugeln … Andererseits sind sie verdammt schwer, und für die paar Minuten …

Ja. Hab eh keine Lust, das wieder hin- und herzuschleppen.

Gut. Wann?

Ich habe dazugelernt, ich weiß, dass ich mit »irgendwann in den nächsten Tagen« nicht durchkomme.

Am Samstag?

Von mir aus. Dann schlaf gut, Josefine.

Du auch. Gute Nacht.

Es ist ein beruhigendes Gefühl, Patrick, der genau unter mir liegt, eine gute Nacht zu wünschen. In seinem grauen, na gut, seinem weißen Zimmer mit nur ein bisschen Grau. Das muss ich gelegentlich mal überprüfen.

Kapitel 15

Welches Thema willst du überhaupt umsetzen?«, fragt mich Patrick am Samstag. Ich sitze krampfhaft lächelnd auf seinem Fensterbrett vor dem offenen Fenster, halte meine Lieblingstasse in der Hand und warte darauf, dass Patrick endlich die Bilder macht.

»Ich in einer ordentlichen Wohnung beim Kaffeetrinken?«, schlage ich vor.

»Das ist doch kein Thema. Was willst du aussagen?«, bohrt mein Nachbar nach.

»Ach du meine Güte. Keine Ahnung! Es ist Sommer, und Josie genießt das Leben? Knips einfach drauflos.«

»Komm, du musst dich schon etwas mehr anstrengen, Fine! Wir sollten das Bild richtig inszenieren. So was will doch durchdacht sein.«

Ich seufze und lasse die Tasse sinken. Es war eindeutig ein Fehler, Patrick um Hilfe beim Fotografieren zu bitten, aber ich habe immer noch kein Stativ und dachte irgendwie, so würde es schneller gehen. Haha, wie blöd von mir.

»Ich sitze einfach hier, schaue raus, freue mich des Lebens und der Sonne, und du achtest darauf, dass ich dabei gut aussehe und man nicht sieht, dass die Tasse leer ist. Und dass die Hose am Bauch spannt. Mach zwanzig Bilder, und ich bewege mich nach links und rechts, da wird schon ein gutes dabei sein.«

»Ich weiß nicht, die Auflösung deiner Handykamera ist nicht besonders gut«, sagt er zweifelnd. »Soll ich nicht doch lieber meine Spiegelreflex holen?«

»Nein! Es soll doch aussehen wie ein Schnappschuss.« Lena hat das besser gemacht.

»Aber wie soll ich hier einen vernünftigen Weißabgleich einstellen?«

»Sollst du gar nicht! Einfach drauflosknipsen.« Mein Lächeln ist schon fast eingefroren.

»Na gut. Aber ich kann dir nicht versprechen, dass das etwas wird«, sagt er missmutig, und ich würde ihn am liebsten schütteln, weil mir das Lächeln mittlerweile dermaßen vergangen ist. Dabei habe ich mich extra nach einem Tutorial geschminkt und mir die Haare schön geföhnt und mich in die unbequeme, süße weiße Caprihose gezwängt, die ich sonst nie trage, weil zu eng. Er nervt mich jetzt schon so lange, dass ich nur noch böse schauen kann.

»Bitte, fang doch einfach an!«, beschwöre ich ihn.

»Okay.« Er macht exakt ein Bild, dann unterbricht er mit den Worten: »Du hast Gegenlicht.«

»Egal, das sieht doch schön aus mit der Sonne.«

»Aber man erkennt dich nicht richtig.«

»Das ist *egal!* Hauptsache, es sieht irgendwie gut aus!«

»Du brauchst mich nicht gleich anzupflaumen.«

Von wegen *gleich*. Ich habe eine Engelsgeduld bewiesen. Aber wenn ich jetzt zu diskutieren beginne, dann war es das, und ich kriege gar kein Bild. Also reiße ich mich zusammen und flöte mit meiner nettesten Stimme: »Bitte lass die Lichtverhältnisse meine Sorge sein. Mach einfach ein paar Bilder von mir, okay? Ich flehe dich an, halte einfach nur auf das Fenster und drück zehnmal auf den Auslöser und sag dabei nichts. Oder erzähl mir einen Witz, dann kann ich vielleicht wieder lachen.«

»Na schön«, sagt er mit einer beleidigten Stimme und knipst los. Automatisch strecke ich die Brust raus und ziehe den Bauch ein und zwinge mich wieder zum Lächeln, was sich mittlerweile nur noch krampfig und falsch anfühlt.

»Es sieht aus, als wolltest du beim Zahnarzt deine Zähne zeigen«, sagt Patrick.

»Du sollst doch nichts mehr kommentieren!«, fauche ich. »Wie soll ich jetzt noch ansatzweise so was wie ein freundliches Gesicht zustande bringen?«

»Schon gut, entschuldige. Pass auf: Sagt der Chef zum Angestellten: ›Können Sie subtrahieren?‹ ›Na klar.‹ ›Prima. Dann ziehen Sie ab.‹«

»Was soll denn das bedeuten?«

Er knipst mein fragendes Gesicht. Sieht sicher wahnsinnig toll aus.

»Du wolltest doch einen Witz hören.«

»Einen witzigen Witz! Der war nicht lustig.«

»Ich finde schon.«

»*Ich* kann dir einen Witz erzählen«, höre ich plötzlich von draußen. Jonas steht mit einem kleinen Rucksack in der Hand auf dem Gehsteig.

»Oh, ja klar, schieß los.« Schlechter als Patricks Witz kann er ja nicht sein.

Jonas macht ein wichtiges Gesicht. »Also. Kommt das Häschen zum Optiker und fragt: ›Brauchst du Brille?‹ Der Optiker erklärt dem Häschen: ›Nein, ich verkaufe Brillen.‹ Am nächsten Tag kommt das Häschen wieder und fragt dasselbe. Das geht eine ganze Woche so weiter. Da platzt dem Optiker der Kragen: ›Hau ab, ich kann dich nicht mehr sehen!‹ Darauf das Häschen: ›Brauchst du doch Brille!‹«

Jonas wiehert los, und ich falle einfach mit ein. Obwohl ich den Witz kenne und er ja eher mittelmäßig ist, aber Jonas guckt so süß, und außerdem will ich Patrick beweisen, dass sogar ein Kindergartenkind lustiger ist als er.

Patrick runzelt nur die Stirn und schießt kein einziges Foto von mir.

»Halt drauf!«, sage ich und deute auf das Handy und lache mühsam weiter.

Schwerfällig lässt er es zweimal klicken. »Und *das* findest du jetzt so lustig?«

»Ja, total! Häschenwitze kommen nie aus der Mode!« Mein Lachen erstirbt, aber Jonas schüttelt sich immer noch vor Vergnügen, als Annabel aus der Haustür gehetzt kommt.

»Josefine, gut, dass du hier bist! Was machst du denn in Patricks Wohnung auf der Fensterbank? Ach, egal. Ich muss ganz dringend los. Könntest du fünf Minuten auf Jonas aufpassen? Sein Vater holt ihn jede Sekunde ab. Danke, bist ein Schatz.«

Weg ist sie, bevor ich ein Wort sagen kann, aber mein Nicken hat ihr offenbar gereicht. »Jonas, wir machen hier gerade Fotos für meinen Instagram-Account. Weißt du, was das ist?«

»Na klar. Mama schaut immer, wie viele Herzchen sie für ihre Fotos kriegt, und wird sauer, wenn Papa Bilder von seiner neuen Freundin postet.«

»Oh, genau. Dann kennst du dich ja aus. Brauchst du gerade irgendwas von mir, oder können wir einfach weitermachen?«

»Macht weiter. Mein Papa holt mich gleich ab.« Sein strahlendes Gesichtchen rührt mich, und ich schaffe es, für die nächsten fünf Bilder ein echtes Lächeln aufzusetzen.

»Willst du dich mal andersrum setzen und vielleicht ein Buch lesen?«, schlägt Patrick vor. Der erste vernünftige Vorschlag von ihm heute.

»Ja, gern. Was hast du denn da?«

»Du kennst meinen Bücherschrank.«

Ja. Alles so peinlich, dass ich mich mit nichts davon ablichten lassen will.

»Ich hab ein Buch dabei, willst du das mal sehen?«, fragt Jonas. Oje, das kann ich nicht ablehnen, auch wenn die Bilder dann sicher für die Katz sind.

»Ja klar, zeig mal her!«

Jonas kramt in seinem Rucksack und gibt mir ein Exemplar des *Kleinen Prinzen.*

»Oh, das geht«, freue ich mich. Damit kann man nichts falsch machen.

»Bist du dir sicher? Saint-Exupéry hat seine Frau grauenvoll behandelt, ich würde kein Buch von ihm anrühren«, sagt Patrick.

Mann, der hat auch immer und an allem was auszusetzen. »Von wegen. Von ihm stammen doch all die wunderbaren Sprüche: Man sieht nur mit dem Herzen gut etc.«

»Ja, er hat viele schöne Sätze geschrieben, aber das waren leere Floskeln. Ich finde ja, es kommt mehr auf die Taten als auf die Worte an.«

Kurz muss ich an Daniels Spruchbildchen denken. »Ich glaube, es reicht für heute. Jonas, willst du kurz reinkommen und was trinken?«

»Nein, ich warte auf Papa.«

Ich schaue auf die Uhr. »Wann sollte er denn hier sein?«

»Wenn der kleine Zeiger so steht und der große so!« Jonas streckt den rechten Arm in die Luft und den linken in einem Neunzig-Grad-Winkel zur Seite.

»Um drei also«, sagt Patrick.

»Genau.«

Es ist schon Viertel nach. »Weißt du die Nummer von deinem Papa auswendig?«, frage ich.

»Sie beginnt mit einer 3«, sagt er.

»Gibst du mir bitte mal mein Handy?«, sage ich zu Patrick.

Ich will Annabel gerade anrufen, als ich drei Nachrichten von ihr empfange, mit allen Nummern von Jonas' Vater Michael.

»Okay, ich rufe ihn mal an«, schlage ich vor. Ich klettere vom Fensterbrett herunter, strecke mich kurz und versuche dabei, den mittlerweile geöffneten Hosenknopf einigermaßen zu verdecken. Dann gehe ich in die Küche. Handy Mailbox, Arbeit Anrufbeantworter, Festnetz nichts. Also muss ich wohl Annabel anrufen. Irgendein Gefühl sagt mir, dass sie ausflippen wird, weil ihr Ex Jonas versetzt hat, und ich starre ihren Kontakt ein paar bange Sekunden lang an, bevor ich mich überwinde, auf *Anrufen* zu drücken. In diesem Moment werde ich von einem eingehenden Anruf unterbrochen und breche meinen Call dankbar ab.

»Ja?«

»Hallo, Schramm, Michael hier, haben Sie mich gerade angerufen?«

»Ja, ich bin Josefine Geiger, die Nachbarin von Annabel.« Ich erkenne Jonas' Vater an der Stimme, die ich beim Abholen von nebenan schon mehrmals gehört habe, und bin froh über seinen Rückruf.

»Es tut mir leid, mein Wagen springt nicht an, und ich warte auf den ADAC.«

»Wo wohnen Sie denn? Kann ich Jonas vielleicht zu Ihnen bringen?«

»Nein, das ist gerade ganz schlecht.« Nuscheln im Hintergrund.

»Ich weiß leider nicht, wann Annabel zurückkommt«, sage ich hilflos.

»Hören Sie, könnten Sie Jonas eventuell noch eine Stunde behalten? Ich hole ihn allerspätestens um fünf ab.«

Das sind fast zwei Stunden, aber ich verkneife es mir, ihn zu korrigieren. »Ja, okay. Meine Nummer haben Sie ja. Was soll ich ihm sagen?«

»Autopanne. Danke.«

Aufgelegt. Entweder hat dieser Typ gerade ein echtes Problem, oder er hat keine Lust, sein Kind abzuholen, das sehnsüchtig am Straßenrand wartet. Das macht mich irgendwie wütend. Ich versuche, ruhig durchzuatmen, bevor ich raus zu Jonas und Patrick gehe.

»Dein Papa schafft es leider nicht pünktlich, er hatte eine Panne. Er holt dich spätestens in zwei Stunden ab. Willst du so lange reinkommen, und wir spielen was?«

»Nein. Ich warte besser hier.«

»Aber Jonas, das kann noch dauern. Es ist doch viel zu heiß hier draußen.«

»Bei dir oben brauche ich viel zu lange, um runterzukommen, wenn es klingelt. Einmal bin ich beim Klingeln auf dem Klo gewesen und hab es nicht gehört, und da ist er wieder weggefahren.«

O Mann. Ich fange an, Aggressionen gegen Michael aufzubauen.

»Willst du vielleicht ein Eis kaufen gehen?«, fragt Patrick.

»Mit dir?« Jonas sieht nicht überzeugt aus.

»Mit mir und Josefine?«

Hinter Jonas' Stirn arbeitet es.

»Wenn es nicht zu lange dauert?«

»Überhaupt nicht lange. Wir holen uns um die Ecke jeder ein Hörnchen, und dann setzen wir uns hier wieder hin. Ich hab sogar Campingstühle im Keller, soll ich die raustragen?«

Jonas nickt zaghaft.

Patrick stellt zwei leichte Klapp-Liegestühle und einen Plastikhocker auf den Gehsteig neben das kleine Beet, das die Parkbuchten unterteilt, und sieht Jonas aufmunternd an.

»Und, wollen wir los?«

Jonas sieht sich suchend um. »Mein Papa könnte jeden Moment hier sein.« Seine Unterlippe zittert.

»Weißt du was? Dann bleibt ihr hier, und ich hole das Eis für uns alle, okay?«, schlägt Patrick vor. »Welche Sorte willst du?« Ich sehe ihn dankbar an.

»Das ist eine gute Idee«, sage ich erleichtert und setze mich in einen der Liegestühle. Überraschend bequem, das kleine Ding.

»Schokolade mit ohne Sahne«, sagt Jonas.

»Pistazie oder Vanille, bitte«, sage ich und lächle Patrick aus vollem Herzen an.

»Alles klar.« Er lächelt zurück, bevor er um die Ecke verschwindet. Noch vor Minuten hätte ich ihn erwürgen können, aber jetzt bin ich ihm mehr als zugetan. Wie einfühlsam er mit Jonas umgeht!

»Du, Josefine, ich hab eine Frage.« Bitte nichts über Michael, den Egoisten, der sich nicht richtig um seinen Sohn kümmern will.

»Was ist denn, Jonas?«

»Kann Patrick denn drei Waffeln tragen?«

Ich schaue Annabels Sohn verdutzt an. »Keine Ahnung.«

»Ich glaube nicht. Meinst du, er muss zweimal gehen? Und bringt er mein Eis als Erstes oder als Letztes mit?«

»Ich weiß es wirklich nicht.« Worüber Kinder sich so den Kopf zerbrechen …

Nach zehn Minuten kommt Patrick zurück. Er hat eine Waffel mit einer Kugel Schokoladeneis in der linken Hand und einen Pappteller mit zwei Eisbechern drauf in der rechten Hand.

»Drei Waffeln konnte ich nicht tragen, aber ich hab um ein extra Hörnchen für dich in deinem Becher gebeten«, sagt er zu mir. Oh, das ist aber lieb.

»Das habe ich mir gedacht, dass du keine drei tragen kannst«, sagt Jonas zufrieden. Da fällt mir etwas ein.

»Sag mal, kann ich dein Eis kurz für ein Bild ausleihen? Ich lecke auch nicht dran, versprochen.«

Jonas sieht mich misstrauisch an. »Na gut.« Widerstrebend reicht er mir seine Waffel, und diesmal ist Patrick auf Zack und knipst ein paar Bilder mit seinem eigenen Handy.

»Jetzt mache ich noch eins mit Jonas für Annabel«, schlägt er vor.

»Dabei will ich aber mein eigenes Eis halten!«, bestimmt Jonas. Also gebe ich die Waffel zurück, und Patrick schießt noch ein paar Bilder von uns beiden. Mein aufwendiges Augen-Make-up hat sich heute wenigstens gelohnt. Dann lehne ich mich zurück, und endlich können wir alle drei unser Eis genießen.

»Jetzt hast du auch ein Thema für Insta«, merkt Patrick an. »Urlaub auf Balkonien. Sieht gut aus, du im Liegestuhl auf dem Gehweg vor dem kleinen Beet.«

»Wohl eher auf Gehwegien!«, korrigiere ich, und er lächelt.

Jonas spinnt Balkonien weiter.

»Gehsteigien, Bordkantien, Bürgersteigien!«, singt er, während Patrick mir die Bilder schickt. Doch ja, die sind wirklich süß. Ich tippe »Urlaub auf Gehsteigien« ein und lade das Bild in meinen Instafeed. #eis, #josieclean, #sommer, #pause, #liegestuhl, #happy.

»Josefine, eine Frage.« Schon klar, dass Jonas nicht mal eine Minute lang sein Mündchen halten kann.

»Ja?«

»Warum wolltest du kein Bild mit deinem eigenen Eisbecher machen?«

»Weil die Waffel besser aussieht als der Becher.«

»Und warum ist das so wichtig?«

Tja. »Es regnet eben mehr Herzchen, wenn es schöner ist«, erkläre ich.

»Und Herzchen sind wichtig für dich?«

»Ja, irgendwie schon. Doch, das ist wichtig für meinen Job.«

»Darf ich auch ein paar Herzchen auf deinem Handy verteilen, Fine?«

»Von mir aus. Aber erst Hände sauber machen.«

Jonas kramt eine Packung Feuchttücher aus seinem Rucksack

und wischt sich die Hände ab. Ich gebe ihm zögerlich mein Smartphone.

»Aber nicht überall Herzchen verteilen. Nur auf Seiten, die was mit Aufräumen und Putzen zu tun haben, sonst verwässerst du die Zielgruppe.«

»Und geht auch was mit Backen?« Er hält mir das Bild von einem perfekten Bienenstich zwischen Blütenblättern hin.

»Na, von mir aus.« Das kann ja nicht schaden. Dann schließe ich die Augen, lehne den Kopf zurück und genieße die Sonne.

»Jetzt kannst du alles sehen, was die Evi in ihrer Küche macht!«, sagt Jonas zufrieden. »Jeden Samstag probiert sie ein neues Kuchenrezept aus. Oh, sie folgt dir schon zurück. Dann sieht sie auch deine tollen Aufräumtricks.«

»Du meinst doch nicht Frau Holler? Unsere Nachbarin?«, frage ich entsetzt und reiße Jonas das Handy weg. Frau Holler balanciert lächelnd in einer geblümten Schürze eine Himbeertorte. Hinter ihr sieht man aus dem Fenster auf unseren Hof.

»Doch, klar! Sie ist manchmal mein Babysitter und hat mich jedes Mal mitbacken lassen. Ich durfte Eier aufschlagen und Zucker abwiegen«, sagt er stolz. »Und nächstes Mal machen wir Schokomuffins.«

Na toll. Jetzt weiß die Tratschtante Nr. 1 unseres Hauses über mein Alter Ego Josie Clean Bescheid. Ich habe schon mindestens drei Zettel mit einer schriftlichen Einladung von ihr ignoriert, die in meinem Briefkasten lagen. In Sonnengelb, mit vier verschiedenen Schriftarten, hundert Emojis und der Aufforderung, ihr meine Handynummer zu schicken, damit sie mich zu der total praktischen WhatsApp-Nachbarschaftsgruppe hinzufügen kann, in der sie Einkaufsdienste, Blumen gießen im Urlaub und Hoffeste organisieren. Und auf ihre Freundschaftsanfrage bei Facebook habe ich auch nicht reagiert. Ich will nicht, dass meine Nachbarin von oben weiß, wann ich im Urlaub bin, und auch an total fetzigen Partys mit Frau Holler, Herrn Dengler aus dem Erdgeschoss und dem Hausmeister samt seinem Neffen Jean-Luc bin ich wenig interessiert. Ich seufze tief auf.

»Schämst du dich für deinen Job, Josefine?«, fragt Jonas treuherzig.

»Nein«, sage ich.

»Sie legt nur Wert auf ihre Privatsphäre«, erklärt Patrick.

»Was ist Privatsphäre?«, fragt der Kleine.

»Ein Ort, an dem einen keiner beobachtet«, sage ich.

»So wie auf dem Klo?«

»Genau.«

»Soll ich der Evi das Herz wieder wegnehmen?«, fragt Jonas. »Ich kann es tun. Ich weiß, wie das geht. Man muss nur noch mal draufklicken.« Er streckt die Hand nach meinem Handy aus, aber ich gebe es ihm nicht noch mal.

»Nee, lass mal. Das wirkt noch komischer. Sie sieht meine Posts ja trotzdem noch, wenn sie mir jetzt folgt. Im Grunde ist es auch egal.« Ist es ja wirklich. Eine Weile lang sitzen wir einfach da und hängen unseren jeweiligen Gedanken nach, dann unterbricht Jonas erneut die Stille.

»Jetzt muss ich Pipi … Darf ich da ins Beet machen?«, fragt er frech.

»Auf keinen Fall!«, sage ich entsetzt. »Du gehst rein auf die Toilette!«

»Aber mein Papa …«

»Er wird schon nicht gerade in dieser einen Minute aufkreuzen«, meint Patrick und nimmt Jonas mit rein. Michael hält genau zehn Sekunden später laut quietschend vor unserem Haus. Schönen Dank auch.

»Was ist denn hier los?«, fragt er anstelle einer Begrüßung mit Blick auf die Stühle.

»Hallo, Ihnen auch einen schönen Tag. Wir sitzen hier, weil

Ihr Sohn sich nicht getraut hat, sich vom Gehsteig wegzubewegen, aus Angst, Sie würden nicht auf ihn warten, falls er nicht bereitsteht«, sage ich vorwurfsvoll.

»Aha, und wo ist er dann jetzt?«

»Auf der Toilette.«

»Na schön. Dann warte ich. Danke fürs Aufpassen.« Er lehnt sich an seinen Wagen. Immerhin hat er Danke gesagt. Ich schaue ihn trotzdem grimmig von meinem Liegestuhl aus an, soll er ruhig merken, was ich von ihm halte.

»Es tut mir leid, das Auto hat wieder gesponnen, und ich musste es zur Vertragswerkstatt bringen lassen, sonst greift die Garantie nicht mehr.«

»Aha.« Ist mir ehrlich gesagt egal.

»Es war keine Absicht. Ich habe Jonas gern bei mir«, redet er weiter.

»Sie müssen sich nicht vor mir rechtfertigen«, sage ich schneidend.

»Offenbar doch, so wie Sie mich ansehen.«

»Ich finde es einfach nicht gut, dass der Kleine so eine Angst hat, Sie könnten nicht auf ihn warten«, sage ich heftig. Dieses Gefühl ist mir schließlich noch sehr vertraut.

»Ein einziges Mal konnte ich nicht warten, da musste ich einen Flug erwischen. Ich wollte Jonas nur auf dem Weg zum Flughafen noch einen Abschiedskuss geben. Ich habe extra einen Umweg mit dem Taxi gemacht, aber Jonas hatte einen Magen-Darm-Infekt oder so was. Ich habe bei laufendem Taxameter hier zehn Minuten lang gewartet, dann musste ich weiter. Die teuerste Taxifahrt meines Lebens.«

»Oh, das wusste ich nicht«, sage ich und hebe immerhin einen meiner grimmigen Mundwinkel etwas höher.

»Woher auch. Ach, da bist du ja, Kumpel.« Michael breitet die Arme weit aus, und Jonas stürzt sich hinein. Okay, sie scheinen sich doch nahe zu sein. Da ist meine Fantasie eventuell ein wenig mit mir durchgegangen von wegen Rabenvater und verlassenes Kind. Aber Jonas liegt mir eben wirklich am Herzen.

Der winkt jetzt fröhlich, Michael bedankt sich noch mal, und dann gehe ich hoch und sehe alle Bilder durch, die Patrick von mir gemacht hat. Entgegen seiner Unkenrufe sind wirklich schöne dabei, sogar mehr, als ich brauche. Ich beschließe, eins davon für morgen aufzuheben, heute habe ich ja schon »Urlaub auf Gehsteigien«, #eis, #josieclean, #sommer, #pause, #liegestuhl, #happy gepostet. Das klingt zwar alles belanglos, aber besser als #vaterversetztkind, #missverständnis #ratschkattel, #babysitter, #indiskret und #hilfemeinenachbarnwissenjetztallesübermich.

Man kann das echte Leben einfach nicht in ein paar Hashtags aufteilen, und selbst wenn, so gehen #meinnachbarhatwirklichüberraschendetalente und #überbordendefantasie niemanden etwas an.

Kapitel 16

Dienstagnacht schickt Frau Karrenbauer mir den Link zur Onlinefassung des Interviews. Sie arbeitet offenbar 24/7, aber gut, wer sich mit neuen Wegen und einem Maximum an Flexibilität und Modernität brüstet, dem bleibt wohl auch kaum etwas anderes übrig.

Die Josie-Clean-Methode: With a little help from my friends
Wie Sie mit Ihrem CHAOSPARTNER endlich Ordnung schaffen

Sich mit Freunden zu verabreden, beispielsweise zum Sport, um den inneren Schweinehund zu überlisten, ist ja nichts Neues. Doch Aufräumcoach Josie Clean hebt diesen simplen Trick auf eine andere Ebene. Sie ruft dazu auf, sich zu sogenannten Aufräumdates zu verabreden. Und entzieht dem Aufräumen und Ausmisten damit die negative Konnotation lästiger Arbeiten.

Klingt gut, klingt gut. Moni Asmussen behauptet, mithilfe der Josie-Clean-Methode könne man seine Beziehungen und sein Umfeld gleichermaßen verbessern. Von außen seien sowohl Schwachpunkte als auch sinnvolle Lösungsmöglichkeiten oftmals leichter zu erkennen. Es folgen ein paar hübsche Beispiele aus der Tierwelt zu erfolgreichen Symbiosen, wie zum Beispiel Putzerfische, die Haie von Parasiten befreien und sich so ernähren. Also kein Verriss, Gott sei Dank. Es folgen weitere Floskeln über meine unglaubliche Ausstrahlung, meine minimalistische

Wohnung und die starke Energie, die meiner Methode innewohnt. Schreiben kann sie offenbar genauso gut wie trinken, die liebe Moni. Sie schließt mit dem Satz: *Spannend wie ein Spiel, herausfordernder als die Ice Bucket Challenge und effektiver als eine Putzfrau: die Josie-Clean-Methode.*

Daneben lächle ich auf einem von Lenas inszenierten Badezimmerbildern so hübsch frisiert und strahlend in die Kamera, noch unterlegt von etwas Photoshop-Weichzeichner, dass ich mich selbst auf den ersten Blick kaum erkennen und mich beinahe für eine der unglaublich glücklichen Influencerinnen halten könnte.

Ich teile den Link zum Interview gleich am Mittwoch früh auf meinen Kanälen und bitte um Unterstützung, und zu meiner Freude gehen nach wenigen Minuten eine Menge schmeichelhafter Kommentare ein, die nicht nur meine Tipps, sondern auch meinen Humor, meinen Stil und mein Aussehen loben. Ich grinse über beide Ohren. So fühlt es sich also an, beliebt und erfolgreich zu sein. Daran könnte ich mich glatt gewöhnen: Josie Clean zu sein, angehimmelt zu werden und in einer geschmackvollen Umgebung zu leben. Ja, das werde ich jetzt angehen, wie sagte Frau Karrenbauer so schön: *Fake it till you make it.* Meine Wohnung soll schöner werden. So schön, wie es einer Ordnungsexpertin gebührt.

Zuerst packe ich endlich Ollis Sachen zusammen, das ist überfällig. Seinen blauen Schlafanzug, einen grauen Pulli und seine teure Augencreme. Die Tube hat mehr gekostet als meine Gesichtscreme und ist noch fast voll. Seine Zahnbürste packe ich nicht ein, das wäre albern. Ich werfe sie also schweren Herzens in den Müll, obwohl es mir einen Stich gibt, als würde ich damit die Tür zu einer Versöhnung endgültig zuschlagen. Als würde ich mit dem Entfernen all seiner Dinge aus meinem Umfeld dem Universum vermitteln, dass Oliver Schmidt für immer aus Josefine Geigers Leben getilgt wird. Was ich eigentlich nicht will. Frau Ewald hat zwar nicht unrecht mit dem, was sie über ihn gesagt hat, aber Olli ist mehr als seine blank geputzten Schuhe und sein glänzendes Auto. Er hat mir die Hand beim Zahnarzt gehalten, als mir die Weisheitszähne gezogen wurden, er hat mich danach heimgebracht, mir Suppen gekocht und Coolpacks gebracht. Er hat eine ganz liebe Seite, die er nur nach außen hin schlecht zeigen kann. Hach ja. Weg mit diesen Gedanken und den Sachen. Es wird höchste Zeit, die loszuwerden.

Am Donnerstag öffne ich voller Adrenalin die Website von *LifeStyleTime*. In meiner Schnörkelschrift – Frechheit! –, aber wenigstens in Dunkelgrün prangt hier die erste Kolumne von Horst Hansen. Wie bitte? Horst? Wer nennt sich denn freiwillig Horst? Horst Hansen ist aber kein sechzigjähriger Jäger in Rente, wie der Name vermuten lässt, sondern ein junger, durchtrainierter Typ mit mörderischem Lächeln. Er hat einen blonden Pferdeschwanz, extrem definierte Muskeln, und sein Lächeln ist auf der Schwelle zwischen hinreißend und beunruhigend. Einen Tick zu viel, wie die süße Judy Garland auf Speed (kein Scherz) in »Der Zauberer von Oz«. Horst benutzt gern Wörter wie keto, inspirieren, null Fett, inspirierend, Dankbarkeit und Inspiration. Okay. Vielleicht stehen ein paar Damen auf seinen Body, aber sprachlich gesehen mache ich mir keine großen Sorgen wegen der Konkurrenz. Der kann mir nicht die Wasserflasche reichen. Bei unseren abendlichen Arbeitstreffen in Patricks Wohnzimmer – ja, mittlerweile darf ich auf dem Sofa lesen! – lobt er mich auch immer häufiger für meine Wortgewandtheit, und einmal haben wir uns sogar praktisch spontan getroffen, nachdem Patrick mir nachmittags wortlos das Emoticon einer Kaffeetasse über FB geschickt hat.

Schwieriger wird es eine Woche später bei der Kolumne von Mindy Minze – mörderisch kochen mit Minuskalorien. Mir stockt kurz der Atem, weil sie wie Lenas doofe Kollegin Agatha aussieht, die sich nicht an ihre Tinder-Zeit erinnern kann, aber sie ist älter und dünner und offenbar einfach nur der gleiche Typ Frau. Leider kommt sie erschreckend gut an. Ihr Witz ist platt, aber ihre Schenkelklopfer werden abgefeiert. *»Herr Ober, ich hätte noch gerne einen grünen Salat.« »Französisch oder italienisch?« »Ist mir doch Wurscht, ich möchte ihn essen und nicht mit ihm plaudern.«* Huhuhuhu. Aua, oje. Und außerdem ist die Community begeistert von ihren Alternativen zur Kohlsuppendiät, lauter Rezepten für Gerichte, von denen man so viel essen kann, wie man will, weil man damit seine Sirtuine weckt. Garnelen mit Chili, Kohlauflauf mit Kurkuma, grüne Smoothies mit Sellerie. Ja, okay, ich kann mir schon vorstellen, dass man da abnimmt, weil man davon nicht mehr als einen Bissen runterkriegt.

Mindy hat nach einem halben Tag fast so viele Likes wie meine erste Kolumne innerhalb von zwei Wochen! Shit, das wird hart. Ich muss mir was einfallen lassen. Meine nächste Kolumne muss noch lustiger werden.

Einen Monat später bin ich immer noch weder reich noch berühmt, aber immerhin habe ich bei den Klicks wieder aufgeholt und mittlerweile knapp über tausend Follower bei Instagram. Ich habe bereits drei weitere Kolumnen eingesendet, obwohl sie nur zwei angefordert haben, aber nach dem Absenden hatte ich immer eine neue, noch bessere Idee, und außerdem kann es ja nicht schaden, Einsatz zu zeigen. Außerdem habe ich meinen Stolz über Bord geworfen und den Link zu *LifeStyleTime* an so ziemlich jeden in meinem Outlook-Adressbuch geschickt und auch auf Instagram, Facebook und Twitter um Likes gebettelt. Was soll's. *The show must go on*, der Job hängt davon ab, und na ja, so macht man das eben heutzutage. Von Mindy Minze sind mittlerweile auch schon drei Kolumnen erschienen, und sie werden leider auch abgefeiert, aber von Horst nur noch eine, und er hat sich schon in seiner zweiten Kolumne so oft wiederholt, dass ich argwöhne, dass er sein Proteinpulver bereits verschossen hat. Außer ein paar neuen oberkörperfreien Bildern wird von ihm vermutlich nicht mehr viel kommen. Daher läuft es wohl auf ein Battle zwischen Fräulein Minze-hat-keine-Kalorien und mir hinaus, und ich will unbedingt gewinnen! *LifeStyleTime* hat mir einen ellenlangen Vertrag zugeschickt, den ich ehrlich gesagt nicht komplett durchgelesen, sondern einfach unterschrieben und zurückgeschickt habe. Schließlich hat mir Frau Karrenbauer ja alles schon erklärt, und da sie die ersten beiden Honorare bereits überwiesen haben, vertraue ich ihnen jetzt einfach mal – auch wenn ich das natürlich vehement abstreiten würde, sollte Patrick mich jemals fragen, ob ich über das Kleingedruckte hinwegblättere.

Herr Mayer hat es nach vier Wochen tatsächlich fertiggebracht, mir ein Arbeitszeugnis zuzusenden, aber ich kann mich nur wenig motivieren, es in eine aussagekräftige und gewinnende Bewerbung für irgendeinen Bürojob einzufügen. Ich will einfach *diesen* Job für mich gewinnen, so, jetzt ist es raus. Ich möchte gern Josie Clean sein, zumindest nach außen. Das Kolumnenschreiben geht mir leicht von der Hand, es macht Spaß und wird auch noch gut bezahlt. Und ich habe echte Fans! Die mich witzig finden und als Vorbild bezeichnen und mich anhimmeln. Obwohl ich fast keinen dieser Menschen persönlich kenne. Muss ich ja auch nicht. Hauptsache, sie schreiben so nette Worte und teilen die Links zu meinen Kolumnen. Einer hat mich sogar um ein Autogramm gebeten.

Mittlerweile verstehe ich auf jeden Fall den Sog, den diese Welt der Herzchen und erhobenen Daumen ausübt, und sogar meine

Bilder für meinen Instagram-Feed werden immer professioneller, finde zumindest ich. Patrick findet vor allem, dass ich langsam mal meine Wohnung so weit aufräumen sollte, damit ich nicht alle paar Tage seine eigene mit neuen Dekoartikeln stürmen muss, um Bilder zu knipsen. Aber da ich ja sowieso zum Arbeiten herkomme, glaube ich ehrlich gesagt, dass ihn meine Fotosessions gar nicht mehr stören, sondern dass er sich über jeden Grund freut, mich ein bisschen ermahnen zu können. So ist er halt. Und oft schickt er mir auch ganz süße Emoticons von Staubwedeln, Besen oder Schwämmen, gefolgt von Kaffeetassen und einem glücklich lächelnden Mädchen mit blondem Pferdeschwanz.

Derweil fiebere ich der Printausgabe vom *LifeStyleTime*-Magazin entgegen, in der am 10. August das Interview mit mir erscheinen soll. Ein Magazin aus Papier in der Hand zu haben ist einfach noch mal etwas ganz anderes als ein Artikel online. Papier ist haptisch, Papier ist real, und man kann einen Artikel ausschneiden, an die Wand pinnen oder jahrelang in einer Kiste aufheben und später mal seinen Kindern und Enkeln zeigen, zusammen mit den eigenen Büchern, die inzwischen natürlich auch erschienen sind, hach. Okay, das ist ein bisschen arg fantasiert, aber ein lobender Artikel über mich an Mamas Kühlschranktür ist denkbar – falls die Farben des Layouts zu Puderrosa und Taubengrau passen, natürlich. Und außerdem interessiert mich brennend, wessen Kolumne im Printmagazin abgedruckt wird.

Am Samstag, dem 10. August, stehe ich also beschwingt auf, putze mir die Zähne und mache erst mal die Kaffeemaschine an. Während sie warmläuft, checke ich wie immer mein Handy, will mich kurz durch meine Social-Media-Kanäle tippen und die neuesten Kommentare und Nachrichten überfliegen. Doch schon bei FB bleibe ich hängen. Ich habe 423 Benachrichtigungen.

Wow! Ist die Printausgabe etwa schon erschienen, einen Tag früher? Werde ich jetzt berühmt?

Ich klicke auf die erste Benachrichtigung und mache mich auf weitere Schmeicheleien und Komplimente gefasst, doch stattdessen springen mir alles andere als charmante Worte in Großbuchstaben entgegen: *FAKE!, BITCH!, BETRÜGERIN!*

Was? Das muss ein Fehler sein.

Mich überfällt Übelkeit, eine Mischung aus Entsetzen, Ungläubigkeit und Scham, aber ich versuche, ruhig zu bleiben, und lese die Kommentare noch mal: *Das ist doch alles FAKE!, Hochstapler-BITCH!, Miese BETRÜGERIN!*

Kein Zweifel, das steht wirklich da. Mein Profil ist überschwemmt von bösen Kommentaren und Schreien.

Go home, loser!

Das nennt man dann wohl die Josie-Fake-Methode!

Unglaublich, wie die Fans hier verarscht werden. Boykottiert Josie McClean!

*F*ck dich, Schlampe. Dich sollte man mal ordentlich bürsten, damit du weißt, wo der Hammer hängt. Und der Staubsauger auch …*

So geht es reihenweise weiter. Reflexartig lege ich das Handy zur Seite und verbeiße mir die Tränen. Was ist denn hier passiert? Gestern war doch noch alles in Ordnung?

Ich nehme meinen Kaffee aus der Maschine und gebe einen Löffel Zucker dazu, wobei ich die Hälfte verschütte. Dann gehe ich mit meiner Tasse und dem Handy zurück ins Wohnzimmer und mache meinen Laptop an. So schlimm es auch ist, ich muss herausfinden, was eigentlich los ist. Und ich brauche ein Gerät, das nicht in meiner Hand zittert. Also fixiere ich den Bildschirm, während der PC hochfährt, und öffne Facebook. Während die Seite lädt, hoffe ich inständig, dass jetzt alles wieder normal ist und ich mir den Shitstorm nur eingebildet habe. Aber sofort springen mir wieder die Großbuchstaben ins Gesicht: *BETRÜGERIN!, SCHLAMPE!*

Ich scrolle hoch und sehe unter dem Link zu Josie Cleans Onlinekolumne ein Foto aus meinem Schlafzimmer. Wie bitte? Mich durchfährt es heiß und kalt. Woher kommt das denn? Es ist der Screenshot einer Instagram-Story von Mr DanSigner vom 2. Juli.

O nein! Da war doch irgendwas, er hatte mich getaggt, genau, und als ich nachschauen wollte, war irgendwas … Aber Daniel kennt doch keine Sau? Zitternd rufe ich sein Instagram-Profil auf. Aus 21 Followern sind 389 geworden.

♥ Im Bett mit @JosieClean – chillen ♥ Ich sehe mich selbst schlafend in meinem Bett, daneben Daniel, der dämlich in die Kamera grinst. Neben dem Bett stapeln sich die Bücher, dahinter sieht man zwei Kartons, aus denen Klamotten quellen, und darüber hängt ein bis an den Rand vollgestopftes Regal. Es sieht aus, wie, na ja, wie es eben bei mir aussieht. Leicht messiemäßig. Chaotisch. Vollgemüllt. Nicht clean, nicht minimalistisch, nicht aufgeräumt und klar und durchdacht, wie Josie Clean es propagiert. Sondern eben Chaos-Finchen in Reinkultur. Und das hat irgendjemand entdeckt, einen Screenshot gemacht und ihn auf seinem Instagram-Kanal »MissGunst deckt auf: Original und Fake« gepostet.

Da hat sich jemand viel Mühe mit einer Collage gegeben. Links sieht man ein Bild aus meinem Schlafzimmer, das Lena geknipst hat und auf dem ich in meinem sehr ordentlichen Bett lächelnd ein Buch lese. (Das ist von Instagram, und vor dieser Session hatte ich einfach alles kurz ins Wohnzimmer geworfen.) Meine Mundwinkel wurden mit Photoshop nach oben verlängert, sodass das Lächeln bedrohlich und falsch wirkt, um meinen Kopf fliegen kleine Lappen und Putzmittelflaschen. Quer über das Bild verläuft eine Art Spruchband mit *FAKE*. Über dem rechten Bild steht *ORIGINAL* im selben Design. Hier sieht man mich mit zerzausten Haaren schlafend in meinem Bett. Daniel ist rausgeschnitten, und die Kontraste wurden verändert und aufgehellt, sodass man wirklich jedes Staubkorn in der Ecke auf meinem Chaosberg erkennen kann. Neben dem Bett auf dem Boden stehen ein paar offene Abfalleimer, aus denen Dreck quillt. Die wurden offenbar auch nachträglich hinzugefügt, ebenso wie die Spinnweben, die sich bei genauem Hinsehen über mein ganzes Bett ausbreiten. Igitt. Von dem Anblick wird mir selbst schlecht. Quer unter der gesamten Collage steht: *Fakefaktor: 8 von 10.* Der Text zu dem Post lautet:

Enthüllungsreport: Beruflich SAUBERFRAU, privat lebt sie im MÜLL! Josie Clean, Vorzeigefrau der Kolumne »Aufräumen mit Josie Clean« predigt tausend Followern tagtäglich, wie sie ihre Wohnungen aufräumen und in Ordnung halten sollen, dabei lebt sie selbst im größten Saustall! Wir decken auf! Enthüllungsbild direkt aus ihrem ekligen Schlafzimmer. Was sagt ihr dazu, Community?

Was die Community dazu sagt, ist ziemlich eindeutig. Josie Clean ist die Schlampe des Jahrhunderts, eine fiese Lügenfrau, die blödeste Fake Bitch seit der Erfindung von Instagram und alles, was in der westlichen Welt schiefläuft. Sie ist geldgeil und von ihrem falschen Image besessen. Sie wird in der Hölle schmoren, ihre Kolumne verlieren und sich nicht mehr auf die Straße trauen. Ihre Eltern werden sich für sie schämen, ihr Freund wird sie verlassen, und sie braucht sich hier NIE wieder blicken zu lassen.

MissGunst hat den Link zu ihrem Kanal freundlicherweise unter DanSigners Bild gepostet, damit auch jeder seiner Follower gleich darauf stößt. Und eine Person namens Schrumpfkuh hat die ganze Debatte auf Facebook verlagert.

*ERWISCHT: Ist das die Josie Clean, die angeblich in einer ach so minimalistischen Wohnung lebt und allen Leuten erzählt, wie sie aufräumen sollen??! *kopfschüttel **

Dazu den Link zu MissGunsts Instagram-Kanal. Und der Link zu diesem Post steht nun, wie könnte es anders sein, als Kommentar auf meiner Josie-Clean-Seite. Gründlich gearbeitet.

Jetzt scrolle ich mich durch Instagram. Mein Kanal hat dreitausend Follower mehr, und unter jedem meiner Bilder hat jemand den Link zu der Collage von MissGunst gepostet, obwohl man ihn gar nicht anklicken kann. Die Kommentare unter meinen Bildern beginnen mit Bestürzung und enden mit lauter Fragen wie: *Wie konntest du nur?* oder: *Wieso hast du das getan?*.

Auf Twitter wird eine Menge Häme ausgeschüttet, die sich dann allerdings in einem Streit unter den Usern verläuft.

Ich werde deine Bücher verbrennen!

Sie hat doch noch gar kein Buch herausgebracht, du Vollsepp!

Ich verbrenne sie trotzdem!

Brenn selber!

Mir brennen die Wangen, und die Augen, und außerdem ist mir noch immer fürchterlich übel. Wie konnte das um Himmels willen passieren? Ich starre noch mal auf Daniels Instagram-Profil. Kenne ich jemanden von seinen Followern? O Scheiße, Agatha Christine natürlich. Wusste ich's doch, dass sie Mindy viel zu ähnlich sieht. Wahrscheinlich ist sie ihre Schwester oder Cousine. »Agatha ist meine Ex und eine ganz liebe Freundin«, hat er auf der Party gesagt. *Fuck*. Agatha hat das gesehen. Und einen Screenshot gemacht. Und ihre Schwester ist meine Konkurrentin, und es kam ihr ganz bestimmt super gelegen, das an diese dämliche MissGunst weiterzugeben, um mich als Konkurrenz auszuschalten.

Und jetzt klingelt mein Handy. Es ist Lena.

»Finchen, das ist ja schrecklich, ich hab es gerade gesehen! Soll ich vorbeikommen?«

»Ja.« Ich spüre, wie mir Tränen an den Wangen herunterlaufen.

»Bis gleich.«

Ich merke, dass ich noch immer mein Nachthemd anhabe, dass mir kalt ist von meinem eigenen Schweiß, und dass ich Durst habe. Ich lasse den Laptop offen und laufe kurz ins Bad, ohne die Tür zu schließen. Fast so, als müsse ich den Bildschirm im Auge behalten. Ich trinke etwas Wasser direkt aus dem Hahn, dann werfe ich mein Nachthemd in den Wäschekorb, dusche schnell und ziehe mich an. Als es klingelt, gehe ich wie in Trance zur Tür und öffne sie. Anstelle von Lena sehe ich Patrick.

»Ja?«

»Fine, kann ich reinkommen?« Ich mache die Tür wortlos weit auf und trete zurück. Egal, was er will, ich habe keine Kraft, mich zu streiten. Auch nicht zum Spaß. Aber er sieht mich nur besorgt an.

»Ich wollte nur mal nach dir sehen. Kann ich irgendwas für dich tun?«

»Nein.«

»Hast du heute schon was gegessen?«

»Nein.« Meine Stimme klingt seltsam fremd, und auch Patrick mustert mich mit wachsender Beunruhigung.

»Ich schau mich mal in der Küche um, was du so dahast. Soll ich dir einen Kaffee machen?«

»Von mir aus.« Ich lasse ihn an mir vorbeigehen. Er kennt sich hier ja aus. Ich bleibe einfach so im Flur stehen, weil ich nicht weiß, wohin mit mir. Sicher kommt Lena gleich, und dann will ich ihr sofort öffnen können.

»Fine, ich glaube, du hast einen Schock. Setz dich lieber hin.«

Patrick nimmt mich beim Arm und führt mich zu meinem Sofa. Dann holt er mir eine Decke und ein Glas Wasser. »Hast du Kreislauftropfen?«

»Nein.« Ich greife nach meinem Handy, das auf dem Tisch liegt, doch Patrick nimmt es mir aus der Hand. »Ich bin gleich wieder da.«

Kurz darauf kommt er mit einem Tablett aus der Küche. Wo hat er das denn gefunden? Er hat mir einen Toast mit Erdnussbutter und einen mit Marmelade gemacht und in gleichmäßige Dreiecke geschnitten. Daneben steht eine Tasse Kaffee und eine gefaltete rosa Geburtstagsserviette.

»Jetzt iss erst mal ein paar Bissen, und trink was.«

Es klingelt. »Ich muss Lena öffnen.« Ich will aufstehen, aber er hält mich zurück.

»Das mache ich schon.«

Ich lasse mich zurücksinken und nehme einen Schluck Kaffee.

Lena kommt hereingestürmt. »So eine vermaledeite Scheiße! Du bist ganz weiß im Gesicht.« Sie umarmt mich fest, dann setzt sie sich neben mich und nimmt sich ein Toasteck. »Darf ich?«

Patrick nickt. »Klar. Willst du auch einen Kaffee?«

»Lieber einen Kräutertee.«

»Das ist ein schönes Wort«, sage ich. »Vermaledeit.«

»Wie ist das denn passiert, Finchen?«

»Daniel. Er hat ein Bild aus meinem Schlafzimmer gepostet.«

»So ein Arsch. Hast du ihn schon zur Rede gestellt?«

»Nein.«

»Warum denn nicht? Gib mir seine Nummer!«

Ich öffne meine Kontakte, suche Daniel Schussler und gebe ihr einfach mein Handy. Dann starre ich auf einen Krümel auf meinem Teppich, während es leise tutet.

»Hallo, Daniel, hier ist Lena, ich bin die Anwältin von Josefine Geiger. Warum hast du dieses Foto von Josefine gepostet? … Das ist mir egal. Hast du sie gefragt, ob du sie fotografieren darfst, während sie schläft? Nein? Schon mal was von Persönlichkeitsrechten gehört? Das ist eine Straftat!«

Ich muss kurz an ihr Selfie mit Steffen im Bett denken. Ich zupfe sie am Ärmel. »Lautsprecher!«

»Ja, ich weiß, dass es längst nicht mehr auf deinem Profil online ist. Das nutzt Fine jetzt aber auch nichts mehr. Das Bild hat sich überall verbreitet ... Doch, das macht sehr wohl etwas aus. Du hast ihre gesamte Karriere zerstört!«

»Lautsprecher. Mach den Lautsprecher an!«, sage ich laut. Endlich hört sie mich und schaltet auf laut.

»Natürlich hat sie eine Karriere! Auch wenn die erst beginnt.«

»Das war keine Absicht. Ich hab sie einfach nur in meiner Story getaggt, wie man das halt so mit Freunden macht«, höre ich Daniels Stimme.

»Man fragt aber vorher, ob man das darf!«

»Ja, stimmt. Sag ihr, dass es mir leidtut.«

»Das kannst du ihr selbst sagen!«

Sie ignoriert mein Kopfschütteln und reicht mir das Handy.

»Hallo«, sage ich leise.

»Tut mir echt leid, Josie, ich hab nicht nachgedacht. Ich fand dich eben süß, wie du so schläfst.«

»Das war privat«, fauche ich. »Du kannst doch nicht einfach ein Bild von mir im Bett posten.«

»Sorry, das sollte ein Kompliment sein!«

»War es aber nicht. Du hättest dir doch denken können, dass das Gift für meine Kolumne ist.«

»Du hast mir kein Wort von dieser Kolumne gesagt.« Jetzt klingt er beleidigt. »Ich habe das erst viel später von Sigrun erfahren und da längst nicht mehr an das Foto gedacht. Du bist ein hübsches Mädel, Josie, das konnte ich doch unmöglich nicht mit der Welt teilen wollen.«

Ich verdrehe die Augen, und Lena gibt pantomimisch vor, sich zu übergeben.

»Soll ich?«, fragt sie, und ich nicke. Sie nimmt mir das Handy aus der Hand und schaltet zurück zur Anwältinnenstimme.

»Das Gespräch ist beendet. Sie werden noch von uns hören! Ciao!«

»Ist dir klar, dass du ihn erst geduzt und dann gesiezt hast?«, fragt Patrick, der gerade mit zwei dampfenden Tassen Tee aus der Küche kommt.

»Na und? Er hört trotzdem noch von mir.«

»Du bist noch gar keine richtige Anwältin, oder?«, fragt Patrick.

»Das weiß er doch nicht! Außerdem kann er auch von mir in meiner Eigenschaft als beste Freundin hören. Da bin ich noch viel böser.« Sie nimmt eine der Tassen und führt sie vorsichtig an ihren Mund. »Danke.«

»Das ist bestimmt noch viel schlimmer«, sagt Patrick ernst.

»Ja, allerdings! Kann ich noch so ein Erdnussbutterdings haben?«

»Nimm! Ich hab eh keinen Hunger«, sage ich.

»Nein, du musst was essen. Ich mach euch noch welche«, sagt Patrick und verschwindet wieder in die Küche. Lena lümmelt sich in die Ecke und zieht die Decke über unsere Beine.

»So, jetzt erzähl mal, wie konnte das alles bloß passieren?«

»Ich hab nicht aufgepasst. Daniel ist wohl meinem alten Instagram-Kanal gefolgt.«

»Den hast du doch eh nie benutzt?«

»Nein, eigentlich nicht.«

»Warum hast du dir dann für Josie Clean keinen völlig neuen Kanal zugelegt?«

»Um die wenigen Follower zu behalten, die ich schon hatte, deshalb. Ich habe ihn einfach in Josie Clean umbenannt, meine alten Bilder gelöscht und keinen Gedanken mehr an die Follower verschwendet.«

»Und Daniel hat dich dort getaggt?«

»Ja, wie man das eben so macht. Er hat sogar mal erwähnt, dass ich mich irgendwo selbst in Josie umbenannt habe«, fällt mir ein.

»Wenn man ein Arsch ist und nicht nachfragt, ob jemand markiert werden will. Oder schlafend fotografiert werden will, in seinem eigenen Bett. Was hat er sich bloß dabei gedacht?«, faucht Lena.

»Offensichtlich überhaupt nichts«, sage ich. Hilft mir jetzt nur leider auch nicht weiter.

»Daniel scheint generell nicht viel zu denken«, sagt Patrick, der einen neuen Teller hereinbringt.

»Ist er eigentlich dein neuer persönlicher Butler?«, will Lena wissen.

Ich stoße sie in die Seite. »Lena, sei nett. Patrick ist eben ein Freund!«

»Ich bin immer nett. Oh, Nutella! Danke, Patrick«, tönt es neben mir aus vollen Backen.

»Erdnussbutter war aus.«

»Setz dich doch zu uns.«

Patrick setzt sich vorsichtig ans Ende des Sofas.

Dann erläutere ich meinen Verdacht im Hinblick auf Mindy und Agatha, und Lena googelt Mindy Minze und lässt Hasstiraden über sie los.

»Wie fühlst du dich, Fine?«, fragt sie irgendwann.

»Furchtbar. Die Leute hassen mich alle.«

»Wir müssen eine Gegendarstellung veröffentlichen«, sagt Lena.

»Was willst du da anders darstellen? Bei mir sieht es doch tatsächlich so aus«, sage ich deprimiert.

»Aber deine Persönlichkeitsrechte wurden verletzt, und du wurdest in den Schmutz gezogen.«

Ich zucke mit den Schultern. »Das interessiert diesen wütenden Mob doch nicht.«

»Das mit Josie Clean war doch nur dein Job. Es ist schließlich nicht verboten, Aufräumtipps zu geben«, stellt Lena fest.

»Aber es ist unmoralisch, sich anders darzustellen, als man ist«, sagt Patrick.

Lena funkelt ihn an. »Das ist nicht hilfreich.«

»Er hat recht. Ich habe ihnen wirklich was vorgemacht«, sage ich leise.

»Deshalb bist du noch lange keine Betrügerin.«

»Wie man es sieht«, sagt Patrick. Lena sieht aus, als würde sie ihm gleich an die Gurgel springen, aber ich bremse sie. Im Moment bin ich froh über Patricks nüchterne, emotionslose Art.

»Lass ihn. Ich will hören, was er denkt.«

»Heute ist es übel. Die Leute lästern über dich und ereifern sich. Du solltest erst mal lieber nicht mehr online gehen.«

»Ich gehe nie wieder online!«, sage ich heftig.

»Aber ich denke, dass es keine totale Katastrophe ist. Schon bald gibt es einen neuen Skandal.«

»Das mit Finchen ist doch kein Skandal!«, widerspricht Lena. Ich liebe sie, aber ihr Beschützerinstinkt hilft mir jetzt echt nicht weiter.

»Es ist wirklich so schlimm, Lena. Beschönigen hilft da nichts.« Patrick nickt, und Lena presst die Lippen zusammen.

»Na gut. Und was machen wir jetzt?«

»Mittagessen?«, schlägt Patrick vor. »Worauf hättest du denn Lust?«

»Weiß nicht. Ich muss noch mal was nachschauen.« Ich greife nach meinem Handy, aber Lena will es mir verwehren.

»Lass sie. Sie muss das jetzt machen«, sagt Patrick.

»Danke.« Ich öffne Instagram. *Die JOSIE-FAKE-METHODE: So bereichert sich die Betrügerin auf Kosten ihrer Fans.*

»Irgendwas mit Kartoffeln vielleicht? Ich hätte grüne Bohnen da«, sagt Patrick. *SCHAMLOS* und *MEDIENGEIL!* Was haben die nur immer mit ihren Großbuchstaben?

»Kartoffeln und Bohnen klingt gut«, sagt Lena.

Finde ich auch. Warm und tröstlich. Wie ein Sonntagsessen bei ganz normalen Leuten, die nichts mit Skandalen zu tun haben. *FAKE-SKANDAL!*

»Ja, gern«, antworte ich. HOCHSTABLERIN! Mir juckt es in den Fingern, den User darauf hinzuweisen, dass man Hochstaplerin mit p schreibt, aber das wäre jetzt wohl nicht angebracht.

»Dann in einer Stunde bei mir?«

»Ja.«

Ich verspüre einen kurzen Stich, als Patrick die Wohnung verlässt, als würde ich einen Anker verlieren. Dabei ist Lena ja noch da.

»Du kannst ruhig weinen«, sagt sie.

»Weiß ich.« Ich würde gern weinen, aber es kommt keine einzige Träne. Ich scrolle von Beschimpfung zu Beschimpfung und nehme alles in mich auf, als müsste ich den Überblick über sämtliche Kommentare behalten.

»Die auf Facebook kannst du alle blockieren.«

»Es sind zu viele.«

Du alandige Drackschnack! Der User hat einen Namen in Schriftzeichen, die ich nicht verstehe. Auf seinem Profil sieht man nur Bilder von der Jagd. Ein Mann, der mit einem Motorrad eine Gazelle jagt. Löwen, die Giraffen jagen. Hunde, die kleinere Hunde jagen. Was ist das für ein Typ, der Dialekt und eine andere Sprache spricht und gern jagen geht? Was will er von mir, was interessiert ihn eine Aufräumtussi mit Retrokartons? Ich tippe auf Blockieren.

Die Zahl meiner bisherigen FB-Freunde geht leicht zurück. Gleichzeitig sucht eine unheimlich große Menge Fremder oder flüchtiger Bekannter plötzlich Kontakt zu mir und schickt mir Freundschaftsanfragen. Was wollen die alle? Ich blockiere jeden, der eine nicht jugendfreie Sprache benutzt. Aus diesen Nachrichten strömt mir so viel Hass entgegen, als würden sie mich am liebsten in eine Jauchegrube stoßen. Mir machen nicht die Formulierungen Angst, sondern die Wut dahinter. Ich fühle mich, als müsste ich in Desinfektionsmittel baden und würde trotzdem nie wieder sauber werden. Aufhören zu lesen kann ich aber trotzdem nicht. *Betrügerin … Schwindlerin … Bitch … Tschau, Kakao, und tschüss, Josie Clean! … Dich müsste man mal so richtig …*

Kapitel 17

Nach dem Mittagessen und zwei Kaffees in Patricks Küche schlägt Lena vor, einen kleinen Spaziergang zu machen.

Wir sind noch im Treppenhaus, als uns der Hausmeister begegnet.

»Ach, Frau Geiger, gut, dass ich Sie treffe. Ich hab die Rechnung von der Tür für Ihre Versicherung dabei.«

»Oh, okay. Stecken Sie die in meinen Briefkasten?«

»Sicher. Und machen Sie sich keine Sorgen. Niemand hier denkt was Schlechtes über Sie.«

»Was meinen Sie damit?«

»Ach, die Evi und ihre WhatsApp-Gruppe ... Die hat da ein paar ganz komische Bildchen rumgeschickt und gesagt, dass wir Sie unterstützen müssen, so wie sich früher die Trümmerfrauen gegenseitig geholfen haben.«

Trümmerfrauen?

»Damals war alles noch viel chaotischer, und das hätten sie auch hingekriegt oder so was.«

»Wir haben es leider ganz furchtbar eilig. Komm jetzt, Fine! Auf Wiedersehen!«, sagt Lena energisch und zieht mich mit sich ins Freie.

Wie betäubt folge ich ihr – und laufe ausgerechnet in Frau Holler hinein, die mit ihrem Rollwagen vom Einkaufen zurückkommt.

»Ach Kindchen, hätten Sie doch was gesagt! Man sieht es Ihnen ja gar nicht an, wie Sie leben. Sie wirken immer so nett und gepflegt, nur ein bisschen verschlossen. Ich hab auch dem Jean-

Luc gesagt, so schlimm kann es gar nicht sein. Josefine hat immer saubere Klamotten an und riecht gut. Leben und leben lassen, das ist meine Devise. Nicht die Nase über andere Leute rümpfen. Und ich kann Ihnen gern helfen, wenn Sie mit dem Haushalt überfordert sind. Ich kann Ihnen meinen Saugwischer leihen. Oder Sie kommen mal abends zu mir, und dann zeige ich Ihnen, wie meine Mutter das früher gemacht hat, nach dem Krieg …«

Ich kann sie nur stumm anstarren.

»Danke sehr, vielen Dank auch!«, sagt Lena und zieht mich weiter zum Kiosk und kauft uns zwei Magnum Mandel, so wie früher in den Sommerferien. Dann bugsiert sie mich auf eine Bank und nestelt mit ihren rosa lackierten Fingernägeln an den Eispackungen herum. Ich möchte einfach nur sterben.

»Iss dein Eis, sonst schmilzt es.« Sie gibt mir ein halb entblößtes Mandeleis in die Hand.

»Ich will nicht.«

»Du isst jetzt dein verdammtes Eis, Finchen!«

Gehorsam lecke ich einmal über die Schokoladenkruste und beiße dann ein kleines Stückchen ab.

»Na also. Du brauchst ein bisschen Zucker.«

»Lena, alle wissen es.« Ich lasse das Eis samt Papier in meinen Schoß sinken. »Es sind nicht nur Fremde im Internet. Jeder, den ich kenne, weiß Bescheid.«

»Nicht jeder.«

»Doch. Frau Holler hat es in ihrer Gruppe geteilt, und da sind alle vom Haus drin, bis auf Patrick und Frau Ewald wahrscheinlich.« Auf dem Papier bildet sich eine kleine Eispfütze, und ich beobachte, wie sie zur tiefsten Stelle läuft und dann auf meine Hose tropft.

»Das wird vorbeigehen. Die Leute ereifern sich eben gern. In ein paar Wochen ist das vergessen.«

»Aber was mache ich bis dahin? Ich kann doch nicht einfach einen Monat vorspulen.« Ich beiße noch ein Stückchen Schokoladenkruste ab, aber mein Magen krampft sich zusammen, und ich habe Mühe, es herunterzuschlucken.

»Du kannst zu mir kommen. Wir machen abends und am Wochenende einen Serienmarathon.«

»Aber du musst arbeiten.«

»Na ja, tagsüber.«

»Du bist jeden Tag acht oder neun Stunden lang weg.«

»Eher zehn«, gibt sie zu.

»Was soll ich so lange machen?«

»Ich weiß es nicht, Finchen, aber das wird sich alles finden. Kopf hoch.«

Dann schweigen wir, Lena isst ihr Eis, und ich werfe meins in den Mülleimer.

Auf dem Rückweg laufen wir an den Briefkästen auch noch Frau Ewald in die Arme.

»Josefine, geben Sie nichts auf das Geschwätz von der Frau Holler, die war schon immer die Ratschkattl Nr. 1 in diesem Haus! Sie sind ein patentes Mädchen, und ein bisschen Unordnung ist kein Weltuntergang. Das kommt schon wieder in Ordnung. Kopf hoch!«

»Okay.« Blind vor Tränen stapfe ich die Treppe hinauf und versuche, nicht laut loszuschluchzen, bevor auch Lena drinnen und die Tür zu ist. Lena sagt nichts mehr davon, dass es nicht so schlimm ist. Sie sagt gar nichts mehr.

»Sogar meine achtzigjährige Nachbarin hat von meiner Blamage gehört!« Lena will mich umarmen, aber ich mache mich los.

»Ich glaube, ich möchte etwas allein sein.«

»Sicher? Sonst ruf an, dann komme ich zurück.«

»Ja.«

Als sie weg ist, tigere ich vor nervöser Energie auf und ab und überlege, womit ich mich beschäftigen soll. Schließlich setze ich mich vor den Laptop und starre wie paralysiert auf die neuen Kommentare. So viel Hass, und alles ist an mich gerichtet. Dass ich einmal so stark im öffentlichen Interesse stehen könnte, hätte ich nie erwartet. Wenn ich mir als Kind mal ausgemalt habe, irgendwann berühmt zu sein, dann doch aus einem schönen Grund! Als Erfinderin eines Medikaments, als Bestsellerautorin, als Schauspielerin am Theater. Nicht als Hochstaplerin, als Betrügerin oder öffentliche Witzfigur.

Hätte ich das, was passiert ist, voraussehen können? An welchem Punkt hätte ich es noch aufhalten können? Ich wünsche mir sehnlichst einen magischen Zeitumkehrer, mit dem ich zwei Monate zurückreisen und Dana Karrenbauers Mail ignorieren könnte. Oder meine dumme Wutrede nicht posten, sondern sie einfach an Olli schicken könnte. Eigentlich war er der Einzige, den ich damit erreichen wollte. Und ausgerechnet ihn habe ich nicht erreicht, dafür Hunderte von Fremden, die mich jetzt zu kennen meinen. Seltsam, wie schnell Olli und ich uns voneinander entfernt haben, nachdem wir drei Jahre lang unser Leben teilten. Und gerade als ich an ihn denke, trifft eine Nachricht von ihm ein.

Liebe Josefine, ich bin bestürzt über das Ausmaß an öffentlicher Demütigung, dem du ausgesetzt bist. Auch wenn wir nicht mehr in einer Paarbeziehung leben und ich mir nicht erklären kann, wie es zu dieser absurden Verwechslung mit einem Ordnungscoach kommen konnte, würde ich dir gern beistehen. Brauchst du einen Anwalt? Ich kann dir einen besorgen. Wir können dieses Magazin verklagen. Melde dich, wenn du Hilfe brauchst. Du kannst auf mich zählen. Beste Grüße, Oliver

Das ist zwar nett von ihm, aber er hat überhaupt keine Ahnung von dem, was bei mir los ist. Er glaubt, ich wäre versehentlich mit einer Aufräumratgeberin verwechselt worden. Ach, Olli. Du hast ja keine Ahnung von meiner kriminellen Energie.

»In einer Paarbeziehung leben«. Ist er immer schon so steif und unpersönlich gewesen? »Beste Grüße«? Dagegen ist ja sogar Patrick ein Ausbund an Herzlichkeit.

»Nimmst du dich nicht etwas zu wichtig?«, fragt Mama am Telefon, als ich ihr von meinem Unglück berichte.

»Ganz sicher nicht. Ich wünschte, es wäre bloß eine Ausgeburt meiner übersteigerten Fantasie. Das wäre mir um einiges lieber als diese Hexenjagd.«

»Ich weiß nicht, Finchen … Ich glaube, du steigerst dich da in etwas rein. Das ist doch alles nur im Internet. Zu meiner Zeit gab es das nicht mal, und wir haben trotzdem spannende Sachen erlebt. Schalt es doch einfach aus, und mach dir einen schönen freien Tag.«

Das sagt sie so einfach. »Was machst du denn heute, Mama?« Kurz hoffe ich, dass sie mich zu sich einlädt und mir mein Lieblingsessen kocht und mich tröstet, so wie früher.

»Ich nehme mir endlich den Keller vor!«, sagt sie enthusiastisch. »Ich will jede einzelne Kiste durchsehen. Willst du mir helfen, wo du doch jetzt offensichtlich ein Profi darin bist?« So viel zu mütterlichem Einfühlungsvermögen und Trost.

Diesen Seitenhieb verzeihe ich ihr nur, weil ich froh bin, dass irgendjemand sich mal diesem schrecklichen Keller widmet, jemand außer mir. Ich habe mich schon immer vor dem Tag gefürchtet, an dem unsere Eltern sterben und Moritz und mir dieses undurchdringliche Labyrinth hinterlassen. Wenn wir uns todesmutig hineinwagen, um aufzuräumen, werden wir bestimmt von umkippenden Regalen erschlagen.

»Nein danke. Ich hab doch gesehen, wie toll du das alles allein hinkriegst«, sage ich düster.

»Wenn es mir zu viel wird, miete ich einen Container und werfe einfach alles rein«, sagt sie leichthin. Aber dieser Gedanke versetzt mich jetzt doch in Panik. Was, wenn sie versehentlich etwas Lebensnotwendiges wegwirft?

»Aber du gehst doch vorher noch mal alles durch und schaust, was du noch brauchst, oder?«, vergewissere ich mich.

»Ja, wahrscheinlich. Aber weißt du, bis auf den Vorratskeller gibt es eigentlich nichts, was wir wirklich noch mal unbedingt *brauchen* werden.«

»Das kann man nie wissen. Was, wenn du ein Werkzeug benötigst, das du aber weggeworfen hast?«

»Papa kauft es dann eh neu, weil er es nicht findet.«

»Und euer Hochzeitsalbum?«

»Das hebe ich auf. Obwohl ich das schönste Bild sowieso gerahmt im Schlafzimmer habe. Finchen, ich muss jetzt auflegen, der Gärtner kommt.«

Stimmt ja, sie will die Blumen rausreißen und alles zubetonieren lassen oder so ähnlich. Wieso versetzt mich der Gedanke daran, alles radikal fortzuwerfen, derartig in Panik? Es sind doch nicht mal meine Sachen. Aber ein Teil von mir bekommt riesige Verlustangst, sobald der Container droht.

Mama ist die Einzige, die überhaupt nicht versteht, was dieser Shitstorm für mich bedeutet. Sonst kommen von meinen Freunden auf diversen Kanälen durchweg nette Nachrichten.

Marie: *Ach Finchen, wie konnte das denn passieren?*

Annabel: *Ich komme um sechs heim und bringe alles für Gin Tonics mit, dann mache ich uns Trostklößchensuppe und Schokoladenpudding. Halte durch!*

Moritz: *Soll ich mir diesen Daniel mal vornehmen?*

Sigrun: *Halb so schlimm, Finchen. Meine Schwester hat mal aus Versehen eine Lästermail an ihre Kollegin an alle Mitarbeiter geschickt, und ihr wurde nicht gekündigt, und dieses Jahr wird sie wahrscheinlich sogar wieder zur Weihnachtsfeier eingeladen. Kopf hoch. Wir stehen hinter dir!*

Bea: *Hast du schon überlegt, ob du nicht doch kommen magst? Ich hab nächste Woche frei und fange dann mit Omis Haus an. LG, Bea*

Wow, sie gibt einfach nicht auf. Bea ist die Einzige, die von all dem Schlamassel nichts mitbekommen zu haben scheint, oder wenn doch, dann erwähnt sie es zumindest freundlicherweise nicht. Sie hat das letzte Mal etwas vor vier Monaten in ihr Profil gepostet.

Ihr ganzes Leben in Haindorf scheint mir wie aus der Zeit gefallen zu sein. Es ist sicher schön, an einem Ort zu sein, an dem sich das Leben offline abspielt. An dem es unwichtig ist, wer wann welches Bild gepostet hat.

Bis vor Kurzem hätte ich meine Energie online wieder aufgetankt, aber jetzt ist das nicht mehr möglich. Wohin soll ich denn flüchten, wenn mir die sozialen Netzwerke nicht mehr zur Verfügung stehen? Ich bin orientierungslos und fühle mich verloren. Wie haben die Menschen in Präinternetzeiten sich in einem solchen Fall verhalten? Ich kann es mir absolut nicht vorstellen. Wenn ich meine Bücher ausgelesen habe, was mache ich dann? Scharade spielen, Hausarbeit, ein Instrument lernen? Ich weiß nicht, was davon mich am meisten langweilen würde.

Plötzlich wird mir klar, dass ich nicht mal einkaufen gehen kann, ohne Gefahr zu laufen, auf die Sache angesprochen zu werden. Warum nur habe ich so oft mit den Nachbarn geredet, mich mit den Menschen in meinem Viertel angefreundet und auch noch zugelassen, dass Jonas mich mit Frau Holler digital vernetzt? Hätte ich mich still und anonym von Haustür zu Supermarkt bewegt und wieder zurück, dann könnte ich weiterhin erhobenen Hauptes durchs Treppenhaus gehen. Von wegen soziale Interaktionen bringen Vorteile. Ich muss googeln, ob es einen Supermarkt mit Lieferdienst in meiner Nähe gibt.

Ich träume mich an einen Ort, an dem niemand etwas von meiner Blamage weiß. An dem ich sicher bin.

Vielleicht sollte ich einfach die Gelegenheit ergreifen und nach Haindorf fahren?

Meine Sachen packen und von hier verschwinden, offline gehen und mich an einen Ort begeben, den keiner kennt? In einem Roman würde die Heldin an den Ort ihrer Vergangenheit reisen, dort die Wurzel allen Übels aufdecken und den Mann ihrer Träume treffen. Ich bin leider keine Heldin in einer romantischen Komödie, sonst hätte ich die Gewissheit, dass ich mich nur an einem Tiefpunkt befinde und dass alles gut enden wird.

Ich habe die Möglichkeit, zu meinen Eltern in ein leeres Haus zu gehen und mich in meinem ausgeräumten Kinderzimmer zu verstecken, während Mama weiterhin alle Erinnerungen an unsere Kindheit wegwirft. Grauenhaft. Ich könnte zu Lena gehen und auf ihrem Sofa schlafen, auf dem ich schon nach einer Nacht Rückenschmerzen bekomme. Serien schauen und Wein trinken und heulen und versuchen, offline zu bleiben, bis sich die ganze Sache in Luft auflöst – was sie nicht tun wird. Zusehen, wie Lena mich zu hassen beginnt, weil ich sie von ihrem Privatleben abhalte.

Auch nicht gut. Was bleibt mir sonst noch übrig?

Auf nach Haindorf. Nach weiterem Abwägen scheint es mir die einzige verbliebene Option überhaupt zu sein.

Ich tippe eine SMS.

Hi, Bea, ja, ich hab's mir überlegt, und ich würde gern kommen. Wann passt es dir denn? Wäre heute Abend zu früh? LG, Josefine

Wahnsinn, ich freue mich! Schreib, wann du ankommst, dann holen wir dich vom Zug ab! Beatrice

Wow. Das war eindeutig. Sie will wirklich, dass ich komme. Ich bin mir aber noch gar nicht sicher, ob das die richtige Entscheidung ist. Soll ich lieber schnell wieder absagen? Doch in diesem Moment höre ich Evi Holler im Hausflur laut auf jemanden einreden. Nein, ich muss hier weg. Etwas Besseres als Haindorf habe ich nun mal nicht. Na gut, dann werde ich jetzt packen.

Ich zerre meinen Rollkoffer aus dem Schrank, lege ihn geöffnet aufs Bett und schichte Unterwäsche auf Socken, T-Shirts auf Pullover und Sommerkleidchen dazwischen. Zwei Strumpfhosen, falls es abends kühler wird, zwei Nachthemden, notfalls kann ich sicher waschen. Wie lange ich dortbleiben werde, weiß ich nicht genau, aber eigentlich unterscheidet sich ein Koffer für drei Tage nicht sehr von einem für drei Wochen. Kosmetikgedöns, drei Paar Schuhe, vier Bücher, eine Jacke. Was noch? Meine Ladegeräte. Dass ich den Geldbeutel mit meinem Pass griffbereit habe, weiß ich, seit ich die Handtascheninnenaufteilung benutze. Ich checke trotzdem noch mal all meine Karten, Bankkarte, Gesundheitskarte etc. Ja, alles ist da. Hausschlüssel, Handy.

Wem muss ich Bescheid geben? Eigentlich nur Patrick, und dann Annabel schreiben, dass ich heute Abend nicht mit ihr essen werde. Sie soll sich aus meinem Kühlschrank alles nehmen, was sie möchte. Und ich bitte sie, meine fünf Pflanzen zu gießen. Meinen Ersatzschlüssel hat sie ja.

Allen anderen kann ich vom Zug aus schreiben. Wenn ich mich sehr beeile, dann erwische ich den um halb fünf noch. Die plötzliche Eile versetzt mir einen kleinen Adrenalinkick. Ich rufe mir sicherheitshalber ein Taxi, schnappe meine Sachen, schlinge noch ein Seidentuch um den Hals, grapsche nach der Sonnenbrille und schließe dann meine Wohnungstür zweimal ab. Beim Runtergehen überfällt mich der Impuls, mich persönlich von Patrick zu verabschieden. Weil das Taxi gleich kommt, hämmere ich an die Tür. Zum Glück öffnet er sofort.

»Hey, Fine, warum so ungestüm?«

»Hast du meine SMS nicht gelesen? Ich fahre weg«, sage ich atemlos.

»Nein. Wohin denn?«

»Zu meiner Cousine. Nach Bayern. In so ein Dorf.« Aus irgendeinem Grund will ich den genauen Ort für mich behalten.

»Oh. Und für wie lange?«

»Weiß ich noch nicht.«

»Verstehe.« Er sieht enttäuscht aus. Wahrscheinlich macht er sich Sorgen um seine Doktorarbeit.

»Tut mir leid wegen deiner Arbeit, aber ich muss hier weg.«

»Ist schon okay, wir haben ja gut aufgeholt. Ich glaube, du brauchst dringend etwas Abstand zu deinem Leben hier.«

»Ja, den brauche ich wirklich.« Wir sehen uns zögerlich an. Ich habe den Impuls, ihn zu umarmen, aber kann ich das machen? Ich bin spät dran. Ich habe nicht die Zeit, langsam auszuloten, ob sich das körperlich richtig anfühlt, wenn ich ihm so nahe komme, vor allem für ihn. Ich wünschte, er würde mich einfach kurz drücken …

Da beugt er sich ein wenig nach vorn, eine Sekunde lang stehen wir sehr nahe voreinander, dann legt er seine Arme um mich. Er ist warm und duftet leicht nach etwas, das mich an Sommerregen auf frischem Gras erinnert. Angenehm, vertraut, sicher. Im nächsten Moment mache ich mich los, denn das Taxi fährt vor.

»Tschüss. Ich schreibe dir, wenn ich zurückkomme.«

»Mach das. Und pass auf dich auf.« Ich schiebe den Riemen der Handtasche auf meine Schulter, greife nach dem Rollkoffer und wende mich zur Haustür.

»Und, Josefine?«

»Ja?« Ich bleibe stehen und bin plötzlich nervös. Will er mir doch noch etwas Persönliches sagen?

»Ich übernehme dann so lange das Putzen im Treppenhaus für dich.«

»Oh, richtig, das hab ich ganz vergessen. Danke.« So viel zu etwas Wichtigem. Jetzt aber schnell, der Taxifahrer hupt schon. Patrick beugt sich aus dem Fenster und winkt mir, als wir abfahren. Vor ein paar Wochen hätte ich das noch als nerviges Beobachten empfunden, jetzt rührt mich seine Anteilnahme an meinem Leben.

Kapitel 18

Ich bin schneller am Bahnhof als erwartet und habe noch Zeit, um mir eine Butterbrezel und ein Wasser zu kaufen. Dann mache ich einen Schlenker durch die Bahnhofsbuchhandlung und erstehe noch zwei Romane. Schließlich brauche ich etwas zu tun, wenn ich mein Handy nicht mehr anfassen will. Außerdem haben mich Bücher schon immer getröstet. Und wer weiß, wie viele Bücher die in Haindorf so haben. Blödsinn, der Ort ist ja nicht von der Welt abgeschnitten, auch wenn es mir so vorkommt, als würde ich mich in eine Blase außerhalb der Zeit begeben.

Dann hetze ich zum Gleis, steige keuchend ein und ergattere glücklicherweise auch ohne Reservierung noch einen Sitzplatz, sogar am Fenster. Geschafft. Jetzt tippe ich *Hey, bin auf dem Weg zu meiner Cousine* an Lena. Obwohl ich nur WhatsApp ansehen wollte, ploppen x Benachrichtigungen auf.

Mo schreibt: *Ein Shitstorm ist Dünger für eine welkende Karriere. Also lass ihn wirken, und freu dich über deine Berühmtheit.*

Als ob etwas welken könnte, das noch nicht mal voll erblüht ist.

Patrick: *Gib Bescheid, wenn du gut angekommen bist.*

Daniel: *Hey, Josie, immer noch beleidigt? Bock, dich zu treffen und noch mal über alles zu reden? Kiss, Dan*

Ich hasse jeden einzelnen Buchstaben, den er mir schickt. Am besten ignoriere und blockiere ich ihn auf immer und ewig.

Lena: *Du fährst zu Bea?? Wieso denn das? Bitte um Details!*

Ich klicke nur einmal kurz auf Facebook und lese: *menschen wie Sie sollten gar nicht leben dürfen auf der erde, wir haben sowiso ein platzmangeporblem.*

Und jetzt klingelt das Handy auch noch. Shit, wer ist das? Eine unbekannte Nummer aus München, oh, ich glaube, das ist Frau Karrenbauer. Ich habe zu viel Angst, ranzugehen, und lasse sie auf die Mailbox sprechen. Ich vermute mal, dass sie entsetzt ist und mich hochkant rauswirft und meine letzte Probekolumne nicht mehr herausbringt, aber noch mehr Ablehnung und Enttäuschung kann ich mir im Moment nicht zumuten.

Okay, so wird das nichts mit der Onlinepause. Wenn ich wirklich Abstand gewinnen will, muss ich meine mobilen Daten ausschalten. Das wird hart.

Ich tippe: *Ich gehe erst mal offline*, kopiere es und schicke es an all meine Freunde. Und dann also die Verbindung deaktivieren.

So, und nun? Ich öffne das erste Buch, das ich mir gekauft habe, aber ich kann mich nicht darauf konzentrieren. Auf das zweite auch nicht, und die anderen will ich nicht aus dem Koffer herauskramen, die liegen ganz unten. Was soll ich jetzt machen? Aus dem Fenster sehen? Wiesen, Autos, Wiesen. Eigentlich hätte ich endlich mal meine Ruhe. Aber in meinem Kopf kreisen meine Gedanken weiter. Was hat Dana Karrenbauer wohl gesagt? Wie sieht Bea jetzt aus? Werde ich sie überhaupt erkennen? Und wie viele neue Kommentare gibt es im Netz über mich?

Ich lehne mich zurück und schließe die Augen. Atme tief ein und aus. Schon besser. Ich muss versuchen, mich zu entspannen. Wie macht man das noch mal? Ich könnte danach googeln, ach halt. Geht ja nicht. Mein Handy fehlt mir wirklich sehr. Ich schaue auf die Uhr. Ich bin seit drei Minuten offline. Oje. Das wird eine lange Zugfahrt.

Tatsächlich kehrt aber nach einer halben Stunde, in der ich mich zwinge, einfach nur einen Baum nach dem anderen zu zählen, ein wenig Ruhe in meine Gedanken ein, und zum ersten Mal, seit ich so überstürzt aus meinem Chaosleben geflüchtet bin, denke ich an den Ort, zu dem ich jetzt unterwegs bin. Zum ersten Mal seit Jahren.

Wenn ich versuche, mir Haindorf vorzustellen, kommt es mir wie die Essenz meiner glücklichen Kindertage vor. Omis wunderschönes Haus mit dem Atelier und den Mosaiken, in dem wir alle Ferien verbrachten. Tante Marions kleines, gemütliches Häuschen in Laufnähe mit dem gemauerten Kamin, auf den wir Kinder so gern kletterten, um uns die Beine und den Po auf den warmen Kacheln zu wärmen. Die Bauernhöfe, der Bäcker, der eine unvergleichliche Stachelbeer-Baiser-Torte backte, der Getränkemarkt, in dem wir stolz unser Kinderbier – Malzbier – kauften, und das Flüsschen mit der Brücke am Ortseingang. Die Felder hinter Omis Haus und die Fliederbüsche, die den Weg dorthin säumten, und der nahe gelegene Waldfriedhof. Bea hat uns immer die Luft anhalten lassen, wenn wir am Friedhof vorbeigingen, als wäre der Tod ansteckend, und wir könnten uns mit einem Trick davor schützen. Es hat Jahre gedauert, bis ich diesem Reflex nicht mehr nachgegeben habe. Damals haben Mo und ich alles gemacht, was sie uns gesagt hat, wir waren beafiziert. Sie war unsere Heldin. Aber das war okay, denn hier war ich jemand. Ich war die Enkelin von Omi Emmelyne, der beliebten Künstlerin, die große Schwester von Moritz, die zukünftige Schriftstellerin, die wie ihre Großmutter zeichnete und schrieb. Und wenn Omi uns Spukgeschichten erzählte, hielt ich Beas Hand, um sie zu beschützen, obwohl sie ein Jahr älter und sonst stets die Mutigere war.

In meinem Kopf ist Haindorf das Paradies, aber jenes, aus dem man verbannt worden ist. Denn nach meinem Streit mit Bea hat Papa uns mitgenommen, und wir sind nie wieder hingefahren. Nie wieder, bis Omi gestorben ist. Und die Beerdigung dann ohne Papa. Ich hab mir jahrelang den Kopf zerbrochen, was ich falsch gemacht habe, aber mein Vater ist allen Fragen ausgewichen, und ich bin nie darauf gekommen. Und Bea und ich haben nie wieder miteinander gesprochen – bis zu ihrem Anruf.

Bea und ich, wir haben uns so lange nicht gesehen, dass ich sie überhaupt nicht mehr kenne. Ich kenne ihre Kinderpersönlichkeit, ich weiß, wie schnell sich ihre Beine im Sommer bräunen, wie sie im Schlaf atmet, dass sie fünf Portionen Karamellpudding mit Sahne essen konnte, ohne dass ihr schlecht wurde. Aber ich weiß nichts über sie als erwachsene Frau, bis auf die wenigen Dinge, die sie online preisgegeben hat. Sie hat einen schwerfällig wirkenden, dunkelhaarigen Ehemann und ein kleines Kind, das wie ein Kind auf einer Postkarte von vor hundert Jahren aussieht, kein modernes. Eines, das niemals ein Baby war, sondern als kleiner Junge mit wachen Augen und einem Charaktergesicht zur Welt gekommen ist. Auf den wenigen Bildern sieht er niedlich, aber auch etwas deplatziert aus, und ich frage mich, wie er in die reale Welt von heute passt.

Je näher der Zug Haindorf kommt, desto nervöser werde ich. Was mache ich hier eigentlich? Fahre in einen Ort, den ich nie wieder betreten wollte, um eine Frau zu treffen, die ich nie wiedersehen wollte. Warum tue ich mir das an? Aus dem kurzen Hochgefühl, dem Wink des Schicksals gefolgt zu sein, wird plötzlich nackte Panik, genau das Falsche zu tun. Bin ich von dem Shitstorm nicht schon genug aufgerieben und innerlich wund?

Reichen mir der Schock und die Demütigungen nicht? Warum will ich weitere Wunden aufreißen und alte Schmerzen noch einmal durchleben? Bin ich so masochistisch veranlagt?

Die restliche Fahrt über steigere ich mich immer weiter in diverse Horrorszenarien hinein, und mit dem kurzen Moment der inneren Ruhe ist es auch schon wieder vorbei. Als der Zug schließlich stoppt, stehe ich mit nassgeschwitztem Pulli zitternd an der Tür und halte mich krampfhaft an meinem Rollkoffer fest. Der Zug hält ruckelnd, ich bekomme einen kleinen Stoß von einem ungeduldigen Mitreisenden, und dann taumele ich die Stufen hinab auf den Bahnsteig.

Und werde von Bea aufgefangen.

»Mein Gott, Finchen! Es ist so gut, dich zu sehen!« Warme Arme umfangen mich, sie drückt mich an ihren Hals, und ihr vertrauter Duft haut mich beinahe um. Anstatt hier zu straucheln, werde ich aufgefangen. Sie sieht genauso aus wie früher, nur mit ein paar Silberfäden in den rotblonden Haaren.

»Das ist Karl.« Ein sehr freundlich lächelnder Mann begrüßt mich und greift ganz selbstverständlich nach meinem Koffer. Er lächelt ein wenig wie Opa, nicht nur mit dem Mund, auch mit den Augen.

Bea hakt mich unter und führt mich zu einem alten VW-Bus. »Den habe ich noch von Mutter übernommen. Lange macht er's nicht mehr, aber bis zum nächsten TÜV hält er hoffentlich noch durch.«

Bevor wir losfahren, drückt sie mir den Deckel einer Thermoskanne in die Hand und gießt mir warmen Kakao ein. Stimmt, ihre Mutter war auch so praktisch veranlagt und hatte stets eine Thermoskanne dabei.

»Willy schläft schon, ihn lernst du erst morgen kennen. Ich hab dir das Rosenzimmer vorbereitet.« Ach ja, das Rosenzimmer.

Als ich aus dem Auto steige, verschlägt es mir fast den Atem. Das Haus ist genauso, wie ich es in Erinnerung habe. Die Steine auf dem Hof, die Sträucher und Büsche. Als wäre ich erst letzte Woche hier gewesen. Zögerlich mache ich die ersten Schritte über den Kies und schließlich die kleine Holztreppe hinauf. Meine Füße erinnern sich unwillkürlich an die lose Stufe, die Unebenheiten der Holzstufen und die hohe, steinerne Schwelle.

Das Esszimmer ist im Gegensatz zu früher bunt gestrichen. Bea richtet rasch eine späte Brotzeit mit Bauernbrot, Käse und Gürkchen an dem alten, runden Holztisch her, aber schon beim Essen befällt mich eine bleierne Müdigkeit.

»Du siehst müde aus. Willst du ins Bett, Finchen?«

»Ja.«

»Dann komm mit.«

Ich muss nichts erklären, keinen Small Talk machen, keine Fragen beantworten. Bea öffnet die Tür zum Rosenzimmer, reicht mir Handtücher und eine Wärmflasche, und ich taumele ins frisch bezogene Bett. Hier bin ich weit weg von dem Shitstorm-Chaos, keine Erwachsene, die Verantwortung übernehmen muss. Ich drücke einfach auf die Pausentaste, fährt mir durch den Kopf, bevor ich einschlafe.

Ich wache auf und bin glücklich. Das Bett ist nicht meins, aber es fühlt sich vertraut an. Mein Blick fällt auf das Fenster. Durch den halb geöffneten Rollladen kommt ein Sonnenstrahl herein, und ich sehe die Blätter am Baum vor dem Fenster. Hier habe ich schon hundertmal gelegen und den raschelnden Blättern gelauscht. Es ist schön hier. Beruhigend, heimelig. Gleich holt uns Tante Marion zum Frühstück, und es gibt Pfannkuchen mit Ahornsirup und Blaubeeren. Danach muss ich nicht zur Schule, sondern wir werden unser Baumhaus am Waldrand weiterbauen, Moritz, Bea und ich. Ob ich es heute endlich schaffe, die

Strickleiter bis ganz oben hochzuklettern, wie meine mutige Cousine?

Ich lächle und strecke mich. Nur noch eine Minute die Augen schließen, bevor ich aufstehen muss und der schöne Traum verblasst.

Gestern konnte ich nicht klar denken. Gestern war ich gewissermaßen im Auge des Sturms und wollte nur weg und an den Ort, zu dem ich als Kind schon geflüchtet bin. Aber hier gibt es keine Omi mehr, die mich tröstet und beschützt, keine Tante Marion, die versteht, wie unglücklich ich bin, keinen Opa, der mir eine Karriere als Schriftstellerin prophezeit. Und je mehr Tageslicht hereinkommt, desto deutlicher zeigt auch das Zimmer, wie viel Zeit vergangen ist. Die schöne Blumenwand hat einige Risse bekommen. Mir ist klar, dass man nicht einfach über ein Wandgemälde streichen kann, aber die Wände sehen trotzdem übel aus, heruntergekommen und bröckelig. Es ist genauso marode wie Beas und meine Beziehung.

Ich tappe mit frischen Klamotten überm Arm und meinem Kulturbeutel in der Hand barfuß ins Bad und bin froh, niemandem zu begegnen. Geduscht und angezogen stehe ich vor dem alten Spiegel mit dem Sprung und föhne mir die Haare. Dann schminke ich mich sorgfältiger als sonst.

Und jetzt? Ich gehe zurück in mein Zimmer und mache das Bett. Dann räume ich meinen Koffer aus und schichte meine Sachen ordentlich aufeinander, viel ordentlicher als zu Hause.

Irgendwann muss ich runter, ich kann nicht ewig hier oben bleiben. Aber wie soll ich mich verhalten? Ich gehe noch mal auf die Toilette, trinke einen Schluck Wasser und kämme mir die Haare erneut. Dann bleibt mir nichts anderes übrig, als nach unten zu gehen. Zögerlich öffne ich die Küchentür und werde beinahe sofort von einem winzigen, kläffenden Bündel angefallen.

»Kusch, Elli! Dummes Vieh, das ist Josefine, sie gehört zu den Guten.« Karl scheucht das wütende Fellknäuel hinaus. »Sorry, sie hält jeden Fremden für einen Einbrecher. Guten Morgen erst mal. Kaffee?«

»Ja, bitte.« Ich habe mich instinktiv auf die Küchenbank vor dem Kamin geflüchtet und die Beine hochgezogen.

»Mit Milch und Zucker?« Karl stellt einen dampfenden Becher aus Ton vor mich hin, den ich noch von früher kenne. Dann schiebt er mir die blecherne Milchkanne hin und schneidet den Rest Bauernbrot von gestern auf.

»Hier, die Milch ist ganz frisch, habe ich vorhin geholt.«

Ich lupfe den Deckel und schnuppere daran in Erwartung puren Bilderbuch-Milchgeruchs, aber igitt, die Kanne riecht ranzig.

»Ähm, hättest du eventuell auch eine Milch vom Supermarkt?«

»Bea hat zur Sicherheit immer eine Packung H-Milch in der Kammer. Warte, ich hole sie.« Hält er mich jetzt für eine verwöhnte Stadtzicke?

»Ich mach das, ich weiß, wo die Kammer ist«, höre ich mich sagen und springe auf. Diese Speisekammer, in der wir vor Jahren Kekse geklaut und die Finger in den Pudding gestippt haben, würde ich im Tiefschlaf finden. Danach haben wir versucht, wie Jeannie mit Nicken und Blinzeln unsere Spuren einfach wegzuzaubern, aber das hat nicht funktioniert, und wir bekamen mächtig Ärger mit Tante Marion.

Die Kammer ist genauso muffig wie immer, aber die Fülle der gelagerten Lebensmittel ist wie damals überwältigend. Nach kurzem Suchen ziehe ich das H-Milchpäckchen heraus und schließe die hölzerne Tür wieder.

Karl setzt sich zu mir an den Tisch und trinkt seinen Kaffee mit einem Schuss der frischen Milch. Als Kind habe ich die gemocht, doch jetzt ekle ich mich vor der Milchkanne. Aber die selbst gekochte Aprikosenmarmelade ist himmlisch auf dem dunklen Brot mit der Kruste.

»Du stehst also mehr auf pasteurisiert, homogenisiert und ultrahocherhitzt?«, fragt Beas Mann und schmunzelt.

»Irgendwie schon«, räume ich ein.

»Möchtest du den WLAN-Code?«, bietet er an.

Ich muss mich zusammenreißen. »Nein danke. Ich mache momentan *digital detox*.«

»Aha. Und hast du gut geschlafen?«

Tja, so schnell gehen uns die Themen aus. »Ja danke. Wie ein Stein. Wie ein Baby.«

Zum Glück öffnet Bea in diesem Moment die Tür und poltert herein, den Arm voller Blumen und frisch gepflückter Schoten.

»Finchen, halt mal kurz!« Sie drückt mir den Strauß Wiesenblumen in die Hand und lässt den Berg grüner Schoten auf den Tisch fallen.

»Bea, wir frühstücken hier gerade!«, sagt Karl vorwurfsvoll.

»Sorry, ich konnte sie ja schlecht auf den Boden werfen. Die müssen gleich gepult werden. Finchen, kannst du das?«

»Ähm, keine Ahnung. Wie pult man denn Bohnen?«

»Das sind Erbsen, das kann jeder. Ich hol mal den Rest aus dem Wagen.« Und weg ist sie.

»Ich helfe dir, Wirbelwind!« Karl geht ihr lächelnd hinterher. Er scheint ihre Quirligkeit zu mögen, da hat sie Glück. Kurz darauf bringen sie weitere Lebensmittel herein, Pflaumen, Lauch und rote Zwiebeln, kleine erdige Kartoffeln und einen Hefezopf, und breiten sie auf dem Tisch aus, wobei Bea kurzerhand das Geschirr mit dem Ellbogen zur Seite schiebt.

»Warst du auf dem Bauernmarkt?«, frage ich.

»Nein, das ist von unseren Nachbarn, hab ich abgestaubt.«

Ich stelle das Geschirr sicherheitshalber in die Spüle und verstaue den letzten Brotkanten im Brotkasten. Kurz darauf sitzen wir plaudernd und lachend am offenen Fenster und pulen gemeinsam Erbsen aus den Schoten. Es ist leicht – man muss nur die Naht aufbrechen und die Erbsen mit dem Finger von hinten nach vorn hinausschieben –, genauso leicht, wie unsere Unterhaltung fließt. Ich höre mir selbst zu, wie ich Anekdoten aus der Redaktion zum Besten gebe, und freue mich über Beas helles Lachen, das ich so lange nicht gehört habe.

Ich will gar nicht so tun, als wäre alles okay zwischen uns, aber es fühlt sich einfach so natürlich an, so echt und richtig. Unsere Beziehung ist noch vorhanden, der Streit hat sie nicht zerstört. Es ist so angenehm, an diesem Sommertag mit meiner Cousine am Fenster zu sitzen und eine glatte, feste Erbse nach der anderen aus der Schote zu drücken. Sie purzeln in die metallene Schüssel, und das Plopp-plopp-plopp untermalt das Singen der Vögel im Garten, ein zeitloser Klang. Es ist, als hätten wir den Tag mit unserem Streit einfach gelöscht und am nächsten blühenden Sommertag wieder angeknüpft. Auch wenn inzwischen dreizehn Jahre vergangen sind.

Karl bringt uns im Vorbeigehen eine frische Kanne Kaffee und sagt: »Gleich ist der schöne Frieden vorbei, wenn ich Willy bei meiner Mutter abhole.«

»Nimmst du Elli mit?«

Wen? Ach, das kläffende Minimonster.

»Klar, dann kommt sie raus und beruhigt sich vielleicht.«

»Elli ist leider psychisch gestört«, sagt Bea. »Also so richtig, sie hat echt einen Schlag. Sie ist vom Vorbesitzer schlecht behandelt worden, und deshalb misstraut sie erst mal jedem. Zu Willy ist sie aber sanft wie ein Lamm.«

Der kleine Hund tut mir leid, ich bin aber trotzdem froh, dass er nicht mit uns im Zimmer ist.

»Ich bin so gespannt auf meinen Neffen! Oder sagt man Großcousin?«

»Ist doch egal, du bist Tante Josefine.«

Tante Josefine, das klingt gut.

»Er ist noch viel gespannter auf dich.«

Zehn Minuten später höre ich die Haustür ins Schloss fallen, und ein hübscher, dunkelhaariger Junge fegt gemeinsam mit Elli herein und fällt mir einfach um den Hals. Verwechselt er mich mit jemandem?

»Tante Josefine, Tante Josefine, hast du mir was mitgebracht?«

Vielleicht mit einer Tante, die ihm immer was mitbringt? »Oh, ja klar.«

Der kleine Junge drückt mich erneut, und der Hund springt an mir hoch.

»Runter, Elli!«, befiehlt Bea, und sie gehorcht.

»Was hast du mir denn mitgebracht?« Er funkelt mich an. Meine Güte, was für ein süßer Kerl. Aber oje, woher nehme ich jetzt so schnell ein Geschenk?

»Einen Schokoriegel«, sage ich zögerlich. Was anderes habe ich nicht in der Tasche.

»Echt? Mama, darf ich Schokolade? Jetzt gleich?« Er lässt mich los und hopst auf und ab.

»Nach dem Mittagessen«, sagt Bea bestimmt.

»Was gibt es denn?«

»Quiche Lorraine mit Feldsalat und für dich Matschkartoffeln.«

»Oh, super, Matschkartoffeln! Willst du auch Matschkartoffeln, Tante Josefine?«

»Kommt darauf an, was ihr darunter versteht.«

»Kartoffeln mit Erbsen in Senfsauce zerdrückt«, erklärt Bea leicht verlegen. »Wie Omi sie früher gemacht hat.«

»Um ehrlich zu sein, ja. Das wäre mir lieber als die Quiche.« Willy sieht gar nicht so brav aus wie auf den beiden Fotos, sondern frech, vor Leben sprühend, funkelnd.

»Magst du etwa immer noch keinen Lauch?«, fragt meine Cousine.

»Erwischt.«

»Omi hat ja immer gesagt, dass sich das alles noch gibt und dass wir später alles mögen werden, was wir als Kinder verabscheut haben. Ich mag aber immer noch keine Oliven«, sagt Bea.

»Und ich keine rohen Zwiebeln«, sage ich.

»Ich hasse Avocados.«

»Ich mag keine Butter!«, wirft Willy ein.

»Dabei ist Butter doch das Beste, was es gibt.« Bea zwinkert mir zu, in Anspielung auf einen uralten Insider. »Aber Käse isst du ja inzwischen«, sagt sie.

»Schon, aber eigentlich nur den ohne Geschmack.«

»Kusch, Elli!« Bea scheucht das Hündchen wieder aus der Küche in den Hof. »Sie ist seit Kurzem auf einem Auge blind und seitdem noch misstrauischer als früher. Der Tierarzt hat geraten, sie einzuschläfern, aber das bringe ich nicht übers Herz.«

»Was machen wir heute noch?«, fragt Willy hüpfend. Es scheint ihm unmöglich zu sein, still zu sitzen. »Willst du sehen, wie die Glubschis klimaneutral fliegen?«

»Erst gehst du mal Hände waschen!«, bestimmt seine Mutter.

»Mit Tante Josefine?«

»Von mir aus.«

Nach dem unglaublich leckeren Mittagessen führt Willy mir im Garten auf einer Decke 32 Kuscheltiere mit Glubschaugen vor, die alle Berufe haben, in teils komplizierten Liebesbeziehungen stehen und außer Hobbys auch politische Ansichten haben. »Slush will gerade Bürgermeister werden, deshalb muss er seine anderen Jobs aufgeben.«

»Woher weißt du denn so viel über Politik?« Ich meine, er ist erst sechs.

»Mein Papa will Landrat werden, deshalb. Und wir schauen immer die Kindernachrichten, und Mama erklärt mir dann, was ich nicht verstehe.«

Bea hat also ernst damit gemacht, ihrem Kind alles zu erklären, wie sie es sich früher geschworen hat, weil sie die Geheimniskrämerei ihrer Mutter hasste. Ein bisschen bewundere ich sie dafür.

Willy lässt alle Glubschis vom Garagendach auf die Wiese fliegen, nur Anora nicht, die hat nämlich Höhenangst.

»Welchen Beruf hast denn du, Tante Josefine?«

Tja. Da klopft sie an, die Realität. Fake Bitch, Betrügerin, alandige Drackschnack …

»Ich schreibe Artikel. Bis vor Kurzem habe ich für ein Immobilienmagazin gearbeitet, aber jetzt suche ich nach etwas Neuem«, sage ich. Ich strecke meine Beine aus, suche eine bequeme Position auf der Decke, bei der ich keinen der Glubschis zerquetsche.

»Zieh doch zu uns, und schreib Artikel für unsere Zeitung! Papa sagt immer, dass unsere Zeitung unglaublich schlecht geschrieben ist. Du machst das bestimmt besser.«

Ich bin gerührt von seinem Zutrauen in mich, aber fürs Haindorfer Tageblatt will ich ganz sicher nicht schreiben.

Mal abgesehen davon, dass mein Ruf völlig ruiniert ist und ich sowieso nirgends mehr einen Job kriegen werde.

Bea bringt uns warme Zimtschnecken und eine Flasche Sprudel mit drei Plastikbechern nach draußen, und wir improvisieren ein kleines Picknick.

»Ich trinke auch Bizzelwasser. Ich bin jetzt nämlich ein Vorschulkind« sagt Willy wichtig.

»Dann trink mal deinen Becher leer, du hast heute noch fast nichts getrunken«, sagt Bea und klingt genau wie Tante Marion früher.

Die Sonne scheint durch die alten Bäume und malt helle Fleckchen aufs Gras, und Willy deckt seinen Becher ab, um ihn vor einer summenden Biene zu schützen. Irgendwo tuckert ein Traktor. Ein sanfter Windhauch weht den Duft von frisch gemähtem Gras zu uns, aber kurz darauf leider auch eine Dungwolke. Ich mag die Natur, aber auf Insekten, Lärm und Gestank könnte ich verzichten.

Bea legt sich neben uns ins Gras und lässt ihren Kopf auf das letzte freie Eckchen der Decke sinken, ohne ein Glubschi zu zerdrücken.

»Jetzt einen kleinen Mittagsschlaf halten«, sagt sie träumerisch und schließt die Augen. Die roten Haare fließen um ihr schlankes Gesicht mit den hellen Sommersprossen und erinnern mich an unendliche Sommerferien.

»Mach doch, ich würde so lange auf Willy aufpassen.«

»Wirklich?«

»Na klar. Oder, Willy? Wir könnten einen kleinen Rundgang machen. Vielleicht wollen wir zu Omis Haus rübergehen, also zu dem Haus deiner Uroma?«

Bea setzt sich schlagartig wieder auf. »Wollt ihr nicht lieber zum Bach gehen? Oder ins Dorf?«

»Möchtest du, dass ich mit dir zusammen zu Omis Haus gehe, Bea?«

»Nein.«

»Mama war schon seit einer Ewigkeit nicht mehr dort«, informiert mich Willy und rupft einem Gänseblümchen die Blütenblätter ab. »Seit hundert Jahren mindestens!«

»Na ja, das ist leicht übertrieben. Aber es ist schon ein paar Monate her.«

»Steht das Haus jetzt seit elf Jahren leer?«, frage ich.

»Nach Omis Tod war Mama erst zu traurig, um irgendetwas auszusortieren«, erzählt Bea. »Sie hat es einfach so gelassen, wie es war, und ist nicht mehr hingegangen. Sie hat nur die Katze mitgenommen, aber Mimi ist anfangs immer wieder zurückgelaufen. Bis sie irgendwann begriff, dass Omi nicht zurückkommt. Dann ist sie fett geworden und bald gestorben.«

»Und dann?«

»Gar nichts. Mama hatte immer mal vor, das Haus auszuräumen, aber sie hat es nie getan. Wir waren ein paarmal dort, aber wir waren so überwältigt von der Fülle der Sachen, dass wir resigniert haben und wieder gegangen sind. Und nun habe ich es vor einem Jahr geerbt und weiß wirklich nicht, was ich damit anstellen soll. Karl und ich waren anfangs ganz motiviert, alles auszuräumen und zu renovieren, aber wir haben nur den ganz offensichtlichen Müll wegwerfen können und dann wieder aufgegeben. Ich liebe das Haus, aber ich traue mich kaum mehr rein.«

Das kann ich von ganzem Herzen verstehen. »Scheint ein Familienfluch zu sein. Aufräumen ist nicht unser Ding«, sage ich. Und bin froh, dass sie keine Ahnung hat, was ich genau meine. Willy hat sich ein paar Meter von uns entfernt und legt Steinchen aufeinander.

»Ach, wenn es nur ums Aufräumen ginge! Im Sortieren bin ich ganz gut. Aber alles wegtun? Ich habe mir ein paar Küchengeräte genommen, Omis Zitronenpresse, ihre selbst bemalten Vorratsdosen und den Pürierstab. Aber was mache ich mit den Fotoalben, den Tagebüchern, ihren Kleidern, Opas Plattensammlung, den Kisten im Keller, dem Gerümpel auf dem Dachboden und dem ganzen undefinierbaren Zeug? Und mit all den Kunstwerken von Omi? Ich habe ein paar ihrer Bilder gerahmt und aufgehängt, aber es gibt mindestens zweitausend Skizzen! Ich kann sie nicht gebrauchen, aber sie wegzuwerfen wäre ein Frevel. Wenn sie wenigstens berühmt wäre, sodass sich irgendein Sammler dafür interessieren würde. Aber seit sie als junge Frau diesem komischen Galeristen auf den Leim gegangen ist, hat sie nie wieder was ausgestellt. Sie war wahrscheinlich einfach nur begabt, aber kein Genie. Das Zeug, das noch da ist, ist sicher nichts wert. Und dazu ihre Mosaiksteine, die halb fertigen Scherenschnitte, die Puppen und all ihr Material. Ich kann es nicht gebrauchen, ich habe überhaupt kein künstlerisches Talent.«

»Ich auch nicht.«

»Dabei hast du doch als Kind so toll gemalt.«

Das ist mir zu nah an dem Thema, über das ich nicht reden will, aber zum Glück spricht Bea schon weiter.

»Mama hat sich schön aus der Affäre gezogen. Hat das alles zehn Jahre lang liegen lassen und ist dann einfach elegant gestorben.«

»Ach, Bea.«

»Und eigentlich müsste das Haus dringend renoviert werden, der Fluss ist ja zweimal übers Ufer getreten und hat den ganzen Keller überschwemmt, erinnerst du dich?«

»Ja.«

»Aber Opa war es zu teuer, die Rohre und alles zu erneuern, und auch wenn Mama das Haus nach seinem Tod gegen alles versichert hat, Überschwemmung, Alienangriffe, Zombie-Apokalypse und sonst was, kommt man weder an die Heizung noch an die Wasserrohre, weil alles vollsteht.«

»Was ist Zombie-Apokalypse, Mama?«, fragt Willy, der plötzlich wieder neben uns steht.

»Ach, das ist nur eine Geschichte, wie ein Comic. Etwas Ausgedachtes.«

»Warum kann man ein Haus dann dagegen versichern?«

»Kann man nicht, das war ein Scherz.«

»Kein lustiger Scherz«, stellt Willy fest.

»Was willst du denn eigentlich mit dem Haus machen, wenn es leer ist? Wollt ihr dort einziehen?«, frage ich Bea.

»Gott bewahre, nein. Das ist Omis Haus. Das kann ich mir absolut nicht vorstellen.«

»Willst du es verkaufen?«

»Ich weiß nicht. Mit dem Geld könnten wir unseres renovieren, den Kredit für Karls Praxis abzahlen und mal in den Urlaub fahren … Aber eigentlich geht es nicht ums Geld. Ehrlich gesagt glaube ich nicht, dass wir es jemals leer bekommen werden.«

»Es soll sich also am besten mit einem Fingerschnipsen in Luft auflösen?«

»Genau. Bisher habe ich das Problem einfach immer weiter vertagt. Was würdest du denn damit machen?«

»Keine Ahnung. Du hast mich gerufen, jetzt bin ich da. Also lass uns zusammen hingehen und einfach anfangen.« Ich habe so viel übers Ausmisten gelesen, irgendwas davon muss doch funktionieren.

»Na gut. Aber ich kann dir nicht garantieren, dass ich nicht schreiend davonlaufe.«

Plötzlich fühle ich mich stark und überlegen. Auch wenn das mit der Kolumne in einem Desaster geendet hat, habe ich bei der Recherche viel gelernt. »Bea, wir kriegen das hin. Ich kenne ein paar tolle Aufräummethoden, das ist nicht so wild, wie du denkst.«

Bea und ich wären bestimmt gute Chaospartnerinnen, wenn ich daran denke, wie gut wir als Kinder in unseren Rollenspielen harmoniert haben.

Sie erhebt sich zögerlich. »Willy, schau doch mal, ob Papa schon wieder zurück ist.«

Willy rennt tatsächlich sofort los und ruft nach Karl.

»Gut erzogen«, sage ich anerkennend.

»Ich weiß nicht, ich glaube, wir haben einfach Glück mit ihm. Also, dann mal los. Ich hole noch schnell den Schlüssel.«

»Lass uns gleich ein paar Tüten und Kisten mitnehmen«, schlage ich vor und verwandle mich ganz wie von selbst in Josie Clean, die taffe Aufräumberaterin, die nicht in Schockstarre verfällt, sondern sich zu helfen weiß. Wie auch immer es mit meiner unfreiwilligen Berühmtheit weitergeht, dieses Gefühl gefällt mir, und ich straffe meine Schultern, als ich aufstehe.

Kapitel 19

Bewaffnet mit einem Stapel Stofftaschen, Papiertüten, vier Kartons und einer Rolle Mülltüten gehen wir durch Beas weitläufigen Garten, der in Omis Garten übergeht und nur teilweise durch eine niedrige Hecke abgegrenzt ist.

»Eigentlich ganz schön praktisch, so nah beieinander zu wohnen, oder?«, sage ich. Als Kind war ich neidisch, dass Bea jederzeit zu den Großeltern rübergehen konnte.

»Na ja. Ich bin mir nicht sicher, ob das Mama wirklich gefallen hat. Sie hat nie weiter als drei Minuten von ihrem Elternhaus entfernt gewohnt. Ich wundere mich, dass sie trotz ihrer häufigen Ankündigungen nie weggezogen ist«, sagt Bea. Darüber habe ich nie nachgedacht. »Und sie hatte immer Angst, dass ich im Fluss ertrinken könnte, weil Omi das mit dem Aufpassen eher locker gesehen hat.«

Wir haben das Rinnsal hinter Omis Haus immer den Fluss genannt, obwohl es streng genommen nur ein Bach ist. Der allerdings nach mehreren Regentagen ziemlich heftig anschwellen kann.

Dann stehen wir vor dem sandfarbenen Haus mit der körnigen Fassade und der bemalten Westseite. Die dunkelroten Rosen im Vorgarten, die steinernen Eulen am Fuß der Kellertreppe, jede Stelle erinnert mich an Omi, und ich muss an den letzten Tag denken, den ich hier verbracht habe.

»Wollen wir reingehen?«, fragt Bea und zieht mich zurück in die Gegenwart.

»Nein, wollen wir nicht. Aber wir ziehen das jetzt durch.«

Bea gibt mir den Schlüssel. Das Schloss knackt, und die massive, vergitterte Haustür mit den Glaseinsätzen öffnet sich. Sofort strömt mir ein modriger Geruch in die Nase, vermischt mit dem ganz eigenen Duft des Hauses, einer Mischung aus Möbelpolitur, Staub und dem Herrenzimmer, das wir Kinder nur heimlich betraten. Es ist überwältigend. Hier ist alles konserviert. Die schmiedeeiserne Garderobe, auf der Opas Hüte lagen. Die geschwungene, dunkelbraune Holztreppe in den ersten Stock, die bei jedem Schritt seufzt und ächzt.

Ich öffne die Tür zum Keller, dahinter die harten Steinstufen, die ich einmal hinuntergefallen bin. Omi hat mich getröstet, aber Opa hat meine Ungeschicklichkeit belacht. An den Wänden hängen unheimliche Bilder von ägyptischen Göttern, die sich in meinem Kopf untrennbar mit dem muffigen Kellergeruch verknüpft haben. Ohne Begleitung habe ich mich nie weiter als vier Stufen nach unten gewagt. Hier auf der dritten Stufe stand immer der große, blaue Tontopf mit den in Rum eingelegten Früchten, die Omi oft in die Schüsseln unter ihren und Opas Vanillepudding gegeben hat. Man sieht noch den helleren Abdruck auf der Stufe, wo der Topf jahrelang gestanden hat.

»Komm mit ins Wohnzimmer!« Bea schließt die Kellertür und zieht mich langsam hinter sich her. Es sieht aus, als würde sie durch giftigen Schlamm waten, und wir betreten zögerlich den Salon.

Der türkische Teppich ist abgetreten, die eleganten Blumentapeten verschlissen. Auf dem Fensterbrett stapeln sich die Zeitungen, die Opa noch lesen wollte. Daneben liegt Mimis rotes Kissen, verstaubt und voller Katzenhaare. Vor Opas Sessel an der Heizung kauert zusammengesackt der bestickte Stoffkegel, auf dem wir Kinder abwechselnd saßen, aus einem Riss rieselt Sägemehl heraus. Zwischen Opas und Omis Sessel steht der klapprige Holztisch, auf dem Omi ihr Scherenschnittpapier, die Schere und ihren Kalender ablegte. Diese Dinge sind fort, als hätte sie ihre wichtigsten Utensilien mit über den Styx genommen. Dafür hat irgendjemand ohne das geringste Feingefühl den Inhalt von hundert Rumpelkammern überall in Omis elegantem Salon ausgeschüttet. Zwischen Krücken, einem orthopädischen Stuhl, Bettwäsche, einem Nähkorb, Trockenblumen, einem kaputten Lattenrost, einem Spazierstock und kaputten Glühbirnen streckt Omis alte Schneiderpuppe bittend einen Arm heraus. Ich starre auf das überwältigende Chaos. Dagegen ist meine Wohnung ein aufgeräumter kleiner Ort.

»O mein Gott, Bea, wie sollen wir das denn schaffen?«

»Das habe ich gemeint. Das kann man nicht schaffen.«

Omi hätte nie zugelassen, dass ihr heiliger Salon dermaßen verkommt. Es sollte sauber und gepflegt sein. Auf dem Flügel sollte kein Staub liegen. Omi sollte dort sitzen und spielen. Die beiden verwaisten Sessel brechen mir fast das Herz.

Bea fasst mich sanft am Arm. »Weinst du?«

»Nein«, sage ich mit erstickter Stimme.

»Kommst du mit ins Herrenzimmer?«

Gleich darauf knie ich mich vor Opas Plattenschrank. Der Plattenspieler ist so verstaubt, dass man die durchsichtige Schutzklappe kaum öffnen kann. Daneben stecken die Schallplatten gleichmäßig in den Rillen des Schranks. *An der schönen blauen Donau. Musik für einen König. Die Moldau.* Jede Platte befindet sich in der richtigen Papphülle, zudem sorgsam eingehüllt in die dünne, papierene Innenhülle.

»Worauf warten sie? Dass Opa wiederkommt und sie abspielt?« Es rauscht in meinen Ohren.

»Finchen, komm weg da.«

»Weißt du noch, dass wir den Plattenspieler niemals berühren durften?« Ich erinnere mich heftig an unser schlechtes Gewissen. *»Sage mir doch, Beatrice, wie du auf die hirnverbrannte Idee* *gekommen bist, meine Platte aufzulegen? Du hast die* Feuerwerksmusik *zerkratzt. Die hat zwanzig Mark gekostet! Das ziehe ich dir vom Taschengeld ab. Und du warst dabei, Josefine. Du bist genauso schuldig, weil du deine Cousine nicht davon abgehalten hast!«*

»Komm jetzt, Finchen, das tut dir nicht gut. Ich glaube, wir lassen es für heute.«

Mir ist schwindlig, und ich habe das Gefühl, nicht genug Luft zu bekommen. »Sage mir doch, Beatrice«, stoße ich hervor, »wie schafft Opa es, dass auch Jahre nach seinem Tod Ordnung in seinen Platten herrscht? Überwacht er das aus dem Jenseits? Und du bist genauso schuldig, weil du ihn nicht davon abhältst …«

Bea sieht mich erschrocken an. »Finchen, du machst mir Angst. Wir gehen jetzt nach Hause.« Sie nimmt mich am Arm und zieht mich aus dem Zimmer, durch den muffigen Flur mit dem braunen Teppich, aus dem Haus und in den Garten, zurück in die Gegenwart.

»Tief ein- und ausatmen. Noch mal. So. Alles ist gut.«

Ja, sie hat recht. Die Sonne scheint, und die Vögel zwitschern. Alles ist okay. Bea fasst mich wie früher, wenn wir spät dran waren, bei der Hand, und wir rennen wie kleine Mädchen durch den Garten, durch die Lücke in der Hecke bis vor Tante Marions Haus und bleiben keuchend stehen.

»Finchen, das war gruselig.«

»Ja, es war grauenvoll. Mir ist übel. Ich glaube, ich hatte eine Panikattacke.«

»Das macht das Haus. Setz dich in den Schatten, ich hol uns was zu trinken.«

Ich setze mich gehorsam auf die weichen Kissen der Gartenbank. Bea bringt eine Flasche Wasser, eine Flasche Cognac, fünf Gläser und Käsecracker auf einem Tablett und stellt es auf den Gartentisch.

»Hier, trink das!« Sie gießt mir zwei Fingerbreit Cognac ein.

»Ist es nicht zu früh für Alkohol?«

»Sieh es als Medizin! Trink das aus!«

Ich kippe die scharfe Flüssigkeit mit einem Schluck runter. »Igitt! Ich brauche was zum Nachspülen.«

Bea schiebt mir ein gefülltes Wasserglas hin.

»Danke.« Ich trinke es komplett aus. »Vielleicht war ich einfach nur dehydriert.«

»Nein, das war das Haus. Mir geht es jedes Mal genauso.«

Bea schüttet ihren Cognac genauso schnell herunter wie ich meinen.

»Aber du warst doch ganz ruhig und normal dadrin?«

»Nur weil ich mich um dich kümmern musste. Sonst bin ich diejenige, die durchdreht.«

»Aber ich drehe nicht durch. Und ich hatte so was noch nie! Was ist denn mit diesem Haus, dass wir uns dadrin so schrecklich fühlen?« Ich schenke uns beiden noch ein Glas Wasser ein.

»Karl vermutet, dass ich eine traumatische Kindheit hatte.«

»Das stimmt doch nicht. Sie war schön, zumindest die meiste Zeit, oder nicht?«

»Ich weiß es nicht. Ich glaube schon.«

»Wir hatten so viele Freiheiten! Wir haben den ganzen Tag draußen gespielt. Die Wiesen, die Felder, der Wald, alles gehörte uns.«

»Opa war streng, aber wir wurden nie geschlagen. Die schlimmste Strafe war, wenn er mich Rosskamel nannte«, sagt Bea.

»Aber wir hatten schon Angst vor ihm.«

»Omi sagte immer, wir sollten keine Angst vor Opa haben, sondern Respekt zeigen.«

»Na gut, wir hatten also Respekt vor ihm. Doch das gehörte eben dazu wie Omis Bilder, Tante Marions Blaubeerpfannkuchen und Omis Geistergeschichten, oder nicht?«

»Mama hatte auch Respekt vor ihren Eltern«, sagt Bea langsam. »Sehr großen sogar.«

»Warum ist sie dann nie von hier fortgezogen?«, frage ich.

»Ich weiß es nicht. Vielleicht konnte sie das nicht als alleinerziehende Mutter?«

»Sie war Übersetzerin, sie hätte überall arbeiten können.«

»Ich glaube, dass Omi sie gezwungen hat, in Haindorf zu bleiben«, sagt Bea.

»Wie denn das? Omi war eine starke Frau, aber sie konnte doch ihrer erwachsenen Tochter nicht vorschreiben, wo sie zu leben hat!«

»Omi hatte das Geld und das Sagen.«

»Aber deine Mutter hat eigenes Geld verdient.«

»Mit deinem Vater war es doch das Gleiche. Er wollte Opernsänger werden, aber Omi hat darauf bestanden, dass er Jura studiert und sie im Prozess gegen ihren Galeristen vertritt.«

»Was, Papa wollte Sänger werden? Davon hat er uns nie erzählt.«

Das kann ich mir gar nicht vorstellen bei unserem verpeilten, freundlichen Vater, der manchmal mitten im Gespräch abbricht und ins Nichts starrt oder sich stundenlang in seinem Zimmer vergräbt. Er wollte mal zur Bühne gehen?

»Ich dachte, deine Mutter war es, die als junges Mädchen Schauspielerin werden wollte?«

»Ja, das wollte sie wohl mal«, sagt Bea versonnen. In Tante Marions Zimmer hingen früher zwei Schwarz-Weiß-Fotos, auf denen sie mit aufgetürmten Haaren jung und glücklich in die Kamera lächelte. »Aber dann hat sie das nicht weiterverfolgt. Ich weiß gar nicht, warum.«

»Vielleicht, weil sie mit dir schwanger war?«

»Nein. Sie hat schon Jahre vorher aufgehört, zu Castings zu gehen. Und dein Vater musste seine Träume auch begraben. Ich habe mal einen Streit zwischen Omi und deinem Papa mitangehört. Omi hat gesagt, dass Kunst allein keine Rechnungen bezahlt und dass Bernhard mit dem Jurastudium für seine Familie sorgen kann. Und dass er sie dann als Anwalt auch irgendwann im Rechtsstreit gegen ihren ersten Galeristen vertreten kann, der sie über den Tisch gezogen hat, weil sie keinem außerhalb der Familie vertraut.«

»Und das hat er dann auch gemacht.« In Papas Arbeitszimmer stapelten sich juristische Bücher, aber niemals Theaterstücke.

»Aber Papa und Omi haben den Prozess doch verloren.«

»Ja, er war zu jung und der Druck zu hoch oder so was.«

»Denkst du, das war der Grund, warum Papa den Kontakt zu ihr abgebrochen hat?«

»Ich weiß es nicht. Als ich in der zweiten Klasse war, hat Mama mal geplant, wegzuziehen. Sie hatte schon eine Wohnung in Berlin gemietet und mir gesagt, dass wir umziehen und dass jetzt alles anders wird. Ich war aufgeregt und hatte Angst, mich zu verplappern, weil es ein Geheimnis war, aber Omi hat es irgendwie rausgekriegt, und Mama hat schrecklich geweint, und dann sind wir doch nicht umgezogen.«

»Aber Omi war doch immer so lieb.«

»Schon. Aber wir haben ja auch gemacht, was sie wollte.«

Plätzchen backen, spazieren gehen, Geschichten hören … Es gab nichts, womit ich nicht einverstanden gewesen wäre. Obwohl … »Ihre Geistergeschichten waren manchmal schon ziemlich gruselig«, sage ich.

»Fandest du das etwa auch?«, fragt Bea triumphierend. »Ich wollte das vor euch nicht zugeben, weil ihr immer so cool wart, aber ich hab mir dabei fast in die Hose gemacht.«

»Ich hab mich auch gegruselt, nur Moritz war ziemlich ungerührt, glaube ich.«

»Wie geht's ihm eigentlich?«

»Gut«, sage ich automatisch. »Er studiert Produktdesign.« Dann halte ich kurz inne. »Eigentlich weiß ich gar nicht, wie es ihm wirklich geht. Wir haben lange nicht mehr richtig miteinander geredet.«

»Warum nicht?«

»Keine Ahnung. Allerdings fand er meinen Job bei dem Magazin blöd und hat mir vorgeworfen, mich fürs Geld zu verbiegen. Er sagt, dann kann ich genauso gut als Glückskeksautorin arbeiten, wenn ich nur Phrasen dreschen will.«

»Weißt du noch, früher wollte Moritz Lego-Modell-Erfinder werden. Oder Schokoladen-Testesser«, erinnert mich meine Cousine.

»Tja, seine Wünsche haben sich bis heute nicht gerade stark weiterentwickelt.« Ich nestele einen Cracker aus der Packung und beiße ab. »Er bezeichnet das Arbeitsleben als diesen unangenehmen Moment zwischen Schule und Rente.«

Bea lacht. »Ich wäre auch gern Süßigkeiten-Testesserin. Oder professionelle Hundestreichlerin. Leider wird man dafür im Tierheim nicht bezahlt. Aber so sind wir zu Elli gekommen. Hast du schon Hunger?«

»Nicht so richtig.«

»Vielleicht mache ich heute mein Chili sin carne.«

»Gern. Isst Willy das auch?«

»Ja, wenn genügend Mais drin ist.«

Willy kommt mir viel umgänglicher vor als Jonas, den Annabel mit Engelszungen zu jedem Bissen überreden muss.

»Ich verstehe nicht, was da vorhin über mich gekommen ist. Das ist doch albern. Morgen gehe ich noch mal ins Haus, und dann fange ich an, aufzuräumen.«

»Sei mir nicht böse, aber ich gehe nicht noch mal mit. Du hast mir vorhin echt einen Schrecken eingejagt.«

»Aber Bea, du hast mich eingeladen, mit dir dort aufzuräumen. Und jetzt willst du nicht mehr als einen einzigen Versuch starten?«

»Finchen, das war bestimmt mein zehnter Versuch bisher. Ganz ehrlich, das mit dem Haus war in erster Linie ein Vorwand. Ich wollte dich einfach endlich mal wiedersehen.«

Das rührt mich, und wir sind uns heute wieder sehr nahegekommen, aber trotzdem schaffe ich es nicht, unseren Streit anzusprechen. Aber es ist so schwer, den Mund aufzumachen, wenn man einfach still und feige sein und den Moment verstreichen lassen kann.

»Na komm, lass uns reingehen und anfangen, Gemüse zu schnibbeln«, sagt Bea aufmunternd. »Wenn wir Zwiebeln schneiden, haben wir wenigstens einen legitimen Grund, ein paar Tränen zu vergießen.«

Kapitel 20

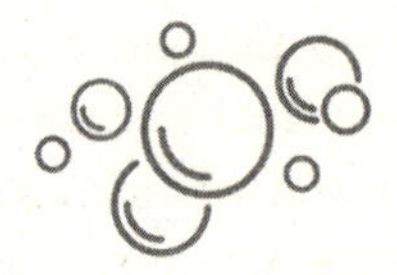

Als Karl aus seiner Werkstatt zurückkommt, wo er sich offenbar auch sonntags gern aufhält, sitzen wir in der Küche auf der Bank, der Eintopf schmort auf dem Herd, wir hören eine von Beas Playlists und haben eine Flasche Wein geöffnet.

»Oh, Simon & Garfunkel, schön«, sagt Karl und küsst Bea auf den Scheitel. »Ich lasse Willy sein Bad ein. Er tobt noch kurz mit Elli im Garten.«

»Weißt du noch, wie wir auf dem Plattencover einen Daumen auf Paul Simons Gesicht gepresst haben, sodass es aussah, als hätte Art Garfunkel einen riesigen Schnurrbart?«, wendet sich Bea an mich.

»Ja. Und wie wir uns als Gespenster verkleidet und um halb zehn gespukt haben, weil wir es nicht schafften, bis Mitternacht aufzubleiben.«

Bea kichert. »Genau. Und wie wir im Garten gezeltet haben und Moritz abends heimlich alle Heringe rausgezogen hat und wir dann aufgewacht sind, weil uns das halbe Zelt auf den Kopf gefallen ist.«

»Es war eine tolle Zeit.«

»Die beste.« Und plötzlich schmerzt es mich unglaublich, dass diese Zeit nie wieder zurückkommen kann.

»Weißt du noch, wie wir immer Krankenhaus gespielt haben?«, fragt Bea.

»Ja, und deine Lieblingsszene war die Trauerfeier, wenn einer von uns falsch behandelt wurde und gestorben ist. Du hast deiner Mutter den Schmuck gemopst und Blumen aus Omis Garten, und wir haben einen Sarg mit Blumen, Kerzen und allem Drum und Dran aufgebaut.«

»Und dann hat Moritz als Pfarrer gesagt: ›Staub zu Staub, Asche zu Asche und Butter zu Butter!‹«

»Ich weiß gar nicht mehr, wie wir auf das mit der Butter gekommen sind.«

»Mama fand unser Beerdigungsspiel makaber, aber Omi sagte, lass sie doch, sie müssen sich doch mit dem Tod auseinandersetzen«, sagt Bea.

»Deine Omi war eine außergewöhnliche Frau.« So, jetzt ist es heraus.

»*Unsere* Omi, Finchen.«

Tja, das ist der Knackpunkt. Ich habe es absichtlich so formuliert wie sie damals, denn das war es, was ich ihr nie verzeihen konnte. Bea sieht mich eindringlich an, und ich warte auf ihre nächsten Worte, aber sie sagt nichts. Weil ich nicht weiß, was ich sonst tun soll, gieße ich mein Glas noch mal voll und nehme einen großen Schluck. Sie sagt immer noch nichts. Bevor wir uns weiter anschweigen können, kommt Willy hereingestürmt.

»Elli hat sich im Dreck gewälzt, und Papa will sie jetzt oben mit Shampoo in der Dusche baden, und sie ist ganz böse und hat ihn angeknurrt!«

»O nein. Braucht er meine Hilfe?«, fragt Bea.

»Nein. Ich helfe ihm!«, sagt Willy eifrig. »Und danach muss ich auch baden, aber ich kriege ein Knisterbad, also macht es Spaß, hat Papa gesagt. Und ohne Haarewaschen.«

Ich lache, hauptsächlich, weil die Spannung sich gelöst hat. Aber da habe ich die Rechnung ohne meinen Neffen gemacht.

»Tante Josefine, warum hast du uns früher nie besucht?«

Hm. Da zerbricht man sich einen Tag lang den Kopf darüber, wie man so ein heikles Thema anschneiden soll, und dann fragt ein Kind einfach geradeheraus.

»Deine Mama und ich hatten einen Streit«, sage ich langsam.

»So wie du und Otto neulich«, erklärt Beatrice.

»Ja, da hat er Clarence beleidigt und gesagt, er wäre kein Lebewesen, sondern aus Kunststoff und dass Kunststoff keine Seele hat. Da war ich ganz böse auf ihn und wollte nicht mehr sein Freund sein.«

»Das verstehe ich.« So was kenne ich von Jonas. »Bei uns war es ganz ähnlich.«

»Aber dann hat er sich entschuldigt, und ich sollte ihm die Hand geben und wieder gut sein, und dann haben wir uns wieder vertragen, und jetzt ist er doch wieder mein Freund.«

»Aber wir haben es versäumt, uns wieder zu vertragen«, sagt Bea.

»Das war dumm von euch«, sagt der kleine Mann.

»Da hast du verdammt recht«, sagt Bea aus vollem Herzen.

»Mama, du hast ein schlimmes Wort gesagt. Jetzt musst du einen Euro in die Fluchkasse legen. Spielt ihr jetzt wieder miteinander?«

»Na ja, erwachsene Frauen spielen eigentlich … Doch, ja, du hast recht. Jetzt spielen wir wieder miteinander«, verbessere ich mich.

»Was wollen wir denn spielen?«, fragt er eifrig.

»Vielleicht ein Trinkspiel?«, schlägt Bea vor.

»Ein Trinkspiel mit einem Kind?«

»Au ja!«, freut sich Willy.

»Bist du sicher?«, frage ich.

»Ich brauch jetzt wirklich einen Schnaps. Finchen, könntest du vielleicht den Schlehenlikör aus der Kammer holen, während ich Willy einen Kakao mache?«

»Okay, klar«, sage ich leicht perplex. Dann gehe ich zur Kammer und schnuppere an den schweren Likörflaschen mit den verblassten Etiketten. Bea hat recht, der Schlehenlikör riecht am besten, scharf und würzig. Mit meiner Beute gehe ich zurück zu meiner Cousine in die gemütliche Küche. Oh, sie rührt echte Schokostückchen in die Milch auf dem Herd ein. Wir befinden uns zwar an einer schwierigen Stelle in unserer Kommunikation, und ich bin gerade etwas zurückhaltend und warte darauf, dass sie einen Schritt auf mich zukommt, aber ich will auch was von diesem Kakao haben. Daher fixiere ich nur stumm den Topf.

»Möchtest du auch welchen?«, fragt sie. Ich nicke. *Tschau, Kakao, und tschüss, Josie Clean!*, kommt mir in den Sinn.

»Okay, ich kann dir den Likör auch reinschütten«, schlägt Bea vor.

Ich lächle sie vorsichtig an. »Noch besser.«

Sie gießt den dickflüssigen Kakao in drei bauchige Gläser und gibt in zwei davon einen Schuss Schlehenlikör. Dann streut sie extra Schokostreusel auf Willys Glas und schiebt es ihm hin. Anschließend kratzt sie mit einem Esslöffel ein wenig eingedickte Schokolade vom Boden des Töpfchens, gießt einen Schluck Schlehenlikör direkt auf den Löffel und steckt ihn in den Mund.

»Auf das Leben und die Familie und für die Nerven.« Sie leckt sich grinsend die Lippen.

»Also, das Spiel geht so. Einer fängt an und sagt: ›Noch nie in meinem ganzen Leben habe ich …‹, und dann müssen alle einen Schluck trinken, die das schon mal gemacht haben«, erklärt Willy.

»Das ist alles?«

»Ja.«

»Na gut.«

»Noch nie in meinem ganzen Leben habe ich ein Glubschi beleidigt«, beginnt Willy. Bea nimmt augenrollend einen Schluck. »Jetzt du, Mama.«

»Noch nie in meinem ganzen Leben habe ich die Schule geschwänzt«, sagt Bea.

Ich nehme einen Schluck, und Willy sieht mich halb tadelnd, halb bewundernd an.

»Noch nie in meinem ganzen Leben habe ich online gelogen«, sage ich zögerlich.

»Was ist online?«

»Im Internet. Unwichtig«, sage ich und nehme einen Schluck von dem himmlischen Kakao. Hier und jetzt ist es tatsächlich unwichtig.

»Noch nie in meinem ganzen Leben habe ich meiner Cousine nicht zum Geburtstag gratuliert«, sagt Bea.

O Mann. Ich nehme wieder einen Schluck. »Noch nie in meinem ganzen Leben habe ich etwas Gemeines zu meiner Cousine gesagt und sie damit ganz schrecklich verletzt«, sage ich langsam.

Bea sieht mich an und nimmt wortlos einen großen Schluck.

»Noch nie in meinem ganzen Leben habe ich meine Cousine an der Beerdigung meiner Omi ignoriert«, legt sie nach.

Ich trinke und sehe sie herausfordernd an. Sie senkt die Augen und nimmt ebenfalls einen Schluck.

»Noch nie in meinem ganzen Leben habe ich Kuchen aus der Speisekammer geklaut«, sagt Willy. Wir setzen alle drei unser Glas an, und Willy kichert. Mein Glas ist schon fast leer.

»Noch nie in meinem ganzen Leben habe ich gesagt, dass meine Omi nur mir gehört«, stoße ich hervor.

Bea trinkt ihr Glas bis auf den letzten Tropfen aus und gießt uns beiden Likör nach.

»Noch nie in meinem ganzen Leben habe ich meine Oma angelogen«, sagt Willy treuherzig.

Ich überlege kurz, dann trinken wir alle. »Das macht Spaß.«

»Noch nie in meinem ganzen Leben habe ich meine Cousine die ganze Überschwemmung im Keller allein aufwischen lassen«, sagt Bea mit funkelnden Augen.

Ich setze an und trinke einfach alles aus. Hoffentlich wird mir nicht schlecht.

»Noch nie in meinem ganzen Leben habe ich meine Cousine jahrelang vermisst und gehofft, sie würde sich bei mir melden«, sagt Bea. Wir trinken synchron.

»Noch nie in meinem ganzen Leben habe ich mich wahnsinnig gefreut, meine Cousine wiederzusehen, mich aber nicht getraut, unseren Streit anzusprechen«, sage ich.

»Noch nie in meinem ganzen Leben habe ich etwas so sehr bereut wie unseren Streit.« Bea hat Tränen in den Augen.

»Noch nie in meinem ganzen Leben habe ich mir geschworen, dass mir so was nie wieder passiert.«

»Langweilig«, sagt Willy. »Nehmt doch mal was Spannendes, etwas mit einer Ritterburg oder so.«

Wir wischen uns parallel die Augen und müssen lachen.

»Noch nie in meinem Leben habe ich mein Badewasser kalt werden lassen, weil ich so lange gespielt habe«, sagt Bea schniefend. »Trink deinen Kakao aus, und ab mit dir.«

»Komm endlich in die Badewanne!«, ruft jetzt auch Karl von oben.

»Ich komme schon, ich kann ja nicht zaubern!«, schreit Willy, knallt sein Glas auf den Tisch und rennt aus der Küche.

Beim Abendessen haben wir einen frisch gebadeten Zwerg in einem Kapuzenhandtuch auf der Sitzbank, der Chili in sich hineinschaufelt, und einen zu Tode beleidigten Hund unter der Sitzbank, der wundervoll nach Kokosshampoo duftet.

»Das war ein hartes Stück Arbeit, und Elli wird mich tagelang ignorieren, aber sie ist wieder sauber«, sagt Karl mit nassen Hemdsärmeln.

»Kann ich noch eine Portion haben?«, frage ich mit leicht schwerer Zunge.

»Klar. Schön, dass es dir schmeckt. Willst du noch ein Stück Butter dazu?« Bea kichert.

»Butter? Häh? Ach so.« *Butter zu Butter.* Ich weiß gar nicht mehr, wann ich zuletzt so viel gelacht und so viel gegessen habe. Zum Glück hat Bea eine riesige Portion gekocht. Ich genieße die Harmonie und das Familienessen, bei dem sogar eine Kerze auf dem Tisch steht.

»Warum habt ihr euch damals gestritten, Tante Josefine? Hat Mama auch dein Kuscheltier beleidigt?«, fragt Willy.

»Nein«, sage ich. Dass Kinder auch niemals etwas vergessen.

»Ich habe gesagt, dass Josefine nicht Omis richtige Enkelin ist. Das war gemein von mir, aber Finchen konnte viel schöner malen als ich, obwohl ich doch von Omi das Talent geerbt haben müsste, und da wollte ich etwas sagen, was sie sauer macht, damit sie zu malen aufhört«, erklärt Bea und sieht mich nicht an.

»Das war nicht nett von dir, Mama.«

»Nein, das war gemein und dumm von mir.«

»Außerdem kommt es nicht auf das Blut an, sondern darauf, dass man sich lieb hat. Clarence ist auch nicht in echt mit mir verwandt«, führt er weiter aus.

»Jetzt ist aber Schlafenszeit für dich«, bestimmt meine Cousine.

»Gute Nacht, Tante Josefine!«

»Gute Nacht, Willy.« Karl nimmt das Kerlchen huckepack und trägt ihn ins Schlafzimmer.

Wir sind angetrunken, wir sind redselig, und mein Herz ist offen. »Hast du das damals wirklich nur gesagt, weil mein Bild schöner war als deins?«

»Ja.«

»Ich dachte, du wolltest mir klarmachen, dass ich nicht hierhergehöre, zu Omi und nach Haindorf.«

»Quatsch. Du hast hierhergehört wie jeder Baum und jedes Haus. Ich war einfach nur neidisch auf dein Talent.«

»Und ich dachte, du wolltest mich loswerden, damit du Omi für dich alleine hast …«

»Auf gar keinen Fall. Du warst für mich wie die Schwester, die ich nicht hatte.«

»Du für mich auch.« Jetzt muss ich mir die Tränen verdrücken.

»Aber du hattest ja noch Mo und hast immer wieder betont, dass ihr beide viel enger verwandt seid als du und ich.«

»Wirklich?« Daran kann ich mich gar nicht erinnern.

»Ja! Ich war so eifersüchtig, weil du einen richtigen, echten Bruder hattest und so klug und hübsch warst und dann auch noch so verdammt gut zeichnen konntest. Das Einzige, was ich exklusiv hatte, war meine Blutsverwandtschaft mit Omi, und das wollte ich dir aufs Butterbrot schmieren. Wenn ich geahnt hätte, dass ich dich dadurch verliere, hätte ich das niemals getan.«

»Warum hast du dich denn nicht dafür entschuldigt?«

»Das wollte ich ja, aber du bist zu deinem Vater gelaufen und hast geschrien, dass du sofort nach Hause willst.«

»Stimmt. Aber später?«

»Dann kam das schlimme Gewitter, und ihr seid einfach weggefahren, obwohl der ganze Keller überschwemmt wurde und Omi Onkel Bernhard angefleht hat, zu bleiben und ihnen zu helfen.«

»Das weiß ich nicht mehr. Ich weiß nur, dass du dich nie entschuldigt hast.«

»Ich musste Omi und Opa stundenlang helfen, die Waschküche leer zu schöpfen. In Gummistiefeln mit Eimern, ach, es war zum Kotzen. Und schon zum zweiten Mal, ein Jahr früher war das nämlich auch passiert. Und ihr seid einfach weggefahren und habt euch nicht mal von mir verabschiedet.«

»Das weiß ich nicht mehr«, wiederhole ich hilflos.

»Mich hat meine Mama nie früher von Omi und Opa abgeholt, wenn ich zu ihr wollte. Sie hatte immer zu viel zu tun«, sagt Bea traurig. »Und in den Herbstferien seid ihr dann einfach nicht mehr aufgetaucht. Ich hab dir sogar einen Brief geschrieben, aber dann hast du kein einziges Mal mehr angerufen, auch nicht an meinem Geburtstag. Da hab ich ihn zerrissen, anstatt ihn abzuschicken. Ich dachte, du hast mich vergessen.« Jetzt hat auch Bea Tränen in den Augen, und ich fühle mich furchtbar.

»Aber an Omis Beerdigung hast du mich ignoriert und nur mit deinen Freundinnen herumgekichert«, sage ich.

»Ich habe die ganze Zeit darauf gewartet, dass du auf mich zukommst, aber du hast an Moritz geklebt und wirklich mit jedem gesprochen, nur nicht mit mir.«

»Ich habe auch gehofft, dass du auf mich zukommst«, gebe ich zu. O Mann. »Was waren wir blöd! Wir haben so viel Zeit verschwendet. Die können wir nie wieder aufholen«, sage ich gepresst.

»Aber wir haben die Zeit jetzt. Jetzt sind wir zusammen, und unser Leben ist ja noch nicht vorbei.«

»Das stimmt.« Ich versuche mit wackligen Bewegungen, den Tisch abzuräumen.

»Warte, nicht alles wegräumen.«

»Hast du Angst, dass ich was fallen lasse?«,

»Nein.« Bea grinst schief. »Morgen kommt Frau Mahlzahn, also Luise, ich meine, meine Schwiegermutter, und wenn es hier zu sauber ist, muss ich mir wieder anhören, dass Kinder Dreck brauchen, um ihr Immunsystem zu stärken.«

»Wirklich?«

»Ja, und dass ich, statt immer nur herumzurasen und einen Putzfimmel zu haben, im Moment leben und lieber mal die Milch überkochen lassen soll. Und dass ich ihrem Enkel auch mal vorleben soll, was es heißt, entspannt zu sein.«

»Klingt anstrengend.«

»Ja. Ich bin immer ganz verkrampft, wenn sie kommt, und tiefenentspannt, wenn sie wieder weg ist.«

Wir umarmen uns fest, und dann wanke ich ins Rosenzimmer und schlafe sehr glücklich ein, obwohl sich das Zimmer ein wenig um mich dreht.

Kapitel 21

Ich habe entgegen meiner Befürchtung keinen ganz schrecklichen Kater, nur ein wenig Kopfweh und einen trockenen Mund, als ich gegen elf aufwache. Nach alter Gewohnheit greife ich nach meinem Handy, keine neuen WhatsApps – ach so. Ich mache ja eine Internetpause. Aber immerhin zwei SMS.

Morning, prangt neben dem Emoticon einer Kaffeetasse. Das ist süß. *Ist es gut oder schlecht bei deiner Cousine?,* fragt Patrick, und ich muss lachen. Mittlerweile habe ich mich an seine direkte Art gewöhnt und schätze sie sogar.

Ziemlich gut, tippe ich. *Aufwühlend, aber schön. Und bei dir?*

Nichts Besonderes. Um 15:50 h habe ich einen Termin bei meinem Professor.

Ich muss grinsen, als mir einfällt, wie sehr mich Patricks genaue Zeitangaben früher gestört haben – warum schreibt er nicht einfach gegen vier? –, und freue mich darüber, ein bisschen etwas von seinem Alltag mitzubekommen, auch wenn ich weit weg bin.

Und die Nachricht auf der Mailbox, na gut, die höre ich jetzt mal ganz mutig ab.

»Frau Geiger, hier ist Dana Karrenbauer, das ist ja eine üble Sache. Wie konnte das denn passieren? Sind Sie von einem Enthüllungsreporter geleakt worden? Wollen Sie mal mit unserer Rechtsabteilung sprechen? Glauben Sie, dass wir jetzt noch eine Kolumne von Ihnen veröffentlichen können? Es tut mir natürlich für Sie persönlich wahnsinnig leid, was da online vorgeht. Rufen Sie mich bitte zurück, damit wir unsere Strategie für die Schadensbegrenzung besprechen können …«

Ich stoppe den Sermon, denn je länger ich zuhöre, desto schlechter wird mir. Die Botschaft der Voicemail, die fristlose Kündigung, ist bei mir angekommen, den Rest will ich mir jetzt nicht geben. Dass ich das mit der Kolumne vergessen kann, war sowieso klar.

Patrick schreibt: *Und heute Abend werde ich mich mit meinen zahlreichen Mätressen amüsieren. Hab einen schönen Tag!*

Mich durchfährt bei dem Wort Mätresse ein winziger Stich, bevor ich den Witz kapiere. Seltsam. Soll Patrick doch machen, was er will. Und mit wem er will, oder nicht?

Jetzt erst mal Frühstück im Garten. Bea stellt auf ein Tablett gleich neben die Kaffeekanne eine Karaffe Wasser und zwei Gläser, und auf einem hübschen geblümten Unterteller liegt eine Schmerztablette. Ich trage das Tablett vorsichtig nach draußen, und sie folgt mit einem Obstkörbchen, der Zuckerdose und der Milchpackung aus dem Supermarkt.

»Du bist so unglaublich fürsorglich geworden, das hätte ich niemals gedacht«, sage ich und kauere mich in die Sonne auf die Bank. Es ist gar nicht so warm, wie ich dachte, und ich fröstele etwas in meinem Sommerkleid. Bea lacht und schiebt mir die Schmerztablette mit einem Glas Wasser zu.

»Ich bin wohl eine Gluckenmutti geworden. Und das, nachdem mich Mamas Ängstlichkeit immer so genervt hat.«

»Man kann eben nicht alles abschütteln.« Ich schlucke die Tablette brav herunter und schenke uns Kaffee ein.

»Mit Milch und viel Zucker für dich, oder?«

»Ja, zwei Löffel bitte.«

»Ist Willy im Kindergarten?«

»Nein, er wollte unbedingt hierbleiben. Er baut hinter dem Haus eine Teegesellschaft für die Glubschis auf, weil wieder irgend so ein vermaledeites Viech Geburtstag hat. Heute früh musste ich schon backen. Jetzt komme ich endlich dazu, meinen ersten Kaffee zu trinken, danke.« Sie umfasst die Tasse mit beiden Händen.

»Du bist wohl nicht die größte Freundin der Glubschis?«

»Oh, wie hast du das erraten?« Sie setzt die Tasse wieder ab. »Anfangs fand ich sie ganz knuffig mit ihren riesigen Augen, aber die haben ja alle einen Geburtstag, der gefeiert werden muss, und sie müssen Geschenke kriegen und haben Jobs und sind miteinander verheiratet. Einmal habe ich vergessen, wer der Bürgermeister von Willhausen ist, und Willy ist ausgetickt. Er versteht da keinen Spaß. Und außerdem sehen sie doch aus, als wären sie die ganze Zeit auf Drogen.«

Ich greife nach einem der Äpfel in der Schale und poliere ihn mit meinem Rock. Dann beiße ich vorsichtig rein. Oh, sehr sauer.

Bea setzt sich plötzlich stocksteif hin, und ein verkrampftes Lächeln erscheint auf ihrem Gesicht. »Achtung, Frau Mahlzahn im Anmarsch.«

»Guten Morgen, die Damen!«

Auf den ersten Blick ist Beas Schwiegermutter mir sympathischer als erwartet. Mit ihrer Strubbelfrisur, den großen Knopfaugen und dem kurzen Sommerkleid wirkt sie gar nicht omahaft, sondern eher wie ein altersloses Punkermädchen.

»Mutter, das ist meine Cousine Josefine.«

Sie lächelt mich an und gibt mir die Hand. »Oh, Schosefiin, wie die Frau von Napoleon. Ich bin Luise. *Enchantée!*«

Ach je, muss sie meinen Namen wirklich französisch aussprechen?

»Setz dich doch. Möchtest du einen Kaffee?«

»Mach dir keine Umstände. Ich nehme mir einfach selbst was.« Sie greift nach Beas Tasse und schaufelt zwei Löffel Zucker hinein.

»Was habt ihr beiden *bébés* denn heute noch vor?« Sie setzt Beas Tasse an die Lippen und nimmt genießerisch einen Schluck.

»Ach Beatritsche, ich sag's ja immer wieder, dein Zuckerlöffel ist zu groß. Er muss genau die drei viertel Menge eines normalen Teelöffels fassen. Ich bringe dir mal ein paar von unseren mit. An diese Größe ist Karl gewöhnt. Der Kaffee ist jetzt viel zu süß.«

Bea kneift die Lippen zusammen und sagt nichts.

»Also, was macht ihr heute?«

»Wir wollen uns Omis Haus vornehmen«, sagt Bea tapfer. Und ich freue mich, dass sie ihre Weigerung, das Haus noch mal zu betreten, über Nacht offensichtlich wieder verworfen hat.

»Braucht ihr dabei meine Hilfe?«

»Bloß nicht!«, sagt Bea uncharmant.

»Beatritsche, ich hab da von einer ganz neuen Methode zum Ausmisten gelesen. Vielleicht probiert ihr die mal aus?«

»Welche denn?« Bea schielt zu meiner Tasse, und ich schiebe ihr meinen Kaffee hin.

»Die Tschoosi-Klien-Mässod. Damit soll das ganz leicht gehen und sogar Spaß machen.«

Wie bitte?

»Mutter, ich hole dir schnell ein Glas und eine eigene Tasse«, schlägt Bea vor.

»Nein, bleib doch sitzen. Ich habe alles, was ich brauche.« Luise greift nach meinem Wasserglas und nimmt einen Schluck. Na toll.

»Mit der Tschoosi-Klien-Mässod wird das Aufräumen zu einem Event, es macht Spaß, wie eine Verabredung mit der besten Freundin.«

»Spaß macht es ganz sicher nicht«, sagt Bea mürrisch.

Wo ist denn Beas Schwiegermutter um Himmels willen auf Josie Clean gestoßen? Ich sollte einfach nur den Mund halten, aber irgendwie rutscht mir heraus: »Ist das nicht diese Betrügerin?«

»Keine Ahnung, was du meinst. Ich habe in einer Zeitschrift gestern ein Interview mit der Erfinderin gelesen. Tolle Frau, so hübsch und selbstbewusst. Die hat alles im Griff und ist total in ihrer Mitte. Sah dir fast ein bisschen ähnlich, Schosefiin, so wie du in schlank und elegant.«

Hallo? In mir tobt es. Wut und Neugier ringen miteinander, aber die Neugier siegt.

»Hast du diese Zeitschrift noch, Luise?« Vor lauter Shitstorm habe ich gar nicht mehr an die Printausgabe gedacht. Ich würde sie trotz allem gern sehen.

»Ja, klar, ich kann sie dir mitbringen. Siehst du, Beakind, Schosefiin nimmt meine Vorschläge einfach mal an. Das würde ich mir ja auch bei dir wünschen, Beakind. Dass du mehr in dir ruhst und nicht dauernd hin und her hetzt. Der Haushalt läuft dir schon nicht weg. Bleib sitzen, ich brauche nichts.«

Ich verstehe jetzt sehr gut, warum Bea in Gegenwart ihrer Schwiegermutter Schnappatmung kriegt. Aber wenigstens hat sie mich nicht erkannt. Oder zumindest nicht eins und eins zusammengezählt. Und bevor sie dazu doch noch Gelegenheit bekommt, stürmt zu unserem Glück Willy herbei.

»Oma, komm jetzt! Herr Gewässer ist schon richtig sauer und bekommt gleich einen cholerischen Wutanfall!«

Offenbar ist Herr Gewässer das Geburtstagskind, dem Luise gratulieren muss, jetzt sofort und hinter dem Haus im Kreise seiner Freunde. Gut so. Sie folgt ihrem Enkel zwitschernd und trällernd, die beiden haben eine verblüffend ähnliche Sprachmelodie.

Bea atmet hörbar aus, und ich hole uns neue Tassen und Gläser aus der Küche. »Die Frau ist ja wie ein Vulkan. Was hat sie denn dauernd mit ihren Fremdwörtern?«

»Tja, sie hat nicht studiert, und offenbar will sie damit zeigen, wie weltgewandt sie dennoch ist. Sie ist echt eine Herausforderung. Ich versuche, es mit Humor zu nehmen.«

»O Mann. Dabei sieht sie so harmlos aus wie ein Monchichi.«

»Du vergleichst meine Schwiegermutter mit einem Affen?«

»Nein, mit einem Stofftier.«

Bea lacht wieder ihr helles, warmes Lachen. »Das muss ich Karl sagen.«

»Bloß nicht.«

»Es wird ihm gefallen. Besser als Frau Mahlzahn. Und sag mal, diese Josie-Clean-Sache, willst du drüber eigentlich irgendwann noch reden?«

»Nein«, sage ich schnell. Bea ist offenbar weitaus klüger als das Monchichi.

Also gut. Die nächste Hausbegehung.

»Diesmal machen wir es ganz anders. Wir machen uns vorher einen Plan, an den wir uns strikt halten. Wir lassen uns nicht von Emotionen überwältigen«, beschließe ich.

»Und wie soll der Plan aussehen?«

»Wir spielen einkaufen, so wie früher. Am besten nimmt sich jeder eine Einkaufstasche und einen Karton, und wir gehen wie durch ein Kaufhaus und füllen unsere Taschen nur mit schönen Dingen. Wir nehmen jede nur das mit, was uns richtig gut gefällt und was wir uns gern daheim aufstellen wollen.«

»Okay. Dann bin ich Bea Blitzblank und du …« *Nicht Josie Clean!,* schreie ich innerlich. »… und du bist Conny Chaos?«

»Gebongt«, sage ich erleichtert.

»Alles andere ignorieren wir stur.«

»Okay.« Das können wir schließlich gut.

Bea sperrt die Tür auf, und ich betrete hinter ihr das Haus. »Denk dran, wir spielen einfach Kaufhaus.« Gut. Einfach einen Fuß vor den anderen setzen und nach etwas Schönem Ausschau halten. Dieser kleine, mit Blumen bemalte Schemel zum Beispiel, den hätte ich gern. Und dieses gläserne Öllämpchen. Den türkisfarbenen Nussknacker in Form eines Krokodils, den goldenen

Kerzenständer. Und die kleine violette Vase. »Oder willst du die?«

»Nein!« Bea winkt mit einem wollenen Läufer über dem Arm ab. Gut, dass wir einen so unterschiedlichen Geschmack haben. Ich komme mir ein wenig wie eine Grabräuberin vor, aber Bea hat mich ja ausdrücklich aufgefordert, mir etwas auszusuchen.

Meine Güte, die Schneiderpuppe, mit der Omi ganze Kollektionen genäht hat, liegt mit dem Kopf nach unten auf dem Boden, das ist doch ein Frevel. Ich setze sie in einen Stuhl. Wie hieß sie noch mal? Fräulein irgendwas … Oh, und hier liegt eine von Papas Jogginghosen, ein Zwilling von der Hose, die Mama neulich weggeschmissen hat, sie sieht aus wie neu. Darüber würde er sich bestimmt riesig freuen. Ich packe die Hose in meine Tasche. Und hier, meine Güte, steht ein Grammofon!

»Bea, meinst du, ich kann das Grammofon haben?«

»Klar. Aber ich glaube, es ist kaputt.«

»Egal. Meine Nachbarin wünscht sich so was.« Ich hebe das Relikt der Nachkriegsjugend hoch und setze es in meinen Karton, jetzt ist er voll. Aber das sollte auch reichen, oder?

»Ich schaue noch einmal kurz in Omis Arbeitszimmer«, sage ich.

»Ich komme mit, da war ich ewig nicht mehr.« Bea folgt mir.

Auf dem Schreibtisch und dem Sofa stapeln sich zwar die Papiere, aber das Zimmer sieht nicht so aus, als habe es seine Seele ausgespien. Es hat irgendwie seine Würde behalten. Arbeitszimmer dürfen schließlich unordentlich sein, sogar bei einem Genie wie Patrick.

»Oh, Omis alte Schreibmaschine. Auf der hat sie mir das Tippen beigebracht«, sage ich begeistert. »Ob die noch funktioniert?«

»Wir können sie ja mit rübernehmen und es nachher ausprobieren.«

»Ist da aktuelle Post bei?«, frage ich. »Oder kippen wir das alles in den Müll?«

»Nein, glaube nicht. Mama hat nach Omis Tod alles Wichtige mitgenommen und einen Nachsendeauftrag gestellt. Das muss altes Zeug sein. Aber lass es uns sicherheitshalber kurz durchsehen, bevor wir es wegwerfen.«

Briefe einer Galerie, eines Verlegers und alte Rechnungen aus einem Handarbeitsgeschäft. Ich hebe einen Block hoch. Eine Zeichnung von Omi, hastig skizziert. Wohin damit? Ich schiebe es nach rechts auf eine freie Stelle und überfliege dann die Schlagzeile einer alten Zeitung.

Rechtsstreit verloren: Galerist Neumann behält Rechte an Frühwerken von Emmelyne Plychta

»Das war der Prozess, bei dem Papa Omi vertreten hat«, sage ich. Ich weiß noch, wie enttäuscht er war, als er ihr die Rechte an ihren Bildern aus den Vierzigerjahren nicht zurückholen konnte, die sie mit Anfang zwanzig blauäugig einem gerissenen Galeristen für eine magere Summe überlassen hatte.

»Glaubst du, dass dein Vater und Omi sich deshalb zerstritten haben?«, fragt Bea.

»Nein, das ist viel früher gewesen. Schau doch, der Artikel ist von 2003.«

»Stimmt. Sollen wir davon was aufheben?«

»Ich wüsste nicht, was. Oder willst du die Zeichnung von deiner Mutter? Sie ist gut.«

»Ja. Was ist denn da noch alles in dem Aktenschrank?«

Bea öffnet die quietschende Holztür auf ihrer Hüfthöhe und scherzt dabei: »Gut, dass keiner von uns eine Hausstauballergie hat.«

»Vorsicht, das Zeug fällt raus!«, warne ich sie. Ich halte reflexartig die Arme unter das Fach, und mir fällt mit einem satten Plumpsen die Essenz meiner ersten Schuljahre in die Hände. Zeugnisse, Klassenfotos, Briefe, Zettelchen, Alben, Sticker, Tagebücher, Schulhefte, Radiergummis, Döschen und Lineale. Papa hatte die Überbleibsel meiner ersten Schuljahre liebend gern bei den Großeltern gelassen.

»Warte, ich helfe dir.« Bea nimmt mir einen Teil von dem Wust aus den Armen und lässt ihn sicher zu Boden gleiten. Zu Beginn der Ferien holten Mama und Papa uns stets am letzten Tag von der Schule ab, und wir fuhren gleich weiter nach Haindorf. Wir brachten den Großeltern immer unsere Zeugnisse und Hefte des letzten Schuljahrs mit. Opa fand lobende und tadelnde Worte, honorierte gute Leistungen aber stets mit Barem.

»Du meine Güte. Ich wusste gar nicht, dass das alles noch existiert«, sage ich erstaunt. Ich setze mich auf den Boden und sehe mir die Sachen an. Mit jedem Teil öffnet sich eine Schublade meiner Vergangenheit.

Ich krame in Bildern, Briefchen, Zettelchen, und gemeinsam mit Bea wühle ich mich durch die Erinnerungen an meine Schulzeit. Mir ist, als würden mich all diese vielen Erinnerungsgegenstände zu Boden ziehen und beschweren. Das ist alles längst vergangen und vorbei. Es bindet nur unnötig meine Energie.

Ein Aquarellbild darf bleiben, die heimlichen Zettelchen aus dem Unterricht, der Jahresbericht, das neue Klassenfoto. Die selbst geschriebenen Comics, die Eintrittskarte meines ersten Kinofilms, die Bilder aus dem Fotoautomaten, der Skipass vom Skilager und das Poster von Radiohead, das sind die wenigen Dinge, die mich glücklich machen. Bea schichtet alles, was ich ihr reiche, in meine Stofftasche. Der Rest kann weg.

Mit steifen Gliedern stehe ich schließlich auf, und wir tragen vier Tüten voller Papiermüll raus zur Altpapiertonne. Ich lasse sie los und fühle mich befreit.

Kapitel 22

Abends wird es kühl, und wir puzzeln in der Küche herum. Willy übernachtet beim Schwiegermutter-Monchichi, und Karl arbeitet in seiner Werkstatt. Bea hat den Holzofen angeschürt, und wir sind leicht erschöpft und eher still, aber auf eine gute Art. Wir sprechen wenig, bereiten Salat vor. Mein Blick fällt auf die Familienfotos an der Wand. Willy als Baby auf dem Wickeltisch, Karl lachend ohne Bart, Bea kirschrothaarig mit Kussmund und Sektglas an Silvester, Willy glücklich mit aufgeblasenen Wangen vor einer Geburtstagstorte, Omi, Papa und Tante Marion schlank und lächelnd auf Omis Terrasse – mit Bea, Moritz und mir als Kleinkindern zwischen den Beinen. Wir sehen glücklich und unbeschwert aus.

»Ich stelle es mir schön vor, eine eigene Familie zu haben.«

»Es ist auch schön. Ich komme nur so selten dazu, das zu fühlen, weil ich meistens einfach zu müde bin«, gibt Bea zu.

»Ich vermisse es, mich mal wieder bei einer blöden Party nach Hause zu sehnen.«

»Ich weiß gar nicht, ob ich mal Kinder haben will. Ich meine … Kinder sind wundervoll«, setze ich hastig dazu.

»Und ein naturwissenschaftliches Wunder«, ergänzt Bea. »Tagsüber nur einen Meter groß, aber nachts breiten sie sich aus und brauchen mindestens ein Doppelbett. Und sie sind undicht und laufen aus.«

»Momentan wäre das viel zu unberechenbar für mich. Außerdem bräuchte ich dazu ja auch erst mal einen Mann.«

»Was ist denn mit diesem BMW-Typen passiert?«

»Olli? Woher weißt du von seinem Auto? Ach so, von Facebook. Der hat mich abserviert.«

»Das tut mir leid.«

»Na ja, immerhin kann ich mir jetzt beim Fernsehen die Nägel lackieren. Olli hat sich immer über den Lackgeruch beschwert. Und über meine Senderwahl.« Mir fallen auch noch ein paar andere Kleinigkeiten ein, die sich seit unserer Trennung verbessert haben.

»Seit Willy auf der Welt ist, ist mein Hobby eigentlich schlafen«, sagt Bea.

»Nichts Aktiveres?«

»Höchstens noch essen«, sagt Bea. »Oder Wein trinken.«

»Ich finde es schön, dass du deinen Sohn nach Opa benannt hast«, sage ich.

»Ja, ich auch. Manche Traditionen sollte man weiterführen. Und du landest auch noch hier an der Fotowand. Als Erwachsene, meine ich«, sagt meine Cousine.

»Das ist schön. Ich werde dich auch bei mir aufhängen.«

»O hängt ihn auf, den Kranz voll Lorbeerbeeren ...«, singt Bea. »Hoffentlich wirst du dann nicht vom Sheriff verhaftet, weil du keine Lizenz zum Hängen erworben hast.«

Wir albern und kalauern wie früher herum, machen Wortspiele und kichern.

»Künstlich oder natürlich?«

Das war ein Running Gag zwischen Bea und mir. Ein uralter Witz, den zu variieren wir nicht müde wurden.

Ist die Pflanze künstlich?

Natürlich.

Künstlich oder natürlich?

Natürlich künstlich!

Plötzlich überfällt mich eine große Sehnsucht danach, mit Omi und Bea Scrabble zu spielen. Wochen voller Ferienfreuden, und ich wusste, dass ich zur richtigen Zeit am richtigen Ort war und das Richtige tat. Es war *alles* am richtigen Platz. Liebe, Wärme, Spielfiguren, Plätzchen, Kakao, Decken, Schokolade, Lachen.

»Manchmal kommt es mir vor, als wäre das damals mit Omi die echte Zeit gewesen«, sage ich. »Und das jetzt wäre nur ein seltsames Nachbeben, bei dem sich alles etwas blutleer anfühlt. So schön wie damals wird es nie wieder.«

»Finchen, das stimmt nicht. Es war nur so intensiv, weil es die erste Zeit ist, an die wir uns erinnern können.«

»Meinst du?«

»Ja. Es kommen ganz sicher noch weitere wundervolle Zeiten auf uns zu. Wenn Willy größer ist und ich wieder mal allein verreisen kann. Wenn du deinen ersten Roman veröffentlicht hast. Wenn Omis Haus endlich leer und renoviert ist … Sag mal, willst *du* nicht dort einziehen?«

»Und was soll ich hier in Haindorf auf Dauer machen?«

»Schreiben«, sagt sie prompt.

»Ich hab noch nie was Nennenswertes geschrieben.«

»Und was ist mit deiner Kolumne?«

»Ach komm, das war doch nur Schrott. Seit wann weißt du das eigentlich alles?«

»Seit es passiert ist, nehme ich an.«

»Warum hast du dann noch nichts dazu gesagt?«

»Ich wollte warten, ob du darüber reden willst. Wolltest du ja offenbar nicht.«

»Wissen das hier etwa alle?«, frage ich entsetzt.

»Nur Karl. Und der findet es phänomenal. Ich übrigens auch. Du bist echt lustig, Cousine. Ich mag deinen Humor. Schreib endlich ein Buch. Ich meine, zu Ende.«

»Ich glaube nicht, dass mir in absehbarer Zeit jemand einen Job geben möchte.«

»Ach, Quatsch. Luise hat sich doch auch bloß das mit deiner Methode gemerkt, der Rest ist bald Schnee von gestern, wirst du sehen. Du kannst schreiben. Das wird früher oder später was.«

Diese Lorbeeren habe ich nicht verdient. »Das meiste hat sich ehrlich gesagt die Journalistin selbst ausgedacht«, erkläre ich.

»Tu nicht so bescheiden.«

»Nein, hat sie wirklich. Ich habe ihr nur ein paar Stichwörter hingeworfen. Aber du weißt ja leider, was aus dieser ganzen Sache geworden ist.«

»Ach, so ein gelegentlicher kleiner Shitstorm gehört doch dazu. Die Leute beruhigen sich schon wieder. Soll ich mal bei Facebook nachschauen, wie die Stimmung ist?«

»Bloß nicht. Ich bin jetzt das erste Mal seit Jahren offline, und es tut mir richtig gut.«

»Omi wäre stolz auf dich gewesen.«

»Na, ich weiß nicht. Ihre Enkelin als Lachnummer im Internet?«

»Ich bin sicher, auf eine Enkelin als Kolumnistin wäre sie wahnsinnig stolz gewesen.«

»Omi gab mir immer das Gefühl, ich könnte alles werden. Aber ich bin nur ich geworden.«

»Mensch, Finchen, jetzt hör doch mal mit dem Gejammer auf. Du bist eine tolle Frau, genauso wie du bist.«

Und auf einmal bin ich unglaublich dankbar, hier mit meiner Cousine zu sitzen, die all diese Zeiten mit mir erlebt hat und die immer noch da ist. Und ich glaube, es wird tatsächlich Zeit, die Schreibmaschine wieder auszuprobieren.

Ich war zwei komplette Tage lang nicht im Internet, und einerseits komme ich mir immer noch wie auf Entzug vor, andererseits fängt es an, sich gut anzufühlen. Es ist, als würde sich die Erde plötzlich ein klein wenig langsamer drehen. Ich atme tiefer, gehe langsamer und bin innerlich ruhiger. Vielleicht liegt es auch an meiner riesigen Erleichterung darüber, dass Bea und ich unseren Zwist endlich beilegen konnten. Ich fühle mich geerdet und gleichzeitig beschwingt.

Omis Schreibmaschine funktioniert zwar noch, aber der Anschlag ist so schwerfällig, dass ich nach nur zwei Zeilen zum Laptop gewechselt habe.

Patrick hat mir den Link zu einer Studie geschickt.

Hallo, Fine, schau mal, das habe ich gerade gesehen und musste an dich denken. Laut einer Studie verbreiten sich Fake News sechsmal schneller als echte News. Vielleicht lösen sie sich dann auch sechsmal schneller wieder auf?

Und dann den Link zu einem Tweet.

›Ich mache nimals denselben Fehler zweimal. Nimals.‹ Nur damit du weißt, dass es in den sozialen Medien außer dir auch noch andere Totalausfälle gibt ☺.

Darüber muss ich tatsächlich den ganzen Vormittag kichern, und noch am Nachmittag hält das warme und beschwingte Gefühl in meinem Bauch an.

Heute öffnen wir Omis Haustür so beherzt, als hätten wir einen Fluch gebrochen. Wir haben außerdem Luise im Schlepptau, die sich Handarbeitskram aussuchen will.

»Meine Güte, so ein schönes Haus!«

Es freut mich, dass sie das trotz der Unordnung erkennt.

»Beatritsche und Karl sollten wirklich hier einziehen!«

Oh, daher weht der Wind.

»Da hätte der arme Junge endlich ein eigenes Spielzimmer.«

»Willy hat doch ein Zimmer!«, sage ich erstaunt, aber Bea wartet, bis sie um die Ecke ist, und flüstert: »Sie meint Karl. Er hat kein eigenes Spielzimmer für seinen Billardtisch, der arme Junge, der steht in der Werkstatt.« Ich wundere mich, dass sie dem Monchichi nicht an die Gurgel springt.

Da mische ich mich aber lieber nicht ein. Zum Glück ist Luise Richtung Wohnzimmer gegangen, während ich Bea ins alte Kinderzimmer folge. Sie will sich ihren alten, grünen Schreibtisch vornehmen. Wir breiten die vielen Papiere auf dem abgetretenen Kinderzimmerteppich aus. Ich glaube, nach gestern kann mich nichts mehr erschüttern. Bea blättert in unserem Briefbuch. »Schau mal. ›*10. April 2004: Mich haben heute 3 Jungs nach einem Deit gefragt, so toll.*‹ Ach, ist das süß.

Sie hält mir ein paar wellige Fotos entgegen.

»Weißt du noch, wie unglaublich ich damals in den Nachbarsjungen verknallt war?«

»Ja, klar.« Wie unwichtig das mittlerweile ist, nachdem sie Karl gefunden hat. Wir suchen auch hier nur die wenigen Bilder zusammen, die wir wirklich aufheben und auch aufhängen wollen, dann überlassen wir den Rest dem Mülleimer.

Obwohl wir beschwingt nach Hause gehen, kann ich mir nicht vorstellen, dass sich Beas Problem mit dem Haus jetzt einfach so erledigt hat, und das sage ich ihr auch, als Willy im Bett ist.

»Aber das kann doch nicht alles gewesen sein? Wir schmeißen ein paar Tüten voller Altpapier weg, und jetzt ist alles gut, und du fühlst dich nicht mehr überfordert?« Ich schenke uns beiden Tee ein und zünde das Teelicht im Stövchen an.

»Klar fühle ich mich noch überfordert davon. Du nicht?«

»Doch«, muss ich einräumen. »Allein der Gedanke daran, was da noch alles getan werden muss, beschert mir Schnappatmung.«

»Wenn ich das Haus anzünden könnte, ohne erwischt zu werden, ich würde es tun«, sagt Bea düster. »Sogar wenn die Versicherung nicht zahlt.«

»Aber wenn sie zahlt, wäre es noch besser«, sage ich.

»Allerdings. Wir haben ja jetzt alles rausgenommen, was wir behalten wollen.«

»Ganz genau. Den Rest braucht keiner mehr.«

»Man müsste alles mit einem Container abholen lassen«, sagt Bea, und ich erschaudere kurz. Liegt es am Wort »Container«, oder planen wir hier gerade ganz subtil und leise etwas Unglaubliches? Die Luft ist aufgeladen, nicht nur von einem drohenden Gewitter, und ich fühle mich plötzlich wie damals, als wir Verbrecher gespielt haben, die im Wäldchen ihren nächsten Raubüberfall planten. Lebendig, verwegen, als wäre alles möglich, beafiziert eben.

»Weißt du, ich hatte nie Angst vor dem Haus an sich, nur vor Omis Atelier bzw. dem, was es in mir auslöst«, sagt Bea und streckt ihre Beine auf dem Sofa aus. »Aber das ist eigentlich etwas in meinem Kopf.«

»Was denn?«

»Aber du darfst mich nicht auslachen.«

»Würde ich nie tun.« Ich zünde auch noch die Kerze auf dem Tisch an und schalte die Lichterketten am Fenster ein.

»Lass aber das große Licht auch an, bitte.«

»Aber ohne ist es viel gemütlicher.«

»Ohne Licht kann ich es nicht erzählen.« Sie ist ganz ernst. Und wir planen natürlich keine Brandstiftung, wie absurd. »Okay.«

»Ich habe Omis Geistergeschichten nicht gut vertragen«, beginnt sie zögerlich. »Ich habe geglaubt, sie wären wahr.«

»Aber das ist doch Blödsinn.«

»Ja, das weiß ich, das hat Omi ja auch gesagt. Es ist nur so, dass ich einmal etwas erlebt habe, was ich mir nicht erklären konnte. Was ich mir bis heute nicht erklären kann.«

»Was denn?

»Ich kann es nicht sagen, es ist zu schrecklich.«

»Aber Bea, natürlich. Komm, ich bin doch da.«

»Also gut. Weißt du noch, diese eine Geschichte, in der ein Mann ein Bild gekauft hat, und plötzlich sind auf dem Bild blutige Fußspuren erschienen?«

»Daran erinnere ich mich nicht.«

»Und dann ist er am nächsten Tag von seinem eigenen Bruder ermordet worden, und immer wenn der Mörder ins Zimmer kam, sind auf dem Bild wieder die Blutspuren erschienen, bis seine Frau es begriffen und die Polizei geholt hat.«

»Was für eine dämliche Geschichte.«

»Vielleicht. Omi hat sie aber sehr eindrucksvoll erzählt, mit verstellten Stimmen und Flüstern. Und als ich am nächsten Tag in ihr Atelier gegangen bin, waren da auf dem Schneebild an der Wand ... na ja, da waren rote Fußspuren.«

»Welches Schneebild?«

»An der Wand mit den Zetteln und Bildern und so.«

»Kannst du dir das nicht eingebildet haben?«

»Nein! Ich schwöre dir, ich habe es gesehen. Ich hab geschrien und bin rausgerannt, und später wollte Opa mit mir nachsehen gehen, aber ich hab mich nicht mehr reingetraut. Opa hat dann allein nachgeschaut und geschworen, dass es keine Spuren auf dem Bild gibt. Es waren auch keine da, ich bin ja später doch wieder ins Atelier gegangen. Ich kann mir das bis heute nicht erklären.«

»Vielleicht hattest du Fieber?«

»Das glaube ich nicht. Erinnerst du dich echt nicht daran?«

»Nein. Vielleicht war ich gar nicht dabei?«

»Keine Ahnung, ich dachte, du wärst auch da gewesen und

hättest versucht, mich zu trösten. Dass Geister doch nicht böse sind oder so was. Ist ja jetzt auch egal. Für mich war es halt bei Omi immer eine zweischneidige Sache. Ich war gern dort, aber ich fühlte mich auch abgeschoben und hatte Sehnsucht nach Mama. Und außerdem hatte ich eben Angst vor den Bildern in Omis Atelier.«

»Ach, Bea. Das tut mir leid! Für mich war es bei Omi immer nur wunderschön, eine Auszeit.«

»Ja, ich weiß. Deshalb wollte ich dir das auch nie sagen. Jede von uns hat wohl eine andere Beziehung zu ihr gehabt. Schade, dass sie ihre Kinder nie unterstützt hat, an ihre Träume zu glauben.«

»Wie das alles genau war, werden wir wohl nie mehr erfahren.«

»Wieso nicht? Frag doch deinen Vater!«

»Das geht nicht. Wir reden in unserer Familie nicht über solche Dinge. Über Gefühle selten und über Papas Vergangenheit nie. Über Omi wurde seit ihrer Beerdigung kein Wort mehr verloren.«

»Dann fängst du eben jetzt damit an. Komm, frag ihn! Ruf ihn an. Und schalte den Lautsprecher ein.«

Gepushed von der seltsamen Stimmung gerade und angetrieben von Bea, überwinde ich mich und wähle die Nummer meiner Eltern.

Mama scheint sich über meinen Anruf zu freuen, aber ich wimmele sie schnell ab und frage nach Papa.

»Hallo, Papa, wie geht's?«

»Kann nicht klagen. Und selbst?«

»Ganz gut. Sag mal, wir räumen doch jetzt Omis Haus aus und ...«

Ich gebe ihm die Gelegenheit, etwas zu sagen, aber er sagt nichts.

»Und da haben wir eine Menge Zeugs gefunden … alte Unterlagen, Briefe und so«, rede ich tapfer weiter. »Soll das alles weg?«

»Von mir aus.«

Toll. Er mauert, so wie immer. »Du willst nichts davon?« Ein letzter Versuch.

Er räuspert sich. »Nein.«

Jetzt zögere ich, aber sehe, wie Bea mir aufmunternd zunickt. Okay, Augen zu und durch. »Okay. Aber ich muss dich noch was Wichtiges fragen.«

»Was denn?«

Verflixt, wieso ist das nur so schwer? »Weißt du noch … wie Omis Schneiderpuppe hieß?«

»Tante Mathilde?«

»Nein, ich glaube nicht.«

»Okay. War es das? Fußball fängt gleich an.«

»Ja, das war's wohl. Grüß Mama, tschüss!«

»Grüß Bea. Tschüss!«

Okay.

»Ich sag mal, auf voller Linie versagt!«, stellt meine Cousine fest.

»Irgendwie schon. Es ging einfach nicht.«

»Na ja, du kannst wohl nicht erwarten, dass sich *all* deine Probleme schlagartig in Luft auflösen.«

»Vielleicht nicht. Irgendwie hatte ich das gehofft. Aber ich will jetzt trotzdem wissen, wie diese Puppe hieß.«

Kapitel 23

Wir haben beide beschlossen, dass wir mal Pause mit Omis Haus machen und heute einfach nur Kuchen backen, in der Sonne sitzen und uns unterhalten wollen. Bea hat Tante Marions besten Freundinnen angeboten, noch mal durchs Haus zu gehen und sich alles zu nehmen, was sie gern haben würden.

Danach sollten wir wohl einen Antiquitätenhändler und jemanden von einem Sozialkaufhaus einladen. Vielleicht könnten wir auch jemanden beauftragen, der Haushaltsauflösungen macht, oder eine Anzeige aufgeben. Verdienen will Bea an den Sachen nichts, sie will sie einfach nur weghaben, und mir schaudert es vor diesem riesigen Batzen an Arbeit, den das bedeutet. Ich will Bea aber nicht damit alleinlassen. Wenn das Gröbste geschafft ist, können wir einen Container bestellen, jawoll, das ist gar nichts Schlimmes. Und dann weg mit all dem Krempel.

Und danach geht es wohl an die Renovierung. Ich fühle schon wieder einen Druck auf der Brust, wenn ich nur daran denke. Ein ganzes Haus zu renovieren ist ein krasses Vorhaben, und eigentlich fühle ich mich dem nicht gewachsen, aber das gebe ich vor Bea nicht zu. Und es ist doch keine Alternative, das Haus die nächsten zehn oder zwanzig Jahre einfach so stehen zu lassen und darauf zu hoffen, dass ein Wunder geschieht und es sich über Nacht in Luft auflöst. Kurz kommt mir noch mal ein kleiner Brand in den Sinn, der alles innerhalb von Stunden auslöscht, aber natürlich ist keiner von uns zu etwas Kriminellem fähig. Also muss es eben langsam und in tausend Minischritten gemacht werden, Josie Clean und so weiter … Und es ist ja auch nicht so, als würde daheim ein Leben auf mich warten, in das ich möglichst bald zurückkehren muss. Auch wenn Patrick mir von kleineren und größeren Zwischenfällen im Haus berichtet.

Herr Maurer und Jean-Luc haben heute versucht, die Mülltonnen auszuräuchern, weil da wohl Ratten waren oder so was, aber dann gab es einen kleinen Brand, und Jean-Luc ist dermaßen ausgeflippt, dass ich ihm fast nahegelegt hätte, mal sein eigenes Antiaggressionsseminar zu besuchen. Doch schließlich hat Frau Holler ihm einen Butterkuchen angeboten, und später saßen sie friedlich zu dritt im Hof, und sie hat ihn Text abgefragt. Das hättest du sehen müssen. Wann kommst du eigentlich zurück?

Das ist eine gute Frage. Wenn Omis Haus erst mal leer und fertig ist, dann fällt es Bea hoffentlich leichter, eine Entscheidung zu treffen, was sie damit anstellen will.

»Du hast nicht zufälligerweise schon immer davon geträumt, irgendwo auf dem Land eine Frühstückspension aufzumachen?«, fragt Bea beim Mittagessen im Garten. Ich liebe ihre Schwemmklößchen, sie kocht fast wie Omi.

»Das ist so ziemlich das Letzte, was ich mir vorstellen kann. Dann doch lieber Glubschizüchterin unter Willys Herrschaft.«

»Ja!«, strahlt Willy.

»Oder Romanautorin?«, fragt Bea mit einem wissenden Lächeln.

»Oder das.« Ihr ist anscheinend nicht verborgen geblieben, dass ich an den letzten Abenden einiges in die Tastatur meines Laptops gehackt habe. Aber das ist nicht der Anfang eines Romans, es sind einfach nur die Erinnerungen an unsere Kinderzeit, die eine nach der anderen an die Oberfläche kommen, wie Blüten auf einem Teich. Ich schreibe sie auf, damit sie mir nicht wieder entgleiten. Die guten und die schlechten, die schönen und die traurigen und die vielen, die alles gleichzeitig sind. Mein Leben. Unser Leben.

Am Donnerstag sitzen wir im Wohnzimmer und rätseln immer noch, wie Omis Schneiderpuppe hieß.

»Tante Linchen?«, schlägt Bea vor.

Obwohl wir August haben, ist es kühl, und im Kamin brennt ein Feuer.

»Nein, das war die Erzählerin in Omis Kinderbuch.«

»Stimmt.«

»Ich könnte Moritz anrufen, vielleicht weiß er das noch.«

»Mach das. Darf ich zuhören?«

Ich nicke. Ein Scheit im Kamin lodert kurz auf. Bea geht hin und stochert kurz im Feuer. Ich rufe meinen Bruder an.

»Moritz, sag mal, wie hieß die große Puppe, die Omi in ihrem Zimmer hatte?«

»Die aus schwarzem Stoff mit der Perücke?«

»Ja, genau die.«

»Weiß ich nicht mehr. Irgendwas mit Tante oder Fräulein oder so.«

»Ja, aber wie genau?«

»Fräulein Mila?«

»Nein, das hört sich falsch an.«

»Als ob du's wüsstest!«

»Ich weiß es nicht, aber ich würde es spüren, wenn es richtig wäre. Ach egal. Ich hab vorgestern versucht, mit Papa über Omi zu sprechen, aber ich hab's nicht hingekriegt. Er hat wie immer gemauert.«

»So ist er halt.«

»Ja, aber ich hatte halt gehofft, dass er sich mal öffnet. Sag mal, du weißt nicht zufällig, wie Omi Papa dazu gebracht hat, Jura zu studieren?«

»Das war doch sein eigener Wunsch.«

»Bea sagt, er wollte Sänger werden.«

»Ja, ungefähr zwei Nachmittage lang, das hat er mir mal erzählt, als ich eine Band gründen wollte. Aber dann ist ihm klar geworden, dass er für die Musik nicht alles aufgeben und notfalls sein Leben lang arm sein wollte, und dann hat er es gelassen und ist Anwalt geworden.«

Oh, tatsächlich? »Bist du dir sicher?«, frage ich nach.

»Ziemlich.«

»Schade. Bea und ich dachten, Omi hätte ihre Kinder mit einem mysteriösen Geheimnis erpresst oder …«

»Finchen, ich könnte schon ein Geheimnis enthüllen, aber dann wird Bea mich ewig hassen.«

»Wie bitte? Was für ein Geheimnis? Sag es mir, sofort!«

Bea hält sichtbar den Atem an.

»Na ja, du weißt sicher noch, dass Omi uns gern Schauergeschichten erzählt hat. Einmal hat sie uns von einem Bild erzählt, auf dem plötzlich blutige Fußstapfen im Schnee zu sehen waren.«

»Was?« Vor Schreck setze ich mich kerzengerade auf.

»Zuerst habe ich mich schrecklich gegruselt, aber dann kam ich auf die Idee, *euch* zu erschrecken. In Omis Atelier hingen doch lauter Zettel, Bilder und Anleitungen an der Wand.«

»Kann sein.«

»Dabei war auch so ein Schneebild aus den Schweizer Bergen. Sie hatte davon mehrere in der Schublade, das war ein Reklameblock. Auf eins der Bilder habe ich rote Fußstapfen gemalt und das dann im Atelier aufgehängt. Ich hab mich hinter dem Schreibtisch versteckt und wollte eigentlich rausspringen, wenn ihr kommt. Aber Bea kam allein und hat so losgebrüllt, dass ich mich nicht getraut habe, mich zu zeigen. Es gab so ein Drama, dass ich auch später noch Angst hatte, es zuzugeben. Ich hab einfach das Bild wieder ausgetauscht und das mit den Blutspuren in den Kamin geworfen. Niemand hat es je erfahren.«

Bea sieht aus, als würde sie gern auf das Telefon einschlagen.

»Bist du irre? Du hast ihr einen wahnsinnigen Schrecken eingejagt!«, fauche ich Moritz an.

»Es sollte doch nur ein Witz sein! Ich hab ihr am selben Abend noch erzählt, dass es auch liebe Geister gibt und dass sie sich bestimmt nicht vor ihnen fürchten muss.«

Bea reißt mir das Telefon aus der Hand. »Mann, Moritz, das ist nicht lustig! Ich hatte jahrelang Albträume deshalb!«, brüllt sie in den Hörer, und ich gehe, so schnell ich kann, in die Küche. Sollen die beiden das mal untereinander klären.

Ich bin seit genau einer Woche in Haindorf, als das Gewitter, das seit Tagen in der Luft liegt, sich endlich entlädt. Und zwar kein sprichwörtliches, sondern eines, für das man besser seine Sachen ins Trockene stellt. Morgens verkündet der Radiomoderator einen gewaltigen Sturm, und im Laufe des Tages hört man eine Unwetterwarnung nach der anderen. Als die ersten platschenden Tropfen fallen, haben wir längst alles ins Haus geräumt.

»Sturmgebraus!«, sagt Willy glücklich. »Darf ich raus und mit den Hexen tanzen?«

»Auf gar keinen Fall!«, sage ich, aber Bea lacht und zuckt mit den Schultern.

»Einmal ums Haus ist okay. Aber nimm Elli mit, und sei in zehn Minuten wieder da.«

»Hast du keine Angst?«, frage ich, als er in Gummistiefeln und Regenjacke verschwunden ist.

»Ich habe mehr Angst, wenn er nicht ausgelastet ist und dann den ganzen Abend über die Sessel hüpft.«

Ach so, wieder diese Muttersache.

Es ist merklich kühler geworden, und ich gehe in mein Zimmer und ziehe mir eine lange Hose an. Ich halte mich gern dort auf, es ist wieder mein Zimmer und nicht mehr das Rosenzimmer, ganz wie früher. Ich habe hier meine Klamotten, meinen Laptop, mein Handy, mein Kosmetikzeugs und zwei Bücher. Ich vermisse nichts von den Sachen, die in meiner Wohnung auf mich warten. Absolut nichts.

Das Grammofon steht aufgeregt in der Ecke, als würde es sich darauf freuen, bald wieder in Betrieb genommen zu werden. Bald, wenn meine Schonzeit hier vorbei ist. Auch wenn ich noch nicht weiß, wann das sein wird und was ich danach mit meinem Leben anfangen soll.

Später verschanzen wir uns im Wohnzimmer am Kamin und beobachten den sturzbachartigen Regen durchs Fenster. Willy schaut Mary Poppins, und ich schaue halb mit und tippe nebenbei ein wenig. Wir trinken Tee, und es ist so gemütlich, dass ich nie wieder von hier wegwill.

Als es klingelt, stöhnt Bea genervt auf. »Wer läuft denn durch diesen Regen? Erwartest du jemanden, Karl?«

»Nein. Vielleicht Mutter? Sie wollte noch den Schlüssel vorbeibringen.«

Von Beas Gelassenheit gegenüber ihrer Schwiegermutter ist nicht mehr viel übrig, als Luise mit einem riesigen Schirm hereinplatzt, der überall Tröpfchen verbreitet.

»Mädels, ich will ja euren gemütlichen Abend nicht stören, aber das Haus von eurer Omi wird gerade überschwemmt. Die Terrassentür ist rausgebrochen, und alles ist voller Wasser! *Touché!*«

Ich springe auf und vergesse in meiner Aufregung sogar, mich über dieses seltsam platzierte Fremdwort zu amüsieren, aber Bea hält mich zurück.

»Du gehst auf keinen Fall in dieses Unwetter da draußen.«

»Aber Willy durfte vorhin auch!«, rufe ich, und trotz der Spannung halten wir kurz inne und lachen, weil ich klinge wie eine Vierjährige. Dann werden wir schlagartig wieder ernst. »Aber wir müssen die Sachen retten! Omis Flügel! Die Bilder! All ihre schönen Sachen!«, keuche ich.

»Ich habe schon die Feuerwehr und das THW angerufen«, sagt Luise und stellt ihren nassen Schirm mitten auf den Teppich. Dann lässt sie sich aufs Sofa plumpsen. »Aber die sagen, sie können momentan nichts tun. Sie kommen morgen, wenn sich der Sturm gelegt hat. Ich hab ein Video davon gemacht, schaut her, *bébés.*« Begeistert hält sie uns ihren Handybildschirm hin. Ich sehe, wie die Wassermassen durch Omis Atelier krachen, und zucke zusammen.

»Könnten wir nicht irgendwas machen, mit Sandsäcken oder so?«, stammele ich. Das hier ist definitiv schlimmer, als alles in einen Container zu werfen.

»Du bleibst hier – oder willst du vom Fluss weggeschwemmt werden?«, fragt Karl ganz ruhig.

»Nein, aber wir müssen doch was tun!«, rufe ich verzweifelt. »Wir müssen Donna Clara retten!«

»Das sind Naturgewalten, Kind, mit denen sollte man sich nicht anlegen«, sagt Luise seelenruhig.

»Warum kommst du dann durch diesen Regen zu uns? Wenn du weißt, dass du nicht mehr nach Hause kannst?«, fragt Bea schneidend. Oh. Das lenkt mich für einen Moment ab.

»Bei Naturkatastrophen müssen die Menschen zusammenhalten«, sagt Luise schlau. »Außerdem hab ich was für Schosefiin dabei. Was trinkt ihr denn da Schönes? Ja, ein Schlückchen Tee wäre jetzt das Richtige. Nein, bleib sitzen, Kind, ich bediene mich selbst.« Sie greift nach Karls Tasse, nimmt einen großen Schluck und verzieht das Gesicht. »Ach du meine Güte, Beatritsche, der

Tee ist bitter! Den musst du wegschütten, schnell. Nicht dass der arme Junge sich noch vergiftet.«

»Das ist Kombucha, Mutter«, sagt Karl. »Ich bin der Einzige, der das hier trinkt.«

»Ach, dieses Teequas-Zeug, ekelig! Aber es soll ja gesund sein.«

»Ich hole dir eine eigene Tasse, und dann nimmst du dir von unserem Kräutertee«, bestimmt Bea.

»Wenn du so nett wärst, Kind. Ich will dir aber keine Umstände machen.«

»Dafür ist es zu spät. Aber du kannst dir dann gleich im Lilienzimmer das Bett beziehen.« Eins zu null für Bea.

»Wer ist denn überhaupt Donna Clara?«, fragt Karl.

»Omis Schneiderpuppe!«

»Ha, jetzt haben wir's!«, sagt Bea zufrieden. »So hat Omi sie genannt. Dein Reptiliengehirn hat sich daran erinnert, weil du mit Adrenalin geflutet bist.«

Tja, das bin ich wohl.

Luise lässt das Video noch mal laufen, und Karl betrachtet es fasziniert.

»Findest du das etwa witzig, zu beobachten, wie das Haus unserer Kindheit zusammenkracht?«, fauche ich ihn an.

»Ja, irgendwie schon. Schließlich lauft ihr seit Tagen mit konspirativen Blicken herum und murmelt etwas davon, dass es sich in Luft auflösen soll. Und jetzt kriegt ihr die rettende Sintflut und freut euch kein bisschen.«

Bea sieht ihren Mann perplex an.

»Ich glaube, ich bringe mal Willy ins Bett«, schlägt Luise vor.

»Das ist eine gute Idee«, sagt Bea.

»Und ihr solltet auch nicht mehr so lange aufbleiben, Mädchen. Es ist ein unumstößliches Gesetz im Universum, dass man um drei viertel zehn zu Bett geht.«

»Woher weiß das Universum, dass es Viertel vor zehn ist?«, fragt Bea, als Luise ins Kinderzimmer verschwunden ist, aber mir ist nicht zum Lachen. Ganz im Gegenteil, ich breche in Tränen aus.

»Schscht, Finchen, beruhige dich. Es wird alles gut.«

Aber ich kann mich nicht beruhigen. »Ich rufe jetzt Papa an«, schluchze ich und gehe in mein Zimmer. Ich muss mit einem Erwachsenen sprechen, der versteht, was da gerade Schlimmes vor sich geht. Jetzt ist es mir egal, ob ich ein Tabuthema ankratze, für so was habe ich jetzt keinen Kopf. Ich wähle hastig die Nummer.

»Papa, es schüttet ununterbrochen, und die Terrassentür bei Omis Haus ist rausgebrochen!«

»Oh, wirklich, Finchen?«

»Der Fluss überflutet alles! Was sollen wir machen?«

»Nichts. Was willst du da noch machen?«

»Aber wie sollen wir die Sachen retten? Die Kunstwerke, Omis Flügel!« Ich will mir gar nicht ausmalen, was der wert ist.

»Finchen, macht euch einen Tee mit Rum, zündet den Kamin an, und seht zu.«

»Papa! Das ist das Haus deiner Kindheit, das gerade auseinanderfällt!«

»Endlich. Marion und ich haben so lange darauf gehofft.«

»Was? Du hast gehofft, dass es kaputtgeht?«

»Ja. Es ist doch doppelt und dreifach versichert. Der Fluss ist seit den Fünfzigerjahren immer mal wieder übers Ufer getreten. Es war nur eine Frage der Zeit, wann es wieder passiert.«

»Und ihr habt immer drauf gewartet?«

»Nein, anfangs natürlich nicht. Als Kind habe ich Papa nach einer kleineren Kellerüberschwemmung vorgeschlagen, umzuziehen, aber Mami wollte partout nicht weg. Der Fluss inspiriert sie, hat sie behauptet. Sie hatte ja auch ein wundervolles Arbeitszimmer direkt am Wasser. Dann haben Vater und ich verschiedene Sicherungssysteme ausgeklügelt, eine Art Minideich, Metallwände und Stützpfosten. Wir haben sogar überlegt, ob man den Fluss nicht umleiten kann. Aber nichts davon hat die Stadt genehmigt. Und als Marion und ich dann ausgezogen sind, wussten wir, dass wir alles, was uns lieb und teuer ist, besser mitnehmen, falls der Rest doch irgendwann vom Fluss dahingerafft wird.«

»Aber Omi und Opa? Hattest du keine Angst um sie?«

»Josefine, so ein Haus stürzt doch nicht bei einem Guss ein! Ich habe ihnen hundertmal angeboten, sie in einem guten Seniorenheim unterzubringen, aber deine Omi wollte nicht weg. Und Vater war vollkommen abhängig von ihr. Er wäre überall mit ihr geblieben. Er war ein Kriegskind, der hatte ganz anderes erlebt. Wie auch immer – mit dem Geld von der Versicherung kann Bea eine eigene Praxis eröffnen oder sonst was.«

»Warum hast du mir das alles nicht früher erzählt?«

»Ach, Tochter. Ich bin nicht gut im Reden, das weißt du doch.«

»Aber warum warst du so wütend auf Omi nach meinem Streit mit Bea? Warum sind wir nie mehr hingefahren?«

»Dein Streit mit Bea? Hilf mir mal auf die Sprünge …«

Wie bitte? Ich fasse stammelnd zusammen, was Bea mir an den Kopf geworfen hat.

Papa holt tief Luft. »Ach Finchen, *daran* hat es doch nicht gelegen! Ich war damals einfach wahnsinnig wütend auf deine Omi, weil sie Tagebücher meiner Mutter vernichtet hat, ohne mich vorher zu fragen, ob ich sie haben will. Meine Güte, wie lange ist das her …«

Was ist denn das für eine Geschichte? Die ganze Sache damals hatte gar nichts mit mir zu tun? Mir schwirrt der Kopf, aber ich bemühe mich, beim Thema zu bleiben. »Hättest du sie denn haben wollen, diese Tagebücher?«

»Nein, eigentlich nicht«, gibt er zu. »Ich war stur. Es ging mir ums Prinzip. Deine Omi und ich hatten alle paar Jahre mal einen schlimmen Krach, aber das hat sich immer wieder gelegt. Wir haben uns kurz vor ihrem Tod glücklicherweise noch versöhnt.« Jetzt bricht seine Stimme ein wenig.

»Was? Das war kein endgültiger Kontaktabbruch?«

»Nein, natürlich nicht!«

Ich merke, dass ich zittere, aber ich kann dennoch weitersprechen. »Und die Beerdigung? Du warst nicht mit!«

»Weil ich einen ganz wichtigen Termin vor Gericht hatte. Ich habe versucht, Omi wenigstens posthum ihr Recht gegen den Galeristen zu verschaffen. Er hat sie übel behandelt und das Urheberrecht verletzt. Den ersten Prozess gegen ihn hatten wir leider verloren, weil er sehr gerissen war, das habt ihr Kinder damals gar nicht mitgekriegt …«

»Natürlich haben wir das mitbekommen!«

»Oh, wirklich? Jedenfalls musste ich ausgerechnet am Beerdigungstag vor Gericht, und dann hat es ja auch geklappt. Wir haben die Rechte an den Skizzen vollumfänglich zurückbekommen.«

»Das hat ihr dann auch nichts mehr genützt«, sage ich bitter.

»O doch. Es war ihr letzter Wunsch, das hat sie mir bei unserem letzten Gespräch gesagt, und ich habe es geschafft, ihn zu erfüllen. Ich bin mir sicher, dass sie das auf irgendeine Art mitbekommen hat.«

Der Bruch war nicht endgültig gewesen, und es war auch nicht meine Schuld. Und mein Vater, der Atheist, deutet gerade etwas von nach dem Tod an? Das ist zu viel auf einmal. Ich bin wie vom Donner gerührt und starre auf den Telefonhörer, während Papa in aller Seelenruhe weiterspricht.

»Alle wirklich wertvollen Kunstwerke und auch die strittigen Skizzen hat Marion direkt nach Omis Tod abholen und einlagern lassen. Nächstes Jahr gibt es voraussichtlich endlich eine Ausstellung ihrer Frühwerke in Holland, es hat eben seine Zeit gedauert, bis das juristisch alles in trockenen Tüchern war. Aber dort hat ein Kurator großes Interesse an Omis Werken bekundet.«

Ich hole tief Luft. »Hattest du auch vor, mir das irgendwann mal zu erzählen?«

»Spätestens dann, wenn die Ausstellung eröffnet wird.«

Meine Güte, ich könnte ihn schütteln. »Aber ich dachte, wir wären heimlich bei der Beerdigung gewesen! Mama war so traurig und hat geweint.«

»Mama war traurig, weil sie deine Omi sehr gernhatte. Das ist doch normal. Sie war eine starke Persönlichkeit. Klug, bezaubernd, liebenswürdig. Aber sie hatte auch einen starken Willen und konnte sehr eifersüchtig sein. Besonders auf Opas erste große Liebe, meine richtige Mutter. Wer sich gegen Omi stellte, musste mit einem Kampf rechnen. Wer ihr nach der Nase tanzte, den überschüttete sie mit Liebe. Ich habe zeitlebens mit ihr gekämpft, und dennoch habe ich sie über alles geliebt. Und sie mich auch. Marion hat sich unterworfen, und das hat ihr nicht gutgetan. Ihre Emanzipation endete damit, die Hintertür zu vernageln, damit unsere Eltern sie nicht mehr unangemeldet überfallen konnten. Jeder Mensch hat eben seine Persönlichkeit, mit der er leben muss.«

Ja, das ist wohl so.

»Aber ich habe Marion mit dem Haus und den Sachen alleingelassen, und das war nicht richtig.« Er räuspert sich. »Und jetzt macht es euch gemütlich, meine Wetter-App sagt, dass es noch die ganze Nacht weiterregnen wird. Geht bloß nicht raus, versprichst du mir das?«

»Ja.«

Ich würde ihm gern noch sagen, dass ich ihn lieb habe, aber er verabschiedet sich bereits, und so lasse ich es sein. Wahrscheinlich weiß er es trotzdem.

Als ich ins Wohnzimmer zurückgehe, entschuldige ich mich als Erstes bei Karl für meinen Tonfall.

»Schon gut. Bevor man sich nicht einmal angepflaumt hat, ist man keine richtige Familie«, sagt er salopp.

»Bea, ich hatte ein Gespräch mit meinem Vater! Ein echtes Gespräch. Wir haben über Beziehungen geredet! Ich kann es nicht fassen«, sprudele ich dann hervor.

»Das ist schön, das freut mich für dich. Und was sagt er?«

»Er meint im Grunde, wir sollen einfach alles vom Fluss wegspülen lassen und das Geld von der Versicherung einstreichen.«

»Nun, das ist vielleicht die beste aller Möglichkeiten. Finchen, besser hätten wir zwei das weder mit krimineller Energie noch mit dem größten Aufräumplan lösen können.« Sie strahlt.

»Und was machen wir jetzt?«, frage ich.

»Wie wäre es mit einem Gin Tonic und ein paar Snacks?«

»Warte, ich helfe dir.«

»Nee, lass mal. Das macht Karl. Er bedient uns gern zum Ausgleich dafür, dass er seiner Mutter nicht die Stirn geboten hat.«

Und während Karl und Bea in der Küche unsere Drinks mixen, schreibe ich Patrick eine lange SMS, in der ich ihm von der Überschwemmung berichte. Bevor ich sie abschicken kann, geht eine Nachricht von ihm bei mir ein.

Fine, das musst du dir ansehen. Es gibt einen rosa See im Senegal! Er ist wirklich komplett rosa, das liegt am Salzgehalt. Vielleicht ist die Welt ja doch schöner, als ich vermutet habe.

Ich klicke auf den Link zum Lac Retba. Tatsächlich, das ist ja nicht zu fassen. Es sieht aus wie aus einem Walt-Disney-Film, wie rosa Brause oder in einem kitschigen Musikvideo. Der Effekt ist ganz natürlich, und okay, es liegt auch an irgendwelchen Bakterien, die im Wasser irgendwas zersetzen. Das klingt jetzt nicht so romantisch, aber egal. Da muss ich unbedingt irgendwann mal hin!

Danke! <3 Wirklich, vielen Dank! Ich wollte dir auch gerade was von Wasser erzählen ☺. Bei uns wird alles überschwemmt.

Dann schicke ich ihm den Sermon, den ich gerade getippt habe, und starte direkt die nächste Nachricht.

»Wem schreibst du denn?«, fragt Bea, die gerade Salzmandeln, Oliven, Chips und Käsestangen auf den Tisch stellt.

»Patrick«, sage ich verlegen. Warum eigentlich verlegen? Weil ich ihm täglich schreibe, mittlerweile sogar häufiger als Lena? Weil ich tatsächlich über seinen seltsamen Humor und die idiotischen Fakten lachen muss? Vielleicht mutiere ich mittlerweile zum Nerd, ohne es zu merken? Aber es fühlt sich gut an, mit ihm Emojis und Belanglosigkeiten auszutauschen.

Karl reicht mir einen hübsch dekorierten Drink.

»Sogar im größten Gewitter mit einer Maraschinokirsche und dem passenden Strohhalm«, sage ich. »Alle Achtung.«

»Das nennt man kultiviert«, sagt Bea selbstbewusst. »Das hat mir Omi beigebracht.«

Ich lächle und nehme einen Schluck. »Oh, der ist aber stark.«

»Das brauchst du jetzt«, bestimmt Karl. »Mein Vater war Apotheker, ich kenne mich mit Hausmittelchen aus.«

»Das sollte kein Einwand sein.« Ich stopfe mir ein paar Mandeln in den Mund und nehme noch einen Schluck.

»Was willst du eigentlich mit dieser Zeitschrift? Die hat meine Mutter extra für dich mitgebracht«, fragt Karl und hält mir ein durchweichtes *LifeStyleTime*-Magazin hin.

»Oh, das hatte ich ganz vergessen. Da müsste etwas über mich drinstehen.« Bea weiß es ja ohnehin, und ihre Familie ist in der kurzen Zeit zu meiner geworden. Wem sollte ich also irgendwas vormachen? Ich blättere es hastig durch, bis ich auf das Interview stoße. Ein großes Bild von mir in Lenas Bad, das komplette Interview mit Moni und ein paar Symbolbilder minimalistischer Wohnungen. Erscheinungsdatum 10. August.

»Das haben sie wohl tatsächlich noch vor dem Shitstorm gedruckt«, sage ich geknickt, aber Bea prustet los.

»Ist doch witzig. War ein perfektes Timing.«

»Ich weiß nicht ... Ich will mir gar nicht ausmalen, was für E-Mails ich von der Karrenbauer im Posteingang habe.«

»Dann mal es dir nicht aus, sondern freu dich über deine ruhigen Tage nach dem Sturm.«

Ich blättere bis zur letzten Seite, auf der mir Horst mit nacktem Oberkörper entgegenlacht. Echt jetzt? Ausgerechnet seine Kolumne über Inspiration, Dankbarkeit und Proteinpulver haben sie abgedruckt? Aber das ist jetzt auch egal. Ich bin mir sicher, dass Mindy trotzdem den Job bekommt.

»Unglaublich, dass du auf Donna Clara gekommen bist«, wechselt Bea jetzt das Thema. »Ich dachte, uns würde der Name nie mehr einfallen.«

»Ich auch. Und weißt du was? Mein Unterbewusstsein hat ihn einfach so ausgespuckt, ohne dass ich die Puppe überhaupt gesehen habe.«

»Weil alle Erinnerungen in dir gespeichert sind«, mischt sich Karl plötzlich ein. »Die Sachen, die uns an früher erinnern, sind nicht die Erinnerungen selbst, verstehst du?«

Ich starre ihn an. Ist das etwa wahr? »Bist du dir sicher?«

»Klar. Du hast alles in deinem Kopf. Und in deinem Herzen. Und da wird es bleiben, auch wenn das Haus weg ist. Eure gesamte Kindheit ist da sicher verstaut, die kann euch niemand wegnehmen.«

»Aber die Sachen helfen, sich zu erinnern«, sagt Bea.

»Das schon«, räumt er ein. »Aber du hast doch mindestens dreißig Fotoalben im Keller, auf den Bildern ist bestimmt alles Wichtige drauf.«

Bea mischt sich ein. »Und darüber hinaus hoffe ich, dass du da all deine Erinnerungen aufschreibst, damit wir irgendwann einen Roman von dir lesen können. Und von Josie Clean wird auf lange Sicht bestimmt nur diese komische Methode übrig bleiben – und ihr großartiger Humor.«

Jetzt werde ich wohl rot. Vielleicht liegt es bloß am Alkohol.

Oder an der Liebe hier in diesem Raum.

»Ein Gewitter, das am frühen Abend des 18. Augusts von Hessen heranzog, hat verheerende Schäden verursacht. Hagel lagerte sich bis zu einem halben Meter hoch in Gärten ab, sintflutartiger Regen sorgte in Minutenschnelle für Überflutungen, und Orkanböen schlugen riesige Schneisen in den Wald.«

»Das wissen wir alles schon«, sagt Bea am Sonntag beim Frühstück zum Moderator und schaltet kurzerhand das Radio aus.

»Der Typ von der Versicherung war schon heute früh um acht hier, weil er sich das ganze Dorf ansehen will und wir auf dem Weg lagen. Totalschaden, nichts mehr zu retten«, sagt sie zufrieden. »Gehst du gleich mit rüber, Finchen?«

»Ich weiß nicht. Das kommt mir vor wie Elendstourismus. Omis armes Haus begaffen, wie es da so halb zerstört rumsteht.«

»Ha, du machst es immer noch. Du vermenschlichst Gegenstände«, sagt Bea entzückt. »Deshalb steigerst du dich so in alles rein. Aber deshalb wirst du auch eine gute Autorin werden, weil du dich gut einfühlen kannst.«

»Vielleicht.«

Aber als wir dann durch den pitschnassen Garten mit den zerzausten Büschen laufen und schließlich vor Omis Haus stehen, ist alles ganz friedlich. Das Haus wirkt gar nicht traurig, sondern ruhig und gelassen. Fast so, als müsste es endlich nicht mehr darum kämpfen, sich bei Wind und Wetter am Ufer festzukrallen. Elegant hat es alles Überflüssige wegschwimmen lassen.

»Danke«, sage ich und lege meine Hand an die körnige Fassade. »Danke für all die schönen Stunden, die ich hier hatte. Für die Zuflucht, die du mir geboten hast.« Ich halte kurz inne. »Aber jetzt darfst du dich wieder mit den Elementen vermischen. Vielleicht baut sich aus deinen Überresten irgendwann ein Vogel sein Nest.«

»Genau genommen wird es abgerissen, und dann wird die Bausubstanz irgendwie recycelt und wiederverwendet«, korrigiert mich Bea.

»Auch gut. Dann wirst du ein neues Haus, das eine neue Familie glücklich macht.«

»Viele Familien«, verbessert Bea mich schon wieder. »Es wird wohl ein Mehrfamilienhaus. Warum auch nicht. Mit Glück bauen die hier auch einen Spielplatz.«

Das reißt mich jetzt aus meinen Emotionen. »Wie willst du das denn alles vorhersehen, Bealein?«

»Eventuell bin ich schon mal gefragt worden, ob ich das Grundstück nicht verkaufen möchte, damit hier eine Neubausiedlung entstehen kann. Die Nachbarn links haben wohl schon zugestimmt, und daran, dass bisher nichts draus werden konnte, bin wohl ich allein schuld. Mir war das alles zu viel.«

»Oh. Und jetzt nicht mehr?«

»Nein!«, sagt sie stolz. »Jetzt bin ich nicht mehr blockiert. Ich dachte immer, ich wäre es dem Haus schuldig, es erhalten zu müssen. Aber jetzt denke ich, wir sind es uns schuldig, glücklich zu sein.«

»Da hast du wahrscheinlich recht.«

»Der Herr Volkmann von der Versicherung ist der Schwager von dem Bauunternehmer, der die Siedlung errichten will, und er hat vorhin gesagt, wenn ich jetzt zustimme, reißen sie das alte Haus gleich nächste Woche ab.«

»Nächste Woche schon?«

»Ja. Stell dir das mal vor. Das nenne ich eine Blitzlösung. Fast wie mit Jeannie und dem Augenzwinkern.«

»Okay. Dann soll es so sein. Sand zu Sand, Staub zu Staub …«

»… und Butter zu Butter!«, ergänzt Bea lachend.

Bei Butter muss ich an Butterkuchen denken, dann an Frau Holler, die mir eigentlich seit der fiesen Collage nur helfen wollte, an Patrick, der mich auch schon mit Süßem versorgt hat und ein echter Freund geworden ist. Vielleicht habe ich doch noch ein Leben, das auf mich wartet.

Kapitel 24

Als ich zwei Tage später abreise, mit dem Versprechen, im Oktober zu Willys Geburtstag zurückzukommen, vielleicht sogar zusammen mit Moritz, schleppe ich neben meiner Reisetasche auch das Grammofon mit in den Zug. Karl hat es mir bis zum Bahnsteig getragen, und Patrick hat versprochen, mich am Bahnhof abzuholen.

Als ich ihn am Bahnsteig sehe, will ich ihm am liebsten um den Hals fallen, aber zum Glück bin ich so schwer beladen, dass das nicht infrage kommt. Er nimmt mir das Grammofon ab und ist ungewohnt still, als wir gemeinsam nach Hause fahren. Nachdem wir schreibend so locker miteinander waren, sind wir nun in echt beide etwas verlegen.

Meine Wohnung sieht schlimm aus. Aber bevor ich mich darum kümmern kann, will ich Frau Ewald die Überraschung bringen, die ich ihr vom Zug aus angekündigt habe.

»Oh, es ist hübsch hier«, sagt Patrick, als wir die Reisetasche abstellen.

»Ich bin vor der Abfahrt nicht zum Aufräumen gekommen«, sage ich lässig. Nach Omis Haus sollte mich so eine kleine, chaotische Wohnung nicht mehr stressen, aber das tut sie trotzdem.

»Und ich dachte schon, du hättest wieder ein neues, unschlagbares Ordnungskonzept entworfen?«

»Kurz vor meiner hektischen Abreise?«

»Ich mache doch nur Spaß, kleine Chaosqueen.«

Ich seufze so tief, dass er sich offenbar genötigt sieht, mich zu trösten.

»Weißt du, Menschen wie du haben andere Vorzüge.«

»Wie meinst du das?«

»Du bist großzügig mit Worten und Zuneigung. Du bist die Königin des Chaos.«

»Das weiß ich«, sage ich seufzend.

»Nein, du verstehst mich falsch. Ich meine nicht, dass du das größte Chaos *machst,* sondern dass du das Chaos *regierst.* Du findest dich doch trotz allem zurecht. Du hast gelernt zu improvisieren. Du kommst immer klar und kannst aus allem etwas Tolles zaubern. Du schenkst jedem Menschen ein echtes Lächeln. Und falls ich das noch nicht erwähnt haben sollte – dein Ex-Freund ist ein Idiot, wenn er das nicht zu schätzen gewusst hat.«

»Aber du bist doch ganz anders, so verkopft und systematisch. Ich dachte, du hasst meine Impulsivität?«

»Weil ich mit dem Leben sonst nicht zurechtkommen würde. Ich brauche diese peinlich-kleinlichen Regeln, weil mir sonst alles um die Ohren fliegt. Ich habe nicht so viel Mut wie du. Du stellst dich allem unvorbereitet. Ich bewundere dich.«

Jetzt muss ich mir unerwartet die Tränen verdrücken. Ich habe ihn mittlerweile komplett ins Herz geschlossen, und es tut mir leid, wie oft ich ihn früher provoziert habe.

»Übrigens, leihst du mir dieses Aufräumbuch von deinem Ex mal?«

»Klar.« Wenn er Marie Kondo lesen will, warum nicht. »Bringen wir jetzt das Grammofon hoch?«

Ich hoffe, dass Patrick weiß, wie man es bedient, aber nach ein paar Minuten des Herumprobierens sagt er: »Fine, ich glaube, es ist kaputt.«

»Aber es darf nicht kaputt sein!« Ich knie mich neben ihn und versuche erneut, an der Kurbel zu drehen, aber sie bewegt sich keinen Millimeter.

»Jetzt hab ich dieses blöde, schwere Ding mühsam im Zug hierhergebracht, und es funktioniert nicht.«

»Das wunderschöne, schwere Ding«, korrigiert er mich.

»Ja, das wunderschöne, blöde, schwere Ding. Was mache ich denn jetzt? Ich hab es Frau Ewald doch in blumigen Worten angekündigt ...«

Patrick klickt kurz auf seinem Handy herum.

»Schau mal, wir kaufen ihr diese Nachbildung. Es gibt einen Plattenteller und eine Kurbel, die auch funktioniert, aber zusätzlich hat es einen USB-Anschluss und Bluetooth, und ich kann ihr alle Songs auch digital abspielen.«

»Na gut«, sage ich leicht skeptisch. Aber was sollen wir sonst machen? »Wann kann es geliefert werden?«

»Ich hole es gleich ab, in der Filiale in der Südstadt ist eins vorrätig. In einer Stunde müsste ich zurück sein.«

»Hast du denn jetzt überhaupt Zeit dafür?«

»Manchmal muss man Prioritäten setzen. Oder willst du bis morgen oder übermorgen warten, bevor du zu Frau Ewald raufgehst?«

»Ja, nein. Danke. Du bist der Beste.«

Das sage ich sonst nur zu Lena, aber es stimmt. Er hat sich in der Krise als wahrer Freund erwiesen.

»Bis dann!« Er ist zur Tür hinaus, ehe ich michs versehe.

Patrick ist nach exakt 62 Minuten zurück und entschuldigt sich für die Verspätung. Er packt das Grammofon aus, und es ist wunderschön. Es sieht aus wie ein ganz altes Original, es glänzt nur zu sehr.

»Sollen wir die Oberfläche ein bisschen mit Schleifpapier anrauen oder Staub in die Ecken pressen?«

»Josefine, du bist verrückt. Frau Ewald merkt doch, dass das Ding neu ist. Sie ist doch nicht tüdelig.«

»Tüdelig, was für ein süßes Wort.«

»Wir machen da gar nichts dran, das verschleißt von selbst.«

»Na gut. Gehen wir rauf?«

»Erst verbinde ich das noch mit meinem Handy, dann kann ich die Playlist abspielen, falls das mit der Platte nicht funktioniert.«

Zehn Minuten später stehen wir mit strahlenden Gesichtern vor der Wohnungstür von Frau Ewald und warten gespannt, dass sie uns öffnet.

»Kinder, na so was! Das ist tatsächlich ein Grammofon! Funktioniert das etwa?«

»Wir probieren es aus.« Patrick stellt es vorsichtig auf dem Tisch ab und holt drei Platten aus seiner Ledertasche.

»Lassen Sie mal, ich hab da etwas Besseres!« Frau Ewald öffnet das Wohnzimmerbüfett und nimmt eine Schallplatte in einer Papphülle heraus.

»So, das ist die Richtige.« Sie zieht die Platte aus der dünnen Innenhülle und platziert sie vorsichtig auf dem Plattenteller. Dann dreht sie an der Kurbel, und die schmelzenden Töne von »Moon River« aus »Frühstück bei Tiffany« erklingen.

»Ein langsamer Walzer. Darauf muss man tanzen.«

Patrick verbeugt sich sofort höflich vor ihr. »Darf ich bitten?«

Das ist aber süß. Doch sie wehrt lachend ab.

»Ich doch nicht. Ihr beide müsst tanzen!«

Patrick sieht mich kurz an, dann streckt er die Arme aus und legt den rechten federweich um meine Taille, seine linke Hand fasst sanft nach meiner rechten, und wir beginnen, uns zu bewegen. Ich bin unsicher, ob der Platz ausreicht und ob ich mich an die Schritte aus der Tanzstunde erinnern kann, aber die Musik fließt in meine Beine, und meine Füße erinnern sich ganz automatisch.

Ich habe den Atem angehalten, aber nach ein paar Sekunden

entspanne ich mich, weil ich merke, dass ich mich auf meinen Körper verlassen kann. Und Patrick kann tanzen. Das hätte ich jetzt wirklich nicht erwartet. Je länger wir uns drehen, desto besser wird es, wir sind ganz natürlich im Gleichklang, und ich bin fasziniert von Patricks Geschmeidigkeit. Auf der Tanzfläche ist er weder steif noch spröde, sondern strahlt Stärke und Ruhe aus. Ich fühle mich wohl, geborgen in seinen Armen. Lena hat recht, er hat wirklich schöne Gesichtszüge.

Mir wird leicht schwindlig von seinem Duft, oder liegt es an den drehenden Bewegungen? Aber er hält mich in Balance, unser Blickkontakt scheint uns noch stärker im Gleichgewicht zu halten als unsere Körper oder die Musik.

»Wieso kannst du so gut tanzen?«, wispere ich.

»Ich war mit fünfzehn in der Tanzstunde. Das war meinen Eltern wichtig. Um in Etikette und Manieren geschult zu werden.«

»Ich war auch in der Tanzstunde, aber so gut war ich nie.«

»Die Lehrerin nannte mich ein Naturtalent.«

»Da hatte sie wohl recht.«

Die Melodie fließt um uns herum, das Zimmer verschwimmt, und wir sehen uns an und halten uns mit den Augen fest. Nur seine Augen und sein Gesicht sind scharf, alles andere ist aufgelöst in Klang und Atem und einem leichten, süßen Schwindel, und ich möchte für immer so weitertanzen.

Als die Musik verklingt, drehen wir uns langsamer und bleiben schließlich stehen. Ich würde am liebsten in seinem Arm bleiben, aber das geht natürlich nicht, also löse ich mich zögerlich.

»Das habt ihr schön gemacht, Kinder. Ganz entzückend. Habt ihr schon mal miteinander getanzt? Ihr harmoniert so gut.«

»Ähm, nein. Noch nie«, sage ich. Ich bin immer noch völlig überwältigt von Patrick. Beim Tanzen war er ein ganz anderer Mensch, ein attraktiver, starker Mann mit Charisma.

»Das solltet ihr öfter machen. Es hält jung.«

»Ich bin erst neunundzwanzig«, sagt Patrick leicht empört.

»Man kann nie früh genug anfangen, in Schönheit zu altern«, sagt Frau Ewald mit einem zauberhaften Lächeln. Ich glaube, sie ist ein Kobold im Körper einer entzückenden kleinen Dame.

»Josefine, morgen Teestunde um fünf?«

Ich bedanke mich und sage zu. Dann verabschiedet Patrick sich plötzlich sehr schnell, und ich gehe leicht verlegen in meine Wohnung zurück.

Dort fühle ich mich kurz einsam, aber dann beschließe ich, sofort loszulegen und klar Schiff zu machen. Weil ich auspacken will, weil ich nach diesem Tanz meine Gefühle für Patrick erst einmal sortieren muss, aber auch weil Herr Maurer sich für nächste Woche zu einer Wohnungsbegehung angekündigt hat, zu einer Routinekontrolle, bei der Boiler, Zähler oder sonst was Langweiliges überprüft werden sollen.

Und ich will zeigen, dass ich hier alles im Griff habe.

Erst mal öffne ich auf dem Bett meinen Koffer, sortiere saubere Klamotten aus und lege sie in den Schrank, die schmutzigen bringe ich gleich zur Waschmaschine und stelle die erste Ladung an. Dann in die Küche, Kaffeemaschine anmachen, Spülmaschine einräumen, Töpfe im Waschbecken einweichen und Müll wegbringen. Anschließend die herumstehenden Gewürze ins Regal, die Topflappen an die Wand, das Handtuch in die Wäsche und die Kopfschmerztabletten ins Bad. Dann wische ich einmal über alle Oberflächen und kehre den Boden. Schon besser. Es ist ein beruhigendes Gefühl, wenn im Hintergrund Wasch- und Spülmaschine leise brummen. Wie lange hat das jetzt gedauert? Keine halbe Stunde. Wenn ich das jeden Tag machen würde, könnte ich dauerhaft in einer ordentlichen Küche leben. Der Gedanke hat was. Ich bin auch gar nicht erschöpft, sondern voller Energie und Motivation. Also stürze ich mich auf, ja, worauf? Es gibt so viele Baustellen. Nicht lange überlegen, einfach für eine Sache entscheiden und die durchziehen!, schreien die Aufräumtipps in meinem Kopf. Ist ja schon gut. Außerdem muss ich erst mal eine Motte fangen. Hiergeblieben, halt. Wag es ja nicht, dich auf meinen Kopf zu setzen, du blödes Ding!

Ich öffne das Fenster und versuche, sie hinauszuscheuchen. »Das ist jetzt deine letzte Chance! Wenn du nicht rausfliegst, muss ich dich leider töten!« Vom Gehsteig ertönt ein Lachen. Ich sehe eine ältere Dame, die zu mir heraufsieht und ihrem Mann etwas zuflüstert. Was es ist, kann ich nicht hören, aber es ist mir auch egal. Sollen sie über mich lachen. Ich war die Witzfigur auf Instagram, da kratzt mich so ein kleines Lachen wahrlich nicht. Aber die Motte will nicht gehorchen, also schließe ich das Fenster wieder und erlege sie mit einem eleganten Hechtsprung auf der Arbeitsplatte. Tja, erst mal in den Müll kratzen und dann Hände gründlich waschen. Tut mir leid, kleine Motte, aber du wolltest ja nicht hören.

Erschöpft setze ich mich auf den Küchenstuhl, da kommt mir plötzlich ein schlimmer Gedanke. *With a little help from my friends …*

Wie lange warst du überhaupt schon hier? Hast du am Ende Freunde? Oder sogar Eier gelegt? Ich springe wieder auf und spähe vorsichtig in alle Küchenschränke. Vorerst entdecke ich kein Mottennest, aber die geöffneten Packungen fliegen mir beinahe entgegen. Die wollte ich schon längst mal sortieren. Okay, das mache ich jetzt. Der Tisch ist frei, und ich stelle nacheinander jede einzelne Packung darauf, bis kein Platz mehr ist. Dann weiche ich auf die Arbeitsplatten aus, aber auch da wird es eng. Die letzten vier Packungen landen auf dem Herd, geht nicht anders. So. Jetzt zähle ich die verschließbaren Boxen. Fünf sind in Gebrauch, eine stand leer im Vorratsschrank, vier liegen ungenutzt in einer Schublade. Zwei kaputte auch, die werfe ich gleich in den

Plastikmüll. Jetzt habe ich 34 geöffnete Nahrungsmittelpackungen und zehn brauchbare verschließbare Behälter. Viel zu wenig. Also muss ich los und Boxen kaufen gehen.

Eine Stunde später kehre ich keuchend mit drei vollen Taschen in die Küche zurück und räume erst mal die Lebensmitteleinkäufe in den Kühlschrank. Dabei sortiere ich alles Abgelaufene aus und werfe es in den Müll, der ist gleich wieder voll. Jetzt sind endlich die Vorräte dran, aber zuerst spüle ich die neuen Boxen, Dosen und Körbchen im Waschbecken warm ab. Aber wo zum Teufel sollen die jetzt trocknen? Es gibt keine einzige leere Abstellfläche mehr in der Küche. Also trage ich murrend zwölf Packungen mit Nudeln, Reis, Haferflocken, Amaranth, Dinkelmehl, Quinoa und was weiß ich noch in den Flur. So langsam bin ich erschöpft, aber ich kann jetzt keine Pause machen, sonst stehe ich nicht mehr auf. Hände waschen, Haare neu zusammenbinden, einen Schluck kaltes Wasser trinken, dann geht es wieder. Am besten sortiere ich wohl erst mal alles aus, was nicht mehr gut ist.

Eine Tüte Haferflocken ist abgelaufen, aber noch zu, und durch den durchsichtigen Beutel sehen sie tadellos aus. Ich mag sie nur einfach nicht, sie sind dick und hart, und ich werde die Tüte, wenn ich ehrlich bin, niemals öffnen. Aber gutes Essen darf man nicht in den Müll werfen, das erzeugt schlechtes Karma.

Ich beschließe, erst mal einen Karton zu holen und sie da reinzustellen. Vielleicht kommt ja noch mehr zusammen. Vielleicht will Mama das Zeug ja haben, ach nee, Mama mistet ja selbst aus und bestellt neuerdings beim Chinesen. Na egal, irgendwas wird mir später noch einfallen. Dagegen ist mein Acaipulver, obwohl noch haltbar, verklumpt und eklig, und ich werfe es in den Biomüll. Ich habe viereinhalb Packungen Lasagneblätter, da sollte ich wohl mal Lasagne auf den Speiseplan setzen.

Ha! Die Motten sind im Kaffeepulver. Meine Güte, seit ich die tolle Maschine für ungemahlene Bohnen von Olli habe, habe ich nie wieder in das angebrochene Kaffeepulver hineingesehen. Zugebunden hatte ich es aber auch nicht, weil es früher täglich mehrmals in Gebrauch war. Ich werfe es in den Müll und wische die Ecke mit Seifenwasser aus. Eigentlich sollte ich das mit allen Schränken machen. Gute Idee. Dafür brauche ich nur Platz. Ich stelle erst mal ein paar Dosen in den bereits geputzten Schrank und trage dann den Rest ebenfalls in den Flur. Jetzt darf nur bitte keiner klingeln, denn bis zur Tür würde ich nicht durchkommen. Dann zerre ich den Staubsauger aus dem Eckschrank und bugsiere ihn wackelnd über meine Skyline aus Frühstücksflocken und Co., wobei ich nur eine einzige Packung umwerfe und höchstens dreimal laut fluche.

So, geschafft. Jetzt brauche ich nur noch eine neue Mülltüte, aber den Müll kann ich nicht rausbringen, da ist kein Platz. Ein Balkon wäre jetzt praktisch, zu schade, dass hier immer nur eine Wohnung pro Stockwerk einen hat und ich die ohne erwischt habe. Dafür ist die billiger, nun ja.

Und jetzt brauche ich Musik. Wenigstens mein Handy ist griffbereit. Oh, drei entgangene Anrufe von meiner Mutter, aber das muss warten, bis ich wieder den Boden bis zum Sofa freigeräumt habe. Also noch ein paar Stunden. Zum Putzen höre ich gern Hip-Hop, Eminem und peinliche Poser-Songs wie »Sexy Lady«. Muss ja keiner wissen. Aber die geben Schwung.

Wer hört hier so peinlichen Nullerjahre-Hip-Hop?, schreibt Moritz. Woher weiß er das? *Ich steh vor deinem Haus. Mach die Tür auf.*

Geht nicht, schreibe ich zurück. Ich meine, es geht wirklich nicht. Ich öffne das Fenster und rufe zu ihm runter: »Warum hast du dich nicht angekündigt?«

»Hab ich. Du musst halt deine SMS lesen.«

»SMS sind so was von out«, behaupte ich, obwohl ich Patrick täglich welche schreibe, aber das weiß Mo ja nicht.

»Ich hab dir auch eine Mail geschrieben.«

»Die sind noch outer. Schick mir eine WhatsApp.«

»WhatsApp spioniert uns aus.«

»Ich hab nichts zu verbergen. Alles, was ich Peinliches gemacht habe, hat die Welt schon gesehen.«

»Aber *ich* hab Sachen zu verbergen! Mach jetzt endlich die blöde Tür auf!«

»Es geht nicht! Warte.« Ich drehe mich um, knipse den Flur und schick ihm das Bild. Moritz beginnt laut zu lachen.

»Ach so. Na gut. Dann komme ich in einer Viertelstunde noch mal.«

»Bring mir was vom Bäcker mit!«

»Ich hab nur noch zwei Euro.«

»Augenblick!« Ich nehme zehn Euro, wickele sie um einen kaputten Kulli und klebe einen Streifen Tesafilm drum herum. Dann ziele ich damit auf Moritz. »Achtung! Fang!«

Und das tut er. »Ha! An mir ist ein Basketballer verloren gegangen.«

»Den Kulli kannst du wegwerfen, der ist kaputt.«

»Nee, den repariere ich.«

»Fang nicht so an wie Papa. Wirf ihn weg. Er ist eh hässlich.«

»Na gut. Schokocroissant?«

»Ja! Zwei, bitte!«

Ich muss das jetzt hier irgendwie zu Ende bringen.

Am einfachsten wäre es, alles wieder unsortiert zurück in die Fächer zu stopfen. Aber dann war die ganze Arbeit umsonst. Und schließlich bin ich ja jetzt Fine 2.0.

Also muss ich schnell sein, flink wie ein Wiesel. Ich wische einmal durch jedes Fach und beginne zu sortieren. Der Tisch ist für alles, was umgefüllt oder sonst wie bearbeitet werden muss, in die Fächer kommen nur noch haltbare, gut verschlossene Produkte, die ich wirklich mag. Dann füllt sich auch die Verschenkkiste, und kurzerhand stelle ich noch eine Müllkiste dazu.

Weg, weg, umfüllen, behalten. Schneller, die Zeit läuft!

Hat einen Riss, Flocken rieseln heraus – in eine Plastikbox, Schildchen drauf, zumachen. Weiter. War das letzte Klebeschildchen. Hätte neue kaufen sollen. Mann, woran man alles denken muss! Der Stift schreibt auch nicht mehr gut. Weg damit. Schluck Wasser. Das ist anstrengend, auch wenn ich nur Müslipackungen, Mehl, Zucker und hundert Tütchen Früchtetee hin und her trage. Eigentlich hasse ich Früchtetee. Weg damit? Aber vielleicht für Besucher? Ich suche die zehn hübschesten Teebeutelchen raus, stelle sie aufrecht in ein Glas und platziere das gut sichtbar neben den Pappboxen mit Kräutertees. Der Rest der Früchtetees wandert in die Verschenkkiste.

Es klingelt. Mist! Der Boden ist immer noch nicht frei. Ich stakse auf Zehenspitzen von Lücke zu Lücke, schiebe rechts und links alles zur Seite, was sich schieben lässt, und öffne Moritz so halb die Tür.

»Mach dich dünne. Weiter geht's nicht.«

»Mann, Finchen, was hast du denn jetzt wieder angestellt?« Er zwängt sich mit einer zerdrückten Pappschachtel in den Händen durch den Eingangsspalt.

»Nichts, ich räume bloß auf.«

»Das geht so echt nicht weiter. Du brauchst Hilfe! Eine Messieberaterin oder so was.«

»Aber ich bin dabei, Ordnung zu schaffen.« Ich hatte doch gerade so ein Hochgefühl.

»Dein nächster Besucher ertrinkt in Hirseflocken. Gab's da nicht mal so ein Märchen?«

»Das war selbst kochender Hirsebrei, und der war verzaubert!«, sage ich beleidigt.

»Finchen, echt jetzt. Lass dir helfen.«

»Es läuft alles bestens. Du bist nur im falschen Moment aufgetaucht.« Mein Bruder sieht mich so skeptisch an, dass ich lachen muss. »Mo, wirklich. Es sieht wüst aus, aber ich habe es im Griff. Ich hab eine Strategie. Ich kriege das hin.«

»Planst du einen Regentanz, damit der Gewittergott auch hierher einen Sturm schickt und deine Wohnung zerstört?«

»So was Ähnliches. Hat ja schon einmal geklappt. Willst du einen Kaffee?«

»Klar, oder ist die Maschine auch zugebaut?«

Kapitel 25

Zur letzten Arbeitssitzung mit Patrick komme ich leicht verlegen. Ich habe noch deutlich vor Augen, wie nah wir uns beim Tanzen gekommen sind. Irgendwie fühlt es sich auf einmal nicht mehr so unbefangen an, in seiner Wohnung zu sitzen und mit ihm gemeinsam zu arbeiten. Zwischen uns in der Luft ist etwas Unsichtbares, etwas Aufregendes. Ich frage mich, ob er das auch wahrnimmt oder ob ich es mir nur einbilde. Aber jetzt lächelt er mich so warm an, dass ich wieder nervös werde.

»Heute habe ich Macarons für dich. Französisches Gebäck für eine französische Dame. Bitte sehr, Mademoiselle Schosefiin!« Er hat den Kaffee und die bunten Plätzchen wieder hübsch auf einem Tablett angerichtet, und jetzt erst merke ich, wie gut es mir gefällt, dass er sich immer so viel Mühe gibt, alles schön macht und eine heimelige Atmosphäre schafft. Mittlerweile empfinde ich seine Wohnung überhaupt nicht mehr als steril, sondern als wohltuend ordentlich und übersichtlich. Die Hundedecke hat ihren festen Platz auf dem Sofa bekommen. Und es ist echt süß, dass er sich an alles erinnert, was ich ihm von Bea aus geschrieben habe, auch an das Unwichtige wie Luises Angewohnheit, uns Schosefiin und Beatritsche zu nennen.

»Danke.« Ich nehme einen Schluck, der Kaffee ist perfekt gezuckert, so wie ich es mag. Ich versuche ein hellgrünes Macaron. Wow, das schleckt himmlisch. »Ist das Pistazie?«

»Ja, Pistazie mit weißer Schokolade und Krokantstückchen.«

»Göttlich.«

»Finde ich auch. Aber probier mal die mit Himbeere.«

Wir greifen gleichzeitig nach demselben rosa Plätzchen, und unsere Finger berühren sich kurz. Ich ziehe reflexartig meine Hand zurück, obwohl mein Herz hüpft. »Sorry. Nach dir.«

»Nimm du es.« Wir sehen uns an, und er lächelt.

»Wir könnten es teilen«, schlage ich vor.

»Aber ganz exakt in der Mitte.« Er grinst. »Dann hole ich wohl besser mal meine Küchenwaage.«

»Tu das. Und vielleicht auch noch die Wasserwaage, damit alles mit rechten Dingen zugeht.«

Patrick steht auf und öffnet die Tür zum Flur. Hä, das war doch nur ein Witz?

»Bin gleich wieder da.« Ach so, es klingelt an der Tür, jetzt höre ich es auch. Also warte ich mit den Macarons auf ihn und mache einfach schon mal weiter. Wo waren wir stehen geblieben? Bei der Larve des marinen Borstenwurmes, ach ja, diese Doktorarbeit wird immer amüsanter. Hier steht *mes Fig. 188*. Was bedeutet denn *mes?* Wie kann man *mes* übersetzen? Ich tippe »wie kann man mes …« in Patricks Computer ein, und Google ergänzt automatisch: »Wie kann man einen Messie loswerden?«

War das etwa Patricks letzte Suchanfrage? Scheint so, denn der Link ist eingefärbt. Ich klicke darauf, und mein Herz klopft wild, während ich lese.

Messie im Mietshaus: So sollten Sie handeln

Wer einen Messie im Haus hat, hat nichts zu lachen, denn durch Ansammlungen von Müll und nutzlosen Dingen wird Ungeziefer angezogen. Was können Sie tun, um das Schlimmste abzuwehren?

Bauen Sie ein freundschaftliches Verhältnis zum Messie-Nachbarn auf, gewinnen Sie sein Vertrauen.

Sprechen Sie ihn auf den Zustand seiner Wohnung an.

Sprechen Sie ihn auf seine Verstöße gegen die Hausordnung an.

Überprüfen Sie die Verstöße: Wie vermüllt ist die Messie-Wohnung?

Dokumentieren Sie die Verstöße.

Verbünden Sie sich mit den anderen Nachbarn.

Melden Sie den Messie beizeiten beim Hausmeister oder der Hausverwaltung.

Vor der Kündigung muss eine schriftliche Abmahnung erfolgen. Da es zu einer gerichtlichen Auseinandersetzung kommen kann, sollten die Mitmieter alle Verstöße schriftlich dokumentieren. Konfrontieren Sie den Messie erst ganz zuletzt geschlossen mit allen Beweisen.

Ich fühle mich wieder wie beim Anblick des ganzen Internet-Hasses. Mein Magen krampft sich zusammen, und mein Puls ist auf hunderttausend. Hat Patrick wirklich danach gesucht? Hat er *mich* damit gemeint? Aber nein, das kann nicht sein. Er ist doch mein Freund! Und da war noch etwas anderes zwischen uns, oder nicht?

Ich schließe den Tab. Ich bin verwirrt. Und mit wem redet Patrick denn da so lange im Treppenhaus? Ich mache ein paar Schritte Richtung Flur. Hm, das klingt nach Herrn Maurer von der Hausverwaltung.

»Das wird ihr wahrscheinlich überhaupt nicht gefallen«, sagt der Hausmeister gerade. »Sie hängt sicher an ihrer Wohnung. Aber Sie haben recht, so kann es nicht weitergehen. Das wird sonst noch zu einem echten Gesundheitsrisiko.«

Wie bitte? Reden die da etwas über mich?

Patrick flüstert etwas Unhörbares, und ich mache mit angehaltenem Atem zwei leise Schritte aus dem Arbeitszimmer hinaus.

»... habe einen ganz guten Draht zu ihr aufgebaut ... könnte mal mit ihr reden … Nein, Sie haben recht, besser, das kommt offiziell von ganz oben«, sagt Patrick leise. Wieso flüstert er denn?

»Die Dame ist eben ein Sonderfall. Charmant, aber stur bis dorthinaus. Sie muss umziehen, ob sie will oder nicht. Nein, natürlich werde ich ihr nicht sagen, dass es Ihre Idee war, Herr Helwig. Ich habe bereits einen Vorwand gefunden, um mir selbst ein Bild zu verschaffen. Von mir erfährt niemand ein Sterbenswörtchen«, raunt der Hausmeister.

Ich kann einfach nicht glauben, was ich da höre. Deshalb also der Termin nächste Woche in meiner Wohnung? Sie wollen mich tatsächlich rauswerfen? Und es war Patricks Idee? Er hat einen ganz guten Draht zu mir aufgebaut … Mit dröhnenden Ohren und zusammengebissenen Zähnen gehe ich durch den Flur zur Wohnungstür, sage »Verzeihung« und quetsche mich an Patrick vorbei.

»Oh, Josefine, gehst du schon wieder?«, fragt Patrick nervös.

»Ach, hallo, Frau Geiger, Sie hier? Wir reden gerade über …«

»… die nächste Mieterversammlung«, lügt Patrick plump. Mir wird schlecht, gleich kommt das Macaron wieder hoch. Bloß weg hier, ich bin schon auf der Treppe.

»Verstehe. Ich hab's eilig. Tschüss!«, rufe ich.

In meiner Wohnung schalte ich sofort den Laptop ein, google »Wie werde ich einen Messie los« und starre auf den Artikel, während sich die Einzelteile in meinem Kopf zu einem schlimmen Puzzle zusammensetzen.

Messie im Mietshaus: So sollten Sie handeln

Bauen Sie ein freundschaftliches Verhältnis zum Messie-Nachbarn auf, gewinnen Sie sein Vertrauen.

»Ich könnte dir einen Kaffee anbieten, ich habe gerade Kekse gekauft.«

Sprechen Sie ihn auf den Zustand seiner Wohnung an.

»Was ist denn hier passiert? Wurde bei dir eingebrochen? Nicht dass sich die Polizei mal hierher verirrt und gleich eine Großfahndung ausschreibt.«

Sprechen Sie ihn auf seine Verstöße gegen die Hausordnung an.

»Du bist laut Plan diese Woche mit dem Putzen dran. Die Treppen sind total staubig. Du hast die Flusen unten an der Treppe liegen gelassen. Hast du schon mal was von einem Wischmopp gehört?« … »Wann hast du eigentlich zum letzten Mal das Flusensieb gereinigt?«

Überprüfen Sie die Verstöße: Wie vermüllt ist die Messie-Wohnung?

»Fine, kann ich reinkommen? Ich wollte nur mal nach dir sehen.« … »Ich schau mich mal in der Küche um.«

Dokumentieren Sie die Verstöße.

»Das kommt alles ins Meldeformular.«

»Herr Helwig hat uns eine Beschädigung seiner Wohnungstür gemeldet.«

Verbünden Sie sich mit den anderen Nachbarn.

»Sie muss umziehen, ob sie es einsieht oder nicht.«

Melden Sie den Messie beizeiten beim Hausmeister oder der Hausverwaltung.

»Ja, die Dame ist so ein Sonderfall. Nein, natürlich werde ich ihr nicht sagen, dass es Ihre Idee war, Herr Helwig. Von mir erfährt niemand ein Sterbenswörtchen.«

Alles ergibt Sinn. Es passt alles. Natürlich hat er diese ganze beschissene Liste gewissenhaft abgearbeitet. Er hat mir nie verziehen seit seinem Einzug, und ich war wohl auf einem völlig falschen Dampfer. Ich bin eben doch nicht so liebenswert und toll. Und Familie sieht anders über Fehler hinweg als der Rest der Welt. Es war alles eine Farce.

Mein Herz schlägt wild, und es rauscht in meinen Ohren. Ich bin so blöd gewesen, wieder mal. Patrick ist nicht mein Freund, er hat sich nur mein Vertrauen erschlichen, um mich aus dem Haus zu ekeln. Und jetzt hat er es geschafft. Er hat sich mit dem Hausmeister verbündet oder vielleicht gleich auch mit allen anderen Mietern. Dass Herr Maurer herumdruckst, wenn mir gekündigt werden soll, kann ich ja noch irgendwie verstehen. Aber dass Patrick, den ich für einen Freund gehalten habe, sich hinter meinem Rücken mit jemandem gegen mich verbündet, das tut weh. Aber es ist logisch. Viel logischer, als dass Patrick plötzlich angefangen hat, mich zu mögen, und meine Art auf einmal nicht mehr nervig, sondern gut findet. Aber wozu hat er mir dann die vielen Nachrichten geschrieben? *Um dich einzuwickeln, Finchen,* sagt eine böse Stimme in meinem Hinterkopf. *Psychopathen machen so was. Sie ahmen menschliche Gefühle und Verhaltensweisen nach. Sie genießen das sogar.*

In mir steigt eine rasende Wut auf, die den Schmerz vorerst übertönt. Denen werde ich es zeigen! Ich ziehe nicht aus, garantiert nicht. Da können sie sich auf den Kopf stellen! Ich liebe meine Wohnung, da haben sie völlig recht. Ich werde ihnen eine tipptopp ordentliche, perfekte Wohnung präsentieren, die cleanste aller cleanen Wohnungen, die sie je gesehen haben. Sie werden Augen machen, diese Verräter.

Ich will nichts fühlen und nichts denken. Einfach nur aufräumen und abarbeiten, was getan werden muss. Ich sehe mich in meiner

Wohnung um. Das Problem sind die zu vielen Sachen. Lösen kann man das nur, wenn man alles entfernt, was man nicht braucht. So wie der Fluss Omis Haus freigespült hat. Einfach radikal alles.

Denn ich bin mit den paar Sachen, die ich bei Bea hatte, bestens zurechtgekommen. Was ich wirklich brauche, ist nicht viel, das weiß ich seit meinem Aufenthalt in Haindorf. Und ich habe gelernt, dass es schwer ist, auszuwählen, was alles endgültig wegkommen soll. Daher werde ich mir nur das aussuchen, was bleiben darf. Alles andere schaffe ich auf den Dachboden. Da ist jede Menge Platz. Danach werde ich putzen und die Wände streichen, und dann kann Herr Maurer mal sehen, wie gut ich mein Leben im Griff habe. Und die Sachen auf dem Dachboden gehe ich später nach und nach durch, wenn ich dazu komme.

Packen kann ich allein, aber beim Tragen brauche ich Hilfe. Es handelt sich um noch mal zwei Stockwerke ohne Aufzug. Bei meinem Umzug hierher haben wir zu viert über drei Stunden gebraucht. Damals hatte ich zwei Studenten engagiert, und sie hatten mir mit Moritz gemeinsam geholfen. Das war gar nicht so teuer, wie ich anfangs befürchtet hatte. Das mache ich jetzt einfach noch mal. Um so eine Anzeige zu schalten, müsste ich allerdings ins Internet gehen. Bin ich schon so weit? Ja, beschließe ich. Irgendwann muss ich mich dem sowieso stellen, dann kann es genauso gut jetzt sein.

Ich logge mich also bei Facebook ein und bereite mich auf Großbuchstaben, Flüche und Morddrohungen vor. Aber obwohl es eine Menge Benachrichtigungen gibt, stoße ich nur auf freundliche Worte.

Krass, Josie-Clean funktioniert, ich habe schon das halbe Haus aufgeräumt!

Mit Jo-Clean zum Erfolg! Aufräumen kann tatsächlich Spaß machen!

Meine Schwester und ich chatten jetzt jeden Donnerstag und räumen dabei die Küche auf … beiläufiger hab ich die Hausarbeit noch nie geschafft!

Mit der Josie-Methode haben wir jede Menge Gammelzeug weggeworfen, und jetzt sieht es bei uns endlich wieder schön aus!

So geht es weiter, zahlreiche Leute haben mich verlinkt, posten Vorher- und Nachher-Bilder ihrer Zimmer und strahlen in die Kamera. Zum Shitstorm komme ich nur noch durch ewiges Runterscrollen, und die Original-Fotomontage ist komplett verschwunden. Kurzerhand lösche ich alle Verlinkungen auf die nicht mehr aktive Seite.

Bei Instagram finden sich unter dem Hashtag #josiecleanmethode sage und schreibe 1347 Beiträge, und bei Twitter ist das Thema bis auf zwei Erwähnungen verschwunden.

Die größte Überraschung ist aber eine Mail von Olivers Schwester.

Liebe Fine,

ich weiß nicht genau, wie ich es sagen soll, also am besten einfach geradeheraus. Meine Freundin Vicky hat sich bei unserer Hochzeit ein wenig in Olli verguckt und es offenbar schlecht weggesteckt, dass er kein Interesse an einer ernsthaften Beziehung mit ihr hat. Jedenfalls wurde sie wohl von einer übertriebenen Eifersucht auf dich geplagt und hat genauestens verfolgt, was du online so treibst. Als du dich in deiner Kolumne (Glückwünsch dazu, übrigens!) über sie lustig gemacht hast, ist bei ihr eine Sicherung durchge-

brannt, jedenfalls hat sie mir gestanden, dass sie einen Josie-Clean-Alarm eingestellt und alles von dir und über dich gesammelt hat. Das Bild in dieser Instastory aus deinem Schlafzimmer war der Jackpot für sie, und sie hat es an ihre Freundin MissGunst weitergeleitet und sie zu dem fiesen Post angestiftet. Wir sind entsetzt, und Olli hat sofort endgültig den Kontakt zu ihr abgebrochen. Wenn das rauskommt, könnte sie ihren Job bei SUSANN verlieren. Ich ringe noch mit mir, schließlich ist Vicky meine Trauzeugin, aber ich wollte dir auf alle Fälle sagen, dass mir sehr leidtut, was du alles durchgemacht hast, das war unfair, unangebracht und einfach nur gemein.

Ich fand es auch sehr schade, dass du nicht bei unserer Hochzeit warst. Ich habe dich immer sehr gerngehabt und bedauere eure Trennung. Ich würde mich unglaublich freuen, wenn ihr wieder zueinanderfindet. Ich glaube, Olli bereut seine Kurzschlussaktion auch längst. Ich habe deine Kolumnen jedenfalls gelikt und geteilt und drücke dir die Daumen für deine weitere Karriere.

Liebe Grüße, Sarah

Wow. Das ist mal eine Überraschung. Es war nicht Agatha, es war Viktoria. Dass sie das alles angezettelt hat, darauf wäre ich niemals gekommen.

Und ich war auch felsenfest davon überzeugt, dass Sarah absolut gar nichts für mich übrighat. So kann man sich täuschen. Von ihren netten Worten bin ich richtig gerührt. Auch wenn es mit Olli niemals eine Versöhnung geben wird. Das ist aus und vorbei. Aber was Viktoria und Olli betrifft, hat mich mein Gefühl also nicht getrogen. Ganz kurz überkommt mich der Impuls, ihrer Chefin zu stecken, was sie gemacht hat. Aber dann halte ich inne. Viktoria bloßzustellen würde den Shitstorm nicht ungeschehen machen. Ohne den wäre ich nie zu Bea gefahren und hätte mich immer noch nicht mit meiner Cousine versöhnt. Es hatte also trotz allem auch sein Gutes. Und ich bin eben keine Viktoria, die intrigiert und anderen Leuten ihr Leben kaputtmacht. Zum Glück. Ich bin Josefine, das reicht.

Dann verdränge ich den dumpfen Schmerz, der mich wegen Patrick gerade beherrscht, und versuche, mich einfach nur darüber zu freuen, wie schnell die bösen Kommentare abgeebbt sind.

So kurz war die Halbwertszeit dieser Sache, Lena hatte also doch recht. Und Moritz und Frau Ewald und Annabel … plötzlich wird mir klar, wie viele Menschen eisern zu mir gestanden und mich getröstet und aufgebaut haben. Reale Menschen in meinem echten Leben, keine anonymen Fremden.

Und auch beruflich hat mich das sicher nicht auf Dauer ruiniert. Die vielen positiven Kommentare zur Josie-Clean-Methode lassen mich sogar hoffen, dass ich irgendwann wieder einen Job als Kolumnistin ergattern kann, vielleicht zu einem ganz anderen Thema.

Aber jetzt muss ich erst mal meine Wohnung retten.

Ich suche zwei starke Helfer für Sonntag – ja, Sonntag!, biete eine großzügige Entlohnung und schaue mich dann gleich noch nach Umzugskisten um. Einmal benutzt, halber Preis, Selbstabholung um die Ecke. Na bitte, geht doch.

Zwei Stunden später habe ich die Zusage von drei Studenten – alle waren so nett, da konnte ich keinen ablehnen – sowie vierzig zusammengefaltete Umzugskisten im Flur an der Wand lehnen und warte auf Lena, die mit mir Pizza bestellen und sich alle Neuigkeiten anhören will. Ich werde nur über all das Gute sprechen, optimistisch sein und mein Elend ignorieren.

Josie Clean ist zurück, taff, voller Tatendrang und Elan. Josie Clean packt ihre Probleme an, sie verlässt sich auf ihre echten

Freunde und heult nicht herum wegen eines Mannes, der sie nicht verdient.

Ich muss stark sein, ich muss Josie sein, denn Finchen würde sich momentan am liebsten im Bett die Decke über den Kopf ziehen und über Patricks Verrat weinen, den sie viel zu sehr ins Herz geschlossen hat.

Kapitel 26

Spiel mir die Nachrichten noch mal vor!«, befiehlt Lena am späten Samstagabend. Vor uns auf dem Tisch stehen die leeren Pizzakartons und eine halb volle Flasche Wein. Sie blättert durch meinen Vertrag mit *LifeStyleTime,* den ich nie komplett durchgelesen habe – weil das ja wohl niemand macht bei zwölf eng in Minischrift beschriebenen Seiten –, und wir haben mein Handy auf Lautsprecher.

»Frau Geiger, hier ist Dana Karrenbauer, das ist ja eine üble Sache. Wie konnte das denn passieren? Sind Sie von einem Enthüllungsreporter geleakt worden? Wollen Sie mal mit unserer Rechtsabteilung sprechen? Glauben Sie, dass wir jetzt noch eine Kolumne von Ihnen veröffentlichen können? Es tut mir natürlich für Sie persönlich wahnsinnig leid, was da online vorgeht. Rufen Sie mich bitte zurück, damit wir unsere Strategie für die Schadensbegrenzung besprechen können. Ich leide mit Ihnen. Rufen Sie mich an!«

Nächste Nachricht: »Frau Geiger, ich versteh ja, dass Ihnen das momentan alles zu viel ist, aber wir müssen irgendwie reagieren. Ich brauche ein Statement von Ihnen. Rufen Sie mich an!«

»Okay, nach Rücksprache mit unserer Pressesprecherin haben wir entschieden, überhaupt nicht zu reagieren. Rufen Sie mich zurück!«

In den nächsten beiden Voicemails beschwört sie mich nur noch, sie anzurufen, und in der fünften Nachricht sagt sie sachlich: »Falls Sie noch Interesse an der Kolumne haben, bitte ich

Sie, uns die nächste bis zum 31. August zuzuschicken. Anderenfalls sind Sie aus dem Rennen. Schönen Abend noch!«

»Ich höre da kein einziges Wort von Rauswurf«, sagt Lena. »Wahrscheinlich war der Aufruhr gar nicht so schlecht für sie.«

»Aber sie hat gesagt, sie können nie wieder was von mir bringen«, wende ich ein.

»Nein. Sie sagte: ›Glauben Sie, dass wir jetzt noch eine Kolumne von Ihnen veröffentlichen können?‹ Das ist ein Unterschied«, sagt Lena triumphierend, und ihre großen dunklen Augen leuchten.

»Aber doch kein großer.«

»Doch, ein riesiger. Solange du die Kolumnen ablieferst, bist du noch im Rennen. Es gibt keine Moralklausel, dass sie zurücktreten können, wenn du dich mit Müll fotografieren lässt.«

»Das mit dem Müll war eine Fotomontage«, sage ich finster.

»Das weiß ich doch, Liebchen. Du musst einfach nur pünktlich liefern«, erklärt sie mir und schaut auf die Uhr. »Du hast noch fünfzig Minuten bis zum ersten September.«

»Das schaffe ich nicht!«

»Doch, das schaffst du!«, sagt Lena fest. »Pflanz dich auf deinen süßen Hintern, schreib das Ding runter, und schick es vor Mitternacht an Frau Dingsda-spann-mich-vor-deinen-Karren. Und setz mich unbedingt sichtbar in Kopie. Und am besten auch noch diese Journalistin mit dem Alkoholproblem. Je mehr Zeugen, desto besser.«

»Ist das nicht superpeinlich? Ich habe sie wochenlang nicht zurückgerufen, und jetzt schicke ich ihr einfach die nächste Kolumne, als wäre nichts gewesen?«

»Du musst endlich mal den Unterschied zwischen privater und geschäftlicher Beziehung begreifen, Finchen. Ja, rein persönlich gesehen ist es oberpeinlich, aber rein beruflich gesehen das einzig Richtige. Du kannst es immer noch schaffen!«

»Aber ich muss meine Sachen einpacken!«, ist meine letzte Ausflucht.

»Das machst du morgen, ich helfe dir.«

»Na gut. Danke, dass du so energisch bist.«

»Ich bin angehende Anwältin. Das ist mein Job. Und jetzt hören wir auf zu quatschen, und du setzt dich an deinen Computer. Ich gehe jetzt. Küsschen, tschüsschen!« Und weg ist sie.

Jetzt muss ich also die nächste Kolumne schreiben. Die Kolumne, nachdem mir mein Sauberfrau-Image um die Ohren geflogen ist. Die Alle-wissen-dass-ich-gelogen-habe-Kolumne. Die vielleicht niemals jemand außerhalb der Redaktion zu sehen bekommt, aber verlassen kann ich mich darauf natürlich nicht. Vielleicht erscheint der Text auch demnächst irgendwo unter dem Titel »So lügt sie munter weiter«. Oder sie veröffentlichen sie tatsächlich. Also, welches Thema wäre da wohl angebracht? Etwas über Ehrlichkeit? Über Schein und Sein? Ja, genau, was sonst. Ich rühre mir schnell einen Kakao zusammen, und dann fliegen meine Finger nur so über die Tasten. Ich habe keine Zeit, nachzudenken, und das ist ganz gut so.

Ich bin Josefine Geiger. Sie kennen mich wahrscheinlich besser unter dem Namen Josie Clean. Das ist natürlich ein Pseudonym. So weit alles gut, Pseudonyme sind keine Lügen. Es ist allgemein akzeptiert, unter Pseudonym zu schreiben. Wenn man einen komplizierten, holprig klingenden Namen hat oder eine gewisse Distanz zwischen seiner Autorenrolle und dem privaten Leben schaffen möchte. Man darf sich einen Künstlernamen zulegen und eine Rolle schaffen, die man dann ausfüllt. Eine Schauspielerin, die Anastassakis heißt, darf sich Jennifer Aniston nennen, damit die Fans sich den Namen leichter merken und aussprechen können. Mit diesem Namen kann sie, stets geschminkt und gestylt, zu öffentlichen Events gehen und die Pressefotos autorisieren, die verbreitet wer-

den dürfen. Und privat kann sie dann unter Anastassakis verreisen und Paparazzi verklagen, die sie im Urlaub unerlaubterweise fotografieren. Das ist alles okay. Was nicht okay ist, ist, ein angeblich authentisches Bild von sich zu erschaffen, das jedoch mit dem echten Ich nicht übereinstimmt. Aber wo ist die Grenze?

Mein Ex-Freund hat behauptet, mich »natürlich« am liebsten zu mögen. Aber meint er mit natürlich morgens vorm Aufstehen, mit zerzausten Haaren, ungeputzten Zähnen und zerknautschtem Gesicht vom Kopfkissen? Eher nicht. Mit natürlich meinte er, dass ich mir die Zähne putze, die Haare kämme, das Gesicht abpudere und nur einen leichten rosa Lipgloss auftrage. Sauber, ordentlich, frisch, dezent geschminkt. Ist hier die Grenze? Aber hat nicht jeder eine andere Vorstellung von Sauberkeit und Hygiene?

Im Mittelalter hätte man mit einem Bad pro Monat als übertrieben reinlich gegolten, heute wäre das indiskutabel.

Ist Make-up eine Lüge? Sind Schönheits-OPs eine Lüge?

Frisiert und geschminkt gilt als echt, nachträglich mit Photoshop bearbeitet, gilt als gefakt. Sind künstliche Wimpern Fake? Und was, wenn sie dauerhaft am Auge befestigt werden? Gehören sie dann nicht zum Gesicht wie eine Brille oder eine Zahnspange? Sind Zahnkorrekturen Lüge? Und was ist mit figurformender Unterwäsche? Ist es Schummeln, einen BH zu tragen? Sich die Beine zu rasieren? Wir wollen alle echt sein, aber wir wollen auch schön sein.

Was ist mit gestellten Bildern? Sind nur Schnappschüsse wahrhaftig? Aber was ist, wenn man zehn Schnappschüsse macht und den besten heraussucht? Wer von euch sucht aus einer Menge von Bildern das hässlichste aus, um es zu verschicken? Aber ist das schönste Bild nicht genauso echt wie das hässlichste, nur eben aus einer anderen Perspektive aufgenommen?

Was ist echt? Was ist wahrhaftig? Wo beginnt die Lüge?

Ist es eine Lüge, Aufräumtipps zu geben, wenn man selbst gegen das Chaos kämpft? Kann sich eine Chaosqueen nicht verzweifelt eine ordentliche Wohnung wünschen und alles Mögliche ausprobieren, um endlich Herrin der Lage zu werden? Darf eine korpulente Person keine Gesundheitsberaterin werden? Dürfen nur erfolgreiche Musiker Musik unterrichten? Muss man eine Disziplin perfekt beherrschen, um sie weiterzugeben? Muss man etwas perfekt können, bevor man darüber schreiben darf?

Ich habe euch nur die ordentliche, aufgeräumte Version von Josefine Geiger gezeigt, und dann hat jemand einen Blick auf mein Privatestes, mein Schlafzimmer, geworfen und ein Bild davon an die Öffentlichkeit gebracht, das auch noch manipuliert war. War das in Ordnung? Sind eure Schlafzimmer stets picobello? Würdet ihr jederzeit einer anonymen Masse den Blick in euer Bett gestatten? Könnte zwischen der Wirkung eures sorgfältig ausgewählten Profilfotos und einem unretuschierten Schnappschuss aus eurem privatesten Zimmer eventuell auch eine winzige Diskrepanz bestehen?

Ich bin jedenfalls weder nur die Chaosqueen noch die taffe Josie, ich bin eine Mischung aus den beiden und weitaus mehr. Menschen sind komplexer, als sich durch den Grad ihrer Ordnungsfähigkeit bestimmen lässt. Aber bringt das mal mit einer Fotocollage rüber!

Wisst ihr, wann man nie wieder Unordnung machen kann? Wenn man erst einmal still und ordentlich im Sarg liegt. Nur das Chaos ist lebendig. Meine Wohnung hat sich gelichtet, mein Leben hat sich gewandelt, ich habe alte Dinge weggeräumt, verbrannt und losgelassen, und jetzt lebe ich leichter und unbeschwerter weiter. Ich habe ein paar Illusionen verloren. Das tut weh, doch es war nötig.

Mein Leben ist manchmal ein Chaos, aber es ist echt. Es ist spannend. Man weiß nie, was passiert. Vielleicht küsse ich den falschen Mann. Oder ich streite mich mit dem Hausmeister. Vielleicht stoße ich eine teure Vase um, oder ich setze mich einfach mit meiner besten Freundin in die Sonne und esse ein Eis. Wobei ich mich bekle-

ckere. Egal. Ich habe keine Angst mehr davor, mich zu blamieren. Ich habe mich vor der gesamten Internet-Community blamiert, aber obwohl es sich angefühlt hat, als würde man mir meine Würde rauben, hat es letztlich nichts an mir verändert. Das ist alles nicht real. Real sind Erbsen, die man aus einer Schote pult. Real ist das Lachen meines kleinen Neffen, wenn ein Glubschi Geburtstag hat. Real ist die Freude im Gesicht meiner Nachbarin, wenn sie die Lieblingslieder aus ihrer Jugend hört. Real sind echte Freundschaften und ein Kater nach zu viel Schlehenlikör. Seid nicht perfekt, tut nicht perfekt, seid einfach nur echt und lebendig. Eure Josefine

Ich lese den Text nicht noch mal durch, sondern schicke ihn an Dana Karrenbauer und an Lena und Moni Asmussen in Kopie, mit der Entschuldigung, dass das Haus meiner Omi überschwemmt wurde und ich vom Chaos überwältigt war – was nicht mal gelogen ist. Zwei Minuten vor Mitternacht, bingo!

Und warum bin ich dann nicht erleichtert und glücklich, sondern heule im Bad beim Zähneputzen schon wieder los?

Es ist alles nicht so schlimm, sage ich laut und starre mein Spiegelbild an. Lach mal, Josefine, du hast die Kolumne rechtzeitig abgeschickt. Der Shitstorm hat sich gelegt. Es ist gut gelaufen für dich, sogar eins a und mit Sahnehäubchen. Der Erfolg der Josie-Clean-Methode hat all das Gemeine einfach weggeschwemmt, so wie der Fluss Omis Sachen. Vielleicht hast du sogar noch Chancen auf die Stelle ab September. Freu dich, Finchen!, beschwöre ich mich und spucke die Zahnpasta aus. Sei glücklich und erleichtert und dankbar, wie gut du davongekommen bist.

Aber ich kann mich nicht freuen, nicht hoffnungsvoll sein, nicht glücklich. Ich fühle diesen tiefen Schmerz über Patricks Verrat in meinem Magen, der einfach nicht kleiner werden will. Und er fehlt mir, genau wie die lustigen Nachrichten, die wir uns sonst täglich geschrieben haben. Ohne ihn ist das alles nichts. Und ich habe einen Zahnpasta-Sprühregen auf dem Spiegel hinterlassen. Also sprühe ich eine große Portion Badreiniger auf ein Stück Zewa und beginne, den Spiegel zu schrubben, als hinge mein Leben davon ab.

Kapitel 27

Zum ersten Mal in meinem Leben habe ich eine Arbeit unter- und nicht überschätzt, ha. Obwohl ich schlecht geschlafen habe und streng nach Prioritäten vorgehe, brauche ich nur einen halben Tag, um all mein Zeug in Kartons zu verpacken. Erst alles Lebensnotwendige in die blaue Reisetasche, Kulturbeutel, Unterwäsche, Wecker, Nachthemd etc. Dann in den Koffer, was ich täglich brauche, Lieblingsbücher, Kuscheldecke, dicke Socken, Ladegerät. Dann alles in zwei Kisten, was ich oft benutze, Notizblock, Stifte, Wärmflasche, Badehandtücher, Flaschenöffner. Das ist alles, was hierbleibt.

Nach einer kurzen Pause weitermachen mit dem Zeug, das ich nie wiedersehen will. Das Gute daran ist, dass ich es einfach in die Tonne kloppen kann und es sofort los bin. Dann kommt der Rest in die Kisten für den Dachboden – die Sachen, die ich eigentlich nicht brauche, aber auch nicht wegwerfen will, so was wie Mamas selbst getöpferte Obstschale, Moritz' scheußliches kleines Stillleben »Kleiner Cowboy aus Orleans« in einer leeren Frischkäsepackung, Lenas Patchworkdecke, die gut aussieht, aber kratzt, meine Kuschelkissen, die weich sind, aber bescheuert aussehen. Das Teeservice von Tante Marion, das ich noch nie benutzt habe, aber eigentlich schön finde, die Postkarten, die noch am Kühlschrank hängen, der pinke Bettvorleger, der mir peinlich ist, der Stoffhase, der seit zehn Jahren in meiner Unterwäscheschublade wohnt, weil ich es nicht übers Herz gebracht habe, ihn wegzuwerfen. Ich raffe einfach alles zusammen, was das Auge stört, und versenke es in den Kisten.

So. fertig. Bis meine Packhelfer kommen, habe ich noch fast zwei Stunden. Daher kehre und sauge ich eben schon mal durch. Obwohl ich verschwitzt bin, kriege ich auch das locker hin. Und danach beginne ich verbissen mit Fensterputzen. Na gut, das ist total anstrengend. Das Wohnzimmerfenster mache ich keuchend fertig, aber die anderen lasse ich dann weg. Meine Energie hat doch Grenzen, auch wenn ich noch so motiviert bin.

Moritz und die drei Studenten brauchen weder Hilfe noch Anweisungen, sie tragen einfach eine Kiste nach der anderen auf den Dachboden, vertilgen danach stumm die Familienpizza, die ich bestellt habe, und stecken ihren Lohn ein. Auch gut.

Viel schneller als erwartet bin ich wieder allein in meiner beinahe leeren Wohnung. Jetzt übermannt mich doch die Erschöpfung, und ich kuschle mich auf mein Bett und überfliege alles, was auf *LifeStyleTime* in den letzten Wochen so passiert ist. Meine letzte Kolumne ist zwei Wochen nach dem Shitstorm publiziert worden, und in den Kommentaren gibt es keinerlei Bezug mehr darauf. Entweder hat Dana das alles konsequent löschen lassen, oder den Leuten war es bereits egal. Ich scanne die Anzahl der Likes und vergleiche sie mit Mindys, wir scheinen ungefähr gleichauf zu liegen.

Mit Horst gibt es zwar noch ein Interview, aber keine weitere Kolumne mehr. Ist mir auch egal. Mindy hatte eine Kolumne mehr als ich, aber darüber kann ich mich schlecht beschweren, nachdem ich Danas Anrufe wochenlang ignoriert habe. Jetzt wird also der Zufall entscheiden.

Ich bemühe mich, nur an meine Karriere zu denken, als ich so daliege, aber eigentlich grüble ich nur über eine Antwort auf die Nachricht *Ist alles okay? Gehst du mir aus dem Weg?* nach, die mir heftiges Herzklopfen beschert hat. Weil mir aber nichts einfällt, stelle ich das Handy stumm und lösche das Licht.

Das ist das Schlechte und das Gute am Internet, alles geht wahnsinnig schnell. Während ich nach einer schlaflosen Nacht am Montag im Baumarkt war und Malersachen, einen neuen Teppich und Sitzkissen gekauft habe, hat Dana Karrenbauer mir eine supernette Mail geschickt, ihr Bedauern über die Überschwemmung ausgedrückt und sich für die ganz, ganz rührende, zu Herzen gehende und weise neue Kolumne bedankt – und sie auch sofort online gestellt. An einem Montag, kreisch! Obwohl sie ihre Kolumnen sonst normalerweise immer donnerstags veröffentlichen. Aber Mindy-Minuskalorie hatte schon vier Kolumnen, und es soll gerecht zugehen.

Na gut. Ich denke, es liegt vor allem an der drohenden Deadline, bis zu der sie sich entscheiden müssen, aber egal. Umso schneller habe ich es hinter mir, denn nun bin ich doch etwas nervös wegen der Reaktionen meine Freunde und Feinde.

Ich rufe aufgeregt die Website von *LifeStyleTime* auf. Sie haben meinen Text nur ganz leicht gekürzt. Zweiundsiebzig Minuten nach der Veröffentlichung gibt es schon 126 Kommentare. Nur drei kritische und zwei gesperrte, der Rest ist Bewunderung, Begeisterung und Lob. Puh! Ich bin wahnsinnig erleichtert und heule schon wieder beinahe los.

Ganz wunderbar, das du diese Gedanken mit deinen Followern geteilt hast. Diese Ehrlichkeit ist noch toller als eine aufgereumte Wohnung!

So schöne Worte von einer schönen Frau. Wenn du noch dazu dein Traumgewicht erreichen willst, klick mal hier: https://app.bitly.com/Bj51fs60d

*So gesehen hat Josie recht und ihr H*rens*hne könnt euch f*n.*

Du hast auf alle Fäle gewonnen, schon jetzt, egal ob du die Kolumne kriegst oder nicht. Du bist mein Vorbild, Josefine!

Ich war immer auf deienr Seite!

Echt sein ist alles. Ich liebe dich!

Ja, schon gut. Ich weiß ja jetzt, wie viel Bedeutung man solchen Kommentaren einräumen darf. Sehr, sehr wenig. Trotzdem bin ich heilfroh, keine zweite negative Lawine ertragen zu müssen. Als Dank für den Seelenstriptease haben sie mir also tatsächlich verziehen, zumindest die meisten. Ich denke, das war ein guter Deal. Und bei der hohen Klickzahl vermute ich mal, dass ich immer noch gute Chancen auf die Print-Kolumne habe. Das ist toll. Das würde nicht nur meine finanziellen Probleme lösen, sondern gäbe mir auch eine Aufgabe. Der ich mich zukünftig sorgfältiger widmen werde. Jetzt weiß ich ja, dass man so was nicht einfach aus dem Ärmel schütteln darf, sondern irgendwie auch ein Vorbild sein sollte. Ein überzeugendes, ehrliches. Am besten bespreche ich das alles wirklich mal mit Dana Karrenbauer am Telefon. Sie scheint ja echt nett zu sein.

Am meisten freue ich mich aber über eine Mail von Olli, der gefragt hat, ob wir noch mal in Ruhe miteinander sprechen wollen. Er will sich persönlich für die Viktoria-Sache bei mir entschuldigen und auch für die Art, wie er mich abserviert hat. Er will übermorgen Nachmittag vorbeikommen, und ich bin etwas nervös. Es las sich zwar nicht so, als würde er zu mir zurückwollen, aber das ist auch nicht das, was ich will. Dafür ist zu viel passiert, und wir haben uns zu sehr entfremdet. Außerdem liegt auf meinem Herzen ein tiefer, dunkler Schatten, und der heißt Patrick. Doch jetzt sehe ich auch ein, was ich von meiner Seite aus zu unserem Zerwürfnis beigetragen habe. Ich habe Olli teilweise zur Weißglut getrieben, und das tut mir ehrlich leid. Ich finde es gut, ihn noch einmal zu treffen und friedlich über alles zu reden. Frieden zu schließen. Na gut, ein bisschen freue ich mich auch darauf, ihm meine bis dahin frisch gestrichene, neue, perfekte Wohnung unter die Nase zu reiben, ich geb's ja zu.

Olli wird Augen machen. All mein Krempel ist fort. Eine Wand ist lila, der Rest strahlend weiß. Auf dem Boden liegt ein türkisgrüner, flauschiger Teppich, daneben Sitzkissen und das elegante, graue Sofa. Auf dem Sideboard steht eine ausgewaschene Limoflasche mit einer einzelnen Gerbera drin.

Keine spießige Glasvase, kein kitschiger Blumenstrauß, sondern ein Arrangement, das an Lässigkeit nicht zu überbieten ist.

Daher bringt es mich total aus der Fassung, als es klingelt und Patrick vor der Tür steht. Reicht es nicht, dass er mein Herz zerschmettert hat? Muss er mir auch noch meinen perfekten Auftritt-vor-dem-Ex vermasseln?

»Hey, Fine, ich bring dir dein Buch zurück.«

»Danke.« Ich nehme es ihm ruppig aus der Hand und will die Tür schließen, aber er redet weiter.

»Du warst neulich so schnell weg.«

Ach! Warum wohl? »Ich hab jetzt auch keine Zeit«, sage ich kalt.

»Schade. Bekommst du Besuch?« Was geht ihn das an? Aber vielleicht geht er ja, wenn ich es ihm sage.

»Ja, mein Ex-Freund kommt gleich vorbei.«

»Oh. Und deshalb sieht es hier so steril aus?«

Wie bitte? Er muss gerade reden! »Das ist nicht steril. Das ist hip. Designermäßig. Minimalistisch. Schick!«

»Ja, vielleicht, aber das bist nicht du. Wo sind deine bunten Decken und Kissen und dein ganzes seltsames Dekozeug?«

»Weg. Wir möchten ja kein Ungeziefer anlocken«, sage ich schneidend.

»Wie meinst du das?«

Ich wollte ja nichts sagen, aber jetzt bin ich kurz vorm Platzen. »Stell dich doch nicht so blöd! Ich weiß, was für Pläne du mit dem Hausmeister geschmiedet hast.«

»Welche Pläne? Josefine, das hier bist doch nicht du! Du bist verrückt, du bist chaotisch, du bist wahnsinnig. Wo ist dein Wahnsinn abgeblieben, verdammt noch mal? Hast du deine ganze Persönlichkeit in eine Kiste gesteckt und sie auf den Müll geworfen?«

Geht's noch? »Du hältst mich also für verrückt? Für wahnsinnig? Na, schönen Dank auch! Und ich dachte, du würdest dir was aus mir machen. Dachte, wir wären Freunde und dass dir etwas an mir liegt …« Die Wut treibt mich an, und ich schiebe ihn fast aus der Wohnung. »Du musst jetzt gehen! Ich habe keine Zeit für heuchlerischen Nachbarschafts-Small-Talk. Das kannst du dir zukünftig echt sparen.«

»Was ist denn mit dir los? Wollen wir nicht darüber reden?«

»Nein danke, kein Bedarf! Nie wieder! Am besten ziehe ich wirklich aus.«

»Du bist heute ja so wild wie ein Eichhörnchen auf Speed!«

So ein Arsch. Jetzt noch an unsere Tierkosenamen anzuknüpfen, ist doch fast sadistisch.

»Patrick, lass mich in Ruhe!«

»Na schön«, sagt er. »Aber dein Blumenkasten auf dem Fensterbrett sieht wild und ungestutzt aus, das passt nicht zum Rest. Wieso züchtest du Unkraut?«

»Das sind Borretschblüten, die sind essbar!«, fauche ich.

»Und ich dachte schon, du hättest die blaue Blume gefunden.«

»Die gibt's nicht!«, schreie ich und knalle die Tür hinter ihm zu. Die blaue Blume steht für die einzige, ewig ersehnte Liebe, die man nie bekommt. Niemand weiß das besser als ich. Vielleicht sollte ich tatsächlich ausziehen. Es tut so weh, ihn zu sehen. Ich will ihm nicht mehr täglich über den Weg laufen. Am besten nie mehr.

Ich trotte ins Wohnzimmer zurück und starre auf den Blumenkasten. Von Gefühlen hat er keine Ahnung, aber von Einrichtungskonzepten versteht er was. Die blauen Blüten sehen wirklich wild aus und passen nicht zu der minimalistischen Gerbera auf der Kommode. Kurz entschlossen nehme ich den Kasten und stelle ihn in die Vorratskammer. Dann wasche ich mir die Hände, verkneife mir die Tränen und sprühe mir einen Hauch *Cold Water* hinter die Ohren. Das hat Olli mir zum ersten Jahrestag geschenkt, und ich habe es kaum getragen. Vielleicht will er sich ja doch richtig mit mir versöhnen, wer weiß? Vielleicht sollte ich ihm einfach verzeihen und mir alles andere aus dem Kopf schlagen? Warum kommt bei dem Gedanken überhaupt keine Freude auf? Am liebsten würde ich Olli absagen, aber da klingelt es bereits erneut. Also gut, dann los.

Ich drücke den Türöffner und bleibe unschlüssig in der geöffneten Tür stehen. Ist das lässig so? Damit zeige ich ihm, dass ich auf ihn warte, ich bin auf die Sekunde bereit. Oder ist das zu gewollt? Vielleicht setze ich mich lieber aufs Sofa und lasse die Tür angelehnt? Aber ist das nicht unhöflich? Unschlüssig schaue ich zum Wohnzimmer. Wo bleibt er denn, damit ich aufhören kann, mir den Kopf zu zermartern …

»Josefine?« Ollis Stimme klingt wie Samt, und ich fahre herum. Er ist hinter den vielen blauen Rosen im Türrahmen kaum zu sehen.

»Die sind für dich!« Er überreicht mir den größten Strauß, den ich je gesehen habe. Blaue Rosen?

»Elegante blaue Blüten für eine elegante Lady. Bitte sehr, die Dame, sie kommen von Herzen!«

»Oh, danke. Warte, ich hole eine Vase. Setz dich doch schon mal hin.« Mit dem Arm voller Rosen hetze ich in die Küche, wobei mir einfällt, dass elegante Frauen nicht rennen, sondern eher schreiten. Und verdammt, hier stehen nur noch zwei Vasen, und die sind viel zu klein. Die Blumen würden nur in den Putzeimer passen, aber das sieht ja bescheuert aus. Olli wartet im Wohnzimmer, und ich verliere hier wertvolle Zeit. Verzweifelt stopfe ich den Gummistopfen ins Spülbecken und lasse lauwarmes Wasser einlaufen. Dann lege ich die Blumen im Waschbecken ab, bleibe an einem Dorn hängen, reiße mir ein Loch ins T-Shirt, fluche kurz und trockne mir die Hände ab.

»Fine, ist alles okay?«

»Ja, klar!«, rufe ich verzweifelt. Das ist kein kleines Loch, sondern eine richtige Lücke vor meinem Bauch, ich muss mich umziehen und dabei durchs Wohnzimmer gehen, verdammt, warum hab ich keine Notfallklamotten mehr im Bad wie früher, und Olli hat immer noch nichts zu trinken, und wir haben uns noch gar nicht richtig begrüßt … Ich muss mich beruhigen. Einmal tief durchatmen. So, schon besser. Dann hab ich mir eben ein Loch ins Shirt gerissen, das kommt vor. Ecken und Kanten, authentisch sein, war es nicht so? Ach Bullshit, doch nicht, wenn es um einen Ex-Freund geht! Und auch wenn ich ihn absolut nicht zurückhaben will, will ich vor ihm doch eine gute Figur abgeben und beweisen, dass ich mein Leben im Griff habe. Das ist ja wohl normal.

Ich nehme den Gin aus dem Kühlschrank und stelle ihn auf das schlichte, graue Tablett. Jetzt noch die Eiswürfel, ich krieg sie nicht aus der Packung, muss ich wohl heißes Wasser drüberlaufen lassen, aber verdammt, im Waschbecken sind ja die Blumen, die vertragen kein heißes Wasser.

»Alles klar, Fine?«

»Ja! Ich komme gleich!«, brülle ich und erschrecke. Olli ist keine fünf Minuten bei mir, und ich bin schon mit den Nerven fertig.

Ich nehme einfach doch den Putzeimer und kräusele hastig eine Manschette aus Alufolie über den Rand, so sieht das doch gut aus mit dem Blau. Und es geht ja auch ohne Eis. Kopflos greife ich nach Lenas Küchenschürze und binde sie mir um, so, Loch verdeckt. Dann trage ich das Tablett ins Wohnzimmer.

»Oh, wolltest du gerade was kochen?

»Nein, wieso?«

»Wegen deiner Schürze.«

»Ich trag die nur so. Als modisches Statement.«

»Ach, ist das jetzt in? Wusste ich gar nicht. Cool.«

»Ich hol noch schnell die Rosen.«

Ich trage den mit Silberfolie verzierten Putzeimer ins Zimmer und lasse mich erschöpft aufs Sofa fallen.

»Was kredenzt du uns denn Feines?«

Wieso spricht er so gestelzt? »Gin Tonics«, stoße ich hervor. »Nur noch ein paar Sekunden.«

»Du weißt wirklich, wie man einen Mann verwöhnt.«

Er geht mir auf die Nerven, er geht mir total auf die Nerven. Aber ich will ihm trotzdem noch das sagen, weshalb ich ihn eingeladen habe. »Olli, hör zu. Es tut mir leid, dass ich so eine Chaotin war. Ich wollte immer alles aufheben, um ja nichts Wichtiges zu verlieren, aber das geht sowieso nicht, und außerdem hat mich das total blockiert und …«

»Schscht. Es ist alles gut. Wir waren beide schuld. Das Einzige, was zählt, ist, dass du es jetzt in den Griff bekommen hast. Hier sieht es toll aus, ich bin beeindruckt.«

»Aber ich würde dir gern erzählen, was mir in Haindorf klar geworden ist –«

»Josefine, du bist wirklich wunderschön«, unterbricht er mich. Kein Wort der Entschuldigung zu seinem Verhalten, und er hört mir gar nicht zu. Er hat nur blöde Floskeln drauf. Das ist nicht das Gespräch, das ich mir ausgemalt habe, und eine Versöhnung ist das Letzte, was ich jetzt noch will.

»Olli, danke für die Blumen, aber ich glaube, das bringt nichts mehr. Lass es uns abhaken und nach vorn schauen.«

»Du willst eine dreijährige Beziehung also einfach so abhaken?«

Was ist er nur für ein Idiot. »Das war doch deine Idee! Du bist einfach weggefahren und hast mich am Straßenrand … Ach, weißt du was? Es ist mir egal. Bitte geh jetzt.«

»Aber Fine, ich denke, wir haben noch einige Themen miteinander zu besprechen, und ich bin auch einer Reunion gegenüber nicht abgeneigt, wenn wir uns …«

Ich frage mich gerade, wie er diesen bescheuerten Satz zu Ende bringen will, als es klingelt. Irgendwie hoffe ich, dass Patrick zurückgekommen ist und mir sagt, dass alles doch ganz anders ist. Zumindest würde ich ihm jetzt erst mal zuhören. Leider ist es nicht Patrick, sondern Daniel. Mit einem Strauß blauer Rosen im Arm.

»Ähm, hallo, was machst du denn hier?«, frage ich fassungslos.

»Ich besuche dich. Du hast meine Nummer ja blockiert. Ich wollte dir zu deinem gigantischen Erfolg der neuesten Kolumne gratulieren. Die geht wirklich durch die Decke. Ich habe jetzt übrigens alle gelesen.«

Er kommt einfach ganz selbstverständlich rein, als hätte ich ihn eingeladen, und drückt mir den Strauß in den Arm. »Hier, die Blumen sind für dich.« Dann zieht er seelenruhig seine Schuhe aus.

»Habt … ihr euch abgesprochen?«, stammele ich.

»Häh, wer ist ihr? Nein. Das sind elegante blaue Blüten für eine elegante Lady. Bitte sehr, die Dame, sie kommen von Herzen!«

Ich starre ihn an. »Wie war das?«

»Elegante Blumen für eine elegante Dame.«

»Ich bin nicht elegant.«

»Was?«

»Ich! Bin! Nicht! Elegant! Ich bin ein Tollpatsch. Ich bin keine Dame, und das ist okay.«

Jetzt sagt Olli irgendwas und kommt auf uns zu. Daniel bemerkt ihn erst in dem Moment und sagt: »Oh, du hast schon lieben Besuch?«

»Ja. Von einem Exemplar deiner Sorte.«

Olli kommt misstrauisch näher. »Guten Tag. Schmidt ist mein Name.« Er streckt Daniel förmlich die Hand entgegen.

»Daniel, das ist Olli, Olli, das ist mein Kollege Daniel, ihr seid im selben Alter. Du kannst ihn ruhig duzen.«

Dann nehme ich den blöden Strauß und stelle ihn zu seinem Zwilling in den Putzeimer. Dabei reiße ich die halbe Alufolie ab und gebe den roten Plastikrand frei, aber das ist mir so was von egal.

»Tja, wenn du schon Männerbesuch hast, will ich nicht weiter stören«, sagt Daniel schnippisch.

»Da wäre ich Ihnen wirklich sehr verbunden«, sagt Olli verkniffen.

Das ist ja nicht auszuhalten. »Könnt ihr beide jetzt bitte einfach gehen?«

Wie vom Donner gerührt starren sie mich an.

»Ihr seid Abziehbilder. Ihr seid beide glatt polierte Plastikblumen, aber ich will eine echte Blume, auch wenn sie schief wächst und erst spät oder gar nicht blüht. Meine Güte, ihr habt doch gar keine Ahnung, was die blaue Blume bedeutet, oder?«

»Sie bedeutet einen Preis von 89 Euro«, sagt Olli beleidigt.

»89 Euro? Ich hab nur 79 gezahlt«, sagt Daniel.

»Wie bitte? Das ist Wettbewerbsverzerrung. Ich werde mich beschweren«, regt sich Olli auf.

»Ja, bitte nehmt eure gefärbten Sträuße, und geht euch gemeinsam im Blumenladen beschweren.«

»Und was machst du jetzt?«, fragt Daniel.

»Ich gehe zu jemandem, mit dem ich etwas klären muss. Zu einem echten Menschen.«

»Was? Du hast noch einen dritten? Da ist dir deine Berühmtheit wohl zu Kopf gestiegen!«, sagt Daniel.

»Wieso lässt du mich hier antanzen, wenn du einen anderen hast?«, fragt Olli gekränkt.

»Weiß ich auch nicht. Weil ich blöd war. Kommt nicht wieder vor.« Ich nehme die blauen Sträuße und drücke sie den Männern in die Arme.

»Hier, nehmt eure Fake-Blumen wieder mit.«

»Das ist der falsche Strauß! Meiner war teurer! Und das sind keine Fake-Blumen, das sind echte eingefärbte Rosen!«

Ich drehe das anhängende Etikett um und lese: *Elegante blaue Blüten für eine elegante Lady. Bitte sehr, die Dame, sie kommen von Herzen!*

Ich kann nicht anders, als loszuprusten. »Das ist schon ein Eins-a-Blumenladen, nicht wahr? Liefert gleich die passenden Floskeln zum Strauß, das löst alle Probleme der Männer auf einmal.«

»Das war keine Floskel«, sagt Daniel. »Du bist wirklich etwas Besonderes.«

»Ja, ich weiß. Aber du nicht. Und du auch nicht.«

Ich nehme meinen Schlüssel vom Brett und gehe in den Hausflur.

»Wo willst du denn hin?«, fragt Olli verdutzt.

»Zu einer Freundin. Zieht die Tür einfach zu, wenn ihr fertig seid.« Ich kann nicht warten, bis die beiden Vollpfosten ihre Rosen auseinanderklamüsert haben. Ich muss mit einem Menschen reden, der echte Gefühle hat.

Kapitel 28

Wenn Frau Ewald von meinem Überfall überrumpelt ist, lässt sie sich das nicht anmerken. Sie kocht mir Tee und sieht mich erwartungsvoll an. Puh, wo soll ich denn jetzt anfangen?

»Kennen Sie das, wenn sich alles anfühlt, als wäre das Leben plötzlich in einen seltsamen Film gekippt? Wenn alles anders ist, als Sie dachten, und Sie nicht wissen, wem Sie noch vertrauen können …«

Ich breche ab.

»Nun ja. Sicher kenne ich solche Momente der Verwirrung. Aber das meiste lässt sich doch durch Reden einfach klären«, sagt Frau Ewald.

»Aber nicht alles. Nicht, wenn man von einem Freund verraten wird.«

»Geht es um den seltsamen jungen Mann aus dem Erdgeschoss? Man sieht ja auf zehn Meter Entfernung, wie Sie aufeinander fliegen.«

»O nein, da irren Sie sich gewaltig. Ich dachte, wir würden vielleicht … aber er macht sich gar nichts aus mir. Er hat überhaupt keine echten Gefühle. Er besteht nur aus Intellekt und dummen Regeln und hat keine Seele.« Himmel, ich will nicht weinen!

»Da muss ich Ihnen aber widersprechen, liebe Josefine. Und zwar entschieden. Herr Helwig ist ein außerordentlich liebenswürdiger und mitfühlender junger Mann. Wie er sich mit diesem Eierpott abgemüht hat. Und allein was er kürzlich für mich arrangiert hat, da kommen mir jetzt noch die Tränen, wenn ich daran denke.«

»Was hat er denn arrangiert?«, frage ich misstrauisch und sofort bereit, ihr zu widersprechen. Ich weiß schließlich, wie kaltschnäuzig und berechnend er wirklich sein kann.

»Herr Helwig hat sich dafür eingesetzt, die Wohnung mit mir zu tauschen, damit ich ins Erdgeschoss ziehen kann. Ich gebe es ungern zu, aber die Treppen machen mir manchmal zu schaffen. Er wollte es vor mir verbergen, dass es seine Idee war, aber ich habe ihn gleich durchschaut. Männer!«

Was hat er getan?

»Moment mal … *was* wollte Patrick Ihnen verheimlichen?«

»Dass es seine Idee war, die Wohnung mit mir zu tauschen. Offenbar ist er ganz dicke mit Herrn Maurer, und der hat das Ganze als Ausgeburt der Eigentümerversammlung dargestellt. Als ob sich irgendein Eigentümer dafür interessieren würde, dass die alte Regine Ewald die Haxen nicht mehr hochbekommt.« *Die Dame ist eben ein Sonderfall. Charmant, aber stur bis dorthinaus. Sie muss umziehen, ob sie will oder nicht. Nein, natürlich werde ich ihr nicht sagen, dass es Ihre Idee war.*

»Herr Maurer hat *Sie* also belogen?«, frage ich atemlos nach.

»Was heißt schon belogen … Aber er hat mich offenbar als dickköpfig, stur und charmant beschrieben, womit er ja durchaus recht hat. Herrn Helwig war es wohl peinlich, dass ihm das rausgerutscht ist, aber da hab ich schon weiß Gott Schlimmeres über mich gehört. Und es ist ja auch eine famose Idee mit dem Wohnungstausch. Sonst hätte ich wohl über kurz oder lang in so ein Seniorenheim gemusst. Was ist denn los, Sie weinen ja?«

Ich schüttle den Kopf. »Ich weine nicht.« Ich bin nur so froh, so unglaublich froh, dass Patrick mich nicht aus dem Haus haben will. Und dass er mir die Freundschaft nicht nur vorgespielt hat. Und dass er vielleicht doch …

»Ich muss gehen!«

»So ist es recht, jetzt haben Sie Ihren Schwung wiedergefunden. Bis bald einmal wieder!«

»Ja, sehr bald. Danke!« Ich würde ihr am liebsten um den Hals fallen, aber ich habe keine Zeit dafür. Ich rase ins Erdgeschoss und mache nur einen winzigen Umweg durch meine Wohnung, um den Blumenkasten mit den zerzausten wilden Blüten aus dem Vorratsschrank zu holen.

Ich klopfe, klingele und schlage gegen die Tür.

»Welcher Wahnsinnige …« Patrick reißt die Tür auf und bricht mitten im Satz ab.

»Ach, du … Was willst du denn?«

»Ich bin gekommen, um mit dir zu sprechen. Mich zu entschuldigen. Und um dir das hier zu bringen.«

»Weil dieses Unkraut das Arrangement für deinen Ex-Freund zerstört und du es aus dem Haus haben willst?«

»Nein. Weil sie schön sind und ich sie dir schenken will. Weil du weißt, was die blaue Blume bedeutet.«

»Steht sie nicht in der Romantik für die ewig ersehnte vollkommene Liebe, die man nie findet?«

»Vielleicht findet man sie ja manchmal doch«, sage ich mutig.

»Vielleicht. Wieso bist du überhaupt hier, ich dachte, du hättest ein Date?«

»Das ist vorbei. Ich hatte sogar zwei Dates in zehn Minuten. Abgehakt.«

»Meinen Glückwunsch, Fräulein Geiger. Das ist effizient.«

»Ich hatte einen guten Lehrmeister, was Effizienz betrifft.«

Wir sehen uns in die Augen.

»Du bist also fertig mit deinem Ex?«

»Fertiger als fertig.« Er kommt einen Schritt näher.

»Das freut mich aufrichtig.«

»Und was war sonst vorhin los? Warum warst du so wütend auf mich?«

Mein Gesicht glüht. »Das erkläre ich dir später.«

»Hm, okay. Dann danke für die blauen Blumen. Die passen wunderbar zu der Orchidee hier auf dem Bord. Die hat mir meine Nachbarin gegeben. Eine Katastrophe, die Frau.«

»Hey!« Ich stupse ihn an, und er greift nach meiner Hand und hält sie fest.

»Die süßeste Katastrophe, die ich je getroffen habe.«

»Obwohl sie nur Chaos in dein Leben gebracht hat?«

»Vielleicht habe ich ein bisschen Chaos gebraucht?«

Er beugt sich zu mir, und ich erwarte noch eine schlagfertige Ergänzung, aber stattdessen küsst er mich einfach. Unsere Lippen treffen sich, wir lachen und sehen uns ungläubig an. »Das habe ich mir seit Wochen gewünscht«, sagt Patrick und streichelt meinen Rücken.

»Wieso hat es dann so lange gedauert, bis wir an diesem Punkt angekommen sind?«

»Ich wollte dich von mir fernhalten, denn ein Mensch, den man in sein Herz lässt, kann es von innen sprengen. Das ist gefährlich. Aber gleichzeitig wollte ich auch eine Verbindung zu dir. Also habe ich mich eben mit dir gestritten.«

»Das war ein dummer Kompromiss«, murmele ich und küsse ihn erneut. Er riecht so gut.

»Schrecklich dumm«, bestätigt er und zieht mich in seine Wohnung.

»Bist du dir sicher, dass du es mit einer so anstrengenden Frau aushältst?«, frage ich, als wir uns auf sein Sofa kuscheln.

»Du bist auf eine gute Art anstrengend. Du hast mich wieder lebendig gemacht. Viel zu lange habe ich mich an meine Regeln geklammert. Mich darauf versteift, dass nur so ein gutes Leben gelingt.« Er küsst meinen Hals. »Aber das ist nicht wahr. Das Leben ist Chaos, wild, unvorhersehbar, und das ist das Wunderbare daran.« Ich unterbreche ihn mit einem Kuss, aber er küsst nur kurz zurück und macht sich dann los, um weiterzusprechen: »Du hast mir gezeigt, wie gut es sich anfühlt, zu improvisieren. Wie aufregend es ist, wenn mal was schiefläuft, und welche Kräfte freigesetzt werden, wenn man Fantasie und Kreativität vertraut. Du bist der Wahnsinn, Josefine, aber der gute Wahnsinn. Der, der glücklich macht.«

»Ich habe dich unglaublich vermisst, als ich weg war. Und eigentlich auch, als ich hier war. Ich habe dich die ganze Zeit vermisst.« Ich kuschele mich an seine Brust und lausche seinem Herzschlag.

»Du hast alles in Aufruhr und durcheinandergebracht, aber jetzt ist endlich alles am richtigen Platz. Ich liebe dich, Josefine.«

Etwas in mir löst sich, von dem ich gar nicht wusste, dass es verhakt war. »Ich liebe dich auch! Ich fühle mich so wohl bei dir.« Ich muss nicht über meine Worte nachdenken, ich bin einfach ich selbst, und das reicht. Und alles fühlt sich richtig und vertraut an, als sich unsere Körper ineinander verschlingen, als hätten sie nie etwas anderes getan.

Als wir aufwachen, liegen wir immer noch auf Patricks weichem Sofa.

»Ist schon Morgen?«, frage ich. Er hält mich im linken Arm, während er mit der rechten Hand nach seinem Handy angelt.

»Acht Uhr zwei.«

Ich bin schon ewig nicht mehr so früh aufgewacht. Und so voller Glück. So leicht und gleichzeitig schwer und satt vor Zufriedenheit.

»Also, Fine, was möchtest du jetzt tun? Frühstücken? Oder erst mal ins Bad?«, fragt Patrick, und ich kuschle mich noch enger an ihn.

»Ins Bad, dann einen Kaffee – und dann öffnen wir das Geschenk von deinem Vater«, schlage ich vor.

»Tja, da du jetzt meine Freundin bist, kann ich schlecht Nein sagen. Du bist doch meine Freundin, oder?«

»Ja, ich bin deine Freundin.«

Ich sage es mit einem breiten Lächeln und streichle seinen Arm.

»Du müsstest mich kurz aufstehen lassen, damit ich in die Küche gehen kann.«

»Wird schwierig.« Ich schmiege mich an seine Brust. »Ich glaube, ich bin an deiner Haut festgeklebt. Ich kann dich leider nicht loslassen.« Er riecht dermaßen gut, und seine Haut ist so weich. Ich kann nicht aufhören, zu strahlen und ihn festzuhalten. Dass man so glücklich sein kann, so von innen heraus bis in jede Zelle …

»Darf ich dir ein Kissen als Kuschelersatz anbieten? Ich mache den schnellsten Kaffee der Welt, versprochen?«

»Nein.« Ich schlinge die Arme um seinen Hals, küsse ihn und lege meinen Kopf dann in seine Halsbeuge. »Kaffee wird überbewertet«, murmele ich in seinen Hals.

Er lacht und drückt mich zärtlich und setzt dann ein gespielt strenges Gesicht auf. »Meldeformular S. 173, dritte Spalte. 5. September, 8:07 Uhr. Frau Josefine Geiger verweigert Herrn Helwig den Zugang zur Kaffeemaschine. Hausverwaltung bereitet Verwarnung vor.«

Ich kichere. »Das kann ich nicht riskieren. Dann gehe ich lieber schnell oben bei mir unter die Dusche.«

»Du kannst auch bei mir ins Bad.«

»Ja, aber da hab ich ja keine Zahnbürste.«

»Ich habe immer zwei neue in Reserve.«

»Ich hab auch keine Klamotten bei dir.«

»Ach, da liegt bestimmt noch das ein oder andere Negligé meiner Mätressen in der Ecke«, sagt er grinsend. Ich knuffe ihn liebevoll in die Rippen.

»Aua!«

»Geschieht dir recht!«

Er knufft mich ganz zart zurück, dann nimmt er mich auf den Arm und trägt mich in sein Schlafzimmer. Und da traue ich meinen Augen nicht.

»Dein Schlafzimmer ist tatsächlich grau! Hab ich es doch gewusst!«

»Stimmt. Es war mir einfach unheimlich, wie gut du geraten hast.«

Und dann schiebt er die rote Tagesdecke zur Seite und legt sich sanft über mich.

Es tut beinahe körperlich weh, Patrick eine Stunde später loszulassen und endlich zum Duschen in den ersten Stock zu huschen. Als ich fertig angezogen aus dem Bad komme, ruft Herr Mayer an. Na so was, was will der denn von mir?

»Geiger?«, sage ich mit meiner neuen, dynamischen Josie-Clean-Stimme.

»Josefine, hättest du vielleicht Lust, wieder bei uns zu arbeiten?«

Oh. Das kommt jetzt überraschend. »Wieso denn das?«

»Nun ja … Seit deine kleine Textpanne mit der Subheadline im Hohlspiegel beim *Spiegel* veröffentlicht worden ist, haben wir fast 30 Prozent mehr Abonnenten, deutschlandweit.«

»Ach, sieh einer an.« Das ist ja interessant.

»Und deine Kolumne hat wahnsinnig viele Fans. Vielleicht willst du ja auch für uns so etwas Ähnliches schreiben?«

»Ach, und deshalb wollt ihr mich jetzt zurück?«

Achim Mayer räuspert sich. »Auch deshalb. Und Melli ist wieder schwanger. Mit Zwillingen. Und hat Arbeitsverbot. Sie ist also ab sofort wieder weg, bis mindestens nächsten August. Oder wahrscheinlich für immer, mit drei Kleinkindern. Also Josefine, wie sieht's aus? Dein alter Schreibtisch, die vertrauten Kollegen?«

Ach ja, Daniel wieder täglich zu sehen, eine reizende Vorstellung. Aber so einfach kommt Herr Mayer mir nicht davon. »Kriege ich eine Gehaltserhöhung?«, frage ich freundlich.

»Oh, na, ich denke, wir können schon etwas drauflegen. Sagen wir 20 Prozent?«

»Und bekomme ich eine unbefristete Festanstellung?«

»Hm, ich dachte, vielleicht nach einem Jahr, wenn alles gut läuft.«

»Letztes Mal ist es nicht so gut gelaufen, da wurden aus zwölf Monaten plötzlich sechs«, sage ich freundlich. Das macht richtig Spaß. Wie selbstbewusst man sein kann, wenn man am längeren Hebel sitzt.

»Überleg es dir, Josefine. Ich dachte, ich frage dich, bevor wir die Stelle offiziell ausschreiben. Vielleicht hast du ja noch Interesse?«

»Denn ich bin schon eingearbeitet. Das spart eine Menge Zeit, nicht wahr?«

»Ja, du hast mich erwischt. Es wäre wirklich praktisch, wenn du zurückkommen würdest. Aber auch schön. Du warst hier sehr beliebt.«

Ich strecke meinen Körper und lasse die Gelenke knacken. »Ich denke drüber nach. Ich melde mich dann wahrscheinlich nächste Woche.«

»Wahrscheinlich?«

»Wenn ich dazu komme«, sage ich grinsend. »Tschüss, Herr Mayer.«

Nachmittags sitzen Patrick und ich auf seinem Sofa. Ich habe meine Beine um seine geschlungen und halte ihn mit einem Arm fest, als wäre er ein Luftballon, der mir sonst wegfliegen könnte. Vor uns auf dem Tisch liegt das goldene Geschenk, und Patrick macht einen letzten Versuch, sich zu drücken.

»Können wir nicht Schrödingers Geschenk daraus machen?«

»Du meinst, solange es noch zu ist, ist es gleichzeitig etwas Wundervolles und etwas Scheußliches?«

»Ganz genau. Ich bin beeindruckt, dass du Schrödingers Katze kennst.«

Ich erwähne jetzt mal nicht, dass ich das nicht aus dem Physikunterricht, sondern aus »The Big Bang Theory« habe.

»Nein, abgelehnt. Es ist Helwigs Geschenk, etwas Eindeutiges und bestimmt auch etwas eindeutig Gutes. Also komm, sei mutig, mach es auf!«

»Na gut. Dann ist es jetzt also so weit.« Kein Zögern mehr bei ihm.

»Unglaublich, wie lange sich das Geschenkpapier gehalten hat«, sage ich. Ich wickele die glänzende Folie ab, und wir staunen beide.

»Ein kleiner Kaugummiautomat!«, sage ich entzückt. So einen hatte Max damals auch, und er hat schrecklich damit angegeben. Das war wohl das Coolste, was ich in meiner gesamten Kindheit zu Gesicht bekommen habe. Patrick betastet den Metallapparat mit der großen Glaskugel voller bunter Kaugummikugeln vorsichtig und dreht an der Kurbel.

»Ich denke, du brauchst eine Münze«, sage ich. »Schau mal, hinten sind 5-Cent-Stücke angeklebt.« Vorsichtig löst Patrick die Münzen von der Rückseite und setzt die erste auf die Öffnung mit dem Zahnrad. Jetzt lässt sich die Kurbel drehen, und der Automat spuckt eine rissige, rote Kaugummikugel aus.

»Die würde ich nicht unbedingt essen«, sage ich zweifelnd, aber Patrick, der Hygienefreak, steckt sie sich einfach in den Mund.

»Hm! Wundervoll«, nuschelt er. »Der leckerste Kaugummi der Welt.«

»Dann will ich auch!« Ich nehme eine Münze und ziehe eine bröckelige gelbe Kugel. In den Mund damit, Finchen, wenn Patrick keine Bedenken hat, dann ist es okay. Auf meiner Zunge zerbröselt Staub und setz den bittersüßen Geschmack künstlichen Apfelaromas frei. »Igitt, ist das widerlich!« Ich spucke alles in meine Hand. »Und das schmeckt dir?«

»Quatsch. Es ist abartig. Ich wollte nur sehen, ob du mir vertraust.«

»Ja, tue ich. Offenbar völlig zu Unrecht.« Ich will ihn böse anschauen, aber er sieht so froh aus, dass ich es nicht schaffe.

»Das hätte mich damals sehr glücklich gemacht«, sagt er. »Das ist noch besser als eine Levi's.« Sein Lächeln ist wie geschmolzene Schokolade, wie ein Beatles-Song im Sommer, wie alles, was mich glücklich macht.

»Schickst du deinem Vater jetzt eine Dankeskarte?«

»Ich weiß nicht, daran erinnert er sich doch längst nicht mehr.«

»Ich glaube, er würde sich freuen.«

»Ja, wahrscheinlich schon.«

Und dann gehen wir ins Bad, werfen die angekauten Kaugummis in den Müll, waschen uns die Hände und küssen uns zehnmal, bis Patrick was von Kaffee und Kuchen sagt.

»Leider habe ich ja noch keinen Balkon, man sollte die Septembersonne ja eigentlich ausnutzen. Aber ab Oktober habe ich dann einen im zweiten Stock.«

»Pünktlich, wenn der Herbst kommt«, sage ich grinsend. »Wollen wir nicht einfach noch mal deine Liegestühle auf den Gehweg stellen und dort Kuchen essen?«

Patrick runzelt für einen Moment die Stirn, und ich vermute, dass er darüber nachdenkt, was die Nachbarn sagen werden.

»Wenn du es für Jonas getan hast, kannst du es auch für mich tun!«, behaupte ich.

Es gefällt mir, einen Freund zu haben, der fünf Sorten selbst gebackenen Kuchen in der Tiefkühltruhe hat. Ich entscheide mich für Windbeutel, weil man die in der Mikrowelle auftauen kann und das am schnellsten geht.

»Magst du eigentlich Whiskey?«, fragt Patrick, als er zwei Tellerchen mit Windbeuteln, frischen Himbeeren und zwei perfekten Cappuccinos auf einem Tablett anrichtet.

»Whiskey?«

»Ich glaube, heute ist der richtige Tag, um die besondere Flasche zu köpfen.«

O nein. »Ist es nicht zu früh am Tag für Alkohol?«

»Ist mir egal. Irgendeine kluge Person hat mir gesagt, dass man nur glücklich werden kann, wenn man sich nicht immer an alle Regeln hält.«

Tja, gegen meine eigene Argumentation komme ich nicht an. Dann bin ich jetzt also fällig. Jetzt muss ich ihm am ersten Tag unserer Beziehung gleich einen Betrug gestehen. Während er am Verschluss herumhantiert, hoffe ich trotzdem inständig, dass er nichts merkt.

»Der geht ja leicht auf. Also dann.« Er gießt ein paar Tröpfchen in ein bauchiges Glas und schwenkt es hin und her, dann nimmt er einen kleinen Schluck. »Ich versuche, es wie ein Whiskeykenner auszudrücken. Schmeckt … irgendwie fruchtig. Probier mal. Ist das eine leichte Apfelnote im Abgang?« Er hält mir das Glas hin und ich nippe daran. Hm, schmeckt ganz gut. Sehr mild.

»Tut mir leid, dir das sagen zu müssen, aber …«, beginne ich.

»Und er ist unglaublich mild, gar nicht so beißend wie normaler Whiskey. Wie auch immer, das ist wirklich der beste

Whiskey, den ich je probiert habe. Er erinnert mich daran, wie mein Vater und ich früher immer im Herbst gemeinsam Äpfel geerntet und zur Presse gefahren haben.« Patrick schluckt, und seine Augen werden feucht. »Er hat sich wirklich Gedanken gemacht und etwas ganz Besonderes für mich ausgesucht. Nicht nur einfach was Teures, um sein Gewissen zu beruhigen, sondern etwas, was uns beide verbindet. Ich glaube, jetzt hat er sich doch ein Dankschreiben verdient. Ich schreibe es für Montag in den Kalender.«

Ich setze noch mal an, um ihm die Sache mit dem Apfelsaft zu gestehen, aber Patrick strahlt und sieht dermaßen glücklich aus, dass ich innehalte. Wozu soll ich ihm das zerstören? Das ist eine weiße Lüge, die keinem wehtut. Im Gegenteil.

Sich zu bedanken ist etwas Gutes. Sich zu versöhnen und zu verzeihen ist etwas Gutes. Und solange er nicht noch mal eine Flasche derselben Sorte geschenkt bekommt, wird die Sache nie rauskommen. Ich hoffe, dass sie zu teuer dafür ist. Oder ich muss dann wieder Apfelsaft reinschmuggeln.

Schließlich setzen wir uns mit dem Tablett in unsere Liegestühle auf den Gehsteig neben dem verblühten Beet und trinken Kaffee mit Whiskey mit Apfelnote.

»Josefine, gut, dass ich Sie treffe.« Frau Holler schnauft heran. Aha.

»Ach, und der Herr Helwig ist auch da. Sie haben es hier aber nett. Sind Sie im Urlaub?« Sie lacht scheppernd über ihren eigenen Witz.

»Heute noch nicht. Aber vielleicht planen wir bald unseren ersten gemeinsamen Urlaub, oder, Fine? Was meinst du, wie wäre es mit dem Senegal?«

»Was? Das ist doch viel zu gefährlich für eine junge Frau!«, sagt Frau Holler entsetzt. »Da wird sie womöglich verschleppt oder so was.« Im nächsten Moment schielt sie dermaßen penetrant auf die Windbeutel, dass Patrick sich bemüßigt fühlt, ihr einen anzubieten.

»Nicht schlecht, gar nicht schlecht, aber Sie müssen mal meinen gedeckten Apfelkuchen oder meinen Zwetschgendatschi mit Streuseln probieren. Deshalb bin ich auch froh, Sie zu erwischen. Ich brauche Ihre Handynummer für unsere WhatsApp-Gruppe, wir machen nächsten Samstag nämlich ein Hoffest, zu dem wir Sie einladen, da gibt es einen Back-Wettbewerb. Der Jean-Luc kommt auch und spielt uns die Szenen vor, mit denen er sich auf der Schauspielschule bewerben will. Zum fünften Mal jetzt. Unter uns, ich denke ja nicht, dass er das schafft, aber Herr Maurer glaubt so fest an ihn, da müssen wir eben zusammenhalten und auch mal mit dem Jean-Luc den Text proben, stimmt's, Josefine?«

»Ja, Sie haben völlig recht«, sagt Patrick freundlich. »Wir sollten zusammenhalten. Josefine und ich kommen gern. Ich werde auch etwas backen. Sehen Sie sich vor, Frau Holler, ich bin wirklich gut.«

»Ich kann überhaupt nicht backen«, sage ich glücklich und nehme noch einen Schluck Whiskey. »Kein bisschen. Alles schmeckt nach Müll.«

»Na, Kindchen, dieses Kapitel können Sie ja jetzt abhaken. So wie es aussieht, können Sie sich auf den Herrn Helwig verlassen. Der ist effektiver als die beste Hausfrau.« Sie kichert. »Was trinken Sie denn da Feines? Oh, Whiskey von Luansky. Kann ich mal probieren? Den gab es bei meinem Onkel früher immer an Weihnachten, den Geschmack werde ich nie vergessen.«

Kapitel 29

Kann ich auch mal was sagen?«, frage ich.

»Du hast doch schon alles gesagt«, behauptet Moritz und nimmt sich noch ein Schnitzel. »Also, der Nerd aus dem Erdgeschoss ist jetzt dein neuer Freund, und deine Nachbarin hat deine Rolle in dem Whiskeyschmuggel entlarvt, und Patrick hat dir verziehen, dass du ihn mit dem Apfelsaft betrogen hast?«, fasst er zusammen. Ich nicke ergeben und mit vollem Mund.

Es ist Sonntag, und Mama hat gekocht, und wir sitzen wie früher zu viert zu Hause am Esstisch. Papa trägt die Jogginghose aus Omis Haus, über die er sich wahnsinnig gefreut hat, auch wenn Mama die Augen verdreht und etwas gemurmelt hat, wofür sie einen Euro in Willys Fluchkasse legen müsste. Was für ein schönes Gefühl, hier gemeinsam zu sitzen, selbst wenn mir das Zimmer immer noch etwas seelenlos vorkommt. Aber Hauptsache, meine Familie ist zusammen. Alle sind aufgeregt und versuchen, sich zu übertönen.

»Und du dachtest, du könntest das mit der Kolumne vergessen, aber jetzt finden alle die neueste richtig gut, in der du dich entschuldigst, und die Leute gratulieren dir zu deiner Ehrlichkeit, weil authentisch zu sein ja das Allerwichtigste ist, noch wichtiger, als schön oder ordentlich zu sein, und jetzt hast du gewonnen, und sie bieten dir einen festen Vertrag als Kolumnistin über ein Jahr an? Und außerdem will dir dein früherer Chef deinen alten Job zurückgeben, aber du hältst ihn erst mal hin, bevor du absagst?«, resümiert Moritz auch die anderen Ereignisse der letzten Tage treffend.

»Ja, so ungefähr. Nur so lange, wie er gebraucht hat, mir mein Arbeitszeugnis zuzuschicken. Und dann hat mich noch ein Verlag gefragt, ob ich ein Buch für sie schreiben will. Aber ich weiß noch nicht, ob ich das machen soll. Das Thema ist nämlich ›Einmal Hochstaplerin und zurück‹, und ich weiß nicht, ob ich dazu wirklich was schreiben will. Außerdem ist der Verlag ziemlich klein, und sie veröffentlichen eigentlich nur Autobiografien von gescheiterten C-Promis und esoterische Selbstfindungsbücher.«

»Hast du nicht gesagt, sie wollen dir fünftausend Euro Vorschuss geben?«, fragt Moritz.

»Ja, schon, aber Geld ist schließlich nicht alles. Ich glaube, ich würde lieber einen Familienroman schreiben.«

»Über eine Frau, die ihr komplettes Haus leer räumt?«, fragt Moritz. »Was war das eigentlich für eine Doku, Mama, die dich dazu gebracht hat, unser Haus aufzulösen?«

»Weiß ich nicht mehr, irgend so eine in einem dritten Programm.«

»Jedenfalls dachte ich, dass ich mir das zumindest mal überlegen sollte und dann –«, rede ich weiter.

»Na, immerhin erben wir dann nicht so ein Chaos wie Bea, das ist ja durchaus positiv«, unterbricht mich Mo. Das ist also wichtiger als mein potenzieller Ruhm als Autorin.

»Findest du die Doku wieder?«

»Bestimmt nicht. Die Fernsehzeitschrift hab ich abbestellt.« Schade, früher hat Mama sich gern die Sendungen angestrichen, die sie sehen wollte. Das war praktisch.

»Der Reporter hatte eine Glatze, falls dir das weiterhilft«, sagt sie schließlich.

»Überleg mal, wie hieß die Frau denn?«, sagt Mo. Wieso hackt er denn so darauf herum?

»Die hatte zwei oder drei Namen, so was wie Alexandra Maria Lara«, sagt Papa.

»Das ist eine deutsche Schauspielerin.«

»Dann Ingrid Stephanie Clara oder so ähnlich.«

»Da kommt gar nichts.« Mo googelt bereits.

»Ach ja, Handy weg beim Essen«, sagt Mama, aber mein Bruder ignoriert sie.

»Es ging um radikale Entscheidungen, irgendwas mit letzte Chance, Aufbruch … Es kam auch ein Wellensittich drin vor«, zählt Mama auf.

»Ganz toll, ein Mann mit Glatze und ein Wellensittich, das schränkt die Suche ja enorm ein«, sagt Mo.

»Josefine, egal ob du das Angebot von dem Verlag annimmst oder nicht, ich bin sehr stolz auf dich«, sagt Papa. Wow, jetzt bin ich sprachlos.

Nach dem Essen googelt Mo weiter, bis Mama einfällt, dass sie die Sendung aufgenommen und auf der Festplatte hat. Moritz schaltet sie an, und wir beide fläzen uns auf die Couch. Aber je länger wir zuschauen, desto fassungsloser bin ich.

»Mama, die Frau hat all ihre Sachen *verkauft*, weil sie unheilbar krank war und sich von dem Geld eine Weltreise gönnen wollte! Aber nach der Reise ist sie nicht gestorben und saß dann mit gar nichts in einer leeren Einzimmerwohnung. Sie hatte nur noch ihren Wellensittich, den hat sie von der Nachbarin zurückbekommen, weil er immer geflucht hat.«

»Genau, die Doku war es!«, ruft Mama aus der Küche.

»Aber da ging es nicht um die befreiende Wirkung vom Ausmisten! Sie hat es richtig bereut, dass sie alles weggegeben hat, und war total unglücklich.«

»Vielleicht habe ich die Sendung nicht zu Ende geschaut«, sagt Mama leichthin und bringt uns ein Tablett mit Kaffee und Tassen.

»Hättest du aber sollen! Die hat das total bereut.«

»Ach, wer weiß, das haben die sicher nur so geschnitten, damit sie mehr Quoten kriegen oder so. Aber es sieht doch toll bei uns aus, oder nicht?«

»Es sieht gut aus, aber nicht nach dir. Es ist total unpersönlich. Fühlst du dich hier wirklich wohl?«

»Was heißt schon wohlfühlen. Es ist in fünf Minuten sauber.« Mama schenkt sich einen schwarzen Kaffee mit einem Schluck kaltem Wasser ein und trinkt ihre Tasse in einem Zug leer. Sie hat sich im Laufe des Aufräumens offenbar auch von Milch und Zucker getrennt. Na ja, soll sie, wenn es sie glücklich macht. Im Grunde habe ich ihr das Gleiche vorgeworfen wie Patrick mir. Nur dass ich sie nicht wahnsinnig nenne. Zumindest nicht laut.

»Mir gefällt es so«, sagt Mo. »Meine Wohnung wurde mir übrigens gekündigt. Kann ich wieder hier einziehen?«

»Was? Warum denn das?«, fragt Mama panisch.

»Wir hatten einen Disput. Der Vermieter wollte irgendwie immer wieder Geld von mir«, erklärt Mo.

»Und weshalb?«, fragt Papa.

»Äh, er nannte es Miete. Ich finde es gierig. Mein Schlagzeug würde super hier in die freie Ecke passen.«

»Also Moritz, nein, wirklich, das geht nicht. Ich kann dir aber die Kaution für eine neue Wohnung auslegen«, sagt Mama nervös.

»Haha, war nur ein Witz. Ich zieh doch nicht wieder bei euch ein! Aber ist das mit der Kaution ein Versprechen?«

»Ja«, sagt Mama.

»Egal, wo ich hinziehe?«

»Für eine Einzimmerwohnung auf jeden Fall«, sagt Papa.

»Kann ich das schriftlich haben?«, fragt mein Bruder.

»Wieso denn das? Vertraust du uns etwa nicht?«

»Erst wollt ihr den Wohnungsschlüssel zurück, dann kochst du nicht mehr gesund, und am Ende dreht ihr mir noch den dünnen Geldhahn ab«, zählt Moritz auf.

»Also bitte, heute habe ich doch gekocht!«, sagt Mama leicht gekränkt.

»Aber das Gemüse war aus der Tiefkühltruhe«, sagt Moritz unerbittlich.

»Wir versprechen dir, dass wir dich bei deinem Umzug unterstützen«, sagt Papa. »Nicht nur moralisch, sondern auch finanziell.«

»Sehr schön. Ich bin nämlich an der Akademie für den Studiengang Illustration angenommen worden. In Zürich.«

»Was? Das ist ja wundervoll!«, sagt Mama, steht auf und küsst Moritz ab, der sich wegduckt.

»Ich muss bis Oktober ein Zimmer finden.«

»Das wird teuer«, sagt Papa.

»Ich weiß«, sagt er zufrieden. »Wahnsinnig teuer. Aber es wird der Hammer! Ich zahl es euch zurück. Wenn ich meinen Durchbruch als Comiczeichner habe, so in zehn oder 20 Jahren. Aber bis Oktober wohne ich übrigens hier. Darf ich bitte meinen Hausschlüssel wiederhaben?«

»Kannst du nicht zu deiner Schwester ziehen?«, fragt Papa.

»Sicher nicht!«, widerspreche ich. »Ich habe absolut keinen Platz für dich. Ich werde morgen nämlich meine Sachen wieder vom Dachboden holen und meiner Wohnung die Seele zurückgeben.«

»Dabei brauchst du doch sicher Hilfe?«, sagt Moritz.

»Nein. Mein Freund wird mir helfen. Und Annabel und Jonas.« Es fühlt sich gut an, »mein Freund« zu sagen und dabei Patricks Gesicht vor Augen zu haben.

»Und wann lernen wir diesen Patrick mal kennen?«, fragt Papa freundlich.

»Oh, sobald er seine Doktorarbeit abgegeben hat. Er will sie am 15. September bis 16 Uhr fertig haben, und das schafft er auch. Auf die Minute«, sage ich stolz.

»Tja«, sagt mein Vater, »es scheint so, als könnte man sich auf diesen Patrick wirklich verlassen. Das ist schön.«

Ja, es ist wundervoll.

»Du kriegst deinen Schlüssel zurück, du Terrorküken!«, sagt Mama liebevoll und krault Moritz den Kopf. »Wir haben ja doch nie spontan Sex im Wohnzimmer.«

Papa erstarrt, Moritz wehrt ihre Hand ab, ich lache so sehr, dass ich mich fast an meinem Kaffee verschlucke. Wenn ich so in die Gesichter meiner Familie sehe, die ich so sehr liebe, obwohl ich sie gleichzeitig schütteln könnte, freue ich mich schon darauf, ihnen Patrick vorzustellen.

Man muss nicht alles wegwerfen, nicht alles ausmisten und nicht mit jedem Frieden schließen, um glücklich zu sein. Es muss nicht alles logisch und nicht alles geklärt sein. Es ist trotzdem alles gut, solange wir miteinander in Verbindung bleiben. Und das werden wir.

Danksagung

Erst einmal möchte ich all meinen Freunden und Freundinnen, meinen Cousins und meiner Cousine danken, die mir in den letzten turbulenten Jahren zur Seite standen und stehen. Eure Unterstützung hat mich oft getragen, wenn ich alleine nicht weitergekommen bin. Ich bin froh, euch in meinem Leben zu haben.

Dieses Buch ist eins meiner persönlichsten, weil auch ich eine kleine Chaosqueen bin und lange gegen das Chaos gekämpft habe – vergeblich. Bis ich aufgehört habe, das Chaos zu hassen. Stattdessen habe ich angefangen, mir Wohlfühlecken und -orte zu schaffen:

Die schönste blaugrüne Sofalandschaft, auf der man auch zu fünft noch bequem liegt. Meine Minibibliothek in meinem Zimmer mit meinem Grammofon und meiner Schlafecke hinter dem Buchvorhang. Unseren kleinen bunten Garten, in dem mein Sohn unfassbar viel Gemüse zieht.

Was ich aus all den Aufräumratgebern gelernt habe, ist, dass man mehr Augenmerk auf das legen sollte, was gut ist und was man behalten möchte, als auf das, was man aussortieren will und was weg kann, so wie man generell im Leben auf das Gute schauen und sich daran festhalten sollte.

Und auch wenn ich immer noch nicht in einer Josie-Clean-Umgebung lebe, bin ich zumindest mutiger geworden, was das Wegwerfen und Loslassen betrifft.

Das Schreiben dieses Romans hat mir sehr geholfen, meine eigene Geschichte zu verarbeiten, auch wenn viele Szenen letztlich im Schredder gelandet sind. Danke, liebe Gisela, für dein kluges, einfühlsames Lektorat, bei dem alles rausgeflogen ist, was nicht unmittelbar zu Josefines Geschichte gehörte.

Wie stets bedanke ich mich bei meiner Agentin Franziska Hoffmann für alles, was sie für mich tut, auf professioneller und persönlicher Ebene.

Ebenso geht ein großer Dank an Sabine Ley und das Team bei Droemer Knaur.

Und ein riesiges Dankeschön geht an all meine LeserInnen, die *Das Leben braucht mehr Schokoguss* gekauft und gelesen haben. Ich freue mich über jede einzelne Rezension und jeden Kommentar zum Buch. Ich hoffe, ihr mögt *Du bringst mein Chaos durcheinander* genauso gerne wie den Vorgänger.

Eure Ella

Quellenverzeichnis

Die Witze auf den Seiten 203 und 217 stammen aus:
Dieter F. Wackel: Ein Witz für alle Fälle. Knaur, 2012.

Der volle Titel des im Roman erwähnten Buchs von Marie Kondo lautet:
Magic Cleaning: Wie richtiges Aufräumen Ihr Leben verändert

Zwei Herzensbrecher sind (k)einer zu viel

MHAIRI McFARLANE

Du hast mir gerade noch gefehlt

Roman

Seit Studienzeiten sind Eve, Susie, Ed und Justin beste Freunde – genauso lange ist Eve mehr oder weniger heimlich in Ed verliebt. Die Katastrophe nimmt ihren Anfang, als Eds Freundin ihm ausgerechnet während eines gemeinsamen Pub-Quiz-Abends einen Heiratsantrag macht. Dann ruft ein Unfall Susies älteren Bruder Finlay auf den Plan, und das schwarze Schaf der Familie sorgt für jede Menge Chaos. Als Eve feststellt, dass sich unter Finlays rauer Schale ein gar nicht so unattraktiver Kern verbirgt, spielt Ed plötzlich mit dem Gedanken, die Hochzeit abzusagen. Was für Eve ein Grund zur Freude sein sollte, hat ihr jetzt gerade noch gefehlt …

Mhairi McFarlane schreibt hinreißend humorvolle und moderne Liebesromane für alle Frauen, die ihr Glück nicht von einem Mann abhängig machen – und trotzdem gern von der Liebe träumen.